本书获

　　湖北省社科基金后期资助项目(2021036)

　　及江汉大学学术著作出版基金资助

六朝比丘尼佛教书写研究

王 婧 / 著

贵州大学出版社

Guizhou University Press

图书在版编目（ＣＩＰ）数据

六朝比丘尼佛教书写研究 / 王婧著. -- 贵阳 : 贵
州大学出版社, 2023.7
ISBN 978-7-5691-0730-2

Ⅰ.①六… Ⅱ.①王… Ⅲ.①佛教－宗教文学－文学
研究－中国－六朝时代 Ⅳ.①I207.99

中国国家版本馆CIP数据核字(2024)第015097号

六朝比丘尼佛教书写研究

LIUCHAO BIQIUNI FOJIAO SHUXIE YANJIU

著　者：王　婧

....

出 版 人：闵　军
责任编辑：周阳平
校　 对：周　健
装帧设计：陈　艺　申　云

....

出版发行：贵州大学出版社有限责任公司
　　　　　地址：贵阳市花溪区贵州大学北校区出版大楼
　　　　　邮编：550025　电话：0851-88291180
印　　刷：贵州思捷华彩印刷有限公司
开　　本：710毫米×1000毫米　1/16
印　　张：18
字　　数：312 千字
版　　次：2023年7月第1版
印　　次：2023年7月第1次印刷

....

书　　号：ISBN 978-7-5691-0730-2
定　　价：65.00元

序

佛教自两汉之际传入中国，至唐朝建立已逾六百年。在这六百年的历史长河中，有成百上千的释氏大德留下了大量书写文本。这些书写文本从释氏身份的角度来看，可以称作"佛教书写"；但若换一个角度来看，比如文学角度，这些书写文本也可以称为"文学书写"。释氏的文学书写我们将之简称为"释氏文学"，当然，这里的"文学"是指《文心雕龙》时代的"文学"范畴。

从目前已有的文献来看，六朝释氏文学中诗之数量约有 130 余首，文之数量约有 610 余篇，此外还有诸如《高僧传》《比丘尼传》之类的著作。目前关于六朝释氏文学之文献整理与研究，虽在一些高僧诗文研究上获得了一定的成果，但从文学史的整体视角来看，已有释氏文学研究还是相当狭窄和薄弱的，故百年来的六朝文学史书写中，释氏文学基本被排除在外，更遑论对释氏女性文学书写的关注和研究了。

那么，六朝释氏文学一直不被关注，是不是因为这个群体的文学书写本就不重要呢？显然不是。东晋以降，释氏群体对士族和文人群体便产生广泛而深入的影响，文人与高僧交游是那时的文化常态，两个群体还经常一起参与佛教活动和文学活动，彼此唱和，共同斋戒。如《高僧传·慧远传》载："彭城刘遗民、豫章雷次宗、雁门周续之、新蔡毕颖之、南阳宗炳、张莱民、张季硕等，并弃世遗荣，依远游止。远乃于精舍无量寿像前，建斋立誓，共期西方。"① 于庐山"共期西方"的有一百二十三人，其中包含当时众多重要文人。《广弘明集》卷三十载支遁《八关斋诗序》："间与何骠骑期，当为合八关斋。以十月二十二

---

① 释慧皎撰，汤用彤校注：《高僧传》，中华书局，1992，第 214 页。

日，集同意者，在吴县土山墓下，三日清晨为斋，始道士白衣凡二十四人。清和肃穆，莫不静畅。至四日朝，众贤各去。"①支遁因作《八关斋诗三首》。《高僧传·慧严传》载："《大涅槃经》初至宋土，文言致善，而品数疎简，初学难以措怀。严乃共慧观、谢灵运等依《泥洹》本加之品目。文有过质，颇亦治改，始有数本流行。"②作为"元嘉三大家"的谢灵运参与南本《涅槃经》的翻译。《南齐书·萧子良传》载竟陵文学集团常行"斋戒"之活动："又与文惠太子同好释氏，甚相友悌。子良敬信尤笃，数于邸园营斋戒，大集朝臣众僧，至于赋食行水，或躬亲其事。"③关于神不灭之争，齐梁二朝在竟陵王萧子良和梁武帝萧衍的组织下，参与论争的僧人文人不下百余人，僧俗的数十篇文章保留于《弘明集》《广弘明集》中。从上述数例不难看出，六朝释氏群体与文人群体的密切关系，他们之间无论是佛学还是文学的相互影响，自然相当深入。因此，就文学领域来看，释氏及其文学书写在六朝文学史上应该有着举足轻重的地位。

王婧博士的著作从文学视角来关注六朝释氏女性的佛教书写问题，这是一个很有学术价值的选题，所论亦颇多新见，对六朝释氏文学研究无疑有着很大的推动作用。希望作者将来在该领域能有更深入的研究，收获更丰富的研究成果。

高文强

2023 年 7 月 8 日于武大振华楼

---

① 高楠顺次郎等辑《大正藏》第 52 册，新文丰出版有限公司，1992，第 350 页。

② 释慧皎撰，汤用彤校注：《高僧传》，中华书局，1992，第 262-263 页。

③ 萧子显：《南齐书》，中华书局，1972，第 700 页。

目　　录

绪　　论

一、何谓"佛教书写"

我国的佛教文化于魏晋南北朝时期逐步走向繁荣，此时与佛教相关的书写蓬勃发展，具有独特的思想内涵和审美价值，对文人群体的创作以及文艺诸多领域产生了深远的影响；同时也为中华优秀传统文化积淀着力量，值得我们深入探索其中的奥蕴。

本书将"书写"看作是一种整体的文化现象，它既包含书写行为本身，又包含书写之文本，且书写的内容不完全等同于现代意义上的文学概念，它包含了广义上的"文"。但值得注意的是，佛教中也有"书写"这一概念，其第一层含义指十种法行之第一。有关经典受持的方法行仪，其第一者即是书写经典；第二层含义指五种法师之一，称能精通经论，书写弘通佛法而为人之师者。

为了便于展开研究和论述，笔者将佛教书写的研究范围加以限定，使之区别于佛教中"书写"的概念。"佛教书写"特指以僧尼为主体的与佛教相关的书写活动，它是僧尼们个性化的心灵表达及铭记方式。佛教书写的主体是释氏群体，即比丘和比丘尼。佛教书写所产生的文本内容与佛教紧密相关的，是具有心灵自主性的文字系统，如佛经、僧传、释氏疏文、禅诗等。也有许多文本是伴随着佛事活动而产生的，如造像记、写经题记、寺庙碑记、忏悔文、斋文等。之所以强调内容与佛教紧密相关，是为了排除那些虽然作者是出家人，但所书写内容与佛教无关的文本，比如皎然的《诗式》，我们就将其排除在佛教书写的研究范围之外；之所以强调心灵自主性，意即个体化的书写，即排除了翻译佛经、抄经等行为，这些也不在本书的讨论范围之内。

六朝时期以比丘尼为主体的书写活动及所产生的文本都是本书的研究内容。最后一章还涉及了这一时期僧人、文人等其他群体如何看待比丘尼及其书写才能。另外，对于书写者身份不明，但书写内容为紧密关涉比丘尼的书写现象及文本，也被纳入本书的研究内容，如个别不明书写者的比丘尼墓志文、亡文及比丘尼造像记等。

在此需要特别指出的是比丘尼的造像记。造像记一般由专门的工匠刻在造像的基座或背面，是出资造像人表达造像祈愿的文字，所以造像记也属于愿文的一种。造像记的内容由出资造像者本人或请他人书写，但许多造像记并没有书写人的署名。所以，我们无法判断比丘尼的造像记是否由本人编撰，但可以确定的是其书写的内容是出资造像者本人的状况及愿望。既然这是本人出资造像和表达祈愿的行为，此时的比丘尼便是造像活动的主体，更是造像记书写活动的主体，所以比丘尼的造像记也是本书重点关注的内容之一。

二、国内外研究现状

海外较早把目光聚焦于对比丘尼这一群体的研究，因为在国际上已呈现的许多相关学术成果中出现了"佛教女性"（buddhist women）这一说法，而比丘尼即是佛教女性中颇具规模的群体。李玉珍在其《佛学之女性研究——近二十年英文著作简介》[①]一文中指出了这些研究所着重的议题，认为比丘尼教团史和比丘尼的生活世界之研究是其中两项重要内容，中国比丘尼法派（比丘尼法派指比丘尼依法受具足戒而形成的僧伽传承）则是其中研究的重点之一。另外，作者认为重建比丘尼的历史典范也是复兴现代比丘尼宗教地位的一个重要面向，所以代表佛教早期比丘尼生活史的重要作品——南朝梁代释宝唱的《比丘尼传》也引起了西方学者的关注，其研究的重点本书会在下文中有关《比丘尼传》研究的部分中详述。

国内对比丘尼的研究虽然不够深入而系统，但近年来仍取得了不少成果，涉及比丘尼生活的诸多方面，但从比丘尼的文化生活角度切入，尤其是针对比丘尼创作的研究少之又少。张煜在其《明清比丘尼与闺阁女性的生活、写作比

---

① 李玉珍：《佛学之女性研究——近二十年英文著作简介》，《新史学》1996 年第 4 期。

较》^①一文中指出，比丘尼的生活与写作，在女性主义研究与妇女文学研究如火如荼的今天，已经越来越引起学界的兴趣与关注，但国内在这方面的研究却相对沉寂。无怪乎学界对此关注甚少，比丘尼的作品数量确实十分有限。王孺童在其《比丘尼传校注》中说道："僧人作诗，代不乏人。现存的'僧诗'数量很多，其中以'证道偈'、'临终偈'为代表。相比之下，尼僧所作的'尼诗'就显得很少了……现在可考的最早的尼诗，当为南齐比丘尼慧绪所作。"^②而六朝时期唯一的一部比丘尼传中也只记载了这一首尼诗而已。我国真正意义上的比丘尼出现在六朝时期，如果以今天狭义的文学概念来看六朝时期比丘尼的创作及作品，据现有的文献资料来看，其成果可以近乎忽略不计。但如果从广义的"文"来看，六朝时期比丘尼中善笔墨者不乏其人，有不少比丘尼造像记和写经题记流传于世，从史料中我们也可以发现那个时代有关比丘尼书写的记载，从而得以窥见她们的文化素养。

就目前整理的文献看来，六朝时期以比丘尼为书写主体所产生的佛教书写文本主要分造像记和写经题记这两大类。而学界更多关注的是造像记和写经题记本身，很少有专门从文本角度研究比丘尼这两类作品的成果。

清代开始对造像记进行大规模著录，如王昶的《金石萃编》、陆增祥的《八琼室金石补正》^③中都收录了一些比丘尼的造像记，还有许多其他金石文献，在此不一一赘述。到了民国初年，鲁迅先生亦收集、整理了许多造像记。日本学者也做了许多造像记的搜集和整理工作，如大村西崖的《支那美术史·雕塑篇》、池田温的《中国古代写本识语集录》。近些年来，又陆续有一些相关的文献资料汇编出现，如金申的《中国历代纪年佛像图典》、国家图书馆善本金石组编撰的《先秦秦汉魏晋南北朝石刻文献全编》、邵正坤的《北朝纪年造像记汇编》等都收录了比丘尼的造像记。另外，黄征、吴伟编校的《敦煌愿文集》，王素、李方的《魏晋南北朝敦煌文献编年》都收录了比丘尼的写经题记。

关于比丘尼造像记的研究，民国时期的期刊《鼎脔》于1927年的第59、60两期中分三次刊载了北周时比丘尼昙乐造像记的图片并对其作了简单的评价，

① 张煜：《明清比丘尼与闺阁女性的生活、写作比较》，《东方丛刊》2007年第4期。
② 释宝唱撰，王孺童校注：《比丘尼传校注·前言》，中华书局，2006，第28页。
③ 本节未详注出处的著作和文章可参见"参考文献"目录。

主要是从书法的角度予以品评。1936 年，《艺林月刊》的第 80 期刊登了《云冈石窟后魏比丘尼惠定造像记》，附有全文图片并交代了此石被发现的一些细节。

随着许多文物的不断被发现和保护，又得以见到不少有关六朝时期比丘尼造像及造像记的研究。二十世纪八九十年代，一些考古、文物类的期刊记录了所出土的比丘尼造像及造像记的情况。如程纪中的《河北藁城县发现一批北齐石造像》[①]便详细描述了石像的出土情况、外形并附上造像及造像上的铭文拓片照片。在这批出土的北齐石造像中，有一尊皇建二年（561 年）八月二十五日建中寺比丘尼员空造的思惟菩萨像，汉白玉质，底座右侧和背面有铭文，为比丘尼员空造像记。辛长青等人的《云冈出土比丘尼昙媚造像颂碑文考释》[②]据 1956 年在云冈出土的一块造像颂刻石的拓片写出释文并简译大意。作者认为造像颂反映了孝文帝迁都后平城僧尼生活的一个侧面，说明北魏迁都后景明年间云冈石窟仍在继续开凿。同时，对确定“东为僧寺，西头尼寺”的位置问题也增添了新的论据，这些都为研究北魏佛教提供了新的资料。还有常叙正、李少男的《山东省博兴县出土一批北朝造像》，辛长青的《云冈第 20 窟出土比丘尼昙媚像颂石碑试解》，吉爱琴的《泰安大汶口出土北朝铜鎏金莲花座等文物》，翟盛荣、杨纯渊的《山西昔阳出土一批北朝石造像》，沈铭杰的《河北省景县出土北朝造像考》，夏名采的《青州龙兴寺佛教造像窖藏清理简报》，王巧莲、刘友恒的《正定收藏的部分北朝佛教石造像》，张建国、朱学山的《山东惠民出土一批北朝佛教造像》等，都涉及了比丘尼的造像记。整体看来，这些成果都旨在通过考证这些出土造像和造像记来补充史料记载的不足或对史书加以印证，或从史学的角度对六朝时期（主要是北朝）佛教在当地的发展情况予以推断和研究。

近年来，学界仍很少有专门对比丘尼造像记和写经题记进行研究的成果，目前笔者搜集到的只有邵正坤的《北朝比丘尼造像记试探》[③]。作者分析了比丘尼造像的方式、造像题材、造像对象、发愿内容这几个方面，它们体现了北朝佛教世俗化的特征，也显示了比丘尼个人的能力和才干。另外，石少欣 2013 年的博士学位论文《六朝时期比丘尼研究》用一小节的内容分析了造像题记中所体

[①] 程纪中：《河北藁城县发现一批北齐石造像》，《考古》1980 年第 3 期。

[②] 辛长青等：《云冈出土比丘尼昙媚造像颂碑文考释》，《法音》1983 年第 5 期。

[③] 邵正坤：《北朝比丘尼造像记试探》，《古籍整理研究学刊》2014 年第 4 期。

现的比丘尼的家族观念。陈晨 2016 年的硕士学位论文《北魏比丘尼研究》有两小节探讨了北魏比丘尼的写经和造像活动，也分析了比丘尼的造像题材和发愿对象。石越婕 2016 年的硕士学位论文《北魏女性佛教造像记整理及研究》中也包含了对比丘尼造像记的探讨，注意到了比丘尼造像对象中涉及国家和皇帝的内容，并分析其原因和影响。这方面的成果虽少，但学界对造像记和写经题记的整体探索也可以为我们的研究提供有益的启示，笔者选取或多或少与比丘尼佛教书写相关的成果后发现，他们的研究主要从以下几个角度切入。

（一）从社会史研究的角度

这些成果主要通过造像记和写经题记来揭示某种社会历史现象，从而体现了这些文本的史料价值。这些社会现象大致可分为以下几个方面。

1.民间结社现象及比丘尼的参与作用

宁可、郝春文的《北朝至隋唐五代间的女人结社》[①]一文认为，到了北齐时期，从一些造像记中可以看出由女人结成的佛社与其他佛社一样，大多是佛教寺院的外围组织，受到寺院僧尼的影响与控制。作为一些佛社的发起人和组织者，比丘尼对女人邑的形成具有一定的推动作用。另外，在男女混合组成的邑、社中，男女地位持平。作者认为北朝至隋唐间女人结社现象出现的原因在于这一时期妇女的社会地位较高，而这主要是受到了少数民族风俗习惯的影响。李文生、孙新科的《龙门石窟佛社造像初探》[②]指出龙门石窟所反映的北朝佛社——邑、邑义，是一种以地域为基础、以造像为目的的民间结社。佛社的活动内容主要是从事造像，比丘尼也积极参与其中。佛社是佛教寺院的外围组织和存在发展的社会基础。这些参加佛社的寺院僧官、法师和僧尼，大多是佛社的首领，身居要职，或是重要成员，多数是佛社的发起者和组织者，有的僧尼甚至成为佛社的主体。郝春文的《再论北朝至隋唐五代宋初的女人结社》[③]在以往学术界对北朝至隋唐五代间的造像题记和敦煌吐鲁番文书中所保存的一组

① 宁可、郝春文：《北朝至隋唐五代间的女人结社》，《北京师范学院学报（社会科学版）》1990 年第 5 期。

② 李文生、孙新科：《龙门石窟佛社造像初探》，《世界宗教研究》1995 年第 3 期。

③ 郝春文：《再论北朝至隋唐五代宋初的女人结社》，《敦煌研究》2006 年第 6 期。

关于女人结社资料研究的基础上，对北朝至宋初女人结社的时空分布以及女人社出现与流行的原因等问题作进一步探讨。作者认为女人结社现象的出现与长时间流行，与比丘尼僧团的存在和佛教有关优婆夷经典的翻译和流传等因素有关。比丘尼的女性身份使其向其他女性宣传佛教更具优势。杨超杰在其《龙门石窟妇女造像及相关问题》①一文中统计出僧尼造像资料共计 122 例，其中比丘尼造像就有 100 例。在造像活动中，僧尼不但直接从事了此类活动，而且还充当"邑师"的角色。另外，造像记中还保存了珍贵的寺院资料，其中尼寺有 8 个。比丘尼造像的大量出现，表明了她们在造像活动中的重要地位和对社会的重要影响。

2. 不同思想之间的碰撞与交流

这类成果多通过对造像记和写经题记的分析来反映佛教中的一些理论观念对社会思潮的影响。侯旭东在其《东晋南北朝佛教天堂地狱观念的传播与影响——以游冥间传闻为中心》②一文中列举造像记来说明东晋南北朝间天堂地狱观念在信众中所产生的广泛影响。许多造像者的祈愿中都有渴求生天（堂）远离地狱三途的内容。张鹏的《以造像记为对象的北朝佛教本土化考察》③将造像记看作反映北朝佛教传播和发展的第一手资料，文章以北朝造像记为对象，从其所涉及的福报内容和对象出发，考察了北朝佛教对中国本土神灵信仰和儒学伦理观念的接受。赵青山的《从敦煌写经题记所记"七世父母"观看佛教文化对中土文化的影响》④认为佛教"七世父母"的理论观念对中土孝道内容做了重要补充，深刻地影响了民众的孝道观。

3. 僧尼与世俗家庭之间的关联

邵正坤的《离合之间：北朝僧尼与世俗家庭关系研究》⑤认为，从造像记中

---

① 杨超杰：《龙门石窟妇女造像及相关问题》，《中国历史文物》2010 年第 4 期。

② 侯旭东：《东晋南北朝佛教天堂地狱观念的传播与影响——以游冥间传闻为中心》，《佛学研究》1999 年刊。

③ 张鹏：《以造像记为对象的北朝佛教本土化考察》，《宗教学研究》2010 年第 4 期。

④ 赵青山：《从敦煌写经题记所记"七世父母"观看佛教文化对中土文化的影响》，《兰州大学学报（社会科学版）》2009 年第 6 期。

⑤ 邵正坤：《离合之间：北朝僧尼与世俗家庭关系研究》，《许昌学院学报》2016 年第 3 期。

可以看出，北朝时期的职业信徒并没有完全断绝同世俗家庭的联系。出家人不仅关心本生家庭成员的生死病葬，在家庭抑或家族发生重大变故之时，仍然是同呼吸、共命运。这种关系不仅为世俗家庭成员带来宗教关怀，也起到了向广大俗众宣教的客观效果。

4.佛教区域发展情况的时代反映

聂葛明的《敦煌西魏写经及题记管窥》① 在将西魏时期有纪年题记的 35 件写经作了简略的列表统计后，分析了写经主的身份并结合写经题记对西魏河西敦煌的政治形势进行了剖析，还分析了《大般涅槃经》的流行原因以及当时所写佛经的特点。崔峰的《〈大般涅槃经〉写经在北周和隋代的流行》② 亦分析了此经流行的现象及原因。他的另一篇论文《从写经题记看北朝敦煌民众的崇佛心理》③ 记述了北朝时期敦煌地区的写经活动是当时民众奉佛的一种重要方式。作者认为民众写经的主要用途是为了读诵受持和流通供养。整个北朝民众写经题记和发愿文在不同时期呈现出不同形式与内容，这是民众奉佛心理变化的反映。作者的另一成果《西魏北周时期敦煌民众的写经和奉佛活动》④ 则把时间范围切分得更加具体。另外，赵青山、姚磊的《敦煌写经题记的史料价值》⑤ 和魏郭辉的《敦煌写本佛经题记内容探析》⑥ 都旨在发掘敦煌写经题记的原因与史料价值，都将其视为研究佛教史与社会生活史的重要材料。

（二）从文学研究的角度

学界还注意从文学的角度对造像记和写经题记，或二者所属的愿文整体加以研究，其关注点主要在文体学方面。张鹏的《北朝造像记的文体特征》⑦ 将北朝造像记视作北朝散文的重要形式，认为北朝造像记具有不同于碑、墓志的独

---

① 聂葛明：《敦煌西魏写经及题记管窥》，《敦煌学辑刊》2007 年第 4 期。

② 崔峰：《〈大般涅槃经〉写经在北周和隋代的流行》，《牡丹江大学学报》2009 年第 3 期。

③ 崔峰：《从写经题记看北朝敦煌民众的崇佛心理》，《敦煌学辑刊》2006 年第 2 期。

④ 崔峰：《西魏北周时期敦煌民众的写经和奉佛活动》，《甘肃高师学报》2014 年第 6 期。

⑤ 赵青山、姚磊：《敦煌写经题记的史料价值》，《图书与情报》2013 年第 6 期。

⑥ 魏郭辉：《敦煌写本佛经题记内容探析》，《黑龙江史志》2014 年第 17 期。

⑦ 张鹏：《北朝造像记的文体特征》，《广西社会科学》2012 年第 4 期。

特体制，它的语体特征在语音、语义、句法方面都有明显特点，尤其在语义方面，以用典和比喻为主要特色，具有与其他文体不同的宗教文化色彩，它的审美特征也因此具有玄远神秘、超逸瑰丽的特点。这些特征使得造像记成为北朝散文中与碑、墓志并列的一种独立的文体。作者还在《北朝佛教造像记的文学意义》①一文中分析了北朝造像记的文章体裁以及对佛经文学的接受及其对北朝文学的影响情况。彭栓红的《云冈石窟北魏造像题记的叙述特征》②认为云冈石窟北魏造像题记虽然存世较少，但其叙述上具有民间化、范式化的特征，内容上宗教性与世俗性并存。另外，邱乐乐 2015 年的硕士学位论文《文体学视野下的北魏造像记研究》亦从文体学的角度入手，集中分析了北魏造像记的句法、声律、用典、风格以及所反映的造像者们的情怀等几个方面。

除了造像记的文体研究，冯国栋提出了"涉佛文体"这一概念，在其《涉佛文体与佛教仪式——以像赞与疏文为例》③中指出，所谓"涉佛文体"，是指由佛教的传入而产生，或为本土固有，后与佛教结合而产生新变的文体，如塔铭、寺庙碑记、释氏疏文、像赞、文人与僧人的来往书信、文人写给僧人的赠序、语录序等。作者也观察到，相较而言，学界对佛教文学本身的研究成果寥寥，不成系统。而对于塔铭、像赞、寺庙碑记、疏文此类"涉佛文体"的研究则更为少见。而如何处理此类文体，的确是一个需要认真思考的问题。张慕华的《敦煌写本佛事文体结构与佛教仪式关系之研究》④也指出佛事文体是实用性极强的宗教仪式文体。而敦煌文献中保留了种类丰富、形态多样的佛事文体。作者从仪式、制度与结构的关系入手研究佛事文体，目的在于展示佛事文体的特殊性，认为这对于研究中国古代实用文体具有一定的启示意义。陈星宇的《功德思想与敦煌荐亡愿文》⑤也注意到了存在于敦煌斋愿文中用来追荐亡人的仪

---

① 张鹏：《北朝佛教造像记的文学意义》，《西南交通大学学报（社会科学版）》2007 年第 5 期。

② 彭栓红：《云冈石窟北魏造像题记的叙述特征》，《北方文物》2017 年第 1 期。

③ 冯国栋：《涉佛文体与佛教仪式——以像赞与疏文为例》，《浙江学刊》2014 年第 3 期。

④ 张慕华：《敦煌写本佛事文体结构与佛教仪式关系之研究》，《中山大学学报（社会科学版）》2013 年第 1 期。

⑤ 陈星宇：《功德思想与敦煌荐亡愿文》，《齐齐哈尔大学学报（哲学社会科学版）》2014 年第 3 期。

式文本。

事实上，这些涉佛类的文体往往与佛教仪式密不可分，这就启发我们不能脱离仪式来看待这些文本，但学界对相关仪式的探讨仍不够深入，因此，对比丘尼佛教书写的研究需要更为具体地关注与书写活动相关的仪式环境以及相互之间的作用。

张慕华的《论敦煌佛教亡文审美内涵的多元化》①则以美学的视角，将存在于敦煌遗书中用于忌辰设斋时念诵的佛教亡文进行审美诠释，认为敦煌亡文将佛教义理与世俗民众心理需求完美地结合在一起，构建了一个以济度为功能导向的审美体系。这一体系是以佛教空观之美为基础、以净土理想之美为指向、以供养之美为手段、以伦理之美为辅助的佛教应用美学观念之集合。这一视角启发我们不能只看到比丘尼佛教书写文本，如造像记和写经题记所凸显的程式化倾向，也应发掘其中的审美意蕴。另外，陈晓红 2003 年的硕士学位论文《敦煌佛教愿文类型及其文学性》、张承东 2004 年的硕士学位论文《敦煌写本斋文探析》都对这类文体在文学方面的价值作出了创新性探索。

（三）从宗教信仰研究的角度

崔峰的《论北周时期的民间佛教组织及其造像》②对遗存的造像记进行了分析，他认为北周时期的民间佛教造像组织十分发达，民间佛教信仰十分盛行。他从造像题材上看，北周民众的信奉对象以释迦最多，其次是观世音，并与北齐民众的信仰相比较。邵正坤的《造像记所见北朝民众的佛教信仰与拟血缘群体》③分析了宗教信仰团体中建立拟血缘关系的现象及原因。作者的《造像记所见北朝妇女的佛教信仰》④还透过造像记专门分析了北朝妇女群体的佛教信仰，揭示了女性宗教信仰的特殊性。另外，作者的《追福与荐亡——造像记所见北

---

① 张慕华：《论敦煌佛教亡文审美内涵的多元化》，《南昌大学学报（人文社科版）》2011年第 2 期。

② 崔峰：《论北周时期的民间佛教组织及其造像》，《世界宗教研究》2011 年第 2 期。

③ 邵正坤：《造像记所见北朝民众的佛教信仰与拟血缘群体》，《学习与探索》2010 年第 1 期。

④ 邵正坤：《造像记所见北朝妇女的佛教信仰》，《吉林师范大学学报（人文社科版）》2016 年第 6 期。

朝时期的追荐之风》①透过北朝时期造像记中所含的大量追荐亡者的铭文判断这类造像在时间上有一定的规律可循，祈愿内容大多与宗教信仰相关。含有荐亡内容的题记表明，亲属亡故以后，通过造像为其超度，已经成为当时一种较为固定的仪式。而佛教的某些仪轨已经深入民众的日常生活，成为民众养生送死的重要依据。徐婷的《云冈石窟造像题记所见的北魏佛教信仰特征》②认为造像题记记录了造像者的宗教祈福内容，对造像题记的解读和宗教信仰心理研究有着重要的意义。作者以云冈石窟造像题记为对象，对造像题记进行典型性分析，解析北魏平城不同社会阶层的信仰心理，揭示出北魏"像教"社会以家庭为中心的宗教情感和像教的世俗化发展特征。还指出了僧尼阶层是云冈石窟的主要造像力量之一，此时的比丘尼已遍布平城各处，成为造像和传播佛教的重要力量。王凌虹 2014 年的硕士学位论文《洛阳北朝佛教造像与佛教仪式研究——以龙门石窟石刻铭文为中心》从分析龙门石窟遗留下的丰富铭文资料入手，对洛阳北朝的造像活动及造像与仪式之间的关系进行分析和探讨。李志鸿的《中国北朝石刻上的法华信仰与文化效应》③探讨了中国北朝佛教石刻上的法华信仰，以此来观察和讨论北朝的佛教思想、信仰及实践上的特色。

　　从这些成果可以看到，有关造像记方面，学界多探讨的是北朝的造像记，很少有论述南朝造像的问题，这也确乎与南朝所保留下来的文本数量有限有关。董华锋的《南朝造像题记与南朝佛教相关问题考论》④指出，通过梳理相关资料，目前所知保存下来的南朝造像题记约有 60 余条。这在数量上确实与北朝的造像记无法比拟，但南北的差异也是我们应该关注的一个面向。胡彬彬、吴灿的《长江流域与敦煌佛教造像愿文比较初识》⑤注意到了地域之间的差异。当然，还有一些是从书法角度或语言文字角度对造像记进行研究，便不在本书的关注范

---

① 邵正坤：《追福与荐亡——造像记所见北朝时期的追荐之风》，《山西大同大学学报（社会科学版）》2016 年第 2 期。

② 徐婷：《云冈石窟造像题记所见的北魏佛教信仰特征》，《宗教学研究》2014 年第 1 期。

③ 李志鸿：《中国北朝石刻上的法华信仰与文化效应》，《早期中国史研究》第四卷第一期。

④ 董华锋：《南朝造像题记与南朝佛教相关问题考论》，《敦煌学辑刊》2013 年第 4 期。

⑤ 胡彬彬，吴灿：《长江流域与敦煌佛教造像愿文比较初识》，《光明日报》2012 年 10 月 19 日。

围之内。

涉及对比丘尼这一群体的观照，便不能不提南朝梁代僧人宝唱的《比丘尼传》，这也是我国古代唯一的一部尼传，其重要性便不言而喻。许多学者都在其佛教研究著作中引用该传材料来对其观点进行论证。李玉珍指出，该书的英译本至少有两种，而以 Tsai K. A. 的翻译较为翔实。Nancy Schuster 则根据中古门第社会背景来研读《比丘尼传》，其成果着重分析历史社会背景的特异性，具有较强的说服力。台湾和大陆目前对《比丘尼传》的专门性研究成果也在不断出现，主要从文献学角度进行文本研究或将其作为史料来探讨当时比丘尼的教团形象和佛教的发展状况，王孺童的《比丘尼传校注》便极具参考价值。一些学位论文对《比丘尼传》采取综合研究或各有侧重，或对这两方面均有涉及，如庞仕影 2006 年的硕士学位论文《宝唱〈比丘尼传〉研究》、庄圆 2007 年的硕士学位论文《东晋南朝时期尼僧社会生活的历史考察——以〈比丘尼传〉为中心》、刘飙 2008 年的博士学位论文《释宝唱与〈比丘尼传〉》，还有胡前胜 2010 年的硕士学位论文《〈比丘尼传〉成书研究》等。综观该传的相关研究成果，学界更多关注的是《比丘尼传》的史料价值，将该传作为历史材料来呈现当时比丘尼的形象、佛教发展状况及当时的社会风貌。如杨孝容的《从〈比丘尼传〉看刘宋时期尼僧概况》[①]、张承宗的《东晋南朝尼姑事迹考》[②]。具体看来，他们往往关注以下几个方面。

1.比丘尼的出家原因

这是许多该传研究中都会提及的一个问题，而专文分析的、具有代表性的是宋仁桃的《浅议魏晋南北朝时期女性出家之现象》[③]和邱少平、张艳霞的《从〈比丘尼传〉看东晋至南朝时期妇女出家的原因》[④]。

---

① 杨孝容：《从〈比丘尼传〉看刘宋时期尼僧概况》，《宗教学研究》1997 年第 3 期。

② 张承宗：《东晋南朝尼姑事迹考》，《南京理工大学学报（社会科学版）》2011 年第 2 期。

③ 宋仁桃：《浅议魏晋南北朝时期女性出家之现象》，《江南社会学院学报》2002 年第 3 期。

④ 邱少平，张艳霞：《从〈比丘尼传〉看东晋至南朝时期妇女出家的原因》，《湖南城市学院学报》2009 年第 3 期。

2.比丘尼与世俗政治的关联

典典《古代出家而入世的女性——浅议"妙音为殷仲堪图州"事》①从该传中看到,东晋时的妙音在宗教之中找到了一个较为合法的脱离家庭的生活模式,并在这个新的位置上"入世",实现自我。王永平的《晋宋之间佛教僧尼与宫廷政治之关系考述》②认为东晋以来,佛教传播日益广泛,僧尼们与上层统治集团的关系也不断密切。东晋中后期及刘宋时期的统治者多笃信佛法,捐施资产,创建佛寺,甚至在内宫中开展佛事活动,有利于一些僧尼与宫廷发生日益紧密的关联。宫廷作为政治权力中心,给僧尼们提供了参与朝政的机会。

3.比丘尼的佛教信仰状况

这方面比较有代表性的有吕明明的《中土早期比丘尼戒律考察》③和李传军的《从比丘尼律看两晋南北朝时期比丘尼的信仰与生活——以梁释宝唱撰〈比丘尼传〉为中心》④。李传军认为主动或被动地纠葛于佛教戒律与世俗社会之中,是两晋南北朝比丘尼信仰的重要特点。从《比丘尼传》所载的全部史料来看,两晋南北朝时期比丘尼的持戒总体来讲是比较严格的。纠葛徘徊于世俗与宗教的二元社会,在出世的追求与涉世的诱惑中各自抉择,乃成为魏晋南北朝时期比丘尼宗教信仰的鲜明时代特征。赵纪彬的《〈法华经〉与六朝之比丘尼关系考略》⑤认为从《比丘尼传》中的记载可以看出《法华经》于六朝比丘尼中广泛流传、备受青睐,作者重点分析了这一现象的具体表现及原因。周玉茹的《六朝江南比丘尼禅修考论》⑥则分析了《比丘尼传》对比丘尼禅修活动的记载以及江南尼众习禅的师承情况的影响因素。白春霞的《东晋南朝比丘尼自主性社会活

---

① 典典:《古代出家而入世的女性——浅议"妙音为殷仲堪图州"事》,《湖南人文科技学院学报》2011年第1期。

② 王永平:《晋宋之间佛教僧尼与宫廷政治之关系考述》,《社会科学战线》2012年第5期。

③ 吕明明:《中土早期比丘尼戒律考察》,《长安佛教学术研讨会论文集》,长安佛教学术研讨会筹备委员会2009年编。

④ 李传军:《从比丘尼律看两晋南北朝时期比丘尼的信仰与生活——以梁释宝唱撰〈比丘尼传〉为中心》,《徐州师范大学学报(哲社版)》2006年第1期。

⑤ 赵纪彬:《〈法华经〉与六朝之比丘尼关系考略》,《中华文化论坛》2014年第2期。

⑥ 周玉茹:《六朝江南比丘尼禅修考论》,《人文杂志》2014年第12期。

动及影响因素探析——以〈比丘尼传〉为中心》^①则重点分析了东晋南朝比丘尼游学教化、进修禅律、谈玄论道、追随社会风尚等自主性的社会活动。

4.比丘尼的精神面貌

刘飒《〈比丘尼传〉所载古代比丘尼的风范》^②认为该传所记载的比丘尼的风范具有利他忘己，他人在先；恪守孝道，孝亲敬老；不立私财，广行布施等特点，这些大德僧尼具有巨大的人格感召力量。陆静卿的《论六朝隋唐比丘尼风采殊异的时代反映》^③认为从《比丘尼传》来看，魏晋南北朝时佛教的发展出现了玄学化倾向，僧尼以清谈玄理见长，名尼也深具名士风度。

除了探讨该传的文献学价值和史料价值，还有一些学者注意到了《比丘尼传》的文学价值，将该传视为传记文学作品，从文学的角度加以研究。刘飒《论僧传中的神异现象——以〈高僧传〉和〈比丘尼传〉为例》^④关注的即是这些传记中的神异现象叙述。作者认为在早期的僧传中，神异渗透着理性的因素。但伴随着文学作品的影响，神圣的神异慢慢世俗化，佛教僧传中神异叙述缺少人性关怀也使神圣的神异走向了世俗。谢薇娜 *The Use of Miracles in Baochang's Biqiuni zhuan——Research on the Expression of Ganying*（《宝唱〈比丘尼传〉中对奇迹的运用——以"感应"为主的考察》）^⑤也是这方面的有益探索。

还有一些学者将该传与他者进行比较研究。在西方，Tsai K.A. 将此传与《列女传》相比较。吴素祯的硕士学位论文《〈长老尼偈〉之叙事研究——兼以对照〈比丘尼传〉》则将印度佛教早期经典《长老尼偈》与该传对比，目的是以二者中所蕴含的性别意识形态思想，作为现代"性别研究"议题的思考方式。

目前学界更多关注的是《比丘尼传》的文献学及史料价值，因此其文学性

---

① 白春霞：《东晋南朝比丘尼自主性社会活动及影响因素探析——以〈比丘尼传〉为中心》，《管子学刊》2016 年第 2 期。

② 刘飒：《〈比丘尼传〉所载古代比丘尼的风范》，《法音》2012 年第 2 期。

③ 陆静卿：《论六朝隋唐比丘尼风采殊异的时代反映》，《辽宁教育行政学院学报》2010 年第 1 期。

④ 刘飒：《论僧传中的神异现象——以〈高僧传〉和〈比丘尼传〉为例》，《中国文化研究》2011 年第 2 期。

⑤ 谢薇娜：《宝唱〈比丘尼传〉中对奇迹的运用——以"感应"为主的考察》，《清华中文学报》2014 年第 11 期。

方面尚有较大的研究空间。另外，该传所呈现出的比丘尼的人格特征也是较少被关注到的。再者，考虑到比丘尼的女性身份，笔者认为从性别视角加以研究其佛教书写并比较僧尼之间在某些方面的差异，或分析社会各阶层对待比丘尼的态度似能够更接近这一时期比丘尼的真实面目和了解当时佛教在中土的传播状况。

比丘尼的墓志铭也是研究比丘尼佛教书写的重要材料。王珊的《北魏僧芝墓志考释》①和周玉茹的《北魏比丘尼统慈庆墓志考释》②都旨在通过对这些史料的考释来了解墓主人的生平。另外，涉及比丘尼墓志铭研究的还有黄蕾 2007 年的硕士学位论文《北朝女性墓志研究》，该文从比丘尼墓志的志文中考察她们的生活背景与奉佛原因。赵延亚 2015 年的硕士学位论文《北朝僧尼墓志碑铭探析》也探讨了北朝僧尼在当时的社会生活、地位以及佛教的发展兴盛程度。

就这些现状看来，学界往往试图通过《比丘尼传》或者其他与比丘尼相关的历史材料来探讨六朝比丘尼生活的方方面面、时代背景及佛教发展状况。但很少有专门成果去探讨比丘尼的文化素养与贡献。六朝时期，作为外来文化的佛教与本土思想碰撞、融合的同时也改变了对当时女性的社会角色定位与生活内容，并拓展其交往空间与经世实践。比丘尼既是女性，又是职业佛教徒，其书写活动一开始就植根于这一特殊的语境之中——主体身世的复杂与多维、多元文化的渗透与影响，故其书写具有独特的意义和价值。从佛教书写入手，更能探寻这一群体的文艺观念与社会心理，从而进一步了解当时的文学状况与社会风貌。

另外，学界对造像记等愿文的研究往往关注的是文本说了什么，鲜有关注地域之间的差异和僧尼之间的比较，而佛教书写在僧尼之间所呈现的不平衡性同样能揭示一些值得我们探索的文化现象。所以，笔者希望能对六朝比丘尼的佛教书写作一个整体性的考察，而非单纯研究书写的文本。依此可以从比丘尼的佛教书写活动来发掘六朝时期比丘尼的人格特征与历史文化贡献，并运用新的视角和方法来努力开拓古代文论的研究空间。

---

① 王珊：《北魏僧芝墓志考释》，《北大史学》2008 年刊。

② 周玉茹：《北魏比丘尼统慈庆墓志考释》，《北方文物》2016 年第 2 期。

三、研究思路与方法

首先，笔者在整理六朝时期比丘尼的佛教书写文本时采用了"二重证据法"以及文献学方法。以比丘尼为主体的佛教书写文本包含造像记、写经题记及墓志铭等，这些文本多与考古中的石刻资料相关联，所以要采用将传世文献与考古资料相结合的"二重证据法"，并需要采用文献学的相关方法对这些材料进行辨伪、校对和整理。关于六朝时期的比丘尼造像记，笔者搜集到的资料有清代学者王昶的《金石萃编》，清嘉庆十年经训堂刊本。此外，陆耀遹的《金石续编》，清同治十三年毗陵双白燕堂刊本；王言的《金石萃编补略》，清光绪八年刊本；方履籛的《金石萃编补正》，清光绪二十年上海醉六堂石印本；民国学者罗振玉的《金石萃编未刻稿》，民国七年上虞罗氏石印本等也有重要的参考价值。到了近代，金申的《中国历代纪年佛像图典》，王素、李方的《魏晋南北朝敦煌文献编年》，国家图书馆善本金石组编撰的《先秦秦汉魏晋南北朝石刻文献全编》，毛远明的《汉魏六朝碑刻校注》，李新宇、周海婴主编的《鲁迅大全集·鲁迅辑校石刻手稿·造像》，还有日本学者池田温的《中国古代写本识语集录》等，是比丘尼造像记及写经题记的重要文献来源。有关北朝时期的比丘尼造像记，邵正坤的《北朝纪年造像记汇编》收录得相对集中和完善。至于六朝时期的比丘尼墓志文，赵万里的《汉魏南北朝墓志集释》，张伯龄的《北朝墓志英华》，朱亮主编的《洛阳出土北魏墓志选编》，赵君平、赵文成的《河洛墓刻拾零》，王壮弘、马成名的《六朝墓志检要》，以及韩理洲等辑校编年的《全北魏东魏西魏文补遗》等著作均有收录。黄征、吴伟编校的《敦煌愿文集》中还收录了不少亡尼文。除了这些传世文献，笔者还梳理了大量的《文物》《考古》《北方文物》《考古与文物》等期刊文献。在一些佛教造像的发掘与整理报告中，出现了许多近代新出土的造像文物，其中的造像记可以补充上述著作收录之不足。

其次，笔者将六朝时期比丘尼的书写活动及文本放在整个时代的文学史及佛教史等文化背景中去考察，用文化人类学、宗教学、文学、美学、文艺心理学、女性主义等多重视角，结合六朝时期与佛教书写相关的政治、经济、社会及思想文化各个层面去研究比丘尼的佛教书写活动及文本内涵。

再次，关注六朝时期影响比丘尼佛教书写的仪式因素。比丘尼佛教书写活动不能脱离相关的佛教仪式，应当在仪式语境下去考察比丘尼佛教书写文本的独特意蕴。

最后，还采用比较分析法，比较传记中僧尼形象的建构差异。僧尼之间的对比以及比丘尼与同时代其他女性之间的对比都有助于将本研究推向纵深。

第一章　六朝比丘尼佛教书写活动的文化场域

　　六朝时期迎来了佛教文化发展的繁荣时代。作为外来文化的佛教，它在中国的传播并非一帆风顺。从初传到兴盛，在经历了诸多矛盾及冲突后，终于与本土文化相互适应与融合，并对中国文化产生了广泛而深刻的影响。作为释氏群体，僧尼二众是促成佛教文化兴盛的中坚力量，他们对佛教文化的传播与发展都作出了不可磨灭的贡献。然而，作为佛教女性的比丘尼群体往往不被重视，这种现象之于她们的历史贡献是有失公允的。

　　佛教书写的主体是僧尼，这是他们以文字为因缘的个性化的心灵表达及铭记方式。在明确了这一概念后，需要探讨的是比丘尼们从事佛教书写活动的文化场域及时代背景。我国真正意义上的比丘尼出现的时期是六朝，她们的书写活动不是独立存在的现象，其活动整体受到那个时代诸多因素的推动及影响。那些杰出比丘尼的才华远超同时代的其他女性，她们较高的文化素养正是家庭及寺院双重教育及培养的结果。政治、经济、社会、思想文化等语境既为她们的佛教书写活动提供了一定的契机，但同时也令她们的书写面临着诸多困境。

第一节　佛教书写活动的时代动因

六朝时期，随着佛教文化的兴盛，与此相关的佛事活动也在如火如荼地进行着。开窟建寺、写经铸像等，其数量一度创历史新高，比丘尼的佛教书写活动也日渐兴盛，造像记、写经题记、墓志文等不断涌现，繁荣背后的原因值得我们深思，究竟是何原因促使她们选择这样一种方式来坚守信仰。

一、苦难现实中的心灵寄托

面向六朝时代，或许令人们最容易联想到的便是这一时期频繁的战乱及诸多悲苦的社会现实。长期的分裂割据、频繁的政权更迭、连年的征战导致当时的社会经济惨遭严重的破坏。土地荒芜，民不聊生。百姓流离失所，饱受战乱之苦。正如《后汉书》中所描述的情景："以及今日，名都空而不居，百里绝而无民者，不可胜数。"①又如《三国志》中所云："是时丧乱之后，吏民流散饥穷，户口损耗。"②因此，在战争的破坏之下，人口的缩减是非常严重的，导致劳动力大量缺失，百姓的生活更加艰难。从某些资料来看，西晋时的户数与汉代相比，其减损状况可见一斑：

> 西汉平帝元始年间，有户 12233062，有口 59594978，这是西汉户口记载的最高数字。东汉桓帝永寿年间，有户 10677960，有口 56486856，这是东汉户口的最高数字。及至西晋平吴以后，总计不过有户 2459804，有口 16163863。户数不到东汉的四分之一，口数不到三分之一。③

---

① 范晔：《后汉书》，中华书局，1965，第 1649 页。
② 陈寿：《三国志》，中华书局，1971，第 491 页。
③ 韩国磐：《魏晋南北朝史纲》，人民出版社，1983，第 42 页。

　　连年的征战致使死亡人数大量增加，如西晋时长达 16 年之久的"八王之乱"便殃及众多生命。赵王伦之乱时，"自兵兴六十余日，战所杀害仅十万人"。长沙王乂"前后破颖军，斩获六七万人"。又如，"弘等所部鲜卑大掠长安，杀二万余人。"而八王之乱的结局无疑是惨烈的："既而帝京寡弱，狡寇凭陵，遂令神器劫迁，宗社颠覆，数十万众并垂饵于豺狼，三十六王咸殒身于锋刃。祸难之极，振古未闻。"不仅如此，战乱的破坏也致使许多百姓无家可归，流落他乡，造成许多类似"建安初，关中百姓流入荆州者十余万家"这样的情形出现。和平的时期是短暂的，如接踵而至的"八王之乱"和"永嘉之乱"便迅速打破了西晋前期"太康之治"的兴盛局面。除了战乱的破坏，还有天灾的威胁，如史书上记载："郑浑为沛郡太守，郡居下湿，水涝为患，百姓饥乏。"① 战乱和自然灾害又往往导致疫病的流行，使百姓的生活雪上加霜。曹操在《说疫气》中描述了人民深受疫病之害的悲惨景象："建安二十二年，疠气流行，家家有僵尸之痛，室室有号泣之哀。或阖门而殪，或覆族而丧。"② 其子曹丕在《又与吴质书》一文中也抒发了疾疫之患所给人带来的生离死别之痛，深感生命的脆弱与无常："昔年疾疫，亲故多离其灾，徐、陈、应、刘，一时俱逝，痛可言邪！"③

　　总之，战乱、天灾、疫病流行等，让其时的百姓生活在水深火热之中，常常面临疾病、饥饿、死亡等痛苦。史书上的记载为我们还原了当时社会的惨状：

> 　　及惠帝之后，政教陵夷，至于永嘉，丧乱弥甚。雍州以东，人多饥乏，更相鬻卖，奔迸流移，不可胜数。幽、并、司、冀、秦、雍六州大蝗，草木及牛马毛皆尽。又大疾疫，兼以饥馑，百姓又为寇贼所杀，流尸满河，白骨蔽野。刘曜之逼，朝廷议欲迁都仓垣，人多相食，饥疫总至，百官流亡者十八九。④

---

① 房玄龄等：《晋书》，中华书局，1974，第 1605、1614、107、1627、784、784 页。

② 严可均辑《全三国文》，商务印书馆，1999，第 183 页。

③ 严可均辑《全三国文》，商务印书馆，1999，第 66 页。

④ 房玄龄等：《晋书》，中华书局，1974，第 791 页。

西晋灭亡以后，中原地区则陷入了分崩离析的状态，"五胡乱华"的局面继续加深着百姓的苦难。北方许多割据政权不断争夺与更迭，严重破坏着当地社会经济的发展，统治阶级的奴役和剥削更是加重着人民的生活负担。各地区、各民族反抗剥削、压迫的斗争也在不断增加。南北朝时期，政权的更迭依旧频繁。总之，整个六朝时期的太平局面都相对短暂。面对常态化的战乱和接二连三的自然灾害，切肤之痛的残酷现实令当时的人们更能体会到生命的无常感、居无定所的漂泊感与生离死别的悲痛感，故而这一时期的许多文学作品都弥漫着一种悲凉的情调。而佛教的传播以及所宣扬的诸多理论，恰给饱受身心折磨的广大人民带来心灵的慰藉与治愈创伤的良药。佛教的报应论、轮回说以及对西方极乐世界的描绘，满足了人们对美好生活的期许和想象。因此，许多人转而从佛门寻求解脱，重燃对生活的信心与希望。

曹魏时期，康僧铠所译的《佛说无量寿经》云："彼佛国土诸往生者，具足如是清净色身、诸妙音声、神通功德，所处宫殿、衣服、饮食、众妙华香庄严之具，犹第六天自然之物。若欲食时，七宝应器自然在前，金、银、琉璃、车渠、玛瑙、珊瑚、琥珀、明月、真珠如是众钵随意而至，百味饮食自然盈满。虽有此食实无食者，但见色、闻香，意以为食，自然饱足，身心柔软，无所味著。"①经中描绘的是只有快乐清净、没有苦难的理想世界，是佛教中所谓的阿弥陀佛之净土，又称西方极乐世界。与世俗所处的"秽土"相对，两者反差极大。

在现实的驱动下，许多身处佛门的女性以文字为因缘，用佛教书写的方式表达虔诚的信仰及对理想生活的憧憬，疗治现实中的苦难所带来的创伤。从宝唱所著的《比丘尼传》来看，出家缘由明确的比丘尼多是因家变、婚变、战乱而遁入空门。有人或经历了家道衰败、亲人亡故，或遭遇了早寡、离异和抗婚，抑或饱受战乱之苦。还有人得了恶疾，久治不愈，但求佛后痊愈了，故而还愿出家。种种世间的不幸遭遇冲击着她们的内心，身心何所安住？用文字忏悔、发愿……佛教书写恰是她们心灵得以栖止与寄托的一种有效途径。

另外，佛教中的苦乐观也给曾经遭遇苦难的信仰者以智慧和启迪。在佛教看来，人生之苦恰恰是人格进步的基础，对苦有正确的认知，才会有战胜苦难的信心和证得涅槃的可能性。《优婆塞戒经·业品》曰："众生皆由苦因缘故则生

---

① 高楠顺次郎等辑《大正藏》第 12 册，新文丰出版有限公司，1992，第 271 页。

信心，既得信心能观善恶，如是观已修十善法。"①这与马斯洛的观点相近，即认为痛苦和悲伤对人的成长有所帮助。此外，有学者指出："佛教，无疑以对老、病、死尤其是生死的反抗为实质，它高树'了生死'的旗帜，直面老、病、死，如实揭露老、病、死苦，不回避，不掩饰，不移情，其目的，并不是诅咒和厌弃人生，而在唤起对老、病、死苦的正视，启发人们从终极价值的角度冷静反思人生，把对死亡的本能性畏惧转化为理性的畏惧，由畏惧而激发战胜老、病、死苦的强大意志，切实解脱老、病、死苦。"②因此，佛教并非在用虚幻的美好世界和空中楼阁来麻醉人们的精神，而是在用自己的方式引导人们正确认识世间的苦与乐。作为佛教的职业信徒——僧尼群体，尤其是当中具备较高文化素养的僧尼，与普通民众相比，他们对佛法有较为正确、深刻的领悟。以佛教书写为心灵寄托，恰恰是在苦难的社会现实里吸纳了佛法中的正见。

刘勰《文心雕龙》云："夫缀文者情动而辞发，观文者披文以入情。"③对于这个时代的比丘尼而言，此"情"多由她们所遭遇的苦难现实而生发，时代的苦难正是她们书写的重要机缘和驱动力，佛法中的智慧是在不断引导她们正确面对和超越人生之苦，而不是让她们将希望寄托在天堂或来世的纯粹幻想来麻醉痛苦。

二、文化冲突与融合中的思想安顿

处于这个时代的佛教书写者，无疑需要适应当时的思想环境。佛教作为外来文化，势必会与本土文化产生矛盾与冲突。佛教在持有中国中心论的士大夫面前，也会受到本能的抵触与排斥。就佛门特点而言，当一名家族成员辞亲出家，则需要永远过着独身的生活。剃发毁身，不能侍奉双亲，这些都与中国的传统伦理相违背。面对种种文化隔阂，书写者需要在具有时代性的思想语境中推动文化差异间的平衡发展。

诚然，佛教中的许多观念与儒家思想产生冲突，在调和佛儒关系方面，东晋时期的高僧慧远作出了突出贡献。慧远提出的"内外之道，可合而明矣"④是

---

① 高楠顺次郎等辑《大正藏》第 24 册，新文丰出版有限公司，1992，第 1066 页。

② 陈兵：《佛教心理学》，陕西师范大学出版总社有限公司，2015，第 491 页。

③ 刘勰：《文心雕龙译注》，陆侃如、牟世金译注，齐鲁书社，2009，第 625 页。

④ 严可均辑《全三国文》，商务印书馆，1999，第 1770 页。

点明佛儒关系的基本原则。他指出，奉上、尊亲与忠孝也是佛经上指明的，与儒家的倡导并不矛盾："处俗则奉上之礼，尊亲之敬，忠孝之义，表于经文；在三之训，彰乎圣典，斯则王制同命，有若符契。"[1] 而且，出家修行看似远离尘世，实则是更高层次的忠君与孝亲："是故内乖天属之重，而不违其孝；外阙奉主之恭，而不失其敬。若斯人者，自誓始于落簪，立志成于暮岁，如令一夫全德，则道洽六亲，泽流天下，虽不处王侯之位，固已协契皇极，大庇生民矣。"[2] 另外，在政治方面，佛教有着与儒学相似的作用："重资生，助王化于治道者也。"[3] 迎合了统治阶级的观念和立场。此外，晋代的《正诬论》也言说了佛与儒的共通性："佛与周、孔，但共明忠孝信顺。"[4] 与慧远"可合而明"的观点相一致。并且，该文将佛儒共倡的"忠孝信顺"与报应论相结合，阐明了违背该原则的后果："从之者吉，背之者凶。"[5] 具体说来，坚持作恶而不肯悔改的后果是无尽的痛苦之报："若长恶不悛，迷而后遂往，则长夜受苦，轮转五道，而无解脱之由矣。"[6]

在南朝，作为最高统治者的梁武帝提倡佛儒并重。梁武帝在历史上奉佛之虔诚是出了名的，他曾四次舍身同泰寺，让大臣们用重金赎回。在他刚刚即位时便大兴佛寺且供奉虔诚："及居帝位，即于钟山造大爱敬寺，青溪边造智度寺，又于台内立至敬等殿。又立七庙堂，月中再过，设净馔。每至展拜，恒涕洒滂沲，哀动左右。"[7] 且擅长钻研佛经义理，为僧众宣讲："制《涅槃》、《大品》、《净名》、《三慧》诸经义记，复数百卷。听览余闲，即于重云殿及同泰寺讲说，名僧硕学、四部听众，常万余人。"[8] 梁武帝笃信佛教的同时也热衷于儒学，史书上记载，他曾经"造《制旨孝经义》，《周易讲疏》，及六十四卦、二《系》、《文

---

① 严可均辑《全三国文》，商务印书馆，1999，第 1766 页。

② 严可均辑《全三国文》，商务印书馆，1999，第 1766 页。

③ 严可均辑《全三国文》，商务印书馆，1999，第 1768 页。

④ 严可均辑《全三国文》，商务印书馆，1999，第 1840 页。

⑤ 严可均辑《全三国文》，商务印书馆，1999，第 1840 页。

⑥ 严可均辑《全三国文》，商务印书馆，1999，第 1839 页。

⑦ 姚思廉：《梁书》，中华书局，1973，第 96 页。

⑧ 姚思廉：《梁书》，中华书局，1973，第 96 页。

言》、《序卦》等义，《乐社义》，《毛诗答问》，《春秋答问》，《尚书大义》，《中庸讲疏》，《孔子正言》，《老子讲疏》，凡二百余卷，并正先儒之迷，开古圣之旨。王侯朝臣皆奉表质疑，高祖皆为解释。修饰国学，增广生员，立五馆，置《五经》博士"①。他还借用儒家典籍来作为捍卫佛教神不灭论的武器，其推崇的佛教被打上了深深的儒学烙印。

在北朝，文成帝也提倡佛儒结合，佛教在其统治期间迅速恢复和发展。文成帝也看到了佛教与儒学有相似之处，其对政权的巩固及人性的教化有较大的作用："助王政之禁律，益仁智之善性。"②除了帝王，其时的文人也不乏佛儒并重、儒释兼综者。史书记载北魏的卢景裕"虽不聚徒教授，所注《易》大行于世。又好释氏，通其大义。天竺胡沙门道悕每论诸经论，辄托景裕为之序"③。另外，"魏初已来，儒生寒宦，惠蔚最为显达。先单名蔚，正始中，侍讲禁内，夜论佛经，有惬帝旨，诏使加'惠'，号惠蔚法师焉。"④孙惠蔚本是儒生寒宦，但深得宣武帝赏识，显达非常，这与他能够日讲儒经，夜论佛经的才华密不可分。此外，《颜氏家训》的《归心篇》倡导"内外两教，本为一体"⑤，还认为佛教的五戒与儒家的仁义五常相通，对封建伦理纲常起到了强化作用。

玄佛合流是这个时代又一典型的思想特征，般若学与玄学的融合为书写者带来了新的文化背景与场地。在许理和看来，玄学是在中古中国有文化阶层的心智生活（the intellectual life）中占据主导地位的思想流派之一。它以对本体论问题的极大兴趣为特征：追问这个变化的世界所依赖的永恒不变的基质。玄学代表了中古中国思想中较为抽象、脱俗和观念化的倾向。⑥魏晋玄学旨在探讨本末、有无的关系问题，而般若学的理论核心在于对万物空有问题的阐发，两者之间存在的相似性成为佛学最初传入中国时对玄学依赖的基础。早期佛教学者解说佛典的"格义"之法便是这一特点的典型反映，即用中国固有的名词、概

---

① 姚思廉：《梁书》，中华书局，1973，第 96 页。

② 魏收：《魏书》，中华书局，1974，第 3035 页。

③ 魏收：《魏书》，中华书局，1974，第 1860 页。

④ 魏收：《魏书》，中华书局，1974，第 1854 页。

⑤ 颜之推：《颜氏家训集解》（增补本），王利器集解，中华书局，1993，第 368 页。

⑥ 许理和：《佛教征服中国》，李四龙等译，江苏人民出版社，2017，第 127-128 页。

念及范畴来比附般若学经典中的相关内容，尤其是以老庄思想来阐发般若之空理。《世说新语》上记载："殷中军见佛经云：'理亦应阿堵上。'"①殷浩认为玄学义理也应该在佛经中，侧面反映了魏晋时期，佛教理论家对玄学家所讲的老庄之教的吸纳、融合，而佛教般若学正是在借助玄学的力量来发展自身。在经历了一两百年的发展之后，佛教思想在东晋南朝时期逐渐具有了比玄学更优越的地位。南朝时期，"玄"已不仅仅用来指称何晏、王弼所创立的新道家思想，且用来指称佛学，玄礼双修则意味着儒释兼通。佛学与玄学关系之密切还表现在江南佛学的快速发展上。有学者认为，南朝之所以重义解，正是在玄学盛行的气氛中形成的。尽管随着佛教玄学的深入，佛学义理日益明显，脱离佛经本义的玄学化倾向不再继续，但南朝佛教之重义解不仅出于玄学，而且继续受到玄学的影响，并最终在更高的基础上玄学化。②

佛学与玄学的融合也促进了名僧与名士之间的交往与认同。如当时社会地位较高的名士谢灵运、颜延之、谢庄等都和僧人交往甚多。名僧与名士之间的真正交游，大抵始于西晋末的帛远、支孝龙，盛于东晋初及中叶。有学者指出："晋宋时期，名士交游名僧所表现出的主要特征便是往往在一位高僧的周围聚集着一批名士，这一现象或许与魏晋时期流行沙龙式的清谈有一定关系。"③可见，名僧与名士之间的交往离不开清谈。诚然，许多高僧擅长清谈，并令名士深深折服。如《高僧传》中记载慧远，说他"善属文章，辞气清雅，席上谈吐，精义简要。加以容仪端整，风采洒落"④，令"负才傲俗"的名士谢灵运肃然起敬："陈郡谢灵运负才傲俗，少所推崇，及一相见，肃然心服。"⑤当时的比丘尼群体中也不乏擅长清谈者，如道馨尼"雅能清谈，尤善《小品》，贵在理通，不事辞辩，一州道学所共师宗"⑥。

而对于什么是名士，牟宗三先生的观点较为中肯。他认为，名士要会清谈。

---

① 刘义庆：《世说新语笺疏》，余嘉锡笺疏，上海古籍出版社，1993，第213页。

② 唐长孺：《魏晋南北朝隋唐史三论》，武汉大学出版社，1992，第225页。

③ 高文强：《东晋南朝文人接受佛教研究》，中国社会科学出版社，2012，第44-45页。

④ 释慧皎：《高僧传》，汤用彤校注，中华书局，1992，第222页。

⑤ 释慧皎：《高僧传》，汤用彤校注，中华书局，1992，第221页。

⑥ 释宝唱：《比丘尼传校注》，王孺童校注，中华书局，2006，第25页。

清谈的内容是《老》《庄》《易》三玄。清谈的方式则是"谈言微中"，话虽简单，但中肯、漂亮。清谈还有一定的姿态，名士清谈时大多喜欢执一秉尾（拂尘），这是讲究美的姿态与情调。由姿态还引申为后来所谓言谈吐属的高雅与否。言谈无味、面目可憎是名士所不能忍受的，因此他们也讲究美姿容，就是讲究美。清谈的内容、方式与谈时的姿态能合此标准，才能算是名士。① 由此看来，与清谈、玄学相关联的是参与主体的人格之美，而这恰是名僧与名士在思想之外相认同的又一重要部分。从名僧与名士之间的交往来看，文人所认同的人格超越、审美格调与名僧具有共通性。有学者将玄学视为一种"人格本体论美学"②，确实有一定的道理。而在佛学与玄学相融合的时代背景下，僧尼与文人都注意到了这种自我超越的人格之美，实现着从外部功利世界向自我性情本体的回归。譬如名僧支道林，名士们欣赏他除了能赋诗写字之外还有养马养鹤的雅好，颇具名士风度。此外，晋代著名文学家孙绰的《道贤论》以名僧比名士，更彰显了两个群体在思想及人格理想方面的一致性与认同感。他认为与竹林七贤等名士相配的名僧也有七位，分别是竺法护、帛法祖、竺法乘、竺法兰、于道邃、竺法深、支道林：

　　护公德居物宗，巨源位登论道：二公风德高远，足为流辈矣。（《高僧传》一。竺法护又见《出三藏集记》十三）

　　帛祖衅起于管蕃，中散祸作于钟会：二贤并以俊迈之气，昧其图身之虑，栖心事外，轻世招患，殆不异也。（《高僧传》一帛远）

　　法乘安丰，少有机悟之鉴，虽道俗殊操，阡陌可以相准。（《高僧传》四竺法乘）

　　潜公道素渊重，有远大之量；刘伶肆意放荡，以宇宙为小。虽高栖之业，刘所不及，而旷大之体同焉。（《高僧传》四竺道潜，字法深，

---

① 牟宗三：《中国哲学十九讲》，吉林出版集团有限责任公司，2010，第197页。
② 仪平策：《中国审美文化史·秦汉魏晋南北朝卷》，山东画报出版社，2000，第238页。

王敦弟）

支遁、向秀，雅尚庄、老。二子异时，风好玄同矣。（《高僧传》四支遁）

兰公遗身，高尚妙迹，殆至人之流。阮步兵傲独不群，亦兰之俦也。（《高僧传》四于法兰）[①]

当个体不再沉溺于外在的荣华富贵与身份地位，而是向内探求超凡的智慧、自适的性情与超脱的自我时，新的人格范式和生存境界便得以形成，成为其时士人阶层和有教养的僧尼群体之共同追求。但值得注意的是，文人与僧人之间的交往及关系其实是复杂的，有学者指出："东晋南朝文人与僧人之间的广泛交往，使得当时的文人群体与僧人群体之间的关系形成一种复杂的立体形态，这种文化形态为当时文人接受佛教奠定了良好的基础。"[②]而这种形态其实对双方都有一定的良性作用。汤用彤将士大夫与佛教的关系具体化为三个方面，在他看来："溯自两晋佛教隆盛以后，士大夫与佛教之关系约有三事：一为玄理之契合，一为文字之因缘，一为生死之恐惧。"[③]这一总结也道出了文人与僧人之间交往的重要思想背景与文化纽带。其实也恰能从中窥见僧人与文人之间文字往来的频繁性与重要性，而以佛教书写为切入点恰是理解僧尼与文人交往特点及僧尼文化贡献的重要维度。

总之，新的思想背景与文化气候为佛教书写提供了全新的场地，主体也需要在文化冲突与融合中适应这一变化。无论是佛儒之间的调和还是玄佛思想的合流，都将影响着书写者的心态及活动交往。

三、佛教世俗化中的家国情怀

六朝时期，比丘尼们虽然身处空门，但她们的书写活动始终与家、国联结

---

① 严可均辑《全晋文》，商务印书馆，1999，第 645 页。

② 高文强：《东晋南朝文人接受佛教研究》，中国社会科学出版社，2012，第 50 页。

③ 汤用彤：《隋唐佛教史稿》，中华书局，1982，第 193 页。

紧密。许多比丘尼的书写文本都凸显了她们仍心系世俗的状态,佛门生活并没有使她们脱离与世俗家庭及王权的关联。而这一特点正是受到了佛教世俗化的影响,在佛教世俗化过程中所产生的家国情怀是促使她们进行佛教书写的又一重要动因。

　　非世俗的佛教在传入中国后却变得具有世俗色彩,这一现象值得探究与深思。比如在一般国人的认识中,盂兰盆会是佛教中非常盛大的节日,但它在印度佛教节日中却并不突出。盂兰盆会源于《佛说盂兰盆经》,于每年七月十五日举行的超度历代宗亲的佛教仪式,以经中释迦牟尼弟子目连入地狱解救母亲的故事为缘起,旨在祈求七世父母能离饿鬼之苦,永享福乐。中国佛教学者看重的是《盂兰盆经》中所反映的孝道精神,所以称其为"佛教孝经"。依史书记载,梁武帝萧衍是该仪式的开创者。《佛祖统纪》云:"(大同)四年,帝幸同泰寺设盂兰盆斋。"① 《释氏六帖》云:"梁武每于七月十五日普寺送盆供养,以车日送,继目连等。"② 从此,盂兰盆会成为上自帝王,下至百姓都非常重视的盛会,以感念祖先之德。开创此会的梁武帝便极为重视孝道,他曾作《孝思赋》来宣扬忠孝两全的儒家思想,并建大敬爱寺来缅怀和报答父母的养育之恩。

　　此外,为了努力解决出家修行与在家孝亲的矛盾,一些理论家甚至翻译伪造佛经来宣传孝道。有学者指出:"东汉安世高译《佛说父母恩难报经》、西晋失名译《佛说孝子经》这些阐扬中土孝道的小经,大概可以确定是译者所伪撰的。……西晋竺法护《佛说盂兰盆经》等佛经,也应可确定是取自中土思想习俗以成经者,皆是译者所杜撰之伪经。"③ 后秦鸠摩罗什所译的《梵网经》亦宣扬孝道:"尔时释迦牟尼佛,初坐菩提树下成无上觉,初结菩萨波罗提木叉:'孝顺父母、师僧、三宝,孝顺至道之法,孝名为戒,亦名制止。'"④ 而这些做法都是在适应传统的孝道观念,无疑加速了佛教传入中国后的世俗化进程。另外,东晋孙绰的《喻道论》将佛教徒的出家修行视作更高层次的孝行。"父隆则子贵,

---

　　① 高楠顺次郎等辑《大正藏》第 49 册,新文丰出版有限公司,1992,第 351 页。

　　② 高楠顺次郎等辑《大正藏》第 13 册,新文丰出版有限公司,1992,第 454 页。

　　③ 萧登福:《道家道教与中土佛教初期经义发展》,上海古籍出版社,2003,第 511 页。

　　④ 高楠顺次郎等辑《大正藏》第 24 册,新文丰出版有限公司,1992,第 1004 页。

子贵则父尊。故孝之贵，贵能立身行道，永光厥亲。"① 赡养侍奉双亲并不是真正的孝行，能够光宗耀祖才是更为高级的孝行。佛门弟子虽离开父母出家修道，但所做的贡献却会给双亲和祖上带来巨大荣耀甚或直接利益，这才是更有意义的孝行。从宝唱的《比丘尼传》中我们可以见到，确有因子女出家而使父亲升迁的例子。如建贤寺安令首尼，在成为一代高尼之后，"石虎敬之，擢父忡为黄门侍郎、清河太守"②。

事实上，这些现象都是一种必然。中国文化的家族中心和人间性特点，势必会引导佛教的伦理道德向中国化靠近。中国古代宗法社会所形成的稳定的家族制度，最终凝结为根深蒂固的"孝"观念，对传入中国的佛教具有巨大的同化作用。有学者指出："佛教本是反家族的或非家族的，但传入中国后，就很快地中国化……变成维持家族的一种助力。"③ 最终，孝道论成为中国佛教伦理道德的核心。有学者认为："中国佛教是以孝为中心来展开它的伦理道德学说的。"④ 因此，处于这一文化语境下的佛教书写者，依然会适应并依赖这样的文化气候，故而在书写活动中能够具有家本位及孝亲意识，最终将这种情怀落实到人际建设性的佛教书写实践中，从而使其书写具有浓厚的人间性。

佛教的世俗化色彩还表现在佛教与世俗政权的紧密联系上。前文已经提到过，东晋时高僧慧远为调和佛儒关系作出了重要贡献，他提出的佛儒二教可合而明的论点，正迎合了统治阶级的心意。还有道安提出的"不依国主，则法事难立"⑤，更体现了僧团对世俗政权的自觉依附。佛教对世俗政权的让步与妥协使得佛教能够获得多数统治阶级的支持，不断将自身发展壮大。佛教在南朝的迅速发展便得益于帝王与贵族的扶持。帝王中的宋文帝、江夏王刘义恭、齐文惠太子、竟陵王萧子良、梁武帝父子等，世族中的王、谢、何、周等氏都对佛教给予了极大的热情和贡献支持。

北方亦是如此，十六国时期的国主石虎曾云："朕生自北鄙，忝当期运，君

---

① 高楠顺次郎等辑《大正藏》第 52 册，新文丰出版有限公司，1992，第 17 页。

② 释宝唱：《比丘尼传校注》，王孺童校注，中华书局，2006，第 7 页。

③ 梁漱溟：《中国文化要义》，上海人民出版社，1949，第 36 页。

④ 方立天：《中国佛教与传统文化》，中国人民大学出版社，2010，第 272 页。

⑤ 释慧皎：《高僧传》，汤用彤校注，中华书局，1992，第 178 页。

临诸夏，至于飨祀。应兼从本俗，佛是戎神，正所应奉。"①作为外族统治者，石虎对外来的佛教具有本能的亲近感，且懂得运用佛教来维护自己的统治。著名高僧佛图澄以自己的才能赢得国主石勒、石虎的尊崇，他不仅能辅佐朝政，在治国方面运筹得当，还建设起了大规模的僧团，具有巨大的影响力及号召力。石虎曾下诏书来表达对佛图澄的崇敬及赞赏："和尚国之大宝，荣爵不加，高禄不受，荣爵匪顾，何以旌德？从此以往，宜衣以绫锦，乘以雕辇，朝会之日，和尚升殿，常侍以下。悉助举舆，太子诸公，扶翼而上，主者唱大和尚至，众坐皆起，以彰其尊。"②而佛图澄的活动及贡献也具有标志性意义，是中国佛教发展史上的一个重要转折，自此北方各国都大力提倡并重视佛教，使佛教渐渐发展为维护世俗统治的有生力量。如姚秦、苻坚政权都把佛教视为国家事业并予以大力保护和扶持。

另外，北方还创立僧官制度，表明了北方佛教已被纳入世俗政权的管理体系之中。据《魏书》卷一一四记载："初，皇始中，赵郡有沙门法果，诚行精至，开演法籍。太祖闻其名，诏以礼征赴京师。后以为道人统，绾摄僧徒。"③太祖将高僧法果招赴京师，后任命他为道人统。北方设置僧官由此开始，佛教也因此被正式置于朝廷的掌控之下。法果受到帝王的赏识和重用，已无异于朝廷重臣。法果也向帝王主动示好，将太祖视为"当今如来"："初，法果每言，太祖明睿好道，即是当今如来，沙门宜应尽礼，遂常致拜。谓人曰：'能鸿道者人主也，我非拜天子，乃是礼佛耳。'"④法果的言行体现了当时世俗统治与宗教权威之间的联合，北方佛教将僧团自觉归附在王权的统治之下。整体来看，佛教会寻求和借助政治的力量来壮大实力、扩大影响，封建统治者则借助佛教力量来维护自身的统治。"僧人结交权贵，寺尼出入宫掖，成为当时的一大景观。"⑤

有学者总结了中国传统社会中宗教与王权的关系，在他看来："中国传统社会中，宗教与社会的互动，核心是宗教与王权政治的互动……在整个中国传统

---

① 严可均辑《全晋文》，商务印书馆，1999，第 1610-1611 页。

② 严可均辑《全晋文》，商务印书馆，1999，第 1610 页。

③ 魏收：《魏书》，中华书局，1974，第 3030 页。

④ 魏收：《魏书》，中华书局，1974，第 3031 页。

⑤ 张承宗：《六朝民俗》，南京出版社，2002，第 381 页。

社会中，宗教与王权政治的互动，始终表现为围绕着强化王权，宗教与统治层之间进行着借用、依托、扶植、顺应、吸收、融合、限制、禁毁、反抗、冲突等多种形式的交叉和变化，影响着社会的稳定、冲突和变迁。"①诚然，佛教在中土的命运与统治阶级的意志休戚相关，因此，这样的时代特色都会培养佛教书写者的国家意识，促使其通过书写来体现自身的家国情怀。

还应当指出的是，佛教的世俗化还表现在佛教团体所呈现的等级差异中，这种现象也与封建等级社会的状况相适应。僧尼中也有高低贵贱之分，下级僧侣多为贫民，他们缺少文化素养，常念"南无阿弥陀佛"之类。而佛教中高深的义理则被文化水平较高的名僧、名尼所钻研，他们能够高谈玄理，享有种种特权，跻身于上层社会中，具有贵族性。所以，以上佛教种种世俗化的表现都会促使佛教文化的传播呈现这样一种态势："不舍弃、不离开伦常日用的人际有生和经验生活去追求超越、先验、无限和本体。本体、道、无限、超越即在此当下的现实生活和人际关系之中。"②而这种形态都会对佛教书写起到巨大的影响与促进作用。

总之，时代与文化的特殊性为佛教书写者建构了新的文化向度与书写空间，为其心灵寄托与思想安顿找到适宜之所，促使主体通过佛教书写活动来架构沟通身心的桥梁。

第二节　比丘尼出世生活的文化诸相

如果将六朝时期的女性视为一个整体，比丘尼这一群体在当中的确是一个独特的存在。就整体而言，她们不仅比普通女性有着相对自由、宽广的活动空间，也比普通女性有着较高的文化素养。尤其是那些高尼，她们更是比丘尼中的佼佼者，从人格气质到文化才能，都显示出了卓越与不凡。这些现象及背后

---

① 戴康生、彭耀主编《宗教社会学》，社会科学文献出版社，2000，第 232 页。

② 李泽厚：《中国古代思想史论》，生活·读书·新知三联书店，2008，第 326 页。

蕴含的原因值得探讨。

一、早期的文化积淀与家庭教育

在六朝时的比丘尼群体中，不乏在出家之前就有较高的文化素养者。她们人生早期的文化积淀与其家庭教育密不可分。综观这些具备相当才华的比丘尼，可以发现她们多来自官宦家庭。

净捡是中土第一位真正的比丘尼，梁代僧人宝唱的《比丘尼传》曰："晋土有比丘尼，亦捡为始也。"[①]《比丘尼传》载其"少好学，早寡，家贫，常为贵游子女教授琴书"，可见净捡年幼时就好学不倦。丈夫早逝后，失去了经济来源，她只得通过为官宦子女教授琴艺、书法来维持生计。由此可以看出，她在出家之前就具有琴艺、书法等才能，而这正是家庭教育的结果。其父为武威太守，而净捡教学的对象也是官宦家庭的子女，说明当时的官宦家庭十分重视对子女的教育，无论男女。后赵建贤寺的安令首尼自幼亦聪明好学，言语清丽不俗，出家之前便喜欢以佛法自娱："令首幼聪敏好学，言论清绮，雅性虚淡，不乐人间，从容闲静，以佛法自娱，"其父"仕伪赵外兵部"；司州西寺的智贤尼，"幼有雅操，志概贞立"，她在年幼时便有雅洁的操行和坚贞清正的抱负，其父为"扶柳县令"；弘农北岳寺妙相尼"早习经训"，她在年幼时便学习经典的训诲，传中又载其"父茂，家素富盛"。妙相尼的父亲在其年幼时便注重对她的文化教育，而优裕的家境也为其才学储备提供了条件。还有建福寺的道瑗尼，"年十余，博涉经史"。她在十岁之后就广涉经史。再如，法音寺的净珪尼，"幼而聪颖，一闻多悟"。净珪尼自幼聪颖，悟性极好，能够举一反三。传中又说她"性不狎俗，早愿出家，父母怜之，不违其志"。她天性不近浮俗，很早便有出家的心愿。父母尊重、怜爱她，并没有阻挠和违背她的这一志向。由此也足见其父母的开明，懂得尊重子女的意愿，这一现象在古代封建社会实属难得。钱塘齐明寺的超明尼，"幼聪颖，雅有志向，读《五经》，善文义，方正有礼，内外敬之"。超明尼自幼便聪敏颖慧，又有超然脱俗的志向，研读儒家五经，善解文义。她自幼便有这样的文化熏陶与积累也与其出身有关，传中载其"父考，

---

① 此段落中有关《比丘尼传》的引文，皆出自释宝唱《比丘尼传校注》，王孺童校注，中华书局，2006。

少为国子生，世奉大法"。她的父亲少年时为国子监诸生，世代信奉佛法，具有一定的家学渊源。乐安寺的惠晖尼，"年至十一，断荤辛绝味。清虚淡朗，姿貌详雅，读《大涅槃经》，诵《法华经》"。惠晖尼在十一岁时便喜读《大涅槃经》，诵《法华经》。"年及十七，随父出都，精进勇猛，行人所不及。"在她十七岁随父亲进京时，表现出了过人的智慧与才学，显然也是得益于早年的家庭教育。还有底山寺的道贵尼，"幼清夷冲素，善研机理，志干勤整，精苦过人。……诵《胜鬘》、《无量寿经》，不舍昼夜"。年幼时的道贵尼清平冲澹，善究玄理，做事勤勉，颇有志向，精进刻苦超过他人，出家前即能专注、刻苦地读诵一些著名的佛教经典。此外，沈约在他撰写的《南齐禅林寺尼净秀行状》中也记叙了该尼年幼时的非凡之处："尼即都亭侯之第四女也。挺慧悟于旷劫，体妙解于当年，而性调和绰，不与凡孩孺同数。弱龄便神情峻彻，非常童稚之伍，行仁尚道，洗志法门。"[1]出身名门的净秀尼在幼年时便智慧过人，在同龄人中出类拔萃。

在北朝，后宫中的女子出家是较为常见的现象，她们在遁入空门之前多出身官宦家庭，所以不少人具备一定的才学。如史书记载："彪有女，幼而聪令，彪每奇之，教之书学，读诵经传。尝窃谓所亲曰：'此当兴我家，卿曹容得其力。'彪亡后，世宗闻其名，召为婕妤，以礼迎引。婕妤在宫，常教帝妹书，诵授经史。……及彪亡后，婕妤果入掖庭，后宫咸师宗之。世宗崩，为比丘尼，通习经义，法座讲说，诸僧叹重之。"[2]北魏时的大臣李彪重视对女儿的培养，后来其女入宫成为婕妤。在她出家后，其才学被众多僧人赞叹、佩服。

入选《比丘尼传》的尼僧们皆是当时的名尼，才学和人格气质都在众尼之上。这些名尼之中不少人在出家之前就已经具备较高的文化素养，她们自幼就表现出不凡的天分，聪慧过人，且几乎均出自官宦及富庶人家。这些女性或具备琴艺、书法才能，或习读儒家及佛教经典，可见这些家庭中男女一样能读书识字。这反映了六朝时期的官宦家庭比较注重对子女的文化培养。此外，父母能够在一定程度上尊重子女的个人意愿，这些现象在我国封建社会都具有一定的进步意义。

---

① 严可均辑《全梁文》，商务印书馆，1999，第342页。

② 魏收：《魏书》，中华书局，1974，第1399页。

二、深厚的佛学素养与寺院教育

综观六朝时期具有较高佛学素养的比丘尼，在出世生活中，她们出众的才能主要表现在讲经、诵经、唱导、书写等几个方面。

在佛教文化中，讲经指的是公开宣讲与演说佛典的义理、内涵。曹魏时的朱士行在出家后，常讲《道行般若》，开僧讲之先河。在比丘尼当中，洛阳城东寺的道馨尼创尼讲之始。《比丘尼传》云道馨尼"雅能清谈，尤善《小品》，贵在理通，不事辞辩，一州道学所共师宗。比丘尼讲经，馨其始也"①。《佛祖统纪》云："三年，洛阳东寺尼道馨。为众说《法华》、《维摩》，听者如市。"②擅长讲经的还有何后寺的道仪尼，"聪明敏哲，博闻强记。诵《法华经》，讲《维摩》、《小品》，精义妙理，因心独悟，戒行高峻，神气清邈"。道仪尼诵经、讲经皆擅长。又如，昙彻尼"才堪机务，尤能讲说，剖毫析滞，探赜幽隐"；法全尼"昼则披文远思，夕则历观妙境。大乘奥典，皆能宣讲"；德乐尼"笃志精勤，以昼继夜，穷研经律，言谈典雅"；妙祎尼"戒行无点，神情超悟，敦信布惠，莫不怀之。雅好谈说，尤善言笑。讲《大涅槃经》、《法华》、《十地》，并三十余遍。《十诵》、《毗尼》每经敷说，随方导物，利益弘多"；法宣尼"僧柔数论之趣，慧基经书之要，咸畅其精微，究其渊奥。及齐永明中，又从惠熙法师咨受《十诵》，所餐日优，所见月赜。于是移住山阴招明寺，经律递讲，声高于越"③。

从这些比丘尼的讲经才能来看，当时的比丘尼以宣讲大乘佛教的经典为主。与诵经不同的是，讲经需要对深奥的佛经内涵有透彻的理解和领悟能力，在自我深刻地解读后才能将其中的精华灌输给信众。另外，这些比丘尼从讲经的神态到宣讲的语言特色都具有突出的表现，得到了听众的广泛认可，大大提高了佛教文化的传播速度和效率。讲经是面对听众的公开宣讲，这是当时一般具有较高文化素养的女性鲜有的才能，同时也反映了具备这一才能的比丘尼比当时

---

① 释宝唱：《比丘尼传校注》，王孺童校注，中华书局，2006，第25页。

② 高楠顺次郎等辑《大正藏》第49册，新文丰出版有限公司，1992，第340页。

③ 释宝唱：《比丘尼传校注》，王孺童校注，中华书局，2006，第40、123、141、159、207、214页。

其他女性具有更加自由、宽广的活动空间。

在诵经方面擅长的有：安令首尼"博览群籍，经目必诵，思致渊深，神照详远"；业首尼"风仪峻整，戒行清白，深解大乘，善构妙理，弥好禅诵，造次无怠"；慧濬尼"内外坟典，经眼必诵"；法宣尼"及至十八，诵《法华经》，首尾通利，解其指归"[①]。

这些精通诵经的比丘尼无疑都具备超群的记忆能力。而那些具有更高层次的僧尼于诵经中传达的不只是佛教经文，更是佛法的精神。"法身既远，所寄者辞"[②]，好的诵经犹如动听的音乐，使听者精神愉悦，陶醉其中。正如《诵经论》中所云："若乃凝寒靖夜，朗月长宵，独处闲房，吟讽经典，音吐遒亮，文字分明。足使幽灵忻踊，精神畅悦。所谓歌咏诵法言，以此为音乐者也。"[③]

在诵经方面还应注意的是，有关比丘尼的诵经事迹中有不少神异现象，现列举如下：

> 剡川尼法宣诵通《法华》。坐卧见帐盖覆其上，父母令就齐明寺出家。是日帐盖即不见，自是博览经论，深探奥理。衡王元简为郡守，请为越城母师。（《佛祖统纪》）

> 尼道寿诵《法华》满三千遍，每见光瑞，空中有宝盖垂覆顶上。（《佛祖统纪》）

> 高邮有尼，诵《妙法华》不舍昼夜，十爪二掌皆生华。上召见内殿，观其华大嘉敬之，世号华手尼。[④]（《佛祖统纪》）

> 初尼子年在龆龀，有时闭目静坐诵出此经，或说上天或称神授。

---

① 释宝唱：《比丘尼传校注》，王孺童校注，中华书局，2006，第7、97、106、213页。

② 释慧皎：《高僧传》，汤用彤校注，中华书局，1992，第475页。

③ 释慧皎：《高僧传》，汤用彤校注，中华书局，1992，第475页。

④ 高楠顺次郎等辑《大正藏》第49册，新文丰出版有限公司，1992，第350、345、352页。

发言通利有如宿习，令人写出，俄而还止。经历旬朔续复如前，京都道俗咸传其异。今上敕见面问所以，其依事奉答不异常人。然笃信正法少修梵行，父母欲嫁之誓而弗许，后遂出家名僧法住青园寺。[①]（《贞元新定释教目录》）

一些比丘尼在诵经时往往伴随着祥瑞之象，或现光瑞，或现宝盖，或手上生花，抑或在孩童时便能诵经，无师自通。这些神异现象的出现给比丘尼的诵经活动增添了神秘色彩，既是书写者佛教文化宣传的需要，以此手法为善巧方便，说明诵经的益处，客观上又使这些比丘尼的人物形象更加高大并富有特色。

唱导方面，史料中对擅长此弘法方式的比丘尼记载不多。较有代表性的是北魏的僧芝尼。《魏故比丘尼统法师僧芝墓志铭》中记载："法师雅韵一敷，慕义者如云；妙音暂唱，归道者如林。故能声动河渭，德被岐梁者矣。"[②]唱导是用讲、唱的方式来宣说佛理。用这种方式来使听众领悟佛法内涵，不至于让他们感到枯燥乏味，而这种方法对主体的理解力和嗓音条件的要求都很高。慧皎云："唱导者，盖以宣唱法理，开导众心也。昔佛法初传，于时齐集，止宣唱佛名，依文致礼。至中宵疲极，事资启悟，乃别请宿德，升座说法。或杂序因缘，或傍引譬喻。"[③]

除了佛教方面的文化素养，一些比丘尼还擅长属文，有着突出的笔墨才能。如妙音尼"幼而志道，居处京华，博学内外，善为文章"[④]。简静寺的妙音尼长于铺陈辞采，撰写文章。而且，她每次和孝武帝、司马道子以及中朝学士谈论撰文，都显得才情勃发，妙思入微，所以颇负盛名。"每与帝及太傅中朝学士谈论属文，雅有才致，藉其有声。"又如，智胜尼"自制数十卷《义疏》，辞约而旨远，义隐而理妙"。另外，慧绪尼是史料明确记载能写诗的第一尼：

---

① 高楠顺次郎等辑《大正藏》第 55 册，新文丰出版有限公司，1992，第 1019 页。

② 赵君平、赵文成：《河洛墓刻拾零》，北京图书馆出版社，2007，第 20 页。

③ 释慧皎：《高僧传》，汤用彤校注，中华书局，1992，第 521 页。

④ 此段落中未标明出处的引文，皆选自释宝唱《比丘尼传校注》，王孺童校注，中华书局，2006。

竺夫人欲建禅斋，遣信先咨请，尼云："甚善。贫道年恶，此段实愿一入第，与诸夫娘别。"既入斋，斋竟，自索纸笔作诗曰："世人或不知，呼我作老周。忽请作七日，禅斋不得休。"作诗竟，言笑接人，了不异常日高傲也。因具叙离云："此段出寺，方为永别，年老无复能入第理。"

此外还有禅林寺的僧念尼，"贞节苦心，禅思精密，博涉多通，文义兼美"。又如，"时又有花光尼，本姓鲜于。深禅妙观，洞其幽微，遍览《三藏》，傍兼百氏，尤能属文。述晖赞颂，词旨有则，不乖风雅焉。"再如，令玉尼"博寻五部，妙究幽宗，雅能传述"。僧述尼"节行清苦，法检不亏，游心经律，靡不遍览，后偏功《十诵》，文义优洽"。还有陈朝后主的沈皇后，于陈亡后出家为尼，史书记载其著有文集："后讳婺华，吴兴武康人，仪同沈君理女。太建三年，纳为皇太子妃。后主即位，立为皇后。陈亡入隋，大业末过江，于毗陵天静寺为尼，名观音。贞观初卒，有《集》十卷。"[①]从撰文、写诗到注疏，这些比丘尼的才华更是令人瞩目。整体来看，这些比丘尼在当时具有深厚的佛学素养，与她们在出家之后受到的寺院教育不无关联。

六朝时期的寺院数量已经具有相当的规模，据唐代法琳统计，东晋时寺院数量已达一千七百六十八所；北魏时期，仅洛阳一地就有寺院上千所。寺院是供僧众居住以便修行和弘法的场所，所以在它建立之后便具有文化传播及教育弘法的功能。如西晋初年，洛阳一带便出现了许多造立寺塔的现象，一些达官显贵舍宅为寺。高僧竺法护在长安青门外营建寺院，精勤行道，不遗余力地教化远近道俗。

在佛教文化传入中土之前，学术中心集中在由国家创办的学术机构以及民间讲学组织当中。他们传授的都是居于统治地位的儒家思想及经典，将教育对象的视野囿于相对局限的范围之内。但当佛教文化进入中土以后，这样的局面有所改变。寺院作为新型的学术机构不断兴起，具有雄厚物力与人力资源条件的寺院往往组织大规模的讲经、译经等活动，还会举办大型的法会等佛事活动。所以相对儒家的学术机构，寺院有关佛教方面的学术研究及教育活动，从形式

---

① 严可均辑《全陈文》，商务印书馆，1999，第 324 页。

到内容都更为多元，取得的成绩也更为可观。另外，作为方外的寺院，相对较少地受到世俗政权与传统束缚，其文化交流也相对开放与自由，因而对世俗的文化教育起到一定的补充与推动作用。

有关寺院的教育功能，有学者指出："僧团，一旦成为学术和文化中心就必然对有才能的出身低贱的人产生极大的吸引力，他们一旦进入寺院就能够分享到某种程度的士大夫生活。有充分的证据证明，公元四世纪的寺院发挥了作为世俗学术和教育机构的第二功能。"[1] 诚然，我国的寺院作为佛教文化的传播中心，开展着各种与佛教相关的文化活动，也逐渐成为了地方上的重要文化机构及中心，担负起教育的功能。随着寺院学术活动的逐渐兴盛，僧尼们的文化水平也普遍提高了。

另外，在古代社会条件下，一般民众和女性接受艺术教育、享受艺术成果的机会很少，但寺院却为他们提供了这样的机会。精美的壁画、佛像等都为比丘尼们接受艺术方面的熏陶提供了素材。六朝时期，许多尼寺的建筑亦美轮美奂，为生活在其中的比丘尼们给予美的陶冶与享受。如《洛阳伽蓝记》中所记载的世宗宣武皇帝所立的瑶光寺：

> 观东有灵芝钓台，累木为之。出于海中，去地二十丈，风生户牖。云起梁栋，丹楹刻桷，图写列仙。刻石为鲸鱼背负钓台，既如从地踊出，又似空中飞下。钓台南有宣光殿，北有嘉福殿，西有九龙殿，殿前九龙吐水成一海，凡四殿皆有飞阁向灵芝往来。三伏之月，皇帝在灵芝台，以避暑。有五层浮图一所，去地五十丈，仙掌凌虚，铎垂云表，作工之妙埒美永宁。讲殿尼房五百余间，绮疏连亘户牖相通，珍木香草不可胜言，牛筋狗骨之木，鸡头鸭脚之草，亦悉备焉。[2]

瑶光寺从建筑到装饰都极为华美和讲究，犹如人间仙境。又如，太傅清河文献王怿所立的景乐寺，不仅建筑精美，每逢大斋还有精彩的歌舞令人流连忘返，甚至有幻术表演令人称奇：

---

① 许理和：《佛教征服中国》，李四龙等译，江苏人民出版社，2017，第11页。
② 高楠顺次郎等辑《大正藏》第51册，新文丰出版有限公司，1992，第1003页。

有佛殿一所，像辇在焉，雕刻巧妙，冠绝一时。堂庑周环，曲房连接，轻条拂户，花蕊被庭。至于大斋，常设女乐，歌声绕梁，舞袖徐转，丝管寥亮，谐妙入神。以是尼寺，丈夫不得入。得往观者，以为至天堂。及文献王薨，寺禁稍宽，百姓出入，无复限碍。后汝南王悦复修之，悦是文献之弟，召诸音乐逞伎寺内。奇禽怪兽舞抃殿庭，飞空幻惑世所未睹，异端奇术总萃其中。剥驴投井，植枣种瓜，须臾之间，皆得食。士女观者，目乱睛迷。①

相类似的还有胡统寺、景兴尼寺、宣忠寺等：

胡统寺，太后从姑所立也。入道为尼，遂居此寺，在永宁南一里许。宝塔五重，金刹高耸。洞房周匝，对户交疏，朱柱素壁，甚为佳丽。其寺诸尼，帝城名德，善于开导，工谈义理。常入宫与太后说法，其资养缁流徒无比也。②（胡统寺）

石桥南道有景兴尼寺，亦阉官等所共立也。有金像辇，去地三尺，施宝盖，四面垂金铃七宝珠，飞天伎乐，望之云表，作工甚精，难可扬推。像出之日，常诏羽林一百人举此像，丝竹杂伎皆由旨给。③（景兴尼寺）

宣忠寺，东王典御寺阉官杨王桃汤所立也。时阉官伽蓝皆为尼寺，唯桃汤所建僧寺，世人称之英雄。门有三层浮屠一所，工逾昭义，宦者招提最为入室。至于六斋，常击鼓歌舞也。④（宣忠寺）

这些歌舞尤为吸引尼众的目光。佛教仪式具有舞乐成分，中国佛教早期输

---

① 高楠顺次郎等辑《大正藏》第 51 册，新文丰出版有限公司，1992，第 1003 页。
② 高楠顺次郎等辑《大正藏》第 51 册，新文丰出版有限公司，1992，第 1004 页。
③ 高楠顺次郎等辑《大正藏》第 51 册，新文丰出版有限公司，1992，第 1005 页。
④ 高楠顺次郎等辑《大正藏》第 51 册，新文丰出版有限公司，1992，第 1014 页。

入的浴佛、行像等仪式均配合乐舞，具有浓厚的游艺色彩。东晋十六国时期，伴随"胡部新声"输入，印度和西域的舞蹈也大量传入中国，刺激了中国佛教乐舞的发展。佛事活动往往演变成舞乐并作的大规模聚众狂欢活动。寺院作为这些仪式的组织者，有意无意也担负着娱乐群众的功能，熏陶着比丘尼的文化生活。这些寺院的建筑及歌舞表演都堪称一绝，居住在此的比丘尼们也非同一般，她们具有较高的文化素养，还常入宫与太后说法，非才华极高而不能有此作为。这些寺院的客观条件以及所开展的艺术活动都会对生活其中的尼僧们产生潜移默化的影响，丰富着她们的精神世界，滋养其性灵。

另外，寺院也正是比丘尼们于乱世中的避难之所。在残酷的时代面前，大乘佛教普度众生和强烈的人文关怀精神在为她们解脱苦难的同时也培养着她们的慈悲之心。大乘佛教要求普度众生，反对独善自救，具有强烈的积极入世情怀，这在观念上与中国儒家所讲的"仁爱"之道相通。除了佛教教义方面的劝人向善，寺院所承担起的救济功能也在实践层面教化着她们的内心。佛教不仅解决人的生死大事，也注重现世的解民倒悬，救济贫苦。大乘讲施舍，除了"法施"，还讲"财施"，又有"福田"观念。尤其是在我国古代还未形成专门的社会保障机构，没有形成福利、救济制度的情况下，佛教率先开展了一系列的救济活动。每当出现各种自然灾害时，许多寺院都会积极出面，成为朝廷、官府赈灾的补充，为社会福利事业作出了不小的贡献。从《高僧传》中的记载来看，一些僧人积极地施舍贫民或灾民。如晋代僧人法相，"太山祠有大石函，贮财宝。相时山行，宿于庙侧，忽见一人玄衣武冠，令相开函，言绝不见。其函石盖重过千钧，相试提之，飘然而起，于是取其财以施贫民"①。还有北凉僧人法进，"是岁饥荒，死者无限。周既事进，进屡从求乞，以赈贫饿，国蓄稍竭，进不复求"②。总之，寺院的上述特点都会给生活在其中的僧尼们以熏陶和教化，极大地提高了比丘尼们的文化水平。即便有些人出身寒门，但在寺院一样受到教育。整体看来，寺院给予她们的不仅是文化教育，还有美育及德育，从而使这些比丘尼有着优于同时期普通女性的学习机会与平台，也使那些脱颖而出的比丘尼在才华方面丝毫不逊于当时的一些高僧及文人。

---

① 释慧皎：《高僧传》，汤用彤校注，中华书局，1992，第459页。

② 释慧皎：《高僧传》，汤用彤校注，中华书局，1992，第447页。

还需指出的是，从一些史料的记载来看，在寺院教育的师承关系中，向比丘尼传授佛法的不只是女性，男女均有。如，"尼讳道迹，号总持，不知何许人。得法于菩提达摩，考之传灯。"①道迹尼的师父便是赫赫有名的菩提达摩。再如，《名僧传》中记载法惠"住仙窟寺。德索既高，尼众依止，禀其诚训"②。从《比丘尼传》来看，这些比丘尼中也有不少向当时的有名高僧求教者。例如，净捡尼曾向法始请教，"始为说法，捡因大悟"③。又如，慧果尼曾向西域沙门求那跋摩请教，后来又从他那里重受具戒。

三、突出的政治才能与社会历练

在六朝时期的比丘尼群体中，还有一类才能较为引人注目，即突出的政治才能。在人们的印象当中，这些比丘尼乃方外之人，在出世生活中修行，较少参与社会上的事务，但有些比丘尼却与后宫或世俗政权有着千丝万缕的联系，她们凭借自身的政治天分、谋略及管理才干跻身于社会上层。

如宝唱《比丘尼传》中所记载的道瑷尼便深得皇后的赏识与信赖："晋太元中，皇后美其高行，凡有所修福，多凭斯寺。富贵妇女，争与之游。"④又如，有位比丘尼以神异之行径来启示、劝诫大司马桓温：

> 晋大司马桓温，末年奉法。有尼失名，自远来造，而才行不群，桓温敬而不倦。每浴必移影，温讶而私视见尼裸形。挥刀自割破腹出藏断截身首支分离切，温骇而怖，有顷尼出室身如常。温以情问尼曰，若遂陵居上形当如之。时温方谋问鼎闻此怅然便止遂辞不测所之云云。⑤（《集神州三宝感通录》）

这位比丘尼被桓温所器重，足见其才能超群。她所采取的方式，也许是当

---

① 前田慧云等编《续藏经》第 78 册，新文丰出版有限公司，1975，第 43 页。
② 前田慧云等编《续藏经》第 77 册，新文丰出版有限公司，1975，第 358 页。
③ 释宝唱：《比丘尼传校注》，王孺童校注，中华书局，2006，第 1 页。
④ 释宝唱：《比丘尼传校注》，王孺童校注，中华书局，2006，第 56 页。
⑤ 高楠顺次郎等辑《大正藏》第 52 册，新文丰出版有限公司，1992，第 433 页。

时的幻术，最终左右了桓温的行动，遏制其野心，影响了时局。后人评价道："又桓宣武窥尼入浴室，见其刲割可畏，出而无他。盖以诚宣武温，由是灭其跋扈。"①（《大宋僧史略》卷下）与此相似的还有一位惠化尼，同样对时局的预言充满神秘色彩：

> 天平三年，神武西讨，令泰自潼关入。四年，泰至小关，为周文帝所袭，众尽没，泰自杀。初，泰将发邺，邺有惠化尼，谣云："窦行台，去不回。"未行之前夜，三更，忽有朱衣冠帻数千人入台，云收窦中尉。宿直兵吏皆惊。其人入数屋，俄顷而去。旦视关键不异，方知非人，皆知其必败。②

再者，有些比丘尼与统治阶级往来密切，深得他们的信赖和器重，因此能在一定程度上左右朝政。如史书记载："会稽王道子宠幸尼及姆母，各树用其亲戚，乃至出入宫掖，礼见人主。"③但会稽王道子的这一行为也颇受历史诟病："道子地则亲贤，任惟元辅，耽荒曲蘖，信惑谗谀。遂使尼媪窃朝权，奸邪制国命，始则彝伦攸斁，终乃宗社沦亡。"④不过这也从侧面反映了比丘尼们对朝权的利用及对政治的影响。再如：

> 世祖大明二年，有昙标道人与羌人高阇谋反，上因是下诏曰："佛法讹替，沙门混杂，未足扶济鸿教，而专成逋薮。加奸心频发，凶状屡闻，败乱风俗，人神交怨。可付所在，精加沙汰，后有违犯，严加诛坐。"于是设诸条禁，自非戒行精苦，并使还俗。而诸寺尼出入宫掖，交关妃后，此制竟不能行。⑤

---

① 高楠顺次郎等辑《大正藏》第 54 册，新文丰出版有限公司，1992，第 253 页。

② 李延寿：《北史》，中华书局，1974，第 1952 页。

③ 房玄龄等：《晋书》，中华书局，1974，第 807 页。

④ 房玄龄等：《晋书》，中华书局，1974，第 1741 页。

⑤ 沈约：《宋书》，中华书局，1974，第 2386-2387 页。

　　由此看来，由于性别缘故，比丘尼们往往出入后宫相对方便和自由，她们与后宫的往来便更加密切。有些还与之有亲缘关系，如，"太后性聪悟，多才艺，姑既为尼，幼相依托，略得佛经大义。亲览万机，手笔断决"①。如此一来，通过后宫的关系，这些比丘尼在政治上有所作为也是情理之中的事情。

　　还有一些比丘尼卷入到了权力或宫廷斗争当中，在其中扮演了重要角色。如南朝时的法静尼便参与过政治斗争："贼臣范晔、孔熙先等，连结谋逆，法静尼宣分往还，与大将军臣义康共相唇齿，备于鞫对。"②又如，法慕尼曾帮助皇室成员藏身："五月，庚辰，侯平等擒莫勇、魏永寿。江陵之陷也，永嘉王庄生七年矣，尼法慕匿之，王琳迎庄，送之建康。"③这些比丘尼在政治上的手段和能力是显而易见的，她们并没有像其他比丘尼一样只专心于佛事活动，而是表现出了对政治及社会事务的热情且积极参与其中。

　　六朝时期随着佛教势力的扩大和僧尼人数的激增，如何治理好僧团便是亟须处理的问题，故而僧官制度应运而生。在比丘尼团体中，官方也会任命比丘尼来管理尼众，称其为尼正。目前可考最早的尼正，当推刘宋比丘尼宝贤。《比丘尼传》中记载："以泰始元年敕为普贤寺主，二年又敕为都邑僧正。"④《大宋僧史略》云："宋宝贤为京邑尼僧正，文帝四事供养，孝武月给钱一万，尼正之俸宝贤始也。"⑤在这样的机遇和平台上，具备管理才能的比丘尼便脱颖而出。宝贤在当上尼僧正以后，积极协调佛教内部事务，发挥了其特长和才干。《比丘尼传》云："贤乃遣僧局，斋命到讲座，鸣木宣令诸尼，不得辄复重受戒。若年岁审未满者，其师先应集众忏悔竟，然后到僧局，僧局许可，请人监检，方得受耳。若有违拒，即加摈斥。因兹已后，矫竞暂息。"⑥在《比丘尼传》中，除了尼僧正宝贤，还有尼僧官法净在这方面的才能较为突出。"（泰始）二年敕为京

---

① 魏收：《魏书》，中华书局，1974，第338页。

② 沈约：《宋书》，中华书局，1974，第1845页。

③ 司马光：《资治通鉴》，中华书局，1956，第5129页。

④ 释宝唱：《比丘尼传校注》，王孺童校注，中华书局，2006，第108页。

⑤ 高楠顺次郎等辑《大正藏》第54册，新文丰出版有限公司，1992，第245页。

⑥ 释宝唱：《比丘尼传校注》，王孺童校注，中华书局，2006，第109页。

邑都维那，在事公正，确然殊绝"，[①]她和宝贤在政务上均能秉公办理，令众人信服。

南朝多设立尼僧正来管理比丘尼的事务，为有此特长的比丘尼提供了锻炼的机会和平台。而在北朝，管理比丘尼的权力被归附于僧正，且鲜见尼都维那一职，所以《大宋僧史略》中记载："北朝立制多是附僧，南土新规别行尼正。宋太始二年，勅尼宝贤为尼僧正，又以法净为京邑尼都维那。"[②]

总之，六朝时的比丘尼在整体上表现出了过人的才华。那些在年幼时期就崭露头角的比丘尼多出自官宦家庭，受到了良好的家庭教育。寺院也为比丘尼提供了良好的佛学教育、艺术教育及道德教育，使置身其中的比丘尼受到了教化与熏陶。还有一些比丘尼经历了社会历练，发挥了她们的政治才干，体现了她们突出的政治才能。这些比丘尼从人格气质到才华都在当时的女性群体中熠熠生辉。

第三节　比丘尼佛教书写的契机与困境

六朝既是佛教从初传走向兴盛的重要发展时期，又是中外文化及各种思想交流碰撞的转型时期，社会风气也在悄然改变。从政治、经济、文化到社会，大的文化气候既为比丘尼的佛教书写活动提供了诸多有利条件，也使其遭遇诸多困境。

一、书写的契机：从政治扶持到社会风气的改善

整个六朝时期，大多数统治者都对佛教的发展给予支持与维护，这就为比丘尼进行佛教书写活动提供了有利的政策环境，使她们能够在宽松、和谐的政治管理与氛围中自由书写。

---

① 释宝唱：《比丘尼传校注》，王孺童校注，中华书局，2006，第113页。
② 高楠顺次郎等辑《大正藏》第54册，新文丰出版有限公司，1992，第243页。

　　从史书的记载来看，虽然无法考证西晋时期的帝王是否在大力维护佛教，但到了东晋时期，许多帝王对佛教的崇信却有迹可循。习凿齿的《与释道安传》中记录了明帝对待佛教的积极态度："唯肃祖明皇帝，实天降德，始钦斯道，手画如来之容，口味三昧之旨，戒行峻于岩隐，玄祖畅乎无生。"①除了明帝，东晋的元帝、哀帝、废帝、简文帝等都对佛教崇敬甚深。而十六国的最高统治者虽然大多为少数民族，但他们对佛教的传播也相当重视。作为外来民族，他们对作为外来文化的佛教也具有本能的亲近感。后赵国主石勒对来自天竺的名僧佛图澄信任有加，"事必咨而后行，号曰大和尚"②。史书上说他"善诵神咒，能役使鬼神"③，具有神异功能，而佛图澄也正是以其特异之功来赢得石勒的敬佩与信任："勒召澄，试以道术。澄即取钵盛水，烧香咒之，须臾钵中生青莲花，光色曜日，勒由此信之。"④后来的国主石虎对佛图澄也尊崇备至，撰《敕敬佛图澄》《下书尊佛图澄》等以示敬重。受佛图澄的影响，许多百姓竞相出家，引起一些朝臣的不满与上奏，但因佛图澄的缘故，石虎仍下诏支持百姓事佛："朕出自边戎，忝君诸夏，至于飨祀，应从本俗。佛是戎神，所应兼奉，其夷赵百姓有乐事佛者，特听之。"⑤另外，后秦统治者姚兴也积极扶持佛教及佛教文化事业，其对名僧鸠摩罗什十分敬重与赏识，待他以国师之礼并支持其译经："姚兴遣姚硕德西伐，破吕隆，乃迎罗什，待以国师之礼，仍使入西明阁及逍遥园，译出众经。"⑥鸠摩罗什还曾为其著《实相论》二卷，"兴奉之若神"。

　　到了南北朝时期，政治力量对佛教事业的支持力度有增无减。北魏时的宣武帝于在位期间斥巨资开凿数座石窟，且兴修佛寺，规模巨大。他还喜欢钻研佛理，擅长讲经。在他的倡导下，僧尼及寺院数目都在不断增加。史书记载："世宗笃好佛理，每年常于禁中，亲讲经论，广集名僧，标明义旨。沙门条录，为《内起居》焉。上既崇之，下弥企尚。至延昌中，天下州郡僧尼寺，积有

---

①　严可均辑《全晋文》，商务印书馆，1999，第 1447 页。

②　房玄龄等：《晋书》，中华书局，1974，第 2487 页。

③　房玄龄等：《晋书》，中华书局，1974，第 2485 页。

④　房玄龄等：《晋书》，中华书局，1974，第 2485 页。

⑤　房玄龄等：《晋书》，中华书局，1974，第 2487-2488 页。

⑥　房玄龄等：《晋书》，中华书局，1974，第 2501 页。

一万三千七百二十七所，徒侣逾众。"①孝明帝在位时，还派遣僧人到西域取经，引进了大量佛教经典："熙平元年，诏遣沙门惠生使西域，采诸经律。正光三年冬，还京师。所得经论一百七十部，行于世。"②至东魏、北齐之际，佛教寺院和僧尼数量又不断增加，寺院有三万所，僧尼近两百万人。仅邺城（今河南安阳市北）一地就有寺院四千所，僧尼八万人，成为北方佛教发展重地。此外，北齐文宣帝高洋，史书虽评价其"纵酒肆欲，事极猖狂，昏邪残暴，近世未有"③，但在佛教影响之下，他也有向善的一面："因从受菩萨戒法，断酒禁肉，放舍鹰鹞，去官畋渔，郁成仁国。又断天下屠杀，月六年三，勒民斋戒，官园私菜，荤辛悉除。"④北齐时的武成帝高湛及后主高纬也热衷佛教，多次举行佛事活动，如举办水陆道场和盂兰盆会来超度亡灵，还多次请高僧入宫讲法。此外，北朝时有不少太后及公主信奉佛教或出家修行，许多比丘尼得以出入后宫，密切了佛教与政治间的联系。总之，在北朝封建最高统治者的积极倡导与维护下，佛教事业迅速发展，也为比丘尼们的书写活动提供了更多的有利条件。

至于南朝，帝王及宗室中信奉并支持佛教的现象也层出不穷。从宋文帝刘义隆到后主陈叔宝，崇信佛教者代不乏人，而尤以梁武帝为最。许多知名及颇具规模的寺院都由这些帝王支持修建。如宋文帝下诏兴修天竺寺、报恩寺；齐高帝萧道成造建元寺；齐武帝萧赜造齐安寺、禅灵寺、集善寺，并修造佛像；梁武帝更是大兴佛寺并扶持寺院经济。有些帝王还请名僧参与朝政，如慧观、法瑶、道猷、释慧琳等都曾受到宋文帝重用，权倾朝野。还有些帝王及宗亲喜好佛理，具备一定的佛学素养。如宋文帝喜欢玄谈与佛理；齐武帝第二子竟陵文宣王萧子良，自名净住子，曾手抄佛经 71 卷；梁武帝善于讲经。另有一些帝王热衷举行佛事活动。如梁武帝经常发起水陆大斋、盂兰盆斋、无遮大会、无碍法善会等佛教盛会；陈朝时，武帝陈霸先也曾多次设无遮盛会；后来的文帝、宣帝等也多次设无碍大会；后主陈叔宝也曾两次于太极殿设无碍大会。值得一提的是，南朝梁武帝还是中国历史上一位试图将佛教国教化的皇帝。由此看来，

---

① 魏收：《魏书》，中华书局，1974，第 3042 页。

② 魏收：《魏书》，中华书局，1974，第 3042 页。

③ 李百药：《北齐书》，中华书局，1972，第 69 页。

④ 释道宣：《续高僧传》，郭绍林点校，中华书局，2014，第 576 页。

整个六朝时期，许多上层统治者都对佛教予以积极的支持和维护，且涉及佛教事业的方方面面。比丘尼们的佛教书写活动得以顺利进行和大规模展开，离不开统治阶级的政治扶持。

六朝时寺院经济的繁荣与发展为比丘尼们的佛教书写活动提供了物质保障，经济上的无忧与富足使其书写活动处于一个相对安稳的环境。我们知道，六朝时佛教繁荣的表现之一即是可观的寺院和僧尼数目，下表是根据历史文献所统计的南北朝时期寺院和僧尼数目的详情：

南北朝时期佛教寺院和僧尼数目

朝代	寺院数目	僧尼数目
东晋	1768	24000
宋	1913	36000
齐	2015	32500
梁	2846	82700
陈	1232	32000
北魏	30000	2000000
北齐	40000	4000000
北周	10000	1000000

注：此表根据《辨证录》《释氏通鉴》《佛祖统纪》中的相关记载统计而成。

下层僧侣及依附于寺院从事各种劳作的"寺户"占寺院僧尼的多数，他们是寺院的重要劳动力。而从事佛教书写或具有较高文化素养的僧尼恰恰是上层僧侣，他们受到这些群体的供养。正是大批下层僧侣的劳作在维持寺院经济的发展，为高级僧侣的文化事业提供经济保障。据史书记载："昙曜奏：平齐户及诸民，有能岁输谷六十斛入僧曹者，即为'僧祇户'，粟为'僧祇粟'，至于俭岁，赈给饥民。又请民犯重罪及官奴以为'佛图户'，以供诸寺扫洒，岁兼营田输粟。高宗并许之。于是僧祇户、粟及寺户，遍于州镇矣。"① 可见这些"寺户"都是从事寺院生产的重要劳动力，数量巨大。

另外，六朝时期的寺院生活相当奢华，与方外的乱世与穷困形成鲜明对比：

---

① 魏收：《魏书》，中华书局，1974，第3037页。

"都下佛寺五百余所，穷极宏丽。僧尼十余万，资产丰沃。所在郡县，不可胜言。道人又有白徒，尼则皆畜养女，皆不贯人籍，天下户口几亡其半。"①北魏时期洛阳的佛寺亦相当宏伟壮丽，建筑构造精妙，足见其中僧尼生活的优渥与富足。如《洛阳伽蓝记》中的长秋寺，"中有三层浮图一所，金盘灵刹曜诸城内。作六牙白象负释迦在虚空中，庄严佛事悉用金玉，工作之异难可具陈"②；在开阳门内御道东的景林寺，"讲殿迭起，房庑连属，丹槛炫日，绣桷迎风，实为胜地"③；太后从姑所立且在此出家为尼的胡统寺，"宝塔五重，金刹高耸。洞房周匝，对户交疏。朱柱素壁，甚为佳丽"④。

此外，在国家的赏赐与官僚贵族的捐助下，寺院还拥有大量的土地田产，成为寺院经济的重要来源和保障。僧尼们还享有种种特权，如无须服兵役，可以躲避苛捐杂税等。上层僧尼一如社会上的贵族，不耕而食，不织而衣，享受大众供奉。这些经济条件都能够充分满足比丘尼的生活需要，使其有足够的时间和精力去从事佛教书写活动。

文化方面，北方胡族的汉化是比丘尼佛教书写的又一重要契机和有利条件。要知道，北朝的统治阶级都是少数民族，文明程度相对较低。为了改变这一状况，孝文帝将都城由平城迁往洛阳，为汉化政策的顺利实施埋下伏笔，毕竟鲜卑族的贵族集团和势力都在旧城，阻力较大。孝文帝力图将迁至洛阳的鲜卑人向汉人靠拢，令五胡中通行汉语，代替北语："断诸北语，一从正音。"⑤且有严厉的措施加以管理："六月己亥，诏不得以北俗之语言于朝廷，若有违者，免所居官。"⑥丧葬方面，亡后不得再迁回北方，令迁移到此的少数民族成为名副其实的洛阳人："丙辰，诏迁洛之民，死葬河南，不得还北。于是代人南迁者，悉为河南洛阳人。"⑦孝文帝的种种汉化措施取得了显著成效，大大提高了帝王贵族及

① 李延寿：《南史》，中华书局，1975，第1721-1722页。

② 高楠顺次郎等辑《大正藏》第51册，新文丰出版有限公司，1992，第1002页。

③ 高楠顺次郎等辑《大正藏》第51册，新文丰出版有限公司，1992，第1004页。

④ 高楠顺次郎等辑《大正藏》第51册，新文丰出版有限公司，1992，第1004页。

⑤ 魏收：《魏书》，中华书局，1974，第536页。

⑥ 魏收：《魏书》，中华书局，1974，第177页。

⑦ 魏收：《魏书》，中华书局，1974，第178页。

普通移民的汉文化水平。北朝文化渐渐繁荣，文学面貌亦焕然一新。《魏书》云：
"逮高祖驭天，锐情文学，盖以颉颃汉彻，掩踔曹丕，气韵高艳，才藻独构。衣
冠仰止，咸慕新风。"①

孝文帝重视并长于文化改革，与他本人的文化素养不无关联，史书上称其
"善谈庄、老，尤精释义。才藻富赡，好为文章，诗赋铭颂，在兴而作"②。他博
览经史，擅长讲说，多与名僧交流切磋。在他统治期间，北方的学风亦受到南
朝影响，佛教义解逐渐受到重视，讲经之风盛行洛阳。在临近南朝的彭城（今
徐州），名僧多有聚集，义学振兴。正如汤用彤所说："至若义学，在北朝初叶，
盖蔑如也。北朝义学之兴，约在孝文帝之世。……当时徐州实为北魏义学之重
地。北方义学之渊泉，孝文帝时，实以徐州为最著。"③

陈寅恪指出："魏晋时期，进入中原的各族，在文化上、社会经济上都在汉
化，虽然深浅不同，也不是整齐划一，但表明了一种倾向，即胡族与胡族之间
的融合将让位于胡汉之间的融合；以地域区分民族将让位于以文化区分民族。"④
在这种文化的融合与同化之下，北方少数民族统治政权的文化水平大大提高，
加速了佛教的传播，为这一时期及地域的佛教书写创造了良好的条件与文化
契机。

还应指出的是，六朝时社会风气的进步与改善，尤其是女性地位的提高，
为比丘尼佛教书写活动提供了有利契机。与以往朝代相比，当时女性的社会地
位较高，社会并没有严格限制女性的活动空间，女性可以自由参加社会活动，
且具有一定的婚姻自主权。门第较高的女性往往还有接受教育的机会。另外，
当时的法律还注意保护女性的生命安全，如果丈夫无故或误杀其妻，会受到法
律严惩。例如，刘穆之的孙子刘肜，"大明四年，坐刀斫妻，夺爵土"⑤。再如，
何点的父亲虽官居太守，"素有风疾，无故害妻，坐法死"⑥。但将妻子害死后难

① 魏收：《魏书》，中华书局，1974，第 1869 页。
② 李延寿：《北史》，中华书局，1974，第 121 页。
③ 汤用彤：《汉魏两晋南北朝佛教史》，商务印书馆，2015，第 683-684 页。
④ 万绳楠整理《陈寅恪魏晋南北朝史讲演录》，贵州人民出版社，2007，第 91 页。
⑤ 沈约：《宋书》，中华书局，1974，第 1308 页。
⑥ 姚思廉：《梁书》，中华书局，1973，第 732 页。

逃罪责。

　　这种社会状况与儒教礼法的松弛有关。自汉武帝独尊儒术以来，儒家名教思想长期并牢牢禁锢着人们的思想观念。到了魏晋时期，人格的自然主义和个性解放不断突破着礼法及传统观念的束缚，人的个性价值受到尊重。女性的社会地位也相对提高，社会对女性的欣赏及评价标准也有所改变。例如《世说新语》的《贤媛篇》中所收录的优秀女性事迹，多半赞美的是女性的才情与品德，而不是囿于封建礼教对女性的标准与要求。许多优秀女性的智慧与才情可与当时的名士媲美。在时代风气的影响下，她们的审美能力也大大提高，毫不避讳地表达对异性的批评或钦慕。《世说新语》载："王凝之谢夫人既往王氏，大薄凝之。"[1] 此外，"王江州夫人语谢遏曰：'汝何以都不复进，为是尘务经心，天分有限？'"[2] 谢道韫不仅对自己的丈夫王凝之不满，还批评自己的弟弟谢玄不长进，即便两位都是当时的名士。可见这位才女的眼光与要求之高。竹林七贤之一的山涛曾问自己的妻子，觉得他的朋友嵇康、阮籍如何，其妻评价曰："君才致殊不如，正当以识度相友耳。"[3] 山涛的妻子直言不讳，认为丈夫的才华比他的朋友差得远。这些女性都被冠以"贤媛"的称谓，足见当时知识阶层对女性的宽容，令其言论十分自由。当时女性对男性的好恶表现得大胆而直接，《世说新语·容止》曰："潘岳妙有姿容，好神情。少时挟弹出洛阳道，妇人遇者，莫不连手共萦之。左太冲绝丑，亦复效岳游遨，于是群妪齐共乱唾之，委顿而返。"[4]

　　当时的女性受教育的机会也相对较多，官宦家庭尤为重视子女的教育。上层社会的才女尤多。如，"魏承建安之体，诗歌五言，大盛于时。魏武卞后，及文帝甄后，并有文采。"[5]《玉台新咏》收录女性诗人作品37首，虽然并不完全，但足见此时才女之多，数量大大超过前朝。在晋代，社会上涌现了不少多才多艺的女子，被世人夸赞。有学者指出："自汉季标榜节概，士秉礼教，以人伦风鉴，臧否人物，晋世妇人亦有化之者。又好书画美艺，习持名理清谈，皆当时

---

① 刘义庆：《世说新语笺疏》，余嘉锡笺疏，上海古籍出版社，1993，第696页。

② 刘义庆：《世说新语笺疏》，余嘉锡笺疏，上海古籍出版社，1993，第697页。

③ 刘义庆：《世说新语笺疏》，余嘉锡笺疏，上海古籍出版社，1993，第679页。

④ 刘义庆：《世说新语笺疏》，余嘉锡笺疏，上海古籍出版社，1993，第608页。

⑤ 谢无量：《中国妇女文学史》，中国人民大学出版社，2011，第86页。

男子所以相夸者也。"① 六朝时还有一些兄妹共以擅长诗文而著称，如西晋的左思、左芬兄妹，南朝宋齐时的鲍照、鲍令晖兄妹。《诗品》赞令晖之诗歌"往往断绝清巧，拟古尤胜"②。可见这些家庭对子女的教育一视同仁。因此，一些出身贵族的比丘尼在出家之前就受到了良好的家庭教育，这种培育和熏陶对其日后的修行与写作活动都大有裨益。

此外，北朝的统治阶级以及移民大多为少数民族，虽然他们的文化在与汉文化不断融合，但少数民族的许多遗风仍在发挥作用。《颜氏家训·治家》云："邺下风俗，专以妇持门户，争讼曲直，造请逢迎，车乘填街衢，绮罗盈府寺，代子求官，为夫诉屈。"③ 少数民族较少受到儒家礼法纲常观念的束缚，所以从文中来看，女性具有较高的家庭及社会地位，她们并没有以男性为中心，受制于夫权。且当时的婚嫁也相对自由。因此，无论南北，社会风气皆相对开放与自由，个人意愿得到尊重。在这样的语境下，许多女性选择出家并没有受到太多的阻力和干涉。在个性解放的时代氛围下，她们乐于表达自我，能够通过书写自由抒发内心的情感与愿望。

另外，佛教的平等观念对社会亦有影响。晋宋之际，在门阀士族统治下，社会阶级的不平等现象十分严重。信仰佛教的人们也因此会担心成佛是否也有等级差异的问题。竺道生在《涅槃经》还未传入中土之前就宣扬"一阐提亦可成佛"，当《涅槃经》传入后，证实了这一说法。此外，佛教的平等女性观也会对比丘尼的性别意识有所影响。刘宋时，求那跋摩罗所译的《杂阿含经》云："心入于正受，女形复何为。"④ 意思是心灵所能达到的觉悟境界，不会因女形而构成障碍。佛教在性别上的平等观势必会对比丘尼佛教书写起到激励和促进作用。

还应值得注意的是，随着六朝时期佛教的盛行，许多佛事活动，如七七斋、水陆法会、盂兰盆会等都在如火如荼地展开。佛教的各种思想和仪式都会融入其中，这些都为参与其中的比丘尼提供了书写的素材与灵感，且丰富着她们的

---

① 谢无量：《中国妇女文学史》，中国人民大学出版社，2011，第90页。

② 钟嵘：《诗品笺注》，曹旭注，人民文学出版社，2009，第282页。

③ 颜之推：《颜氏家训集解》（增补本），王利器集解，中华书局，1993，第48页。

④ 中国佛教文化研究所点校《杂阿含经》，宗教文化出版社，1999，第1030页。

文化生活。总之，这个时代为比丘尼的佛教书写所创造的契机是多元的，它涉及当时的政治、经济、文化、社会等多个方面。

二、书写的困境：佛教文化危机与平等的相对性

六朝时期虽迎来了佛教发展的黄金时代，但并不意味着其发展是一帆风顺的，它所曾遭遇的危机或抵抗与其自身特点有关。有学者分析："佛教在中国并不是一种思想模式或哲学体系，而首先是一种生活方式，一种高度纪律化的行为方式，它被认为能借此解脱生死轮回，适合于封闭而独立的宗教组织即僧团的成员信受奉行。唯其如此，人们必然会对清幽的寺院生活产生浓厚兴趣，而这种生活就其本性而言，注定要遭遇中国统治阶层的强烈抵触。"[1] 一旦佛教的发展触犯了统治阶级的利益，反对的呼声便不断涌现。而佛教的发展遇到危机，其相关的佛教书写活动便会遇到困境。观察一些较为典型的反对声音可以发现，针对的症结多集中在经济利益的冲突方面。丹阳尹萧摹之曾撰《奏铸象造寺宜加裁检》一文来批评佛教对资源的浪费："佛化被于中国，已历四代，形象塔寺，所在千数，进可以系心，退足以招劝。而自顷以来，情敬浮末，不以精诚为至，更以奢竞为重。旧宇颓弛，曾莫之修，而各务造新，以相姱尚。甲第显宅，于兹殆尽，材竹铜彩，糜损无极，无关神祇，有累人事。违中越制，宜加裁检，不为之防，流遁未息。"[2] 十六国时期后赵国主石虎虽大力提倡并维护佛教的发展，但也担心佛门中混入躲避徭役赋税，而非虔诚皈依之人，故而下令审查："佛号世尊，国家所奉，闾里小人无爵秩者，应得事佛与否。又沙门皆应高洁贞正，行能精进，然后可为道士。今沙门甚众，或有奸宄避役，多非其人，可料简，详议真伪。"[3] 在北朝，任城王澄的《奏禁私造僧寺》意在抗议僧人对官府及百姓利益的侵占与损害："但俗眩虚声，僧贪厚润，虽有显禁，犹自冒营。……自迁都以来，年逾二纪，寺夺民居，三分且一。"[4]《释驳论》一文更是集中展现了对佛教当中"与众人竞利"，无异于商人、农夫现象与行径的指责：

① 许理和：《佛教征服中国》，李四龙等译，江苏人民出版社，2017，第371页。
② 严可均辑《全宋文》，商务印书馆，1999，第425页。
③ 严可均辑《全晋文》，商务印书馆，1999，第1610页。
④ 严可均辑《全后魏文》，商务印书馆，1999，第168-169页。

然沙门既出家离俗，高尚其志，违天属之亲，舍荣华之重，毁形好之饰，守清节之禁。研心唯理，属己唯法，投足而安，蔬食而已。使德行卓然，为时宗仰，仪容邕肃，为物轨则。然触事蔑然，无一可采，何其栖托高远，而业尚鄙近？至于营求孜伋，无暂宁息。或垦殖田圃，与农夫齐流；或商旅博易，与众人竞利；或矜持医道，轻作寒暑；或机巧异端，以济生业；或占相孤虚，妄论吉凶；或诡道假权，要射时意；或聚畜委积，颐养有余；或指掌空谈，坐食百姓：斯皆德不称服，行多违法。虽暂有一善，亦何足以标高胜之美哉？自可废之，以一风俗。此皆无益于时政，有损于治道，是执法者之所深疾，有国者之所大患。且世有五横，而沙门处其一焉。①

批判者认为这些行径与佛门中人本来所应有的清净高尚之品格大相径庭，但针对这些反对的声音，反驳之人所持的看法也一致，即这些现象只是个别的，不应当完全否定佛教。

此外，南朝时梁武帝崇佛之深，一方面使佛教迅速发展，但另一方面也带来了相应的弊端。梁武帝为了造福来生而求取功德，兴修佛寺，施舍僧尼，虽为佛教发展贡献了巨大的物力、财力，也因此而加重了百姓的生活负担。所以有官员上奏曰："天下户口减落，……百姓不能堪命，各事流移，或依于大姓，或聚于屯封，盖不获已而窜亡，非乐之也。"②一些人为躲避赋税徭役而出家，造成社会上的人口和劳动力缺失。而佛教发展所耗费的资源又会加重对百姓的剥削，容易引起一些人有躲避赋税的念头，这样就会形成一种恶性循环。

种种经济利益的冲突导致最严重的后果即是六朝时期所出现的灭佛事件，这对当时佛教的发展具有严重的破坏性，佛教文化也面临着前所未有的打击。如，公元439年，太武帝声称信奉佛教，且在次年改年号为太平真君，这是其下令灭佛的前奏。后来，太武帝发布《禁容匿沙门师巫诏》："愚民无识，信惑妖邪，私养师巫，挟藏谶记、阴阳、图纬、方伎之书。又沙门之徒，假西戎虚诞，生致妖孽。非所以壹齐政化，布淳德于天下也。自王公已下，至于庶人，有私

---

① 严可均辑《全晋文》，商务印书馆，1999，第1794页。

② 严可均辑《全梁文》，商务印书馆，1999，第509页。

养沙门、师巫及金银工巧之人在其家者，皆遣诣官曹，不得容匿。限今年二月十五日，过期不出，师巫、沙门身死，主人门诛。明相宣告，咸使闻知。"①许多僧人或被杀，或出逃。后来，太武帝还通令全国，诛杀僧尼并焚毁寺院，无数经像被毁。周武帝废佛是北朝历史上的第二次灭佛事件，将之前又逐步恢复并发展的佛教进行了更为严厉的打击："丙子，初断佛、道二教，经像悉毁，罢沙门、道士，并令还俗。并禁诸淫祀，非祀典所载者，尽除之。"②此外，《历代三宝记》云："融佛焚经驱僧破塔，圣教灵迹削地靡遗。宝刹伽蓝皆为俗宅，沙门释种悉作白衣。"③周武帝的举措使寺院建筑、经像遭到严重破坏，也导致佛教文化的重要物质载体承受了毁灭性的打击。两次灭佛事件都发生在北朝，也说明北方佛教发展，寺院势力的急剧扩张与国家利益的矛盾更为尖锐。诚然，北方的劳动力人口及经济资源较南方匮乏，国家更需要坚实的物质基础来作保障，所以一旦与其利益冲突，矛盾演化就更为激烈。相比之下，因南方佛教更注重义理的探讨，虽然也有反对佛教的声音，但采取的主要是批驳、论争等相对缓和的方式来处理矛盾。因此，在不同的形势下，南北的佛教书写所面临的环境也大不相同。

除了佛教发展与政治集团之间的矛盾，佛教异端的产生也使佛教文化曾面临危机。佛教异端产生于南北朝时期佛教日渐兴盛的北方。始作俑者的法庆高举"新佛出世，除去旧魔"的旗帜，组织成立弥勒教。"新佛出世"即指弥勒降世。史书载："夏六月，沙门法庆聚众反于冀州，杀阜城令，自称大乘。"④法庆所谓的新佛并不是本来意义上的佛教，他视本来的佛教为魔，且认为应当破除原本的佛教戒律，残忍地杀害了许多僧尼，破坏经像，这一系列行为被看作是当时的异端行径：

　　时冀州沙门法庆既为妖幻，遂说勃海人李归伯。归伯合家从之，招率乡人，推法庆为主。法庆以归伯为十住菩萨、平魔军司、定汉王；

① 严可均辑《全后魏文》，商务印书馆，1999，第10页。
② 李延寿：《北史》，中华书局，1974，第360页。
③ 高楠顺次郎等辑《大正藏》第49册，新文丰出版有限公司，1992，第107页。
④ 李延寿：《北史》，中华书局，1974，第144页。

自号大乘。杀一人者为一住菩萨，杀十人者为十住菩萨。又合狂药，令人服之，父子兄弟不相知识，唯以杀害为事。刺史萧宝寅遣兼长史崔伯驎讨之，败于煮枣城，伯驎战没。凶众遂盛，所在屠灭寺舍，斩戮僧尼，焚烧经像，云："新佛出世，除去众魔。"①

佛教异端之所以产生在北方，也有一定的原因。要知道，与南方佛教相比，北方重禅法而轻义理。汤用彤指出："南朝佛法，沙门居士，多以义学著称，而于戒定少所注重。其建功德立寺礼拜，虽亦为社会普遍之宗教表现，然其于行证固蔑如也。北土佛徒，特重禅定。"②北朝佛教的这一特点体现了僧尼们注重以坐禅诵经为修行法门来通向成佛的道路。然而，这种方式会令人感到目标的实现遥遥无期，因为修行的过程是非常艰难的："其为沙门者，初修十诫，曰沙弥，而终于二百五十，则具足成大僧。妇入道者曰比丘尼。其诫至于五百，皆以□为本，随事增数，在于防心、摄身、正口。心去贪、忿、痴，身除杀、淫、盗，口断妄、杂、诸非正言，总谓之十善道。能具此，谓之三业清净。"③显而易见的是，在修行当中，规戒比丘尼的戒律要更多一些。修行的困难最终会挫伤一部分人的积极性，导致他们将希望寄托在新佛上，所以很快响应法庆的号召。另外，因根性不同，修行的方法和结果又有差别。《魏书·释老志》云："初根人为小乘，行四谛法；中根人为中乘，受十二因缘；上根人为大乘，则修六度。虽阶三乘，而要由修进万行，拯度亿流，弥历长远，乃可登佛境矣。"④就当时的社会现状来看，普通沙门和高级僧尼便有初根与上根的区别。很显然，社会阶级的区分和不平等也反映在佛门中。佛教虽然宣扬众生平等，但现实中这种平等的相对性势必会引起普通僧众的不满与反抗。北方寺院有僧祇户从事种田劳作，有佛图户担负各种杂役。他们所种的土地归从属寺院所有。高级僧尼与寺户如同地主与雇农的关系，存在着剥削与压榨，僧侣大地主在北方形成了。有些高级僧尼还将"僧祇粟"贷出，俨然成为高利贷者。高级僧尼在不断地盘剥中生

---

① 李延寿：《北史》，中华书局，1974，第 634 页。

② 汤用彤：《汉魏两晋南北朝佛教史》，商务印书馆，2015，第 628 页。

③ 魏收：《魏书》，中华书局，1974，第 3026-3027 页。

④ 魏收：《魏书》，中华书局，1974，第 3027 页。

活奢侈腐化，与普通僧尼的生活具有天壤之别。

南朝佛教则不同，他们注重义学，能够从义理上探究成佛的可能性。竺道生在《法华经疏》中提出："一切众生，莫不是佛，亦皆泥洹。"[1] 如此一来，成佛的可能性要大得多。史书上说他"幼而聪悟。年十五便能讲经，及长有异解，立顿悟义，时人推服"[2]。《高僧传》中也说他"校阅真俗，研思因果。乃立善不受报，顿悟成佛"[3]。顿悟成佛这一方便法门给修行之人巨大的希望和信心，且被南方僧俗所普遍接受。因此，南方并没有出现尖锐和激烈的阶级矛盾也在情理之中。

此外，由于社会阶层的不平等，也导致文化及教育资源的分配不均。文化始终掌握在士族门阀阶层的手中，他们拥有话语权及显著的文化优势，并且是文化的传承和弘扬者。有学者指出："六朝社会对于门阀士族的优待，使门阀士族在政治、经济等诸多方面都享有许多特权，在文化方面也是如此。他们在优裕的生活环境中，既继承了祖宗相传而来的文化优势，又有充沛的精力和充足的时间，专心致志于文化的研究和创造，开创了中国历史上又一个文化昌盛的时期。"[4] 然而，大部分僧尼出身寒微，在进入佛门之前受到的教育往往十分有限，不具有先天的文化优势，这也会导致其书写具有局限性。

应当注意的是，佛教虽然一再宣称众生平等，但平等在现实当中始终是相对的。除了阶层的不平等，性别之间的不平等也是值得注意的现象，它同样是比丘尼佛教书写所遭遇的困境之一。《神僧传》云："有比丘尼为鬼所著。超悟玄解说辩经文，居宗讲导听采云合，皆不测也。莫不赞其聪悟。朗闻曰：'此邪鬼所加何有正理，须后检校。'他日清旦猴犬前行径至尼寺。朗往到礼佛绕塔至讲堂前，尼犹讲说。朗乃厉声呵曰：'小婢，吾今既来何不下座！'此尼承声崩下走出，堂前立对于朗，从卯至申卓不移处，通汗流地默无言说。闻其慧解奄若聋痴，百日已后方复本性。"[5] 这位比丘尼具有相当的才华，却被僧人视为异类，

---

① 前田慧云等编《续藏经》第27册，新文丰出版有限公司，1975，第13页。

② 李延寿：《南史》，中华书局，1975，第1963页。

③ 释慧皎：《高僧传》，汤用彤校注，中华书局，1992，第256页。

④ 张承宗：《六朝民俗》，南京出版社，2002，第153页。

⑤ 高楠顺次郎等辑《大正藏》第50册，新文丰出版有限公司，1992，第981页。

反映了当时僧人对比丘尼的歧视现象。此外，《洛阳伽蓝记》云："永安三年中，尔朱兆入洛阳，纵兵大掠。时有秀容胡骑数十，入瑶光寺淫秽，自此后颇获讥讪。京师语曰：'洛阳男儿，急作髻。瑶光寺尼，夺作婿。'"①在战乱中，这些比丘尼的生命安全受到极大威胁，她们本是战乱的受害者，却遭到百姓的讥讽，她们无疑在身心上都会受到巨大伤害。诸如此类的现象都会给比丘尼的书写行为带来麻烦和困扰。

　　总之，六朝时期，佛教发展空前兴盛，比丘尼佛教书写一方面遇到重要契机，政治的扶持、经济的保障、文化的进步与社会风气的革新，都为书写活动提供诸多有利条件；另一方面，相应的困境也在所难免，佛教文化危机以及平等的相对性都会对比丘尼佛教书写产生不可忽视的消极影响。

---

① 高楠顺次郎等辑《大正藏》第 51 册，新文丰出版有限公司，1992，第 1003 页。

第二章　六朝比丘尼佛教书写的文本内涵

六朝时期，比丘尼的佛教书写文本主要有造像记、写经题记及墓志文等，这些文本具有个性化的意蕴，且具有一定的文学性。它们包含着比丘尼们的想象、情感、理解等审美心理活动，展示着这一群体独特的文化心理及深厚的文化积淀。

第一节　比丘尼佛教书写文本的个性化意蕴

北朝时期的造像记以及写经题记数量颇多，尤其是造像记的大量出现，反映了时人祈求福田的强烈愿望。有造像记就必有相关的造像，造像活动盛行是当时社会受佛教影响而普遍流行的一种风尚。汤用彤指出："北朝法雨之普及，人民崇福之热烈，可于造像一事见之。"[①]造像上的造像记具有重要的史料及文献价值。汤用彤认为："在已通行金石书所载造像记，已称极多。至于近今发现而未著录者，尤不知凡几。若能搜齐其文，研求其造像之性质（如弥勒弥陀等崇拜，年代上及地域上之分布等），则于北朝宗教之了解所得必不小也。"[②]造像记及写经题记这一类文本虽然不是我们当今严格意义上的文学文本，但确有其文

---

① 汤用彤：《汉魏两晋南北朝佛教史》，商务印书馆，2015，第414页。

② 汤用彤：《汉魏两晋南北朝佛教史》，商务印书馆，2015，第415页。

学因子的存在，且反映了书写主体的诸多思想观念。比丘尼的造像记及写经题记是比丘尼佛教书写的重要文本，从内容上看，北朝时期比丘尼的这些文本与当时其他身份主体所书写的同类文本相较，有其个性化的意蕴。

一、"永离烦惚"的生命观

从北朝的造像记中可以看到，造像的主体无论是普通民众还是僧尼，几乎都在造像记中表达离苦得乐的愿望，希冀自身或他人能获得解脱。因此，永离苦因、苦难、三途八难……都是他们常常在造像记中所抒发的祈愿。如，《宋德兴造像记》云："愿先师、七世父母、外内眷属、□全知识、亡女猄香，一切众生，生生共其福所，往生□□，值遇诸佛，永离苦因。"[1]《黄某相造像记》云："愿亡父楷是诚□，永离苦难。"[2] 又如，《赵埛造像记》云："若在三途，速令解脱。"[3]《追远寺造像记》云："又愿内外宗亲，永离三途，长辞八难。"[4]

就目前能够见到的北朝造像记中，只有北魏时期的两篇比丘尼造像记里出现了"永离烦惚"一语。它们分别是永平三年（510年）四月四日所写的《比丘尼法行造像记》："□愿永离烦惚，无有苦患。"[5] 以及永平三年（510年）九月四日所写的《比丘尼法庆造像记》："愿使来世托生西方妙乐国土，下生人间王公长者，永离烦惚。"[6] 另外，正光四年（523年）一月二十六日的《比丘尼法阴造像记》中亦出现了相似的书写："愿女体妊□康，众忽（惚）永息。"[7] 然而，同时代的比丘或普通民众的造像记中却并无这种用法，这显现出了比丘尼造像记在书写的内容方面所具有的独特性之一。

佛经中并没有"烦惚"一词，只有高僧慧远所著的《胜鬘经义记》中大量出现这一词语。在此书问世之前以及同一时代的诗文中，"烦惚"一词也无迹可

---

① 邵正坤：《北朝纪年造像记汇编》，吉林人民出版社，2014，第 3 页。

② 邵正坤：《北朝纪年造像记汇编》，吉林人民出版社，2014，第 6 页。

③ 邵正坤：《北朝纪年造像记汇编》，吉林人民出版社，2014，第 4 页。

④ 邵正坤：《北朝纪年造像记汇编》，吉林人民出版社，2014，第 7 页。

⑤ 邵正坤：《北朝纪年造像记汇编》，吉林人民出版社，2014，第 46 页。

⑥ 邵正坤：《北朝纪年造像记汇编》，吉林人民出版社，2014，第 47 页。

⑦ 邵正坤：《北朝纪年造像记汇编》，吉林人民出版社，2014，第 82 页。

寻，因而可以推断此乃慧远的首创。《胜鬘经义记》是慧远对《胜鬘经》所做的注疏。《胜鬘经》是著名的佛教经典，其全称为《胜鬘狮子吼一乘大方便方广经》，又称《狮子吼经》。此经记载了胜鬘夫人劝信佛法的说教，相传胜鬘为古印度拘萨罗国波斯匿王之女。作为女性传播佛法的经典，此经自然会对比丘尼这一女性佛教群体产生重要的影响。从北朝的写经题记可以看到，《胜鬘经》是比丘尼的供养经典之一。另外，南朝时也有高尼通晓并熟谙此经，如梁代的道贵尼"诵《胜鬘》《无量寿经》，不舍昼夜"①。

在慧远的《胜鬘经义记》中，"烦惚"一词颇多出现。例如，"彼于六道，生死虽分断除，无偏尽处，故说为凡。五住惑中，未有尽处，名具烦惚。"②又如，"一切烦惚无非虚伪。于中别分受生妄爱，虚妄中极，偏名虚伪。如来以其所修圣道，能断如是虚伪烦惚。"③又如，"取性烦惚名为性惑。"④由此看来，"烦惚"即"惑"，"惑"在佛教中的含义为迷妄之心，迷于所对之境且颠倒事理谓之惑，是贪嗔等烦恼的总称，这种身心烦乱的状态阻碍着心的觉悟。所以佛教中还有"惑业苦"一说，即因惑而造作的诸业会招致无数的生死苦痛，故《地藏本愿经纶贯》云："因惑造业，由业招苦。"⑤而"一切烦惚无非虚伪"，是说烦惚实乃虚妄，能被如来所修的圣道明断。

慧远用"烦惚"来指称佛教所说的"惑"，可谓十分恰当，比"烦恼"更为贴切，且蕴含了心智迷妄、不真实又不可指称的状态。《老子》二十一章云："道之为物，惟恍惟惚。惚兮恍兮，其中有象；恍兮惚兮，其中有物。"释德清说："恍惚，谓似有若无，不可指之意。"⑥又，扬雄《法言》云："神心惚恍。"⑦所以，"惚"之含义所关涉的心神迷惘散乱与捉摸不定的状态，丰富了"烦惚"一词的内涵。在北朝的造像记中，只有这两则比丘尼的造像记使用了"烦惚"一词，

① 释宝唱：《比丘尼传校注》，王孺童校注，中华书局，2006，第 211 页。

② 前田慧云等编《续藏经》第 19 册，新文丰出版有限公司，1975，第 881 页。

③ 前田慧云等编《续藏经》第 19 册，新文丰出版有限公司，1975，第 881 页。

④ 前田慧云等编《续藏经》第 19 册，新文丰出版有限公司，1975，第 881 页。

⑤ 前田慧云等编《续藏经》第 21 册，新文丰出版有限公司，1975，第 646 页。

⑥ 陈鼓应：《老子今注今译》，商务印书馆，2003，第 156 页。

⑦ 汪荣宝：《法言义疏》，陈仲夫点校，中华书局，1987，第 569 页。

可见她们是很熟悉慧远所著的《胜鬘经义记》的，且又能很自然地将该词写进自身的发愿文当中。这不仅体现了在书写活动中，她们对语言具有相当的敏感性，还体现了她们的生命观深受佛教文化的影响，其对个体的生死苦痛有了更多理论上的接受和认知。从上文的举例中我们已可以看到，许多造像记只是笼统表达了永离苦难的愿望或是永离"三途"的心愿。在佛教中，"三途"是三恶道的别名，指的是血途、刀途和火途，分别对应畜生道、饿鬼道和地狱道。因畜生处在被宰杀或互相吞食的血腥之所，饿鬼常居于饥饿与刀剑相逼之地，而地狱处在烈火灼烧之处，故而得名。这关联着佛教的业报轮回说，佛教认为人生前的恶业会导致来世在这三恶道中受轮回之苦。具体看来，"三途"之苦更多是生理上的折磨，而"烦恼"则指向精神上的苦痛。所以，"烦恼"一词在造像记中的运用，体现的是这两位比丘尼极具个性化的书写，反映了她们在佛教思想的影响下，与普通百姓或者与其时的普通女性相较，对生命之苦有着更为深刻的理解。她们希望摆脱的，不仅仅是来世的恶报苦痛，而是身心的迷妄及一切烦恼，从而获得心灵的智慧与觉悟。

佛教尤其强调智慧，这种智慧是出世间的超越性智慧，它需通过修行佛法而如实知见宇宙人生中的一切事理。佛教所言之智是彻底净化心灵与止灭烦恼的根本途径。《杂阿含经》曰："多闻圣弟子以智慧利刀断截一切结、缚、使、烦恼、上烦恼、缠。"① 此外，佛教的象征是以光明为智慧，所以与明相对的"无明"则被佛教视为一切烦恼愚痴的根源。《大乘义章》曰："于法不了名无明。"② 又曰："言无明者，痴暗之心体无慧明故，曰无明。"③ 拥有智慧正可破除所对之境的迷乱及事理的颠倒之"惑"，摆脱无明的状态。因此，上文所提到的法行与法庆这两位比丘尼，在造像记中表达"永离烦恼"的祈愿是很有特点的。作为释氏女性，她们在佛法的熏陶和经典思想的濡染下，对人生之苦有着更为深刻和清醒的理解。在有关造像记的书写中，对经典的接受亦显示出了她们较其时造像发愿的普通女性有着更高的文化素养。

---

① 中国佛教文化研究所点校《杂阿含经》，宗教文化出版社，1999，第241-242页。

② 高楠顺次郎等辑《大正藏》第44册，新文丰出版有限公司，1992，第492页。

③ 高楠顺次郎等辑《大正藏》第44册，新文丰出版有限公司，1992，第547页。

二、"生处女秽"的性别意识

从北朝时期流传下来的比丘尼写经题记中可以发现，这些文本在内容方面的另一个性化意蕴在于传达了作者"生处女秽"的性别意识。如，永平二年（509 年）八月四日《〈入楞伽经〉建晖题记愿文》云："是以比丘尼建晖，既集因殖，禀形女秽……使得虽女身后成男子。"① 又如，大统二年（536 年）四月八日西魏尼建晖写《大般涅槃经》卷十六题记："使得虽女身后成男子。"② 再如，大统十六年（550 年）四月廿九日西魏尼道容写《大般涅槃经》卷十二题记："以佛弟子比丘尼道容，往行不修，生处女秽。"③ 高昌延昌十七年（577 年）二月《〈大般涅槃经〉比丘尼僧愿题记》："僧愿先因不幸，生禀女秽，父母受怜令使入道。"④ 此外，北周大定元年（581 年）正月《〈大集经〉卷十清信女张阿真题记》云："清信女张阿真，自唯往业做因，生居女秽。"⑤ 清信女，梵语又叫作优婆夷，指受三归五戒并具有清净信心的女子，她们是佛教的四众之一。这些比丘尼及清信女在其写经题记中或表达转女成男的愿望，或认为自己生处女秽，总之对自己的女性身份十分介意和不满，这种强烈的性别意识在同时代的女性群体中是非常突出的。探究其原因，首先与她们的身份不无关联。

无论是比丘尼还是清信女，她们都是佛教四众之一，这种身份必然会受到佛教观念的影响。那个时代所翻译的佛经，不乏体现对女性成佛问题及对女性这一性别认识的记载。如鸠摩罗什所译的《妙法莲华经》曰："时舍利弗语龙女言：'汝谓不久得无上道，是事难信。所以者何？女身垢秽，非是法器，云何能得无上菩提。佛道悬旷，经无量劫勤苦积行，具修诸度，然后乃成。又女人身犹有五障：一者、不得作梵天王，二者、帝释，三者、魔王，四者、转轮圣王，五者、佛身。云何女身速得成佛？'"⑥ 又如，东晋法显所译的《大般涅槃经》中

---

① 黄征、吴伟编校《敦煌愿文集》，岳麓书社，1995，第 809 页。

② 池田温编《中国古代写本识语集录》，东京大学东洋文化研究所，1990，第 120 页。

③ 池田温编《中国古代写本识语集录》，东京大学东洋文化研究所，1990，第 125 页。

④ 池田温编《中国古代写本识语集录》，东京大学东洋文化研究所，1990，第 138 页。

⑤ 池田温编《中国古代写本识语集录》，东京大学东洋文化研究所，1990，第 138 页。

⑥ 高楠顺次郎等辑《大正藏》第 9 册，新文丰出版有限公司，1992，第 35 页。

记载："阿难答言：'如来初可般涅槃时，四众充满，我时思惟：若令大众同时进者，女人赢弱，不必得前。'"①

上文列举的《妙法莲华经》《大般涅槃经》都是当时在僧尼中广为学习和流传的经典。《比丘尼传》中记载慧远的姑姑道仪尼"聪明敏哲，博闻强记。诵《法华经》，讲《维摩》《小品》"②。惠晖尼"清虚淡朗，姿貌详雅，读《大涅槃经》，诵《法华经》"③。法宣尼"及至十八，诵《法华经》，首尾通利，解其指归"④。可见许多比丘尼都熟稔此经，且在当时的写经题记中，也能看到这些经典的流行。而这些经典中所出现的毁誉女性的说法，势必会对接受这些经典的比丘尼之心理产生一定的冲击。这些佛经中说女性有五碍，不能成为佛、轮王、梵王、魔和帝释，只有男性才能成为佛、轮王、梵王、魔和帝释，女性成佛须转身成男性。且视女身垢秽，为众恶之所，不能自知有佛性。正是这些观念所施加的影响，导致一些比丘尼对自身性别敏感，使其自惭形秽，甚至把命运的坎坷与苦难归咎于自身的性别。

而实际上，佛经中的这种观念是与佛陀的众生平等精神相违背的。佛陀并不否认女性能证得四果。《弥沙塞部和醯五分律》曰："'若女人出家受具足戒，能得沙门四道果不？'佛言：'能得！'"⑤《大方广圆觉修多罗了义经》云："……始知众生本来成佛，……一切法性，平等不坏。"⑥但为何佛经中又有如此众多毁斥女性的说法呢？除了先前所举《法华经》与《大般涅槃经》，还有不少佛经中有相类似的观念，如鸠摩罗什所译《大智度论》云：

　　复次，菩萨观欲，种种不净，于诸衰中，女衰最重。刀火、雷电、霹雳、怨家、毒蛇之属，犹可暂近；女人悭妒、瞋诟、妖秽、斗诤、贪嫉，不可亲近。何以故？女子小人，心浅智薄，唯欲是视，不观富

① 高楠顺次郎等辑《大正藏》第1册，新文丰出版有限公司，1992，第206页。
② 释宝唱：《比丘尼传校注》，王孺童校注，中华书局，2006，第40页。
③ 释宝唱：《比丘尼传校注》，王孺童校注，中华书局，2006，第208页。
④ 释宝唱：《比丘尼传校注》，王孺童校注，中华书局，2006，第213页。
⑤ 高楠顺次郎等辑《大正藏》第22册，新文丰出版有限公司，1992，第185页。
⑥ 高楠顺次郎等辑《大正藏》第17册，新文丰出版有限公司，1992，第915页。

贵、智德、名闻，专行欲恶，破人善根。桎梏、枷锁，闭系、囹圄，虽曰难解，是犹易开；女锁系人，染固根深，无智没之，难可得脱。众病之中，女病最重。……复次，女人相者，若得敬待，则令夫心高；若敬待情舍，则令夫心怖。女人如是，恒以烦恼、忧怖与人，云何可近？亲好乖离，女人之罪；巧察人要，女人之智。大火烧人，是犹可近；清风无形，是亦可捉；虺蛇含毒，犹亦可触；女人之心，不可得实。何以故？女人之相：不观富贵、端政、名闻，智德、族姓，技艺、辩言，亲厚、爱重，都不在心，唯欲是视；譬如蛟龙，不择好丑，唯欲杀人。又复女人不瞻视，忧苦憔悴；给养敬待，骄奢巨制。①

这段话可谓将女性贬低到了极点，使用各种譬喻而造出的"女衰""女锁""女病"等词，将女性描绘得如此面目可憎。这一现象实际上是故意而为之，在印度小乘时代（约公元前 370—公元 500 年），佛教倾向于出家主义，强调的是个人的修行，而女众的加入无疑会对比丘的修行造成干扰。在《摩诃僧祇律》《弥沙塞部和醯五分律》等佛教戒律书中记载了许多释迦弟子难忍女色诱惑而冲破淫戒之事。小乘佛教会将这种麻烦和困扰归咎于女性，所以想方设法将女性排拒于成佛的可能性之外。因此在经典的论述中会加入对女性的贬斥与诋毁，甚至将女性描绘得如此不堪，目的是帮助僧人放下心中的欲念，专心修行。

佛教传入中国后，我们从西晋等早期译经中也可以看到，佛教将"贪淫"视为三毒之首。如西晋竺法护所译《修行道地经》云："其有淫怒痴，合此为三毒。"②又如鸠摩罗什所译《思惟略要法·不净观法》云："贪欲、瞋恚、愚痴是众生之大病，爱身著欲则生瞋恚，颠倒所惑即是愚痴。"③

早期译经将淫、怒、痴中的"淫"视作三毒之首，是修行中的最大障碍和人类最根本的烦恼之源。既然将"淫"视为污秽，所以佛教才如此鄙夷男女相淫，对女性产生极大的警惕与抗拒心理。佛教用观想女性身体是如何的污秽与不洁这一办法来阻拒生理的欲望，使佛教弟子能够专心修行。如东晋时期法显

① 高楠顺次郎等辑《大正藏》第 25 册，新文丰出版有限公司，1992，第 165-166 页。

② 高楠顺次郎等辑《大正藏》第 15 册，新文丰出版有限公司，1992，第 192 页。

③ 高楠顺次郎等辑《大正藏》第 15 册，新文丰出版有限公司，1992，第 298 页。

所译的《大般涅槃经》曰:

> 尔时,庵婆罗女,颜容端正世界第一。闻佛不久当般涅槃,最后
> 见于毘耶离城,心怀悲懊,涕泣交流,即与五百眷属,严五百乘车,
> 次第出城,往诣佛所。尔时,世尊!遥见彼来,告诸比丘:"庵婆罗女
> 今来诣我,形貌殊绝,举世无双,汝等皆当端心正念,勿生著意。比
> 丘!当观此身,有诸不净,肝、胆、肠、胃、心、肺、脾肾、屎、尿、
> 脓血,充满其中。八万户虫,居在其内。发毛爪齿,薄皮覆肉,九孔
> 常流,无一可乐。又复此身,根本始生,由于不净。此身所可往来之
> 处,皆悉能令不净流溢,虽复饰以雕彩,熏以名香,譬如宝瓶中藏臭
> 秽。又其死时,膖胀腐烂,节节支解,身中有虫,而还食之,又为虎
> 狼鸱枭雕鹫之所吞噬。世人愚痴,不能正观,恋著恩爱,保之至死,
> 横于其中而生贪欲;何有智者,而乐此耶?"[1]

又如,刘宋时昙摩蜜多所译的《佛说转女身经》曰:

> 复次,善女!若有女人能如实观女人身过者,生厌离心,速离女
> 身,疾成男子。女人身过者,所谓欲、瞋、痴心并余烦恼重于男子;
> 又此身中有一百户虫,恒为苦患、愁恼因缘。是故女人烦恼偏重,应
> 当善思观察:此身便为不净之器,臭秽充满,亦如枯井、空城、破村,
> 难可爱乐,是故于身应生厌离。又观此身犹如婢使,不得自在,恒为
> 男女、衣服、饮食、家业所须之所苦恼,必除粪秽、涕唾不净……当
> 佛说此法时,会中五百比丘尼皆发阿耨多罗三藐三菩提心,而作是言:
> "我等所有善根,愿离女身,速成男子。"[2]

其实,想象女身是污秽与不净的,只是修行的一种手段和方法,但因此而
贬斥和妖魔化女性确实是不公的。而从印度大乘佛教时期的经典来看,这种局

---

[1] 高楠顺次郎等辑《大正藏》第 1 册,新文丰出版有限公司,1992,第 194 页。

[2] 高楠顺次郎等辑《大正藏》第 14 册,新文丰出版有限公司,1992,第 919 页。

面是有所改观的。永明认为："女人有五碍是小乘者摈斥女性的口实，并非佛陀本意。因此在后来的大乘法中，处处以女人身份，与上座比丘们论究男女平等的胜义，可说是释尊时代精神的复活。"①但在我国南北朝时期，比丘尼的书写文本中接纳了"身处女秽"的思想，这从一个侧面反映了佛教传入中国后，信徒们对其接受的具体情况，许多比丘尼还无法真正理解佛陀众生平等的本意。然而受时代条件的限制，要使当时比丘尼这一佛教女性群体真正理解佛教的平等精神是非常困难的。

我国男尊女卑的传统由来已久，东汉时期班昭所作的《女诫》十分强调并推崇女性的卑弱与柔顺形象：

> 卑弱第一：古者生女三日，卧之床下，弄之瓦砖，而斋告焉。卧之床下，明其卑弱，主下人也。弄之瓦砖，明其习劳，主执勤也。斋告先君，明当主继祭祀也。三者盖女人之常道，礼法之典教矣。谦让恭敬，先人后己，有善莫名，有恶莫辞，忍辱含垢，常若畏惧，是谓卑弱下人也。晚寝早作，勿惮夙夜，执务私事，不辞剧易，所作必成，手迹整理，是谓执勤也。正色端操，以事夫主，清静自守，无好戏笑，洁齐酒食，以供祖宗，是谓继祭祀也。三者苟备，而患名称之不闻，黜辱之在身，未之见也。三者苟失之，何名称之可闻，黜辱之可远哉！②

从古至六朝，其时整体的社会观念是无法扭转的。何况在佛经翻译的过程中，译经者甚至会掺入中土的思想观念，致使所翻译的佛经与原本印度的佛经有很大出入。如西晋清信士聂承远翻译的《佛说超日明三昧经》云："有一比丘名曰上度，谓慧施曰：'不可女身得成佛道也。所以者何？女有三事隔、五事碍。何谓三？少制父母；出嫁制夫，不得自由；长大难子；是为三。'"③很显然，这里的"三事隔"指的是我国古代的"三从"。《仪礼·丧服》曰："妇人有三从之

---

① 永明：《佛教的女性观》，东方出版社，2015，第 84 页。

② 范晔：《后汉书》，中华书局，1965，第 2787 页。

③ 高楠顺次郎等辑《大正藏》第 15 册，新文丰出版有限公司，1992，第 541 页。

义，无专用之道，故未嫁从父，既嫁从夫，夫死从子。故父者，子之天也。夫者，妻之天也。"①

由此可以看出，此经中的这一说法是根据我国传统思想所增添的，经过译者添补或删减翻译后的佛经与原始佛经有偏差，这便不利于中土的佛教徒真正理解佛陀的精神与佛教的原始内涵。但自佛教传入，男性自始至终掌握并承担着佛经翻译的能力与任务，所以中土女性对佛经的阅读和接受是建立于男性的话语权之下的。

即便众生平等是佛教思想的原始内核，在佛教团体内部仍然不能实现真正的平等。《神僧传》云：

　　有比丘尼为鬼所著。超悟玄解说辩经文，居宗讲导听采云合，皆不测也。莫不赞其聪悟。朗闻曰："此邪鬼所加何有正理，须后检校。"他日清旦猴犬前行径至尼寺。朗往到礼佛饶塔至讲堂前，尼犹讲说。朗乃厉声呵曰："小婢，吾今既来何不下座！"此尼承声崩下走出，堂前立对于朗，从卯至申卓不移处，通汗流地默无言说。闻其慧解奄若聋痴，百日已后方复本性。②

从这段叙事当中，可见比丘对比丘尼的态度是无法做到平等与尊重的，满腹才华却被歧视为鬼神附体，此僧粗鲁地呵斥与辱骂，对其没有任何平等可言。除了佛教团体内部，其时社会上对比丘尼的态度也可见一斑。《洛阳伽蓝记》云："永安三年中，尔朱兆入洛阳，纵兵大掠。时有秀容胡骑数十，入瑶光寺淫秽，自此后颇获讥讪。京师语曰：'洛阳男儿，急作髻。瑶光寺尼，夺作婿。'"③生逢乱世，面对残暴的士兵，这些柔弱的比丘尼本是受害者，反而受到百姓的讥讽与嘲弄，可想而知她们的痛苦与无奈。

综观其时的社会历史条件与佛教观念的影响，我们便不难理解北朝比丘尼写经题记中所反映的"生处女秽"的性别意识。

① 李学勤主编《仪礼注疏》，北京大学出版社，1999，第581页。
② 高楠顺次郎等辑《大正藏》第50册，新文丰出版有限公司，1992，第981页。
③ 高楠顺次郎等辑《大正藏》第51册，新文丰出版有限公司，1992，第1003页。

三、对"天"范畴的多维理解

在北朝时期的造像记中，许多民众或僧人都会表达"亡者生天"的愿望，但在比丘尼的造像记中，除了"愿亡者生天"，还出现了关于"天"的其他用法。如：

《比丘尼法度造像记》：大乘天广，济物悟天。

《比丘尼法阴造像记》：得育天戚。

《比丘尼道畅等造像记》：十方法界、天道象生。

《阳市寺尼惠遵造像记》：为天王国主、师僧父母。①

显然，与其他的造像记相比较，反映在这些比丘尼书写文本中的"天"范畴，有着更丰富的含义。自佛教传入我国以后，人们对"天"的理解本就发生了一些变化，佛教影响和改变着人们的天堂地狱观，影响着人们对死后世界的理解与想象。所以，有必要首先探讨一般民众对"天"的认识，进而分析从这些造像记中所体现的比丘尼对"天"范畴的独特理解。

在中国的民间信仰体系中，很早就有天宫信仰，这体现了人类对苍穹充满好奇与神秘的想象，幻想着在人世之上存在一个令人向往的美好世界。早在我国先秦时期就有祭天的活动。《周礼·春官·宗伯》记载："若祭天之司民、司禄而献民数、谷数，则受而藏之。"②《礼记·曲礼下》云："天子祭天地，祭四方，祭山川，祭五祀。"③天子祭天分郊祭、庙祭与封禅大典。在庙祭中，天子亲自祭祀天帝。从统治者到民众，祭天活动都很受重视。

而在我国土生土长的道教文化中，是这样理解"天"的。道教在最早道生

---

① 邵正坤：《北朝纪年造像记汇编》，吉林人民出版社，2014，第23、82、95、196页。

② 李学勤主编《周礼注疏》，北京大学出版社，1999，第532页。

③ 王文锦：《礼记译解》，中华书局，2001，第52页。

气，气生万物说的基础上增添了天神造物的说法。老子、元始天尊、九天元父、九天玄母、道德丈人等大神人是先于"气"而存在的，是他们将气生成并创造了天地万物。道教的开天造物说虽有多种版本，但主要将老子及元始天尊视为宇宙万物的开创者。《太上老君开天经》《三天内解经》将老子看作天的开创者，而《上清太上开天龙跷经》《太上洞神天公消魔护国经》等则将元始天尊替代了老子的地位。在六朝时期的道教经典中，北朝视老子为天界主宰，南朝上清经派陆修静、陶弘景等人则奉元始天尊为造物主。此外，道教所理解的天宫体系十分复杂。《魏书》云："又言二仪之间有三十六天，中有三十六宫，宫有一主。"[①]《魏书》中所说的"三十六天"是道教所建构的天宫体系，它综合了汉魏时期流行的许多有关"天"的说法和佛教的梵天说，但因体系的复杂性导致其并没有在民间广泛流传，影响很小。

在佛教传入中国之前，民间的鬼神信仰已经非常普遍。国人很早便相信灵魂的存在，它与肉体不可分割，魂与魄分别主人的神与形，灵魂与肉体分离，人即生病或死亡。人死为"鬼"，会继续在阴间生活。《礼记·祭法》云："大凡生于天地之间者皆曰命，其万物死皆曰折，人死曰鬼，此五代之所不变也。"[②]与佛教中所说的"鬼"不同，佛教中的"鬼"是六道之一，与生前所作之业紧密相关。"鬼"靠着子孙的祭祀和人间丢弃的物品而生活。"鬼"还分为许多种类，饿鬼是其中最为悲惨的一类。但佛教传入中国后，其业报轮回说及天堂地狱观使中国本土的民间信仰发生了变化。佛教中本来有"极乐世界"的说法，《佛说阿弥陀经》云：

> 尔时，佛告长老舍利弗："从是西方过十万亿佛土，有世界名极乐。其土有佛，号阿弥陀，今现在说法。舍利弗！彼土何故名为极乐？其国众生无有众苦，但受诸乐，故名极乐。又舍利弗！极乐国土，七重栏楯、七重罗网、七重行树，皆是四宝周匝围绕，是故彼国名曰极乐。
> 又舍利弗！极乐国土有七宝池，八功德水充满其中，池底纯以金沙布地。四边阶道，金、银、琉璃、颇梨合成。上有楼阁，亦以金、

---

① 魏收：《魏书》，中华书局，1974，第3052页。

② 王文锦：《礼记译解》，中华书局，2001，第671页。

银、琉璃、颇梨、车渠、赤珠、马瑙而严饰之。池中莲花，大如车轮，青色青光，黄色黄光，赤色赤光，白色白光，微妙香洁。舍利弗！极乐国土成就如是功德庄严。

又舍利弗！彼佛国土，常作天乐，黄金为地，昼夜六时天雨曼陀罗华。其国众生，常以清旦，各以衣祴盛众妙华，供养他方十万亿佛；即以食时，还到本国，饭食经行。舍利弗！极乐国土成就如是功德庄严。"①

在佛教的时空观里，时空都没有边际，佛土（世界）也无穷无尽，每一佛土中都有一佛教化众生。极乐世界便是这无穷世界中的一个，它距离人们所居住的"娑婆世界"有"十万亿佛土"之遥。在极乐世界中，金银珍宝无数，装饰极尽华美，天乐声闻，功德庄严。众生无有苦痛，尽享快乐，是人们最为理想的世界。因此，佛教中的净土思想逐渐演变为中国民间信仰中的"天堂"，多数普通百姓所憧憬的死后世界大概就是这个模样。所以在许多普通民众的造像记中大多有"亡者升天"的祈愿。另外，现实当中相似的美妙胜境也会被人们称为天堂。如《洛阳伽蓝记》对景乐寺描绘道："有佛殿一所，像辇在焉，雕刻巧妙，冠绝一时。堂庑周环，曲房连接，轻条拂户，花蕊被庭。至于大斋，常设女乐。歌声绕梁，舞袖徐转，丝管寥亮，谐妙入神。以是尼寺，丈夫不得入。得往观者，以为至天堂。"②而在佛教传入之前，国人心目中的死后世界并不是这样。在殷周时期，中国的冥界归"天"管辖，所以有"宾于天""诉于天帝"这些说法。到了汉代，人们认为人去世以后或上天，或入地。天界之主宰最后演化为西王母与东王公，而地下世界则归"泰山"神管辖。进入六朝，佛、道的影响致使死后世界的理解不一，但从大量佛教造像的造像记中可见佛教的天堂说深入人心。③

在北朝时期，通过这些比丘尼的佛教书写可以发现，她们之中部分人对"天"范畴的理解更加多维。首先，在佛教观念的影响下，她们对"天"的理解

---

① 高楠顺次郎等辑《大正藏》第 15 册，新文丰出版有限公司，1992，第 346-347 页。

② 高楠顺次郎等辑《大正藏》第 51 册，新文丰出版有限公司，1992，第 1003 页。

③ 萧登福：《汉魏六朝佛道两教之天堂地狱说》，学生书局，1989，第 3 页。

并不仅仅局限于笼统的天宫或天堂。

在佛教文化中，"天"是光明、自然、清净、自在、最胜之义。在佛教六道轮回说中，"天"是其中的三善道之一，在六道之中最为优胜高妙。既指处在须弥山和苍空中的胜妙果报之所，又泛指一般的神，称"天神"。慧远的《大乘义章》云："所言天者，如杂心释。有光明故，名之为天，此随相释。又云天者，净故名天，天报清净，故名为净。若依地持，所受自然故名为天。"①《妙法莲华经文句》云："天者，天然自然胜、乐胜、身胜故天名胜，众事悉胜余趣，常以光自照故名为天。"②由此看来，六道之中的"天"之所在具有自然清净、光明乐善的特点，是较为理想的果报。然而，天神虽无病无灾，生活优渥，却仍无法摆脱生死轮回，生命亦有终结之时，死后依然要根据生前行为的善恶而投生他所。天神与人同属众生，反映了在佛教观念中天与人具有相对平等的特点。西魏比丘尼法渊及尼干英写《比丘尼戒经》题记云："婆娑形辉，则天人拱手而归依。"③这其中便蕴含着一种平等而和谐的精神。此外，《比丘尼法阴造像记》云："敢庆往因，得育天戚。"④这是比丘尼法阴为自己的女儿安乐郡君于氏造像的造像记，寄托了对子女的祝福。她在这里感慨出家前的因缘，将女儿称为"天戚"，可见其对"天"的敬仰，对血脉的关怀。

其次，"天"不仅仅是多数人向往的居所，而是需要去体悟的对象，以便更好的领略大乘精神。《比丘尼法度造像记》云："大乘天广，济物悟天。"⑤大乘佛教与小乘不同，它的特点在于"普度众生"而非强调个人修行。有学者指出："大乘的基本特征是力图参与和干预社会的世俗生活，要求深入众生，救度众生，把'权宜'、'方便'提到与教义原则并重，甚或更高的地位。"⑥因此，这篇比丘尼造像记反映的是该书写者对大乘精神的观悟与思考，对万物的救度符合大乘佛教的思想宗旨，体现了其对大乘佛教精神的接受与发扬。

---

① 高楠顺次郎等辑《大正藏》第44册，新文丰出版有限公司，1992，第624页。

② 高楠顺次郎等辑《大正藏》第34册，新文丰出版有限公司，1992，第59页。

③ 池田温编《中国古代写本识语集录》，东京大学东洋文化研究所，1990，第127页。

④ 邵正坤：《北朝纪年造像记汇编》，吉林人民出版社，2014，第82页。

⑤ 邵正坤：《北朝纪年造像记汇编》，吉林人民出版社，2014，第23页。

⑥ 杜继文：《佛教史》，江苏人民出版社，2008，第80页。

总之，通过对北朝时期这些比丘尼佛教书写文本的观察，我们可以领略其中的个性化意蕴。"永离烦恼"的生命观，"生处女秽"的性别意识以及对"天"这一范畴的多维理解展现了她们与其他佛教书写主体不同的思想观念，也由此体会到这些女性书写者的心态与佛学素养。

第二节　比丘尼造像记的文学性

在北朝的众多造像记中，以比丘尼身份为书写主体的造像记数量颇多，且与比丘的造像记相较，在数量上相差较少。在笔者搜集到的北朝造像记中，比丘的造像记有百篇左右，比丘尼的造像记亦有七十余篇。而在整个六朝时期，比丘尼所留传下来的文字作品与比丘相比微乎其微。僧人有大量的诗文传世，而比丘尼却鲜有这些作品流传。特别的是，针对造像记这一类文本，比丘尼的造像记在数量上几乎与比丘的持平，且这些造像记的整体特点与比丘的略有不同，这是一个值得我们注意的现象。

造像记是铭刻在造像上的发愿文。受到现代文学概念的影响，这类文体并没有在北朝文学史上获得足够重视。故而在文学史的编撰中，北朝所盛行的造像记并没有在其中呈现自身独特的价值与地位。但这些造像记确乎有一定的文学性，研究这些文本，有助于考察北朝文学的真实面目。北朝比丘尼的造像记在一定程度上反映了其时比丘尼的文化素养，透过她们的书写，可知重新审视造像记在北朝文学中的特殊风貌与历史地位是十分有必要的。

一、比丘尼造像记的文学性特征

首先，从表达的内容主旨来看，这些造像记的书写符合文学的本质。从原始到发达，文学的本质都指归于现实与幻想的二元融合。造像记的内容恰恰反映了发愿者对经验世界与超验世界的双重关怀。如：

比丘尼法庆造像记

永平三年，九月四日，比丘尼法庆为七世父母、所生因缘敬造弥勒像一躯。愿使来世托生西方妙乐国土，下生人间王公长者，永离烦恼，又愿己身□□□，与弥勒具（俱）生莲华树下，三会说法，一切众生，永离三途。①

比丘尼惠智造像记

永平三年，十一月廿九日，比丘尼惠智为七世父母、所生父母造释迦像一躯。愿使托生西方妙乐国土，下生人间为公王长者，永离三途。又愿身平安，遇□弥勒，俱生莲华树下，三会说法。一切众生普同斯愿。②

这些比丘尼的造像记往往会写明造像的时间及缘由。她们虽出家遁世，但常常会为君主、亲属及众生造像祈愿，表达了强烈的现实关怀，而在这种祈愿中，又展现了对理想世界，即佛国净土的向往与对非理想世界的摈弃。她们渴望理想的净土，一时成佛或常与佛会，又期望远离三途八难，无有痛苦。造像记中的西方极乐世界让我们联想到世界文学中的乐园母体。另外，在佛教中，"三途"是三恶道的别名，指的是血途、刀途和火途，分别对应畜生道、饿鬼道和地狱道。天堂地狱的双重空间是许多比丘尼造像记为我们呈现的对超验世界的幻想。③

其次，北朝比丘尼造像记有着较为固定的记叙模式。在《五、六世纪北方民众佛教信仰》一书中，造像记的结构被作者划分为以下两类：

A类：1.造像时间；2.造像者的身份；3.造像；4.造像对象；5.造

---

① 邵正坤：《北朝纪年造像记汇编》，吉林人民出版社，2014，第47页。

② 邵正坤：《北朝纪年造像记汇编》，吉林人民出版社，2014，第47页。

③ 参见侯传文《佛经的文学性解读》，中华书局，2004。

像题材；6.发愿对象；7.祈愿内容。

B类：1.造像之佛法意义；2.造像者身份；3.造像者；4.造像动机；5.造像对象；6.造像题材；7.发愿对象；8.祈愿内容；9.造像时间。[①]

而综观北朝的比丘尼造像记，结构与A类吻合的造像记居多，只有少数篇目为B类结构。因此比丘尼造像记一般遵循"时间——人物——动作"或"人物——动作——时间"的记叙模式。除了这种一般的记叙模式，有些比丘尼会在记中作颂，或以优美的笔触交代造像的缘起，从而显示了书写主体更高的文学素养。例如：

比丘尼昙媚造像记

（夫虑）灵镜觉，凝寂迭代，照周（群）邦，感垂应物，利润当时，泽潭机季。慨不邀昌辰，庆钟播末，思恋灵福，同拟状金石，冀：瞻容者加极虔，想象者增忻悕。生生资津，十方齐庆。颂曰：

灵虑魏凝，悟岩鉴觉。寂绝照周，蠢趣澄浊。随象拟仪，瞻资懿渥。生生邀益，十方同沐。

（景明）四年四月六日 比丘尼昙媚造。[②]

比丘尼圆照、圆光姊妹二人造像记

大齐武平六年，岁次乙未，五月甲寅朔，廿六日己卯，佛弟子比丘尼圆照、圆光姊妹二人，为亡姊、亡兄朱同敬造双弥勒石象一躯，上为皇帝陛下、群僚百官、州郡令长，又为七世先亡、现存眷属，一切含生、有形之类，普同斯福。乃为颂曰：

---

① 参见侯旭东《五、六世纪北方民众佛教信仰：以造像记为中心的考察》，中国社会科学出版社，1998。

② 辛长青：《云冈第20窟出土比丘尼昙媚造像颂石碑试解》，《山西师大学报（社会科学版）》1986年第4期。

峨峨玉象，妙饰幽玄。光同五色，净境交连。真如法眼，亦愿昌
延。上为□妣，舍家财珍。敬造□容，留音万年。

比丘尼圆□、比丘尼仲苑。大象主朱难、息摩诃、息摩耆、息叔
言、父朱祖欢。像主张秀仕、王仲宽。[①]

再次，比丘尼造像记在风格上呈现出一种平实而典正的特色。一方面，这
种较为固定的记叙模式及内容，以及较少修辞手法的运用决定了其风格的质朴
与平实。这些造像记多为无韵的散文，直接抒发了比丘尼们离苦得乐的愿望。
另一方面，她们是出家女性，和一般的民众有所区别。"敬造"一词反映着她们
的书写心态。其信仰决定了与一般民众相比她们身上较少有浓厚的功利色彩，
对佛陀的崇敬及佛学素养使其造像记的风格又呈现出典正的特色。其更具体的
影响因素下文会详细阐释。先略举两例，如《比丘尼慈香、惠政造像记》云：

大魏神龟三年，三月廿□日，比丘尼慈香、惠政造窟一区，记
记。夫灵觉宏虚，非体真邃，其迹道建崇，□表常轨，无乃标美幽
宗。是以仰渴法津，应像管微，福形且往，生托烦躬，愿腾无碍之
境，逮及□□，含闰法界，□□泽□石成，真□□八方，延及三从，
敢同斯福。[②]

又如，《比丘尼法藏造像记》云：

夫道性空寂，神照之理无源；法身玄旷，藏用之途不测。昔如来
降生维卫，托体王宫，发神光于清夜，均有形，示生灭。然比丘尼法
藏，体道悟真，含灵自晓，化及天龙，教被人鬼，是以知财五家，谨
割衣钵之余，敬造文石像一区（躯）。[③]

---

① 邵正坤：《北朝纪年造像记汇编》，吉林人民出版社，2014，第377页。

② 邵正坤：《北朝纪年造像记汇编》，吉林人民出版社，2014，第67页。

③ 邵正坤：《北朝纪年造像记汇编》，吉林人民出版社，2014，第393页。

这里，佛教典故的运用以及诸多玄远雅正、佛教色彩浓厚的语词共同铸就了其典正的风格。

最后，从整体上看，比丘尼造像记与比丘造像记相较，其内容更为细腻。她们祈福的对象所涉及的范围更广，造像的缘起也更为多元。虽然她们也有泛泛地为一切众生造像，或为父母等其他眷属造像，但与比丘相较仍有细微差别。比如，她们当中有为皇室成员造像者，如《比丘尼如达造像记》云："大代普太（泰）二年，三月十六日，比丘尼如达敬为沇阳亡公主沙罗造释迦像一区（躯）。"① 还有为出家前所孕育的子女造像者，如《比丘尼法阴造像记》云："是以比丘尼法阴，敢庆往因，得育天戚，故敢单（殚）诚，为女安乐郡君于氏，□奢难陀，造释迦像一区（躯）。"② 还有为其弟子造像者，如《法林寺尼妙音造像记》云："太和十八年，十一月八日，太山郡奉高县法林寺尼妙音为弟子法达敬造释迦像。"③ 此外，还有愿出征的弟弟平安归还而造像者，如《比丘尼法光造像记》云："比丘尼法光为弟刘桃扶北征，愿平安还，造观世音像一区（躯）。"④ 甚或有比丘尼在病中发愿，为己身造像。而在北朝的比丘造像记中却难觅这些缘由和情状。这样一来，比丘尼造像记就凸显了其以佛教女性为主体的书写特色。总之，北朝比丘尼造像记具有一定的文学性，这一现象背后的文化意蕴值得我们思索。

二、比丘尼造像记文学性的文化阐释

笔者在本节开头已经提到过，就造像记这类文体来说，北朝时期比丘尼的造像记在数量上与比丘的相差甚少。随着现代考古的发掘，又有不少僧尼的造像记得以被保护与整理。而在整个六朝时期，能够流传至今的比丘尼之文字作品都微乎其微，所以，能够见到的这些造像记便尤为珍贵了。这种现象一方面与造像记书写的物质特性有关，这些篆刻在石质、玉质或金铜佛像上的文字能够较好地保存下来。另一方面，北朝时期，造像之风盛行，因此，我们得以见

① 邵正坤：《北朝纪年造像记汇编》，吉林人民出版社，2014，第 126 页。

② 邵正坤：《北朝纪年造像记汇编》，吉林人民出版社，2014，第 82 页。

③ 邵正坤：《北朝纪年造像记汇编》，吉林人民出版社，2014，第 18 页。

④ 邵正坤：《北朝纪年造像记汇编》，吉林人民出版社，2014，第 127 页。

到大量的造像记。

北朝佛教的特点在于重信仰而轻义理，故而有较强的功利性，神学的色彩也较为浓厚。北朝佛教尤为热衷建寺、开窟、建塔、造像等等。杨衒之《洛阳伽蓝记序》云："逮皇魏受图光宅嵩洛，笃信弥繁，法教逾盛。王侯贵臣弃象马如脱屣，庶士豪家舍资财若遗迹。于是招提栉比宝塔骈罗，争写天上之姿，竞模山中之影。金刹与灵台比高，广殿共阿房等壮。岂直木衣绨绣土被朱紫而已哉！"① 再加上佛经所宣扬的观念之影响，建寺、造像等风气更是遍及僧尼与普通民众。如，北凉昙无谶所译的《大般涅槃经》云："造像及佛塔，犹如大拇指，常生欢喜心，则生不动国。"② 又如，其所译的《大方等大集经》云：

> 若有众生于过去世作诸恶业。或毁于法或谤圣人，于说法者为作障碍，或抄写经洗脱文字，或损坏他眼或暗蔽他，此业缘故今得盲报。如是重恶业因缘故，七七日中不得差者，应当抄写此陀罗尼，至心诵持悔过彼业。复以海沫、甘草、呵梨勒、阿摩罗、毗醯罗此五种药捣末蜜和，盛著旧龟甲中以久年苏火上煎已，诵此陀罗尼一千八遍，以咒此药用涂眼上，舍诸缘事七七日中念佛造像，至心发愿，时彼众生恶业消尽得清净眼。若有财者并营寺舍，随力所办布施资生，如是一切恶业皆尽，于当来世无量生中常不失眼。③

造像的益处及功德在佛经中是显而易见的，这种说法更加鼓励信仰者不断参与到这些活动当中。而造像之风盛行最根本的原因还是源于苦难的社会现实。十六国时期的130多年间，政治黑暗，民族间多混战，在阶级和民族的双重压迫下，百姓的处境之艰可想而知。而北朝也仍战事频繁，杀戮不止。就北魏一朝来说，在建都平城以前的十一年间（388—399），便历经八次大战。建都至统一北方的四十多年间，战争仍不间断。在这种分裂动荡的时期，苦难的生活也迫使百姓们急需参与宗教活动来寻求精神上的慰藉。

---

① 高楠顺次郎等辑《大正藏》第51册，新文丰出版有限公司，1992，第999页。

② 高楠顺次郎等辑《大正藏》第12册，新文丰出版有限公司，1992，第490页。

③ 高楠顺次郎等辑《大正藏》第13册，新文丰出版有限公司，1992，第290页。

另外，北朝的这些造像记，反映了比丘尼这一群体在整体上要比当时的普通女性具有更高的文学及文化素养。在《比丘尼昙媚造像记》中可以看到，书写者具有一定的佛学与文学素养。文中记载："（夫虑）灵镜觉，凝寂迭代，照周（群）邦，感垂应物，利润当时，泽潭机季。慨不邀昌辰，庆钟播末，思恋灵福，同拟状金石，冀：瞻容者加极虔，想象者增忻悕。生生资津，十方齐庆。"①昙媚尼以镜喻佛智，赞美佛的恩泽。文后又作颂曰："灵虑魏凝，悟岩鉴觉。寂绝照周，蠢趣澄浊。随象拟仪，瞻资懿渥。生生邀益，十方同沐。"②昙媚尼用"颂"这一文体颂扬佛法的功用，运用比喻的修辞手法，以镜喻觉悟，以浊水变清来喻佛法能使人转迷为悟。造像之所以必要，是因为依照佛像可以制定仪式，看到佛像能够收获美好。

《文心雕龙·颂赞》曰："原夫颂惟典雅，辞必清铄，敷写似赋，而不入华侈之区；敬慎如铭，而异乎规戒之域；揄扬以发藻，汪洋以树义，唯纤曲巧致，与情而变，其大体所底，如斯而已。"③刘勰认为颂的写作只求雅正美好，文辞清澄而有光彩，描写虽与赋相似，但不华艳浮夸，庄重谨慎虽似铭文，但又不同于规劝警戒的含义。要用赞美的方式来发挥辞藻的意蕴，用深广的内涵确立含义。昙媚尼所作的颂，虽然短小，却也切近对颂体的要求。有学者从碑文推断，造像立碑的主人比丘尼昙媚疑是北魏北都平城或武周山石窟寺及其附近寺院的一位较有学识和地位的尼姑。④此外，在《比丘尼圆照、圆光姊妹二人造像记》中亦有颂曰："峨峨玉象，妙饰幽玄。光同五色，净境交连。真如法眼，亦愿昌延。上为□妣，舍家财珍。敬造□容，留音万年。"⑤此颂押韵，读来朗朗上口。这些比丘尼受到佛法的熏陶，佛经中的偈颂势必也会对她们的书写产生影响。除了前文中提到的 A、B 两类记叙模式，还有一些比丘尼在行文上展示出一定

① 辛长青：《云冈第 20 窟出土比丘尼昙媚造像颂石碑试解》，《山西师大学报（社会科学版）》1986 年第 4 期。

② 辛长青：《云冈第 20 窟出土比丘尼昙媚造像颂石碑试解》，《山西师大学报（社会科学版）》1986 年第 4 期。

③ 刘勰：《文心雕龙译注》，陆侃如、牟世金译注，齐鲁书社，2009，第 178 页。

④ 辛长青：《云冈第 20 窟出土比丘尼昙媚造像颂石碑试解》，《山西师大学报（社会科学版）》1986 年第 4 期。

⑤ 邵正坤：《北朝纪年造像记汇编》，吉林人民出版社，2014，第 377 页。

的文采，如《比丘尼法阴造像记》：

夫圣觉潜晖，纪于形相。幽宗弥渺，攀寻莫晓。自非影像遗训，安可崇哉。是以比丘尼法阴，敢庆往因，得育天戚，故敢单（殚）诚，为女安乐郡君于氏，□奢难陀，造释迦像一区（躯），愿女体妊□康，众忽（惚）永息，□□遐纪，亡零（灵）加助。正光四年正月廿六日。①

又如《故韦可敦比丘尼造像记》：

武成元年岁次己卯，九月乙卯朔，廿八日甲午，故韦可敦比丘尼减衣钵之余，敬造弥勒石像一躯。轨制圣姿，莹饰慈容，功穷世巧，妙若真晖。可谓树镜神途，启悟心夜，体忘理原，莫不咸益。愿此功德，实资忘（亡）者，诞悟深宗，具二庄严，垂平等慧，夷照圆觉。兼愿国主、六道四生，尽三世际，同获漏尽，成无上道。②

再如，《比丘尼法藏造像记》：

夫道性空寂，神照之理无源；法身玄旷，藏用之途不测。昔如来降生维卫，托体王宫，发神光于清夜，均有形，示生灭。然比丘尼法藏，体道悟真，含灵自晓，化及天龙，教被人鬼，是以知财五家，谨割衣钵之余，敬造文石像一区（躯）。镌金镂彩，妙拟释迦丈六之容，远而望之，灼如等觉之现。仰为皇帝陛下、群僚百官、国土人民，又为师徒、七世父母、生身父母，托生兜率，若遇八难，速得解脱，有生之类，同沾福泽。
保定二年，岁次壬午，正月壬寅朔，廿四日乙丑敬造。③

---

① 邵正坤：《北朝纪年造像记汇编》，吉林人民出版社，2014，第82页。

② 邵正坤：《北朝纪年造像记汇编》，吉林人民出版社，2014，第384-385页。

③ 邵正坤：《北朝纪年造像记汇编》，吉林人民出版社，2014，第393-394页。

不仅在六朝，甚至在整个古代社会女子的文化水平都普遍不高的情形下，北朝的这些比丘尼能书写并保存下来诸多造像记已实属不易。何况书写这些造像记的比丘尼几乎名不见经传。回顾北朝的文学史，在那样一个书写相对贫乏的时代，透过这样一群佛教女性的书写，我们似乎可以推断她们的整体文化水平与同时代的普通女性相比是比较高的，佛教在中土的传播给普通女性的生活所带来的巨大变化引人深思。

在男尊女卑的社会伦理大环境下，佛教为出家女性提供了一个相对独立自由的空间。佛教的原始教义并没有专门设置歧视女性的条款，而是宣扬一切众生悉有佛性。这种相对平等的理念促使女性可以和男性一样修行。抄经、建寺、造像、宣讲等活动她们同样可以参与。东晋至南北朝时期，佛教结社广为流行，这类私社多由在家或出家的佛教信徒组成，他们经常从事以造像为中心的佛教活动用以祈福或荐亡，北朝时期的比丘尼则在女人结社方面起到了重要的组织与推动作用。另外，北朝时期频繁的战乱导致大量男丁死亡，许多女性为了生存而不得不选择出家。而正是在出家的生活中，这些比丘尼获得了相对独立的经济地位，她们可以自己出资造像，所以许多造像记中比丘尼自述"割舍私财"来进行造像活动。

从比丘尼造像记的整体文风来看，这种平实而典正的风格与她们的身份密切相关。有学者指出，从公元五世纪起，其实大部分僧侣都是农民，只有小部分僧侣才通晓和钻研教理，而历代皇帝和上流阶层的人有时又把这批僧侣用于为自己服务。但是，大部分出家人都目不识丁，甚至包括那些在大道场中行使官方礼仪职责的僧侣在内，他们常常仅限于根据记忆而念几段经文和遵守仪礼，从昙积谏周太祖皇帝（557—560）沙汰僧尼的表章中可以看出："依相验人有五理不足，何者？或有僧尼，生年在寺，节俭自居，愿行要心，不犯诸禁，烧香旋塔，顶礼殷勤，合掌低头，忘寝以食。但受性愚钝，于读诵无缘，习学至劳苦而不得一字。今量所告意，须文诵聪者为是，重审试僧不退。"[1]昙积对僧尼的要求是一致的，而且提倡他们能够读诵佛经，习得佛法，而不只是遵从戒律或仅仅从事仪式方面的活动。

---

[1] 谢和耐：《中国五—十世纪的寺院经济》，耿昇译，上海古籍出版社，2004，第299-300页。

这也就可以解释，为何大多数比丘的造像记写得非常简单，有文采者寥寥数篇。书写造像记的比丘在男性群体中并没有显示出过人的才华，可以推断书写这些造像记的僧人，其整体文化水平并不是很高。造像记归根结底是祈福发愿的文章，这一类文体在男性的所有书写中所占分量并不很重，优秀的诗文创作者代不乏人，富有才华的僧人并没有把精力放在这一类文体的书写上。而反观女性则不同，在其时女性普遍文化水平较低的情况下，出家的女性反而更有机会接触文字并受到佛法的熏陶和教化。这种相对独立自由的宗教生活空间在一定程度上也锻炼了她们的才干。在造像记中，她们抒发的愿望殷切而质朴，或为患病的自身发愿，或为父母亲眷，或为弟子同学，这些都是与她们的生活有着紧密关系的人群，体现了她们对世俗的关心，也表达了对佛菩萨的敬仰和尊崇。在佛教文化的影响下，她们的书写便也自然而然地呈现出典正的风格，这也是比丘尼言行及书写所具有的共性之一。《比丘尼传》中记载净贤尼"博穷经律，言必典正，虽不讲说，精究旨要"①。又如，德乐尼"笃志精勤，以昼继夜，穷研经律，言谈典雅"②。除了信仰所带来的崇敬之心使然，佛教所宣扬的"八正道"也会潜移默化地影响她们的言行与气质。佛教的"八正道"是八种合乎正确的成佛途径，它包括正见、正思维、正语、正业、正命、正精进、正念及正定。这些舍弃欲乐、远离一切戏论、不作恶行、专心致志等诸多佛门的规范和要求势必也影响着她们的书写风格。

还需要指出的是，生理属性的不同决定了女性在生理上要比男性承受更多的痛苦，她们对自然生命的感受也更加细腻和敏感。在生命的孕育和抚养过程中，女性一般要付出更多的爱和关怀，而佛教伦理所倡导的善、慈悲与女性伦理有着高度的一致性，所以佛教对女性有着更具天然的亲和力与吸引力。这反映在造像记中，比丘尼的造像记具有更多的世俗关怀，她们为出家前的子女造像祈福，为出征的弟弟祈福，为离世的亲人发愿，造像的缘由更加多元，照顾到的情形方方面面。诚然，造像记这一文体用来祈福发愿，并不需要多么高深的义理与文学积淀，直抒内心的愿望即可，这一特点正好驱使更多的女性通过这种感性书写的方式寻求心灵的慰藉与解脱。因此，比丘尼造像记数量几与比丘的持平，这在女性

---

① 释宝唱：《比丘尼传校注》，王孺童校注，中华书局，2006，第 195 页。

② 释宝唱：《比丘尼传校注》，王孺童校注，中华书局，2006，第 159 页。

书写相对匮乏的时代，确乎是一个值得引起我们注意的现象。

三、比丘尼造像记的文学史意义

在中国古代文学研究中，魏晋南北朝文学往往被视为一个整体，如此便不能真实而客观地反映北朝文学的发展面貌，而北朝文学的研究与南朝文学相比向来薄弱。在人们的印象中，能代表北朝文学面貌的常常是一些北朝民歌，几部著作和若干具有代表性的文学家而已。这固然与北朝的社会历史原因相关，种种因素致使这一时代所呈现的许多作品不能纳入经典的筛选范围，不符合传统经典文学的标准。

《隋书·经籍志》云："其中原则兵乱积年，文章道尽。后魏文帝，颇效属辞，未能变俗，例皆淳古。齐宅漳滨，辞人间起，高言累句，纷纭络绎，清辞雅致，是所未闻。后周草创，干戈不戢，君臣戮力，专事经营，风流文雅，我则未暇。"① 从这段话可以看出历史上对北魏晚期及北齐文学的评价并不高。葛兆光认为："过去的思想史只是思想家的思想史或经典的思想史，可是我们应当注意到在人们生活的实际的世界中，还有一种近乎平均值的知识、思想与信仰，作为底色或基石而存在，这种一般的知识、思想与信仰真正地在人们判断、解释、处理面前的世界中起着作用。"② 而文学史何尝不是如此，尤其在北朝一代，有大量的石刻碑文传世，如果将目光只停留于经典的文学史，而忽略了这些文献，便不能客观反映北朝文学的真实面目。笔者期望从北朝比丘尼的造像记入手，重新审视它们在北朝文学史上的意义与价值。

首先应当客观地认识到，造像记之于文学，在历史上的评价不尽如人意。清代王昶所著的《金石萃编》云：

> 按造像立碑，始于北魏，迄于唐之中叶。大抵所造者释迦、弥陀、弥勒及观音、势至为多。或刻山崖，或刻碑石，或造石窟，或造佛堪，或造浮图。其初不过刻石，其后或施以金，涂彩绘。其形模之大小广狭，制作之精粗不等。造像或称一区，或称一堪，其后乃称一铺。造

① 魏徵等：《隋书》，中华书局，1973，第 1090 页。
② 葛兆光：《中国思想史·导论》，复旦大学出版社，2013，第 11 页。

像必有记，记后题名。……综观造像诸记，其祈祷之词，上及国家，下及父子，以至来生，愿望甚赊。其余鄙俚不经，为吾儒所必斥。然其幸生畏死，伤乱离而想太平，迫于不得已，而不暇计其妄诞者。仁人君子，阅此所当恻然念之，不应遽为斥詈也。[1]

虽然儒者对其有颇多微词，但造像记的存在作为一种文化现象确有其自身的意义与价值，体现着书写者的思想观念与文化心理。

总体来看，比丘尼的造像记有着与北朝文学相一致的特征。从前人的研究成果来看，北朝文风的显著特点在于注重经世致用，文多平实无华，为文态度严谨。

由于北朝士人长期聚族而居，传统的宗族观念反映在北朝文人的创作中，他们推崇儒家伦理，维护纲常礼教，较为关心社会现实，甚至有相当一部分士大夫视文学创作为小道。北朝文人擅长散文，故而常在应用文字上争高下。造像记也属于散文的范畴，北朝造像记的大量出现与北朝文学的整体气候相适应。在前文已经分析过，北朝佛教的特点亦重信仰而轻义理，具有较强的功利性，开窟、建寺、造像之风颇为盛行，而造像记恰恰是伴随着这些佛事活动而产生的。所以，在与北朝士人有着相近文化心理特征的前提之下，即便她们出家遁世，但依然心系社会世俗。另外，比丘尼造像记与北朝文学强烈的政治色彩相吻合。与南朝文学不同的是，北朝文学十分重视政治，这源于北方地区固有的文化传统："北方政教严切，全无隐退者。"[2]因此，在相当多的造像记中，她们都会为"国王帝主""皇帝陛下"等皇室成员祈福，这是与北朝政治文化的整体氛围相适应的。

但比丘尼造像记在整个北朝文学中还表现出其独特的一面，即相异于北朝文风的悲凉情调。与时代的动乱与苦难相适应，北朝的诗文和民歌往往弥漫着悲凉的情绪与感怀。随手拈来几首北朝的诗歌，即可见伤感与悲凉的情感充盈其中。如，刘昶的《断句》："关山四面绝，故乡几千里？"[3]萧悫的《秋

---

① 王昶：《金石萃编》，清嘉庆十年经训堂刊本。

② 颜之推：《颜氏家训集解》，王利器集解，上海古籍出版社，1980，第534页。

③ 逯钦立辑校《先秦汉魏晋南北朝诗》，中华书局，1983，第2204页。

思》："相思阻音息，结梦感离居。"① 又如，王褒的《渡河北》："心悲异方乐，肠断陇头歌。"② 庾信的《咏怀》："雪泣悲去鲁，凄然忆相韩。唯彼穷途恸，知余行路难。"③ 而综观比丘尼的造像记，却处处充满着对亲人眷属的关怀，对佛的崇敬，描绘着终极幸福的愿景。在《比丘尼昙媚造像记》中，即使是表达了"慨不邀辰昌"的一丝遗憾，即昙媚尼没有遇上文成帝于兴安元年（452 年）十二月乙卯初复法之后，"欲为沙门""不问长幼""听其出家""建佛图""任其财用"的盛世，但还是庆幸自己的处境，愿十方大众都能共沐佛泽，获得吉庆。正如李泽厚所说："中国人很少真正彻底的悲观主义，他们总愿意乐观地眺望未来……"④ 而在彼时，要得益于佛教的传入与兴旺发展，给苦难中的人们带来心灵的希望与寄托，淡化了人们对死亡与苦难的恐惧，也因此改变着文学的格局与生态。故而在北朝文学史上，比丘尼造像记呈现了其与北朝文学既相融，又保持自身独立性的一面。有学者认为，从总的趋势来看，北朝文学的发展是和少数民族的汉化及北方文人接受南方文学的影响同步进行的。⑤ 而笔者认为，对北朝文学的研究，不能忽视佛教的传播所对其产生的重要影响。

总之，比丘尼造像记是北朝文学中一处独特的文化景观，它所具有的文学性蕴含着其时的社会历史背景与出家女性丰富而复杂的心象。而通过比丘尼的造像记，我们应当更为全面地深化对北朝文学的认知，深入探索并充分展现北朝文学的真实面目。

---

① 逯钦立辑校《先秦汉魏晋南北朝诗》，中华书局，1983，第 2279 页。

② 逯钦立辑校《先秦汉魏晋南北朝诗》，中华书局，1983，第 2340 页。

③ 逯钦立辑校《先秦汉魏晋南北朝诗》，中华书局，1983，第 2367 页。

④ 李泽厚：《中国古代思想史论》，生活·读书·新知三联书店，2008，第 329 页。

⑤ 曹道衡、沈玉成编著《南北朝文学史》，人民文学出版社，1998，第 349 页。

第三节　从写经题记看比丘尼的"书写"观

这里的"书写"特指佛教文化中的佛典书写，即抄写佛经。它在佛教各种修行方式中占有举足轻重的地位，因为有关经典受持的方法行仪，第一者便是书写佛教经典。书写佛典称为"写经"；精通经论，书写佛典并使之广为流通的弘传者，称为"书写法师"。根据法师专长及弘法的不同，可分为受持、读经、诵经、解说、书写等五种法师，《法华文句》认为"书写法师"的功德在五种法师中最为殊胜。

在中国，写经伴随着佛经翻译而产生。随着佛教在中土的兴盛，写经活动更是广泛流行。在印刷术兴起之前，写经确为佛法的弘传起到了重要的推动作用。写经造像等活动，皆是佛教所大力提倡及赞扬的功德。《妙法莲华经》云："若复有人，受持、读诵、解说、书写妙法华经，乃至一偈，于此经卷敬视如佛，种种供养——华、香、璎珞、末香、涂香、烧香、缯盖、幢幡、衣服、伎乐，乃至合掌恭敬。药王！当知是诸人等，已曾供养十万亿佛，于诸佛所成就大愿，愍众生故，生此人间。"①

六朝时期，作为职业佛教徒的女性群体，比丘尼们同样热衷于写经活动，她们书写且供养佛经，显现出信仰的虔诚。一些比丘尼在写经的同时也会写上写经题记，交代所书写的经典、书写的缘由及美好的祈愿等，由此传达着这一群体对"书写"的理解与认识。

一、比丘尼写经之目的

写经究竟是为了什么，从诸多比丘尼写经题记的表述来看，求取功德福田是最主要的动因，希望善行能带来果报驱使她们书写并供养佛经。《〈入楞伽经〉建晖题记愿文》云：

---

① 高楠顺次郎等辑《大正藏》第 9 册，新文丰出版有限公司，1992，第 30 页。

　　推寻圣典，崇善为先。是以比丘（尼）建晖，既集因殖，禀形女秽，婴罹病疾，抱难当今。仰惟此苦，无由可拔。遂即减割衣资，为七世父母、先死后亡，敬写《入楞伽》一部、《方广》一部、《药（师）》二部。因此微善，使得虽女身后成男子；法界众生，一时成佛。[①]

　　显然，建晖尼饱尝了女性身份给人生所带来的苦难与不幸，病痛更增添了生活的烦恼与苦辛。所以，她希望通过书写佛经而获得果报继而转女成男，且希望法界众生都能成佛。从个人的愿望到对众生的关怀，切乎佛教所提倡的大爱与慈悲。又如：

　　比丘尼贤玉起发写《羯磨经》一卷，愿此功德，普及一切十方世界，六道众生，心开意解，发大乘意。崇此身命，生生之处，常为十方六道众生而为导首。（《〈大比丘尼羯磨〉一卷尼贤玉题记》）

　　夫福不虚应，求之必感；果无自来，崇因必克。是以佛弟子比丘尼道容，往行不修，生处女秽。自不遵崇妙旨，何以应其将来之果。故减彻身口衣食之资，敬写《涅槃经》一部。（《〈大般涅槃经〉卷十二比丘尼道容题记》）

　　僧尼道建辉，自惟福浅无所施造。窃闻经云：修福田莫立塔写经。今怖崇三宝，写《决罪福经》二卷，以用将来之因。（《〈佛说决罪福经〉下卷尼道辉题记》）

　　是以梵释寺比丘尼干英敬写《比丘尼戒经》一卷。以斯微善，愿七世父母，所生父母，现在家眷，及以己身，弥勒三会，悟在首初，所愿如是。[②]（《〈比丘尼戒经〉法渊及尼干英题记》）

---

① 黄征、吴伟编校《敦煌愿文集》，岳麓书社，1995，第809页。

② 池田温编《中国古代写本识语集录》，东京大学东洋文化研究所，1990，第123、125、126、127页。

这样的例子还有很多，不一一列举。从"愿此功德""以斯微善，愿……"这些表述来看，她们皆希望通过写经来获得福报，使自身和他人能够离苦得乐。甚至西魏的道辉尼直截了当地叙述自己是受到了经中"修福田莫立塔写经"这种观念的引导。又如，西魏的道容尼坚信"福不虚应，求之必感；果无自来，崇因必克"，可见佛教的因果论对其影响之大，《魏书·释老志》云：

> 凡其经旨，大抵言生生之类，皆因行业而起。有过去、当今、未来，历三世，识神常不灭。凡为善恶，必有报应。渐积胜业，陶冶粗鄙，经无数形，澡练神明，乃致无生而得佛道。其间阶次心行，等级非一，皆缘浅以至深，藉微而为著。率在于积仁顺，蠲嗜欲，习虚静而成通照也。故其始修心则依佛、法、僧，谓之三归，若君子之三畏也。又有五戒，去杀、盗、淫、妄言、饮酒，大意与仁、义、礼、智、信同，名为异耳。云奉持之，则生天人胜处，亏犯则坠鬼畜诸苦。[①]

佛教的传入使因果报应的思想深入人心，在这种心理暗示的推动之下，她们积极参与写经活动便是一种必然现象。

需要指出的是，从目前所能见到的写经题记来看，她们当中没有一人只是为了自身或某个人而祈福，即她们写经皆是为了自身及他人能共沾福泽，同获其功德，并没有只为个人考虑，这与比丘尼造像记相比，她们的写经题记更加符合大乘佛教的精神，这种现象与印度佛教的传统不无关联。在印度，小乘佛教依赖于佛法的口诵传播，而大乘佛教则重视劝说书写，故大乘佛教的经典中常有赞颂写经功德的文字。因此，接受大乘思想的比丘尼更为重视书写佛典。

此外，从有关书写的神异化现象的文献中可以看出，佛经在佛教信仰者心目中的神圣地位。《法华传记》记载："尼智通少出家，住京师简静寺，信道不笃。元嘉九年，师死罢道。嫁为魏郡梁犀甫妾生男。六七岁家甚贫穷，无以为衣。通为尼时，有数卷素无量寿法华等经，悉练捣之，以衣其儿。居一年而得病，恍惚惊悸，竟体剥烂，状若火疮，有细白虫，日出升余，惨痛烦毒，昼夜

---

① 魏收：《魏书》，中华书局，1974，第3026页。

号叫。常闻空中语云:'坏经为衣,得此剧报。'旬余而死。"①智通尼因毁坏佛经的行为得到了惨痛的果报。佛教中这种以比丘尼为例,又与对待佛经态度有关的警示无疑会给尼众带来震慑,从而促使其更加虔诚地对待经典。另外,僧人慧睿所作的《喻疑》记载:

> 昔朱士行既袭真式,以大法为己任,于雒阳中讲小品,亦往往不通,乃出流沙,寻求大法。既至于阗,果得真本,即遣弟子十人,送至雒阳,出为晋音。未发之间,彼土小乘学者,乃以闻王云:"汉地沙门,乃以婆罗门书,惑乱真言。王为地主,若不折之,断绝大法,聋盲汉地,王之咎也。"王即不听。时朱士行乃求烧经为证,王亦从其所求,积薪十车,于殿阶下,以火焚之。士行临阶而发诚誓,若汉地大化应流布者,经当不烧;若其不应,命也如何?言已投之,火即为灭,不损一字。遂得有此《法华》正本于于阗大国,辉光重壤,踊出空中,而得流此。此《大般泥洹经》既出之后,而有嫌其文不便,而更改之。人情小惑,有慧祐道人私以正本雇人写之,客书之家,忽然火起,三十余家,一时荡然,写经人于灰火之中,求铜铁器物。忽见所写经本,在火不烧,及其所写一纸,陌外亦烧,字亦无损,余诸巾纸,写经竹筒,皆为灰烬。②

从这段叙述来看,朱士行向人们证明,真正的佛经犹如真金一般不怕火炼,且不能被随意篡改。这些史实虽无法求证是否真实,但这样的描述确为佛经增添了神圣化色彩,既印证了作者对待佛经及书写态度的严肃性,亦可鞭策及劝诚信徒虔诚地对待佛经,重视书写。有学者指出:"神异类记载虽然从佛图澄开始,但实际上在佛教东传的过程中,显示神迹一直是佛教吸引信仰者的重要形式。"③另外,佛教甚至还宣扬书写的功德大于供养佛的舍利。如西晋无罗叉所译的《放光般若经》云:"若有善男子、善女人书写般若波罗蜜,持经卷学受讽诵

---

① 高楠顺次郎等辑《大正藏》第51册,新文丰出版有限公司,1992,第92页。

② 严可均辑《全宋文》,商务印书馆,1999,第615页。

③ 葛兆光:《中国思想史》第一卷,复旦大学出版社,2013,第346页。

念守习行，复加供养名花捣香、缯彩幡盖，其功德福过出前所供养舍利七宝塔上，百千万倍巨亿万倍，计空不及不可为譬喻。"①相反，若不重视书写则受到贬斥："须菩提！受经之人欲书般若波罗蜜以为经卷；为法师者而不肯与。为法师者适欲与经；受法之人不欲书写。亦不和合，是为魔事。"②

由此看来，大乘佛教对书写的重视及宣扬深刻影响了比丘尼的佛事活动与心理，这种功德果报的思想促使她们通过写经来为自身及他人祈求功德福田。而流传的有关书写的神异化现象更能加深她们写经的虔诚之心，写经也成为她们又一种获得心灵慰藉及建构精神家园的救赎方式。在这一过程中，她们超越了个人苦痛的挣扎，对众生给予大爱与关怀，这不得不说是佛陀的教化给她们的生活及观念带来的巨变之一。故而与同时代的普通女性相较，她们显示出独特的风采。

二、题记书写与经典选择

综观笔者所搜集到的比丘尼写经题记，她们书写的经典共涉及 23 部，其中书写最多的经典为《大般涅槃经》，可见该经在尼众中流传甚广，最受重视。其次为《比丘尼羯磨经》。当然，与她们切身相关的经典一般都会被书写，如《比丘尼羯磨经》《摩诃僧祇比丘尼戒本》《十诵比丘尼波罗提木叉戒本》及其他比丘尼戒本，还有记载女性劝信佛教的经典《胜鬘经》。

为何选择书写《大般涅槃经》者居多，一方面与当时的社会氛围及佛法流传状况的大环境相关。有学者指出："约在孝文帝世，北方习《涅槃》者特多。此经来自凉州，可见元魏佛法与凉州关系之密切。"③该经是在北凉玄始十年（421 年），昙无谶依河西王沮渠蒙逊之请，于姑臧（今甘肃武威）译出。后来传入南方，亦流传甚广，从梁武帝《断酒肉文》中的记载可窥见一斑："京师顷年讲《大涅槃经》，法轮相续，便是不断。至于听受，动有千计。今日重令法云法师为诸僧尼讲《四相品四中少分》，诸僧尼常听《涅槃经》，为当曾闻此说？"④

---

① 高楠顺次郎等辑《大正藏》第 8 册，新文丰出版有限公司，1992，第 47 页。

② 高楠顺次郎等辑《大正藏》第 8 册，新文丰出版有限公司，1992，第 74 页。

③ 汤用彤：《汉魏两晋南北朝佛教史》，商务印书馆，2015，第 684 页。

④ 严可均辑《全梁文》，商务印书馆，1999，第 74-75 页。

　　而关于该经流通的具体情况，有学者统计认为，北魏孝文帝以后，研习《涅槃经》的学者剧增。魏末隋初，北方以此显者更多。计自魏中叶至隋初，习此者有昙准、昙无最、慧光、圆通、道凭、道慎、宝篆、灵询、僧妙、道安、法上、昙延、慧藏、灵裕、慧海、融智、慧远、靖嵩等。[①] 由此可见该经在北朝传播之盛。而从搜集的写经题记来看，所书写的比丘尼几乎都来自北朝，说明她们也受到这种传播状况及研习现象的影响。

　　另一方面，《大般涅槃经》更受这一时期比丘尼的欢迎，与这部佛经自身的内涵不无关联。北凉昙无谶翻译的《大般涅槃经》属大乘涅槃经，共四十卷，分十三品。值得注意的是，高僧昙无谶本人从钻研小乘佛法到大乘佛法的转变即从该经开始。《高僧传》记载："（昙无谶）初学小乘，兼览五明诸论，讲说精辩，莫能酬抗。后遇白头禅师，共谶论议，习业既异，交诤十旬。谶虽攻难锋起，而禅师终不肯屈，谶伏其精理，乃谓禅师曰：'颇有经典，可得见不。'禅师即授以树皮《涅槃经》本。谶寻读惊悟，方自惭恨，以为坎井之识，久迷大方，于是集众悔过，遂专大乘。"[②] 后来，昙无谶弘传佛教也以《涅槃经》为主。另外，大乘佛教的许多重要经典，如《金光明经》《大集经》以及佛传的重要作品《佛本行经》等，均由昙无谶译出后流行开来，这对大乘佛教在中土的广泛传播起到了重要的推动作用。

　　昙无谶所译的《大般涅槃经》宣扬众生悉有佛性，这一平等观念必然得到这些出家女性的赞赏和青睐。尤其是处在男尊女卑传统思想根深蒂固且性命堪忧、生存艰难的乱世，这一观念无疑为她们带来莫大的心理安慰。原本从许多写经题记中可以看出，她们十分介意或自卑于自己的女性身份，甚至将苦难与不幸的缘由归咎于性别：

　　　　仰惟此苦，无由可拔。遂即减割衣资，为七世父母、先死后亡，敬写《入楞伽》一部、《方广》一部、《药（师）》二部。因此微善，使得虽女身后成男子。[③]（《〈入楞伽经〉建晖题记愿文》）

---

① 汤用彤：《汉魏两晋南北朝佛教史》，商务印书馆，2015，第684页。

② 释慧皎：《高僧传》，汤用彤校注，中华书局，1992，第76页。

③ 黄征，吴伟编校：《敦煌愿文集》，岳麓书社，1995，第809页。

是以比丘尼建晖，为七世师长父母，敬写《涅槃》一部、《法华》二部、《胜鬘》一部、《无量寿》一部、《方广》一部、《仁王》一部、《药师》一部。因此微福，使得虽女身后成男子，法界众生，一时成佛。(《〈大般涅槃经〉卷十六尼建晖题记》)

是以佛弟子比丘尼道容，往行不修，生处女秽。自不遵崇妙旨，何以应其将来之果？故减彻身口衣食之资，敬写《涅槃经》一部。(《〈大般涅槃经〉卷十二比丘尼道容题记》)

僧愿先因不幸，生禀女秽，父母受怜令使入道。虽参法俦，三业面墙，夙宵惊惧，恐命空过，寤寐思省，冰炭交怀。遂割减衣钵之分，用写《涅槃经》一部。(《〈大般涅槃经〉比丘尼僧愿题记》)

是以尼道明胜，自惟往殒不纯，生遭末代，沈罗生死，难染道化，受秽女身，昏迷长祸，莫由能返。① (《〈大般涅槃经〉卷廿尼道明胜题记》)

比丘尼的出家生活模式造成了长期仅女性间相处、互动的状况，而这样的情形难免会触动其性别意识，带来其因男女性别疏离而引发的思考。除了所处社会上的男女不平等现象，佛教中也有对女性的歧视与贬斥之行为。因印度小乘佛法十分注重个体的修行，但僧团中女性的加入会对男性的修行造成干扰。在《摩诃僧祇律》《弥沙塞部和醯五分律》等佛教戒律书中多有记载释迦弟子难忍女色诱惑而冲破淫戒之事。小乘佛教会将这种麻烦和困扰归咎于女性，所以想方设法将女性排拒于成佛的可能性之外，故而在经典的编撰中会加入对女性的毁谤与污蔑之语，甚至帮助僧人想象女性是如此的污秽不堪，从而帮助僧人消灭心中的邪念，专心修行。就《大般涅槃经》来说，东晋法显所译的该经即属于小乘涅槃经，里面就有对女性不洁的观想内容：

---

① 池田温编《中国古代写本识语集录》，东京大学东洋文化研究所，1990，第119-120、125、138、160页。

庵婆罗女今来诣我，形貌殊绝，举世无双，汝等皆当端心正念，勿生著意。比丘！当观此身，有诸不净，肝、胆、肠、胃、心、肺、脾肾、屎、尿、脓血，充满其中。八万户虫，居在其内。发毛爪齿，薄皮覆肉，九孔常流，无一可乐。又复此身，根本始生，由于不净。此身所可往来之处，皆悉能令不净流溢，虽复饰以雕彩，熏以名香，譬如宝瓶中藏臭秽。又其死时，膑胀腐烂，节节支解，身中有虫，而还食之，又为虎狼鸱枭雕鹫之所吞噬。世人愚痴，不能正观，恋著恩爱，保之至死，横于其中而生贪欲；何有智者，而乐此耶？[①]

这段描述即是佛陀在告诫比丘如何将一位形貌殊绝、举世无双的美女想象成如此污秽与可怖的形象，从而起到帮助僧人驱除内心贪欲的效果。

然而，大乘佛教经典往往倡导众生悉有佛性的平等观。昙无谶所译的《大般涅槃经》云："于比丘尼众中复有诸比丘尼，皆是菩萨，人中之龙，位阶十地安住不动，为化众生现受女身，而常修集四无量心，得自在力，能化作佛。"[②]该经鲜明地指出女性同样有成佛的机会与可能，如此平等进步的观念当然能受到尼众的欢迎与信奉。

除了性别平等，该经认为人与动物之间同样平等，所以不可杀生。梁武帝萧衍便非常接受与认可这一观念。他的《断酒肉文》云："若未曾闻，今宜忆持佛经中究竟说，断一切肉，乃至自死者，亦不许食，何况非自死者。诸僧尼出家，名佛弟子，云何不从师教？《经》言食肉者，断大慈种。何谓断大慈种？凡大慈者，皆令一切众生，同得安乐。若食肉者，一切众生，皆为怨对，同不安乐。"[③]梁武帝深刻认识并接受了《大般涅槃经》中的众生平等思想，所以撰文告诫僧尼勿要杀生食肉，而应怀有众生同得安乐的大慈大悲之心。沈约的《齐禅林寺尼净秀行状》记载："年至七岁，自然持斋。家中请僧行道，闻读《大涅槃经》，不听食肉，于是即长蔬不啖。二亲觉知，若得鱼肉，辄便弃去。"[④]净秀

---

① 高楠顺次郎等辑《大正藏》第1册，新文丰出版有限公司，1992，第194页。

② 高楠顺次郎等辑《大正藏》第12册，新文丰出版有限公司，1992，第366页。

③ 严可均辑《全梁文》，商务印书馆，1999，第75页。

④ 严可均辑《全梁文》，商务印书馆，1999，第342页。

尼当时小小年纪听闻《涅槃经》中的说法即弃食鱼肉，可见其过人的天资及该经对其观念的影响。

此外，昙无谶所译的《大般涅槃经》亦宣扬了书写此经的功德意义：

"若彼病人得见使者及吾威德，诸苦当除，得安隐乐。"是大乘典大涅槃经亦复如是，若比丘、比丘尼、优婆塞、优婆夷及诸外道，有能受持如是经典，读诵通利，复为他人分别广说，若自书写，令他书写，斯等皆为菩提因缘。若犯四禁及五逆罪，若为邪鬼毒恶所持，闻是经典，所有诸恶悉皆消灭，如见良医恶鬼远去，当知是人是真菩萨摩诃萨也。何以故？暂得闻是大涅槃故，亦以生念，如来常故。暂得闻者尚得如是，何况书写、受持读诵，除一阐提，其余皆是菩萨摩诃萨。①

自己或令他人书写此经，皆是菩提因缘，能使诸恶皆消。不仅此经的内涵能受到尼众的认可，经典自身作为物质属性也被宣扬具有巨大的能量。以上这些因素都会影响比丘尼书写者选择经典的标准，在它们的综合作用下，该经成为比丘尼这一群体选择率最高的经典。

但有学者推断，《金刚经》可能是中国历史上被抄写次数最多的经典之一，单在敦煌遗留下来的中古写卷中就有近两千份。② 而就比丘尼的写经题记来看，《大般涅槃经》则被这一群体抄写的次数最多，也许正是时代氛围的影响以及佛经本身的内涵，这内外双重因素的综合作用造成了这一独特的文化现象。

三、题记书写之阅读期待

从一些比丘尼的写经题记来看，写经并非是个人将佛经抄写完毕或供养起来就作罢的活动。她们当中有些人还表达了希望有人能读诵奉行或转读流通，有所感悟的愿望：

如三世诸佛及诸菩萨，度诸众生等，无有异有，能读诵奉行此律

---

① 高楠顺次郎等辑《大正藏》第 12 册，新文丰出版有限公司，1992，第 420 页。
② 柯嘉豪：《佛教对中国物质文化的影响》，赵悠等译，中西书局，2015，第 161 页。

者，亦复如是。(《〈大比丘尼羯磨〉一卷尼贤玉题记》)

愿转读之者，兴无上之心，流通之者，使众或（惑）感悟。(《〈大般涅槃经〉卷十二比丘尼道容题记》)

冀读诵者获涅槃之乐，礼观者济三途之苦。[①]　(《〈大般涅槃经〉比丘尼僧愿题记》)

从以上诸位比丘尼的表述来判断，她们没有将书写单纯看作是个体的行为。有人能够读诵奉行，从中有所感悟，书写的整个过程才变得有意义和价值。而这一观念的核心即是"流通"，它包含着对接受者之作用的期待，关联着佛经书写与接受者之间的互动。如果我们将其抄写的每一部佛经视为文学文本的话，她们的"流通"思想恰恰与文学中的对话交流理论有相似之处，或者可视其为接受理论的萌芽，她们对接受者的期待蕴含着对文本收受与交流这双重意义的关注心理。有学者认为，当代阅读反应批评诸话语以注重文学行为和效果的功能观代替了本质观，它们注重文学本身活动的过程，注重文学的效应，将本文视为一个事件，本文在读者的阅读中展开自身。由此，文学超越了客观主义与相对主义，变成了一种双向交互作用的动态交流活动。对话、主体间性成为重要的理论概念，本文与现实、本文与读者、作者与读者的相互对话或交流成为理论关注的中心。[②] 在当代这一文学理论的对比映照下，我们不难发现，在比丘尼的书写观念中，她们同样重视在佛法传播这一语境下以佛经为纽带的互动与交流。在女性文化知识普遍落后的古代社会，比丘尼有这样的萌芽意识便显得尤为难能可贵。事实上，在六朝时期即有许多高尼擅长属文或宣讲，受众广泛，反响热烈。她们具备极高的文化素养，为佛教在中土的传播贡献了巨大力量。如道馨尼"雅能清谈，尤善《小品》，贵在理通，不事辞辩，一州道学所共师

---

① 池田温编《中国古代写本识语集录》，东京大学东洋文化研究所，1990，第123、125、138页。

② 金元浦：《接受反应文论》，山东教育出版社，1998，第368页。

宗"①；法全尼"昼则披文远思，夕则历观妙境。大乘奥典，皆能宣讲"②；道贵尼"十七出家，博览经律，究委文理，不羡名闻，唯以习道为业。观境入定，行坐不休。悔过发愿，言辞哀恳，听者震肃。"③

她们重视佛经的流通，佛法的传播，与佛教自身的宣扬有着密切关系。元魏月婆首那所译的《僧伽吒经》云：

> 一切勇白佛言："世尊！何人功德与如来等？"
>
> 佛告一切勇菩提萨埵："善男子！法师善根与如来等。"
>
> 一切勇菩提萨埵言："世尊！何等是法师？"
>
> 佛告一切勇菩提萨埵："流通此法门者，名为法师。"
>
> 一切勇菩提萨埵白佛言："世尊！闻此法门得何等福？书写、读诵此法门者，得几所福？"
>
> 佛告一切勇菩提萨埵言："善男子！于十方面，一一方各十二恒河沙诸佛如来，一一如来住世说法满十二劫。若有善男子说此法门，功德与上诸如来等。若有善男子书写此经，四十八恒河沙诸佛如来说其功德不能令尽；况复书写、读诵、受持。"④

此经宣称法师的善根与如来相等，而能使佛法流通的人即是法师，且书写、读诵、受持等都能给人带来无限的功德，诸如此类的教化无不启发并影响着尼众们的行动及心理，也促使她们具备强烈的正法流通观，期待并帮助人们参与以佛经为纽带的互动与交流，从而使佛教能造福众生。

整体看来，六朝时比丘尼"书写"的观念反映其对经典的物质属性与精神内涵皆达到了尊崇与敬仰的态度，这一文化心理恰与我国古代"敬惜字纸"的观念相吻合，中国文化这一传统理念也是儒佛思想相互融合的结果。《敦煌变文集新书》中记载了这样一则事例：

---

① 释宝唱：《比丘尼传校注》，王孺童校注，中华书局，2006，第 25 页。

② 释宝唱：《比丘尼传校注》，王孺童校注，中华书局，2006，第 141 页。

③ 释宝唱：《比丘尼传校注》，王孺童校注，中华书局，2006，第 211 页。

④ 高楠顺次郎等辑《大正藏》第 13 册，新文丰出版有限公司，1992，第 961 页。

自从远公于大内见诸宫常将字纸秽用茅厕之中，悉嗔诸人，以为偈曰：

儒童说五典，释教立三宗，
视礼行忠孝，挞遣出九农。
长扬并五策，字与藏经同，
不解生珍敬，秽用在厕中。
悟灭恒沙罪，多生忏不客（容）。
陷身五百劫，常作厕中虫。
是时大内因远公说偈，尽皆修福。①

另外，由清代人谢泰阶根据宋代大学者朱熹所著《小学》而改编的儿童启蒙教材《小学诗》中写道：

惜字一千千，应增寿一年，
功名终有分，更得子孙贤。
字纸弃灰堆，天殃即刻来，
好将勤拾取，免难更消灭。②

这种敬惜字纸便会获得福报，反之即招致灾祸的观念正是佛教因果报应及经典崇拜思想的反映，从中也可看到佛教文化对中国文化传统理念的深刻影响及儒佛思想间的密切呼应与关联。

当代有人请教净空法师，现在字纸十分普遍，用字纸来包东西更是普遍，这样的行为是否会受报折福。法师回答："'文以载道'，我们要尊重字纸，不能随便丢弃，决定不可以拿来擦桌子、包东西，这不恭敬。道理在此，惜字纸是积福德。尽管现在的报纸都教人杀盗淫妄，真正正面教诲的很少，但文字无罪，糟蹋字纸同样折福。今天我们决定不可以用印佛经、佛像的字纸拿去作践，那

---

① 潘重规：《敦煌变文集新书》，文津出版社，1994，第 1071 页。
② 张恩台编著《小学诗》，吉林美术出版社，2015，第 118 页。

就折大福了。"① 净空法师的理念启发我们，"敬惜字纸"的观念对于指导当下人们的行为道德仍具有一定的现实意义。

总之，在大乘佛教思想的影响下，六朝比丘尼认为"书写"更具有惠及自身及众生的重要作用与价值，她们在对经典书写的理解中展示了其独特的文化心理及深厚的文化积淀。

第四节　比丘尼佛教书写的审美倾向

六朝时期，以比丘尼为书写主体的造像记、写经题记等佛教书写文本中，蕴含着她们的想象、情感、理解等审美心理活动。透过比丘尼的佛教书写，我们能够发现其中所展现的对现实生活以外的异质空间的想象，世俗与宗教情感的二元融合以及对佛法的理解与感受。这正是以她们的视角和经验来传达其审美倾向，从而给自身和他人带来别样的审美体验。

一、"死后世界"的想象

乱世之中，战争、疾病与贫穷时时刻刻威胁着人们的生命。在生存的困顿与死亡阴影的笼罩下，人们希冀寻求心灵的慰藉与寄托来化解生命中的焦虑。因此，佛教在中土的传播有着前所未有的契机与适应其发展的土壤，而诸如造像、抄经等佛事活动的开展，正是比丘尼这一群体构建其精神家园的主要途径，她们以发愿的方式消解着内心的苦闷与彷徨。《张河间寺比丘尼智明造像记》云："大魏天平三年六月三日，张河间寺尼智明为亡父母、亡兄弟、亡姐敬造尊像一区，愿令亡者托生净土，见在蒙福，又为一切，咸同斯庆。"② 这则短短的造像记不仅是一位孤苦无依的女子不幸生活的见证，也是社会悲惨现实的缩影。对比丘尼智明来说，父母与兄弟姐妹均亡，出家似乎是她唯一的出路。而从许多比

---

① 释净空：《学佛问答》，线装书局，2011，第 229 页。
② 夏名采：《青州龙兴寺佛教造像窖藏清理简报》，《文物》1998 年第 2 期。

丘尼的造像记及写经题记来看，在对宗教生活的依赖中，她们对死后世界的想象缓解着现实的焦虑，将其有限的人生引向无限的审美之境。

西方极乐世界与三途这二元异质空间的并存，是比丘尼对死后世界之想象较为常见的类型。如以下两篇造像记所记载：

比丘尼法庆造像记

永平三年，九月四日，比丘尼法庆为七世父母、所生因缘敬造弥勒像一躯。愿使来世托生西方妙乐国土，下生人间王公长者，永离烦恼，又愿己身□□□，与弥勒具（俱）生莲华树下，三会说法，一切众生，永离三途。[①]

比丘尼惠智造像记

永平三年，十一月廿九日，比丘尼惠智为七世父母、所生父母造释迦像一躯。愿使托生西方妙乐国土，下生人间为公王长者，永离三途。又愿身平安，遇□弥勒，俱生莲华树下，三会说法。一切众生普同斯愿。[②]

文中所说的"西方妙乐国土"即是佛教的"极乐世界"。"极乐世界"是佛教所宣扬的阿弥陀佛之净土，是无尽世界的其中之一，在人类世界的西方，距之有十万亿佛土之遥。据佛经记载，在这极乐世界中，金银珍宝无数，装饰极尽华美，五光十色，天乐声闻，功德庄严，无有苦痛，与现实世界造成极大的反差，这里无疑是处于乱世中的人们最为理想的死后居所。《佛说阿弥陀经》云："若有善男子、善女人，闻说阿弥陀佛，执持名号，若一日、若二日、若三日、若四日、若五日、若六日、若七日，一心不乱。其人临命终时，阿弥陀佛与诸圣众现在其前。是人终时，心不颠倒，即得往生阿弥陀佛极乐国土。"[③] 按照此

---

① 邵正坤：《北朝纪年造像记汇编》，吉林人民出版社，2014，第47页。

② 邵正坤：《北朝纪年造像记汇编》，吉林人民出版社，2014，第47页。

③ 高楠顺次郎等辑《大正藏》第12册，新文丰出版有限公司，1992，第347页。

经的说法，闻说阿弥陀佛，执持名号，能够使人于临终之际得到阿弥陀佛与诸圣的接引，不生颠倒迷妄之心，死后还能往生阿弥陀佛极乐国土。可见佛教中的净土信仰给人带来的临终关怀，在一定程度上可以消除人们对生命自然之终结的恐惧与焦虑。所以，在比丘尼造像记中常有愿"亡者直生西方无量寿国"①的说法，又如《比丘尼如静造像记》云："愿令亡者托生西方妙乐佛国，与佛局（居），面睹诸佛。"②写经题记中也有相似的表达，如，北朝尼道明胜所写的《十方千五百佛名经》题记（公元 581 年前）云："愿七世父母、师长，父母所生因缘，往生西方净佛国土。"③

除了西方极乐世界，还有被她们所接受的弥勒净土之想象。弥勒讲法所在的兜率宫是可以与西方极乐世界相媲美的佛国净土。《佛说观弥勒菩萨上生兜率天经》记载：

> 时诸园中有八色琉璃渠，一一渠有五百亿宝珠而用合成，一一渠中有八味水，八色具足。其水上涌游梁栋间，于四门外化生四花，水出华中如宝花流。一一华上有二十四天女，身色微妙如诸菩萨庄严身相，手中自然化五百亿宝器，一一器中天诸甘露自然盈满，左肩荷佩无量璎珞，右肩复负无量乐器，如云住空从水而出，赞叹菩萨六波罗蜜；若有往生兜率天上，自然得此天女侍御。亦有七宝大师子座，高四由旬，阎浮檀金、无量众宝以为庄严，座四角头生四莲华，一一莲华百宝所成，一一宝出百亿光明，其光微妙化为五百亿众宝杂花庄严宝帐。④

与西方极乐世界相似，兜率天也是珠宝遍地、极尽奢华的所在。佛经中对这些地方的描绘都运用了审美色彩极强的语言，这种想象无疑给人带来强烈的审美愉悦感。《妙法莲华经》云："若有人受持、读诵，解其义趣，是人命终，

---

① 无量寿佛是阿弥陀佛的译名，因此二者所指相同。

② 邵正坤：《北朝纪年造像记汇编》，吉林人民出版社，2014，第 272 页。

③ 王素、李方：《魏晋南北朝敦煌文献编年》，新文丰出版公司，1997，第 286 页。

④ 高楠顺次郎等辑《大正藏》第 14 册，新文丰出版有限公司，1992，第 419 页。

为千佛授手，令不恐怖，不堕恶趣，即往兜率天上弥勒菩萨所。弥勒菩萨，有三十二相大菩萨众所共围绕，有百千万亿天女眷属，而于中生，有如是等功德利益。是故智者，应当一心自书、若使人书，受持、读诵，正忆念，如说修行。"①这段文字告诫人们，受持读诵该经能使人们在命终后往生兜率天，这亦是在为身处乱世的人们提供心灵上的安慰。许多比丘尼亦在其佛教书写中表达往生兜率的愿望。如，《比丘尼僧达造像记》云："愿亡者生天，面奉弥勒，咨受法言，悟无生忍"②。比丘尼如达造像记》云："愿亡者托生□□弥勒佛所"③。又如，《〈大般涅槃经〉比丘尼僧愿题记》云："七祖之魂，考姚（姒）往识，超升慈宫，挺（诞）生养界。"④

另外，在《比丘尼传》中，我们也能窥见一些比丘尼对死后世界的具体想象。书中记载，净捡尼"到升平末，忽复闻前香，并见赤气，有一女人，手把五色花，自空而下。捡见欣然，因语众曰：'好持后事，我今行矣。'执手辞别，腾空而上，所行之路，有似虹霓，直属于天。时年七十矣。"⑤妙相尼"后枕疾累日，临终怡悦，顾语弟子曰：'不问穷达，生必有死，今日别矣。'言绝而终。"⑥智胜尼"永明十年寝疾，忽见金车玉宇，悉来迎接。到四月五日，告诸弟子曰：'吾今逝矣'。"⑦净秀尼"至七月十三日小间，自梦见幡盖乐器，在佛殿西。二十二日，请相识僧会别。二十七日，告诸弟子：'我升兜率天。'言绝而卒，年八十九。"⑧从这些比丘尼临终时面对死亡的态度，或神情愉悦，或坦然面对，可以看到在佛教信仰的影响下，她们对生命自然之终结没有任何焦虑或恐惧感，反而在她们面前呈现的是佛教中理想的审美之境，唤起了她们对身后美好世界的憧憬与向往，最终从容而坦然地面对现实人生的必然之结局。

① 高楠顺次郎等辑《大正藏》第9册，新文丰出版有限公司，1992，第61页。
② 邵正坤：《北朝纪年造像记汇编》，吉林人民出版社，2014，第95页。
③ 邵正坤：《北朝纪年造像记汇编》，吉林人民出版社，2014，第126页。
④ 池田温编《中国古代写本识语集录》，东京大学东洋文化研究所，1990，第138页。
⑤ 释宝唱：《比丘尼传校注》，王孺童校注，中华书局，2006，第2页。
⑥ 释宝唱：《比丘尼传校注》，王孺童校注，中华书局，2006，第13页。
⑦ 释宝唱：《比丘尼传校注》，王孺童校注，中华书局，2006，第134页。
⑧ 释宝唱：《比丘尼传校注》，王孺童校注，中华书局，2006，第166页。

这些比丘尼所想象的死后世界，是佛教信仰中的一个重要面向。无论是西方极乐世界还是兜率天宫，都是佛教审美理想的产物。而居于其中的阿弥陀佛和弥勒佛亦是佛教典型的神明意象。它源于自然的人格化或对伟大人物的追忆，是基于虔诚及诗意的想象之物。在崇拜及信仰者的塑造和发展之下，它成了可以满足人们心灵慰藉与寄托的形象。

而在佛教传入中土之前，早在我国固有的文化体系中就有类似的审美倾向。《庄子·逍遥游》云："藐姑射之山，有神人居焉，肌肤若冰雪，绰约如处子；不食五谷，吸风玉露；乘云气，御飞龙，而游乎四海之外。"[1]道家思想中的神人及其所居之所亦给人的感官与心灵带来审美愉悦感，这种对无限之美的追求正是基于对有限生命的神圣超越。还有道教所构造的天宫体系等，都是人们在用近乎审美的想象与情感来抚慰源自现实世界的无力感与挫败感。

闻一多在其《神仙考》中说过："神仙是随着灵魂不死的观念，逐渐具体化而产生的一种想象的，或半想象的人物。"[2]而弗洛伊德在《幻觉的未来》一书中曾经指出了神的三种功能："他们必须驱除自然界的恐怖，他们必须缓和人和残酷的命运的关系，尤其是死亡所显示的严酷，他们必须补偿社会文化生活所强加的苦难和匮缺。"[3]从神的特点到功能，在六朝比丘尼的佛教书写中，我们能够感受到这些观念的存在。作为佛教职业信徒中的女性，她们在当时的社会条件下很难主宰自己的命运和自由支配自我的行动。从史料中所记载的许多比丘尼出家原因来看，许多苦难的经历皆导致其生活秩序的异化，她们迫切需要满足生存及心理的双重需求。而佛门生活正好为她们提供了这样一个可以兼顾世俗生活与超越自我的空间与平台。佛教智慧中从对有限到无限的审美理念满足了她们超越现实的丰富想象，使其可以从现实层面中超脱出来，去思考人生的终极问题，从而构建自我的精神家园。正如南朝宋代的法盛尼"唯有探赜玄宗，乃可以遣忧忘老耳"[4]。这也可以解释为何许多高尼的精神面貌往往呈现出一种平

---

① 陈鼓应：《庄子今注今译》，商务印书馆，2007，第28页。

② 闻一多：《闻一多全集》第3卷，湖北人民出版社，1994，第137页。

③ 转引自玛丽·乔·梅多、理查德·德·卡霍《宗教心理学》，陈麟书等译，四川人民出版社，1990，第28页。

④ 释宝唱：《比丘尼传校注》，王孺童校注，中华书局，2006，第48页。

静、祥和的拔俗之态。

总体看来，在佛教信仰中，这些比丘尼的生活及心灵层面的矛盾得以消除，她们相信灵魂不灭，希望"亡灵加助"，死者可以永生。佛教中的理想图景与神明奥蕴丰富和扩大了她们对死后世界的想象。有学者指出："一旦信仰有所寄托，一旦这个特别又明白的神从无所不在的自然力的黑暗和恐怖中被区别出来，信仰他的真实性就促使我们集中注意他的品性，从而发展了和丰富了我们的观念。信仰一个理想人格的真实性，造成了对他进一步的理想化。"[①]在比丘尼的佛教书写中，对死后世界的想象、对死亡的解释和对理想人格的神圣化蕴含着丰富的生命审美，这种诸如"愿腾无碍之境"[②]（《比丘尼慈香、惠政造像记》）的祈求正是她们渴望超越有限而直达无限的审美化表达，在化解其心灵焦虑的同时也加深了她们的宗教情感。

二、"牵物引类"的譬喻

僧人康法邃所作的《譬喻经序》云："譬喻经者，皆是如来随时方便四说之辞，敷演弘教训诱之要。牵物引类，转相证据，互明善恶，罪福报应，皆可寤心，免彼三途。"[③]佛教的《譬喻经》是佛陀应机说法的典型，如经中以"旷野"比喻"无明"，以"空井"比喻"生死"，以"树根"比喻"生命"等。用这些具象化的物体来比喻抽象的佛法，用"牵物引类"的方式教化众生。"譬喻"也是佛经中的常用手法，是佛教宣讲教义的方便法门。在六朝时期比丘尼的佛教书写中，也能见到她们以譬喻的方式来传达对佛法的理解与体认，我们可以从这些具象——抽象的比照关联中品出其表露的审美倾向。

《比丘尼昙媚造像记》云："（夫虑）灵镜觉，凝寂迭代，照周（群）邦，感垂应物，利润当时，泽潭机季。慨不邀昌辰，庆钟播末，思恋灵福，同拟状金石，冀：瞻容者加极虔，想象者增忻悕。生生资津，十方齐庆。颂曰：灵虑魏凝，悟岩鉴觉。寂绝照周，蠢趣澄浊。随象拟仪，瞻资懿渥。生生邀益，十方

---

① 乔治·桑塔耶纳：《美感》，杨向荣译，人民出版社，2013，第126页。

② 邵正坤：《北朝纪年造像记汇编》，吉林人民出版社，2014，第67页。

③ 严可均辑《全晋文》，商务印书馆，1999，第1715页。

同沐。"①文中的"（夫虑）灵镜觉"与"悟岩鉴觉"皆以镜为喻，认为佛法可以使人觉悟，而觉悟之心便如同明镜一般。此外，《故韦可敦比丘尼造像记》云："可谓树镜神途，启悟心夜"②，以镜喻佛智。这些譬喻反映了上述比丘尼对佛教文化中固有的审美意识的接受与承继。

佛教经典中，明镜常被用来喻指清净法身之德；佛教四智之一的"大圆镜智"，被视为如来真智。以大圆镜来喻佛的四智之一，原因在于清净的智体可以离诸尘染，洞彻内外，无不明了，如大圆镜般照察万物，显现万德。《大乘本生心地观经》中说："转异熟识得此智慧，如大圆镜现诸色像。如是如来镜智之中，能现众生诸善恶业。"③这样的例子还有不少，佛教中"镜喻"数量众多的缘由在于作为喻体的镜子在佛教中处于十分神圣、庄严的地位，以之为喻易使佛理明了，引起重视。《摩诃僧祇律》中记载："不得为好故照面自看。"④僧人平时不能随意以镜照面，只有在身体有恙时才能使用。宝镜即是《陀罗尼集经》中所列的二十一种供养具之一。此外，在庄严道场中还要用大镜二十八面，小镜四十二面。在密教中，镜子为灌顶用具之一，又称"悬镜""坛镜"，阿阇梨用镜子向弟子们解说诸法之性相。

而这一文化现象并非佛教所独有。在我国，"镜"字最早出现在《墨子》《庄子》等战国著作中。早在庄子那里就用镜来比喻圣人虚静恬淡、寂漠无为的心灵与人格特质，可堪天地的准则与道德的最高境界。如《庄子·天道》云："圣人之心静乎！天地之鉴也，万物之镜也。夫虚静恬淡寂漠无为者，天地之本，而道德之至，故帝王圣人休焉。"⑤此外，从我国先秦的《淮南子》《荀子》到印度的《奥义书》，乃至柏拉图哲学、西方文论，都有以镜为譬喻的观念，而至中国禅宗文化兴盛时期，镜喻现象更加突出。

除了以镜为喻，以水为喻亦较为典型。《比丘尼昙媚造像记》中的"蠢趣澄

---

① 辛长青：《云冈第 20 窟出土比丘尼昙媚造像颂石碑试解》，《山西师大学报（社会科学版）》1986 年第 4 期。

② 邵正坤：《北朝纪年造像记汇编》，吉林人民出版社，2014，第 385 页。

③ 高楠顺次郎等辑《大正藏》第 3 册，新文丰出版有限公司，1992，第 298 页。

④ 高楠顺次郎等辑《大正藏》第 22 册，新文丰出版有限公司，1992，第 494 页。

⑤ 陈鼓应：《庄子今注今译》，商务印书馆，2007，第 393 页。

浊"，以及《〈大般涅槃经〉卷十八尼道明胜题记》中的"慧通清澈"，皆以水来喻人的"真如本心"。前者指佛法可使浊水变清，喻佛法可以使人的自性恢复本来澄澈的面目。后者指清澈的"真如本心"与智慧相通。到了唐代，澄观所著的《大方广佛华严经疏》将这一譬喻阐释得更为详尽：

> 何故以水喻真心者，以水有十义同真性故。一水体澄清喻，自性清净心。二得泥成浊，喻净心不染而染。三虽浊不失净性，喻净心染而不染。四若澄泥净现，喻真心惑尽性现。五遇冷成水而有硬用，喻如来藏与无明合成本识用。六虽成硬用而不失软性，喻即事恒真。七暖融成软，喻本识还净。八随风波动不改静性，喻如来藏随无明风波浪起灭，而不变自不生灭性。九随地高下排引流注，而不动自性，喻真心随缘流注，而性常湛然。十随器方圆而不失自性，喻真如性普遍诸有为法，而不失自性。略辨十义少分似真故，多以水为喻。[①]

而早在北朝时期的昙媚尼即能对佛法有此理解和体认，可见其佛学素养及文化功底的深厚，实属是较为难得的现象。

此外，在一些比丘尼的佛教书写中，还有以"光"为譬喻的审美表达。如《比丘尼圆照、圆光姊妹二人造像记》云："峨峨玉象，妙饰幽玄。光同五色，净境交连。真如法眼，亦愿昌延。上为□姊，舍家财珍。敬造□容，留音万年。"[②]又如，《〈大般涅槃经〉卷廿尼道明胜题记》云："金刚之身，光放三界。"[③]前例中的"五色光"在佛典中有其出处：

> 小儿见佛踊跃欢喜，佛见小儿大笑，口出五色光普照天地。[④]（《法句譬喻经》）

---

① 高楠顺次郎等辑《大正藏》第 35 册，新文丰出版有限公司，1992，第 600 页。
② 邵正坤：《北朝纪年造像记汇编》，吉林人民出版社，2014，第 377 页。
③ 池田温编《中国古代写本识语集录》，东京大学东洋文化研究所，1990，第 160 页。
④ 高楠顺次郎等辑《大正藏》第 4 册，新文丰出版有限公司，1992，第 587 页。

尔时世尊知诸比丘意便笑。如诸佛常法，五色光从口出，遍照十方还绕身三匝从顶而入。阿难从坐起，整衣服，先下右膝长跪，白佛言："佛不妄笑，愿闻其意。"①（《放光般若经》）

这些经中的"五色光"皆是佛陀传法示意的方式，成为其智慧的象征。而佛教中的"光"意象有其独特的文化传统。佛教素来以光明为美，极为重视光明，如西方的佛土称作"光明土"；观音的住处叫作"光明山"；观世音又叫"光世音"。还有许多佛经以"光"或"光明"命名，如《金光明经》《金光明经文句》《放光般若经》等。净土宗宣扬的西方极乐世界之教主阿弥陀佛的名号有 13个，其中 12 个便与光明有关。在佛教中，光明有智光和色光之分，色光指佛身能发出的可见的光明。我们于绘画和雕塑中往往见到的佛、菩萨诸尊，其形象往往带有光明相。光明相多呈圆形，位于佛、菩萨的头面或全身周围，它实际上是佛、菩萨智慧的象征。佛教以光明为智慧象征，所以与明相对的"无明"则被佛教视为一切烦恼愚痴的根源。《大乘义章》卷二曰："于法不了名无明。"②又曰："言无明者，痴暗之心体无慧明故，曰无明。"③

上述比丘尼以镜、水、光为譬喻，传达对佛法的理解，在书写中以审美化的方式来继承佛教中的审美观念，足见她们的智慧与修养。而将抽象的佛理具象化，正源于她们认识到了语言的局限性。如，《比丘尼昙媚造像记》中的"凝寂迭代"；又如，《〈入楞伽经〉建晖题记愿文》云："夫至妙冲玄，则言辞莫表；惠深理固，则凝然常寂。淡泊夷竫，随缘改化。凡夫想识，岂能穷达？"④诚然，至深至妙的玄理，非语言所能表达。再如，北朝尼道明胜所写《十方千五百佛名经》题记云："夫真轨凝湛，绝于言像之表；理绝名相，非口言碧所关。"⑤佛教中用"言语道断"来赞叹真理神妙而不可说。支道林《大小品对比要抄序》曰：

---

① 高楠顺次郎等辑《大正藏》第 8 册，新文丰出版有限公司，1992，第 104 页。

② 高楠顺次郎等辑《大正藏》第 44 册，新文丰出版有限公司，1992，第 492 页。

③ 高楠顺次郎等辑《大正藏》第 44 册，新文丰出版有限公司，1992，第 547 页。

④ 黄征、吴伟编校《敦煌愿文集》，岳麓书社，1995，第 809 页。

⑤ 王素、李方：《魏晋南北朝敦煌文献编年》，新文丰出版公司，1997，第 285 页。

"至理冥壑，归乎无名；无名无始，道之体也。"[1]僧肇《涅槃无名论》曰："夫涅槃之为道也，寂寥虚旷，不可以形名得……故口之而默，岂曰无辩？辩所不能言也。"[2]可见他们都认识到佛法之本体都是无法言说的。既然如此，譬喻即是解决这样一种矛盾的方法之一。朱光潜认为语言的生展是一种艺术，作为文学媒介的语言文字，其引申义大半起源于类似联想和移情作用，这正是文艺创造所不可或缺的元素。因此，譬喻的使用反映着书写者的审美倾向，因为它包含了主体的联想、移情等心理活动，我们能够从其类似地表达中获得一定的审美感受。

三、"无中生有"的形相

前面已经提到过，佛教认为其真理是难以言说的。然而，作为佛之三身的"法身"，更是玄之又玄。《大乘同性经》曰："如来真法身者，无色、无现、无著、不可见、无言说、无住处、无相、无报、无生无灭、无譬喻。"[3]佛教所说的佛之三身分别指法身、报身和应身。法身是指佛所说正法，为证显实相真如之理体；报身指酬报因行功德而显现相好庄严之身；应身则指顺应所化众生之机性而显现之身。"法身"所具的无言说、无相、无譬喻的特点又恰恰需要具体之象来传达，故而佛教于空寂之外造像，不断将审美的理想人格偶像化，供给人们敬仰与膜拜。佛教又称"象教"，从名称足见其对"象"的重视。如，史料记载："太延中，凉州平，徙其国人于京邑，沙门佛事皆俱东，象教弥增矣。"[4]又如，《内典碑铭集林序》云："自象教东流，化行南国。吴主至诚，历七霄而光曜；晋王画像，经五帝而弥新。次道、孝伯，嘉宾、玄度，斯数子者，亦一代名人。"[5]又，《京师突厥寺碑》云："夫六合之内，存乎方册，四天之下，闻诸象教。"[6]因此，伴随着佛教在中土的兴盛，造像活动也如火如荼地展开。从帝王将

---

① 严可均辑《全晋文》，商务印书馆，1999，第1718页。

② 严可均辑《全晋文》，商务印书馆，1999，第1813-1814页。

③ 高楠顺次郎等辑《大正藏》第16册，新文丰出版有限公司，1992，第651页。

④ 魏收：《魏书》，中华书局，1974，第3032页。

⑤ 严可均辑《全梁文》，商务印书馆，1999，第194页。

⑥ 严可均辑《全后周文》，商务印书馆，1999，第177页。

相到平民百姓，开窟造像、捐赠金银、布施供养、题记发愿等与造像相关的活动十分盛行。

于六朝的佛教书写中，一些比丘尼表达了对佛教中形相的认识，这种审美倾向蕴含着她们对"无"与"有"之辩证关系的深刻理解与思考：

> 夫圣觉潜晖，纪于形相。幽宗弥渺，攀寻莫晓。自非影像遗训，安可崇哉。[①]（《比丘尼法阴造像记》）

> 自神源秘寂，圣道沉沦，若不修崇慈颜，竟何以冥感将来。[②]（《比丘尼道外等造像记》）

> 夫道性空寂，神照之理无源；法身玄旷，藏用之途不测。昔如来降生维卫，托体王宫，发神光于清夜，均有形，示生灭。然比丘尼法藏，体道悟真，含灵自晓，化及天龙，教被人鬼，是以知财五家，谨割衣钵之余，敬造文石像一区（躯）。镂金镂彩，妙拟释迦丈六之容，远而望之，灼如等觉之现。[③]（《比丘尼法藏造像记》）

> 夫真轨凝湛，绝于言像之表；理绝名相，非□言碧所关。是以大圣垂训群或（惑），生于王宫，现丈六之身。但众生道根华（菲）薄，娑罗隐灭，流（留）经像训诲。[④]（《北朝尼道明胜写〈十方千五百佛名经〉题记》）

在她们看来，佛教中的"道"与"理"是空寂而无法言说的，须"纪于形相"。用影像来帮助人们领受佛的垂训与教诲，从而感悟佛法之真谛，破除迷妄之心。这种观念并非她们独有，六朝时期的许多高僧对此亦有相同的认识。道

---

① 邵正坤：《北朝纪年造像记汇编》，吉林人民出版社，2014，第82页。

② 邵正坤：《北朝纪年造像记汇编》，吉林人民出版社，2014，第357页。

③ 邵正坤：《北朝纪年造像记汇编》，吉林人民出版社，2014，第393页。

④ 王素、李方：《魏晋南北朝敦煌文献编年》，新文丰出版公司，1997，第285-286页。

安认为，"法身无相"，但又可以从具体而静默的像中感受佛法的无言之教。

> 真际者，无所著也，泊然不动，湛尔玄齐，无为也，无不为也，万法有为，而此法渊默，故曰无所有者，是法之真也。[①]（《合放光光赞略解序》）

> 其为像也，含弘静泊，绵绵若存，寂寥无言，辩之者几矣；恍忽无行，求矣淼乎其难测。圣人有以见因华可以成实，睹末可以达本，乃为布不言之教，陈无辙之轨。[②]（《道地经序》）

慧远在《万佛影铭并序》中更是详尽论述了对"道""像"关系的看法：

> 法身之运物也，不物物而兆其端，不图终而会其成。理玄于万化之表，数绝乎无形无名者也。若乃语其筌寄，则道无不在，是故如来或晦先迹以崇基，或显生涂而定体，或独发于莫寻之境，或相待于既有之场。独发类乎形，相待类乎影，推夫冥寄，为有待邪？为无待邪？自我而观，则有间于无间矣。求之法身，原无二统，形影之分，孰际之哉？而今之闻道者，咸摹圣体于旷代之外，不悟灵应之在兹；徒知圆化之非形，而动止方其迹，岂不诬哉！……神道无方，触像而寄，百虑所会，非一时之感。[③]

作为职业佛教徒的他们，需要从理论上论证佛像塑造的必要性，作为宣传佛法的方式和手段之一，鼓励信徒对佛加以膜拜与敬仰，从而加深其对佛教的情感与信仰。当然，关于"道""像"之间的关系，也有人持不同的观点，如，庾阐的《虞舜像赞》云："夫至道妙，非器象所载；灵化潜融，非轨迹所传。……然树寝所以栖神，而寝非神之所期；立像所以表德，而像非德

---

① 严可均辑《全晋文》，商务印书馆，1999，第 1736 页。

② 严可均辑《全晋文》，商务印书馆，1999，第 1738 页。

③ 严可均辑《全晋文》，商务印书馆，1999，第 1786-1787 页。

之所存。"①

从比丘尼的佛教书写来看，这种能够传达深奥佛理的像显然加深了她们的宗教情感，并且希望这种信仰的福报能够惠泽他人。《比丘尼县媚造像记》云："冀：瞻容者加极虔，想象者增忻悕。生生资津，十方齐庆。颂曰：灵虑魏凝，悟岩鉴觉。寂绝照周，蠢趣澄浊。随象拟仪，瞻资懿渥。生生邀益，十方同沐。"②她殷切希望瞻仰佛之容貌的人能更加虔诚礼佛，而看不见佛的容貌的人也能增加快乐。且她希冀通过造此像而使人们世世代代都能靠佛指明迷津，十方大众皆可获得吉庆。她还作颂指明佛像能够带来的福报——"随象拟仪，瞻资懿渥"。即依照佛像可制定礼制仪式，看见佛像便可收获幸福与美好。另外，《比丘尼法文、法隆造像记》中也有相似的表达："愿使过见者，普沾法雨之润；礼拜者，同无上之乐。"③她们希望通过敬造弥勒之像而使瞻仰礼拜者法喜充满。诚然，佛像是艺术的产物，经过艺术加工的佛像更能带给人以神圣感和美感。《故韦可敦比丘尼造像记》云："故韦可敦比丘尼减衣钵之余，敬造弥勒石像一躯。轨制圣姿，莹饰慈容，功穷世巧，妙若真晖。可谓树镜神途，启悟心夜，体忘理原，莫不咸益。"④该比丘尼对佛像的描绘带给人们的无疑是充满法喜的审美感受。另外，从南朝宋时呵罗单国王毗沙跋摩给皇帝陛下的上表中也可以看到佛像之庄严美好给异国带来的审美感受以及佛教信仰所带来的繁荣景象："世尊威德，身光明照，如水中月，如日初出，眉间白蒙，普照十方，其白如雪，亦如月光，清净如华，颜色照耀，威仪殊胜，诸天龙神之所恭敬，以正奉宝，梵行众僧，庄严国土，人民炽盛，安隐快乐。"⑤

事实上，这些形相理论对佛教艺术及民间信仰的发展都起到了极大的推动作用。它和譬喻的实质都是抽象物的具象化，这种思维恰与中国传统的典型艺术思维之一——具象物的抽象化相向而行。"具象物的抽象化"这一思维范式发

---

① 严可均辑《全晋文》，商务印书馆，1999，第390-391页。

② 辛长青：《云冈第20窟出土比丘尼县媚造像颂石碑试解》，《山西师大学报（社会科学版）》1986年第4期。

③ 邵正坤：《北朝纪年造像记汇编》，吉林人民出版社，2014，第45页。

④ 邵正坤：《北朝纪年造像记汇编》，吉林人民出版社，2014，第384-385页。

⑤ 严可均辑《全宋文》，商务印书馆，1999，第611页。

切于《周易》。黑格尔对《周易》曾这样评价："那些图形的意义是极抽象的范畴，是最纯粹的理智规定。"①《周易》正是用抽象的符号来表征具体的事物，每一卦象都对应着自然万象，古人以卦象来判断吉凶。《周易·系辞》云："古者包牺氏之王天下也，仰则观象于天，俯则观法于地，观鸟兽之文，与地之宜，近取诸身，远取诸物，于是始作八卦，以通神明之德，以类万物之情。"②这种"观物取象"的方式正是由具象到抽象，成为中国审美思维的早期模式。而从抽象到具体的思维模式亦丰富着中国人的艺术理念与精神。

在传统文化的滋养与佛法的熏陶下，六朝比丘尼在其佛教书写中展示了其独特的审美倾向。无论是"死后世界"的想象，"牵物引类"的譬喻，还是"无中生有"的形相，均丰富和升华了她们的精神世界与心灵家园，生成了一道闪耀于苦难世界的别样景观。

---

① 黑格尔：《哲学史讲演录》，贺麟等译，商务印书馆，1959，第120页。

② 黄寿祺、张善文：《周易译注》，中华书局，2016，第510页。

第三章　六朝比丘尼佛教书写的仪式因素

　　佛教仪式通常指僧尼举行的各种法事、法会与典礼等，仪式与仪轨同义。六朝时期，比丘尼佛教书写与佛教仪式之间关系密切。作为佛教信仰的行为表现，佛教仪式往往会激发和培养参与者的宗教情感，促进其佛教书写的表达欲望生发。有些佛教仪式还会借助书写文本来增强其宗教感染力，并使人们深刻领悟其中的佛教智慧；而佛教书写反过来又可以衬托并增强相关仪式的神圣性与庄严性。佛教仪式与书写的关系如此密切，因而有必要深入探讨六朝时期比丘尼佛教书写的仪式因素，透过仪式语境来研究相关的比丘尼佛教书写。

第一节　比丘尼佛教书写与佛教仪式之关系

　　六朝时期，佛教初盛。从宫廷到民间，佛教的传播都大为流行，寺院数目和僧尼数量激增。这一时期留传下来的佛教书写文本更是不计其数，涉及的文体类别也相当丰富。但若要深入研究这一时期的比丘尼佛教书写，与之相关的仪式因素不容忽视。吴承学认为，中国古代实用文体大都是政治、礼乐制度的直接产物，其应用总是与礼教仪式相始终。不了解这些制度、仪式，就不可能真正理解这些文体。[①]事实上，我国古代许多文体的产生都与仪式有相当紧密的

---

　　① 吴承学：《中国古代文体学研究》，人民出版社，2011，第 5 页。

联系，如颂文、祝文、盟文等。但随着这些文体的发展，人们逐渐淡忘其最初形成的仪式环境，这一现象很不利于全面而深入地研究相关文本。而佛教书写的主体是释氏群体，比丘与比丘尼，作为虔诚的佛教徒，他们的佛教书写活动更是与佛教仪式密不可分。佛教仪式是佛教为举行各种佛事活动所制定的种种仪制和规范，是佛教行法的重要组成部分，构成了僧尼生活的大部分内容。我国汉传佛教仪式种类繁多，包含佛教的节日庆典、忏法、水陆法会、讲经诵经、唱导等。作为宗教信仰的行为表现，佛教仪式在学界也没有引起足够的重视。书写以文字为载体，仪式以动作为表现途径，只有厘清两者之间的关系才能更为准确地认识比丘尼佛教书写的实质与内涵。整体来看，比丘尼佛教书写与佛教仪式的关系主要表现在以下三个方面：

一、佛教仪式的功能及对佛教书写的作用

作为佛教思想文化中教义、教理的载体，人们通过佛教仪式来感悟与体验佛教教义。佛教传入中土以后，逐渐形成了与汉地文化相适应的祭祀、法会等仪式制度。佛教仪式具有特定的文化内涵与功能导向，在佛教文化的传播中担任重要角色。

不唯佛教，重视仪式是宗教中的普遍现象。原因在于仪式能够强化信仰者的敬畏心理。美国宗教学者托马斯说过："在宗教信仰和宗教仪式之间有一种相互强化作用。一方面，宗教信仰为行为规范套上神圣的光环，并为它们提供最高的辩护；一方面，宗教仪式则又引发并表现出种种态度，以表达并因此而强化对这些行为规范的敬畏。"[1] 作为宗教的有机组成部分，仪式是维系义理与信仰者的纽带，是宗教意识行为语言的表达，它不仅能够满足信仰者渴望建立人神之间的沟通关系之心理，还能对信众宗教行为规范加以引导和制约。各个宗教都按照各自的教义来制定仪式的内容，他们往往通过符号化的象征手段来体现宗教的庄严与神圣，使信众的宗教信仰更为坚定。有学者指出："宗教的仪式先于教义。"[2] 因此，仪式的重要性可见一斑。

---

[1] 托马斯·F·奥戴、珍妮特·奥戴·阿维德：《宗教社会学》，刘润忠等译，中国社会科学出版社，1990，第25页。

[2] 转引自王晓朝《宗教学基础十五讲》，北京大学出版社，2003，第203页。

既然佛教仪式同样是信仰的行为表现。那么，人们即通过动作的演绎与表达来直观感受并领悟佛教教义。而动作恰能激发人们的情感与思想，尤其是对情感的直接激发表现得最为明显。有学者在分析人类早期宗教对文学的作用时指出："动作兴奋情感，情感流露神话，神话复鼓舞情感及动作。"[①]这一原理也能揭示仪式与书写的互动关系，仪式对书写的作用正是以情感为媒介。诚然，仪式与酒、药和音乐一样，都对情感具有刺激和兴奋作用。这种兴奋的传导恰能激发人们文字的表达欲望，正如《毛诗序》所云"情动于中而行于言"的道理。佛教仪式所具有的庄严性与神圣性，往往激发的是人们的宗教情感与心理，故书写的内容与之密切相关。

另外，有些佛教书写活动还是佛教仪式的一部分。佛教仪式往往借助文学或艺术手段来渲染气氛，增强其宗教感染力，或启发、引导人们领悟佛理。

如在唱导这一重要仪式中，人们便可以感受到佛教音乐梵呗的魅力。《高僧传》云："夫圣人制乐，其德四焉：感天地，通神明，安万民，成性类。如听呗，亦其利有五：身体不疲，不忘所忆，心不懈倦，音声不坏，诸天欢喜。是以般遮弦歌于石室，请开甘露之初门，净居舞颂于双林，奉报一化之恩德。其间随时赞咏，亦在处成音。至如亿耳细声于宵夜，提婆扬响于梵宫。或令无相之旨，奏于簴笛之上；或使本行之音，宣乎琴瑟之下。并皆抑扬通感，佛所称赞。故《咸池》、《韶武》无以匹其工，《激楚》、《梁尘》无以较其妙。"[②]慧皎认为梵呗可以让人身心安住，充满力量，生起报答如来佛化育众生恩德之心。可见，梵呗之妙在于能够净化人的心灵，培养人们的宗教情感。而唱导仪式离不开相关的文本。《高僧传》又云："但转读之为懿，贵在声文两得。若唯声而不文，则道心无以得生；若唯文而不声，则俗情无以得入。"[③]在慧皎看来，佛经的转读之所以美好，贵在具备了声音与经文的双重性。如果仅有声音而没有经文歌词，便不利于启发人们的哲思；如果仅有经文而无唱念之声，便不能感动人。因此，作为唱导仪式的构成部分，文学和音乐都在其中发挥了重要的作用。

再如，敦煌文献中大量用于忌辰设斋时念诵的亡文，即是佛教丧葬科仪的

① 谢扶雅：《宗教哲学》，山东人民出版社，1998，第41页。

② 释慧皎：《高僧传》，汤用彤校注，中华书局，1992，第507页。

③ 释慧皎：《高僧传》，汤用彤校注，中华书局，1992，第508页。

有机组成部分。"亡文"是僧侣主持七七斋时追念亡者的悼文与疏文。通过设斋仪式为亡者祝祷，为生者祈福，从而实现佛教的生死关怀和济度功用。另外，忏悔时伴随有诵唱的忏悔文，僧尼在唱诵时多用大磬、引磬、大钟、小鼓、木鱼等乐器伴诵。讲经诵经时往往还需要文本的支撑，这些从客观上都促进了佛教文学及艺术的发展。

黑格尔认为，宗教"往往利用艺术，来使我们更好地感到宗教的真理"[①]。实际上，从原始宗教开始，几乎所有的仪式都离不开艺术形式这一手段和工具，仪式与艺术往往融为一体。我国最早的一部音乐专著《大司乐》（又称为《乐经》）即明确规定了各种级别和宗教仪式活动使用的乐舞情况。《尚书》云："敢有恒舞于宫，酣歌于室，时谓巫风。"孔颖达疏曰："巫以歌舞事神，故歌舞为巫觋之风俗也。"[②]可知巫术以歌舞为手段，作为沟通人神之间的媒介与桥梁。六朝时期，佛教仪式中也离不开歌舞形式的表现，《洛阳伽蓝记》在描绘景乐寺时记载："至于大斋，常设女乐。歌声绕梁，舞袖徐转，丝管寥亮，谐妙入神。以是尼寺，丈夫不得入。得往观者，以为至天堂。"[③]佛教之所以在仪式中使用乐舞，是因为佛教认为乐舞也有颂佛的功德。《妙法莲华经》云："歌呗颂佛德，乃至一小音，皆已成佛道。"[④]而有些佛教仪式中的书写也具有相同的作用，如以佛、菩萨、祖师为对象，对其生平行履、仪态功德进行赞颂的释氏像赞，佛教当中的偈颂"赞德"功能促成了这类书写文本的产生与发展。

佛教仪式需要营造与日常生活不同的环境，因此需要诸如书写、歌舞等象征符号来展示超自然的物象与力量，以此作为接洽人神之间精神交流的工具，达到"诸天欢喜"的效果。佛教仪式往往离不开书写活动的参与，正源于佛教书写对佛教仪式的反作用。

---

① 黑格尔：《美学》第一卷，朱光潜译，商务印书馆，1979，第 130 页。

② 李学勤主编《尚书正义》，北京大学出版社，1999，第 204-205 页。

③ 高楠顺次郎等辑《大正藏》第 51 册，新文丰出版有限公司，1992，第 1003 页。

④ 高楠顺次郎等辑《大正藏》第 9 册，新文丰出版有限公司，1992，第 7 页。

二、佛教书写对佛教仪式的反作用

上文已经提到有学者对仪式与神话创作之间互相作用作了描述："动作兴奋情感，情感流露神话，神话复鼓舞情感及动作。"原理相同，以文字为表达方式的佛教书写，其内容能够反向作用于接受者的情感与精神，从而强化相关仪式的宗教感染力。所以一些僧尼往往在书写上下功夫，主要是为了突出相关仪式的神圣性与庄严性，从而有利于佛法的传播与弘扬。例如，早期佛教音乐梵呗在中土的传播遭遇障碍，概因"梵音重复，汉语单奇。若用梵音以咏汉语，则声繁而偈迫；若用汉曲以咏梵文，则韵短而辞长"[①]。为了解决这一难题，相传是魏国的曹植"改梵为秦"，即用中国的音调来配唱汉译经文。如此一来便有利于广大信众接受。而为了突出唱导仪式的神圣性，僧人们将制呗的传说增添了神秘色彩，如《法苑珠林》中记载："植每读佛经，辄流连嗟玩，以为至道之宗极也。遂制转赞七声，升降曲折之响。世人讽诵，咸宪章焉。尝游鱼山，忽闻空中梵天之响，清雅哀婉，其声动心。独听良久，而侍御皆闻。植深感神理，弥寤法应。乃摹其声节，写为梵呗。撰文制音，传为后式。梵声显世，始于此焉。其所传呗凡有六契。"[②]僧人们将这一传说演绎为曹植在游鱼山时，因闻空中梵天之响有所感悟而仿效制成梵呗。这种说法势必会拓展接受者对梵呗的想象空间，为唱导仪式增添其神圣色彩。

另外，与佛教仪式相关的佛教书写内容中，往往蕴含着深刻的佛理，显示了超越世俗性的佛教智慧，从而更加衬托并显现佛教仪式有着区别于民间仪式的独特性。以六朝时期的丧葬仪式为例，埋葬死者往往伴随墓志文的书写。墓志上记载了死者的家世与生平。墓志起源于汉代，但在南北朝时期趋于规范和成熟。为逝者书写的墓志在结尾处往往有"述哀"部分，用以表达对亡者的伤悼之情。如《李氏墓志》云："哀裂光日，痛结九泉，敢述景行，以播永年。"[③]《刘华仁墓志》云："金菊易摧，不能永康，人何不寿，一旦乖堂。永辞人壤，襄

---

① 释慧皎：《高僧传》，汤用彤校注，中华书局，1992，第507页。

② 释道世：《法苑珠林校注》，周叔迦、苏晋仁校注，中华书局，2003，第1171页。

③ 韩理洲等辑校编年《全北魏东魏西魏文补遗》，三秦出版社，2010，第27页。

步他乡，亲悲嚎哭，涕泪月将。"①僧尼去世一般也有专人为其书写墓志，而书写者多是其佛门弟子。与世俗不同的是，他们的墓志中并没有明显的"述哀"部分，体现了佛教超脱生死的达观。如北魏的《净悟浮图记》云："师栖兹寺十七年，于永兴四年冬十二月圆寂于法室。莲华现影，贝叶生香。"②该墓志不仅通篇没有痛哭场面的再现，反而将净悟法师圆寂的场面写得妙乐庄严，无有苦痛。《大魏比丘净智师圆寂塔铭》中也没有啼哭悲号的场面，将净智法师的去世描绘得有超脱生死之感："至德无为，广慧深造，一旦圆寂，云烟去邈。建兹显业，卓然物表，以寄高瞻，日星炳耀。"③佛教一向追寻的是超越生死轮回的境界，不会执着于此生的生死苦痛。六祖慧能就告诫自己的弟子不要像世俗之人那样为其死亡而身着孝服，痛哭流涕，应要领会佛法的真谛："师说偈已，告曰：'汝等好住，吾灭度后，莫作世情悲泣雨泪。受人吊问，身着孝服，非吾弟子，亦非正法。但识自本心，见自本性，无动无静，无生无灭，无去无来，无是无非，无住无往。恐汝等心迷，不会吾意，今再嘱汝，令汝见性。吾灭度后，依此修行，如吾在日。若违吾教，纵吾在世，亦无有益。'"④

可见，僧尼的墓志书写与世俗的墓志书写有显著的不同，蕴含着佛教超越世俗的智慧。因此，投射到丧葬仪式中，其过程也势必不会如民间那般繁缛。墓志书写内容以及仪式都会给参与者一种庄严肃穆的宁静之感，熏染陶铸着佛教徒们的宗圣之心。

此外，出于对佛经本身的崇拜心理，佛经的抄写及供养在六朝时期也甚为流行。许多资料记载了古人如何在抄经前焚香、沐浴更衣，甚至持斋之后才开始这项庄严之举。因此，有学者指出："中古时，制书本身就是一种宗教仪式。"⑤而信徒从寺院经阁请出经典时，也会认为这些经典具有不可思议的法力。所以当时还有信徒因毁坏经典而获得报应的事迹流传。在写经与供养经典的过

---

① 韩理洲等辑校编年《全北魏东魏西魏文补遗》，三秦出版社，2010，第31页。

② 韩理洲等辑校编年《全北魏东魏西魏文补遗》，三秦出版社，2010，第82页。

③ 韩理洲等辑校编年《全北魏东魏西魏文补遗》，三秦出版社，2010，第357页。

④ 魏道儒译注《坛经译注》，中华书局，2010，第187页。

⑤ 转引自柯嘉豪《佛教对中国物质文化的影响》，赵悠等译，中西书局，2015，第167页。

程中，有许多僧尼书写了相关的写经题记，以颂扬并祈求功德。今试举一例，如西魏尼贤玉所写的《大比丘尼羯磨》一卷题记云：

> 大统九年七月六日己丑朔写讫。比丘尼贤玉所供养。
>
> 比丘尼贤玉起发写《羯磨经》一卷，愿此功德，普及一切十方世界，六道众生，心开意解，发大乘意。崇此身命，生生之处，常为十方六道众生而为导首。如三世诸佛及诸菩萨，度诸众生等，无有异有，能读诵奉行此律者，亦复如是。大圣玄心，使崇此愿，又得成就，果成佛道。三恶众生，应时解脱。①

在僧尼写经及供养经典的过程中，书写题记是表达自我祈愿或对佛法理解的一种方式和手段，参与其中的僧尼以虔诚及恭敬之心为自我及众生祈福，在书写表达的过程中无疑能够获得莫大的精神抚慰，也促使这一仪式具有更加深刻的导向与济度功能。

还需要指出的是，对仪式的描写与记录也是佛教书写的一部分，可供僧尼们传阅与学习，增强其仪式观念。如东晋时期，道安制定的"道安三例"被公认为中国佛教仪式制度或念诵仪制的滥觞。② 在佛教初传时期，弟子随师修行，并没有统一的日常行事规范，道安法师的制定改变了这一现状：一是行香、定座、上经、上讲之法，即为讲经仪规；二是六时行道、饮食唱时之法，即为课诵临斋仪规；三是布萨、差使、悔过等法，即为忏悔仪规。当时天下寺院普遍遵行这些仪式规定，记录这些仪式的书写内容不仅为僧尼们提供了行法的范本，强化其仪式观念，以仪式的庄严性及神圣性来约束其行动，还扩大了僧尼们的认知范围，尤其对比丘尼来讲，在当时女性教育普遍落后及不被重视的情况下，她们反而能在佛门受到更多的文化教育。

---

① 池田温编《中国古代写本识语集录》，东京大学东洋文化研究所，1990，第123页。

② 侯冲：《中国佛教仪式研究：以斋供仪式为中心》，上海古籍出版社，2018，第44页。

三、佛教书写与佛教仪式的互操作性

比丘尼佛教书写与佛教仪式之间的联系之所以紧密，不仅在于二者之间有着密切的相互作用，还在于二者在境界传达及功能方面存在互操作性。

既然以文字表述为载体的佛教书写和以动作表现为途径的佛教仪式都有助于人们更好地体悟佛教义理，那么它们在实质上都是为了满足人们追求无限境界的心理需要，从而为人们建立精神家园提供有效的方法和途径。

首先，人们在参与佛教仪式及书写的过程中感受到精神的抚慰及对现实苦难的超越和满足。六朝时期，战乱频仍，天灾人祸的现实境况挤压着人们急寻解脱之道。从广为流行的造像及写经活动来看，上至王公贵族，下至黎民百姓，从出家到在家信众，都以极大的热情参与到这些活动中来。从一些比丘尼书写的写经题记及造像记来看，她们大多在其中抒发了离苦得乐的解脱之愿，并且将佛教的终极关怀惠及众生。如由西魏尼道辉所写的《佛说决罪福经》上下二卷之题记云：

> 元二年岁次水酉三月四日丙寅，僧尼道建辉，自惟福浅无所施造。窃闻经云：修福田莫立塔写经。今怖崇三宝，写《决罪福经》二卷，以用将来之因。又愿师长父母，先死后亡，所生知识，尽蒙度招，远离三途八难之处。恒值佛闻法，发菩提心。愚善知识，又愿含华众，普同斯愿。[①]

又如，西魏尼建晖写的《大般涅槃经》卷十六题记云：

> 夫至妙冲玄，则言辞莫表；惠深理固，则凝然常寂。淡泊夷净，随缘改化，凡夫想识，岂能穷达。推寻圣典，崇善为先。是以比丘尼建晖，为七世师长父母，敬写《涅槃》一部、《法华》二部、《胜鬘》一部、《无量寿》一部、《方广》一部、《仁王》一部、《药师》一部。

---

① 池田温编《中国古代写本识语集录》，东京大学东洋文化研究所，1990，第 126 页。

因此微福，使得虽女身后成男子，法界众生一时成佛。

大统二年四月八日。[①]

她们不仅为亡者祝祷，为生者祈福，还希望能悟得佛教智慧，觉行圆满。"推寻圣典，崇善为先"，恰体现了佛教劝人行善，慈悲为怀的伦理道德要求。沈约曾在《究竟慈悲论》中说道："释氏之教，义本慈悲。慈悲之要，全生为重。恕己因心，以身观物，欲使抱识怀知之类，爱生忌死之群，各遂厥宜，得无遗失。"[②]因此，佛教仪式及书写往往贯穿着这一精神主旨，生命伦理关怀拉近着佛教徒们与佛菩萨间的心灵距离。仪式和书写都成为他们宣泄与疏导现实苦闷及焦虑情绪的窗口，使自我的心灵世界得到抚慰和充实。

除了写经，造像活动在六朝时期也极为流行，而伴随造像活动的则有开光、斋供等仪式。出资造像者往往还会写造像记来为自身及亲眷、众生祈福。如《比丘尼惠定造像记》云：

大代太和十三年，岁在己巳，九月壬寅朔，十九日庚申，比丘尼惠定，身遇重患，发愿造释迦、多宝、弥勒像三区（躯），愿患消除，愿现世安稳，戒行猛利，道心日增，誓不退转。以此造像功德，逮及七世父母、累劫诸师、无边众生，咸同福庆。[③]

又如，《比丘尼法庆造像记》云：

永平三年，九月四日，比丘尼法庆为七世父母、所生因缘敬造弥勒像一躯。愿使来世托生西方妙乐国土，下生人间王公长者，永离烦恼，又愿己身□□□，与弥勒具（俱）生莲华树下，三会说法，一切

---

① 池田温编《中国古代写本识语集录》，东京大学东洋文化研究所，1990，第119-120页。

② 严可均辑《全梁文》，商务印书馆，1999，第317页。

③ 邵正坤：《北朝纪年造像记汇编》，吉林人民出版社，2014，第15页。

众生，永离三途。[①]

诚然，单凭理性知识无法满足人们所需要的全部精神生活，还急需超现实的幻想来加以丰富与调和。佛教书写与仪式所给人带来的超越力量正是为了帮助信仰者克服死亡与被伤害的恐惧。这种"西方净土"之理想世界及完美归宿的美妙许诺恰为他们提供了一个超越的世界，故而他们能够在仪式语境下的书写中体会佛教理想的超越之美。

需要指出的是，从佛教仪式的表现方式来看，这些仪式应当有外倾与内敛之分。诸如节日庆典、斋供、唱导等仪式，其动作表现更为突出，而像斋戒及坐禅等更为侧重个体内倾性的仪式修行，这类仪式往往是个体通过内省的方式融入人神交流的巅峰体验之中，摆脱世俗心态。心灵所能直达的无限超越境界恰与在书写中所能体会到的物我合一的境界相会通。总之，在具体的佛教仪式背景下，书写者以这种特殊的动作符号来体验人神之间的交流与沟通，由此升起神圣感、敬畏感、忏悔感等心理感受，内心趋向平静与慈悲。

其次，佛教仪式与佛教书写活动能够扩大参与者的社会交往空间，并反映其与世俗的紧密联系。如在东晋南北朝时期，造像活动的参与者中就有这样一种称为"邑"或"邑义"的佛教团体。它们由僧尼与在家佛教徒混合组成或仅由在家佛教徒组成。在北朝诸多造像记的题名当中，能看到这种出家众与在家众的紧密联系。如《比丘惠合为清信女某法景造像记》《桃泉寺道众等造像记》等。除了僧与俗之间的合作，也有比丘与比丘尼之间的合作，如《比丘员光等造像记》中就有"比丘尼昙财、昙胜侍佛时。"[②]另外，比丘尼对由民间妇女组成的结社所参与的造像活动发挥了重要的组织与引导作用。通过造像中的仪式及书写即可以看到，这些方式显然扩大了女性的社会交往空间，其生活空间也不仅仅局限于家庭。这些活动使她们在思想上趋向于共同的信念及价值观，使"邑"成为一个相对稳定的社会实体，从而增强了这一群体的认同感与归属感，也使得这些佛教团体更加具有凝聚力和向心力，共同抵抗生活的艰辛及乱世中的其他不良处境与心态。

---

① 邵正坤：《北朝纪年造像记汇编》，吉林人民出版社，2014，第47页。

② 邵正坤：《北朝纪年造像记汇编》，吉林人民出版社，2014，第161页。

此外，无论是写经题记还是造像记，书写者祈福的对象不仅有自己的亲眷还有皇帝、大臣。可见，对于僧尼来说，修行不只是局限于寺院中，从行为到精神，他们都与世俗有着密切的关联。这也与中国人固有的思维及心理特征相关，正如一位学者所说："总的来说，中国人与欧美、印度诸民族相比，想象的翅膀飞得不够高，想象的空间不够宽广深邃，想象的内容不够丰富多彩，想象的形式不够瑰丽奇特。它总是不能忘情于人间大地，眷恋着故乡亲朋。"① 但辩证来看，佛教仪式和书写在某种程度上也改变了中国的传统思维与抒情方式，从而丰富了传统艺术的表现手法。

而相对于其他宗教来说，佛教，尤其是汉传佛教在仪式方面的独特性更加显著。侯冲认为："有鉴于佛教的各种佛事活动并非都是见于佛教律制的宗教活动，在其历史演变过程中往往受中国传统文化的影响和信众需要的制约，在其具体实践过程中往往有较强的灵动性，仪式性更强。"② 因此，汉传佛教仪式在与中土固有文化相融相即的过程中，促使僧尼的书写活动也打上了传统文化的烙印。也正因为许多书写活动置于佛教仪式的语境之下，我们可以由此探寻比丘尼佛教书写与一般书写的不同之处。

总之，佛教仪式在形式上有外倾和内敛之分，而前者更具有力量和直观的感性之美和力量，它们往往会激发和有助于培养参与者的宗教情感，促进其佛教书写的表达欲望。有些佛教仪式还会借助书写文本来增强其宗教感染力，并使人们深刻感受其中的佛教智慧。佛教书写反过来又可以衬托并增强相关仪式的神圣性与庄严性。佛教仪式与书写的关系之所以紧密，原因在于二者在传达的境界和功能方面存在互操作性，以超越有限而直达无限的境界为契合点，能够满足参与者自我超越的精神需要。二者都可以视作信仰者愿望与目标的寄托符号，在相互作用中呈现神圣的感召力。六朝时期，汉传佛教仪式与书写实现了对现实感性与理性的超越，并具备宗教性与社会性相统一，神圣性与人间性相统一的特质。

---

① 梁一儒等：《中国人审美心理研究》，山东人民出版社，2002，第163页。

② 侯冲：《中国佛教仪式研究：以斋供仪式为中心》，上海古籍出版社，2018，第1页。

第二节　北朝佛教造像中的仪式与比丘尼造像记

佛教又被称为"像教"（象教），足见佛像在佛教当中举足轻重的地位。高僧慧皎曾指出："圣人资灵妙以应物，体冥寂以通神，借微言以津道，托形传真。"① 在他看来，佛陀既用精深的语言来传播教义，又借用形象来表达真理。当周武帝拟废立佛教时，高僧慧远曾以"赖经闻佛，藉像表真"② 之言来劝诫，揭示造像在佛教文化传播中的作用，几于佛教经典等同。此外，刘勰也说过："双树晦迹，形象代兴，固已理精无始而道被无穷者也。"③ 传说佛陀是在末罗国拘尸那娑娑罗双树下逝世的，所以"双树晦迹"指的是佛陀涅槃。刘勰认为佛陀寂灭之后出现了造像，这就使得无始以来的佛法借此而传播久远。这些观点代表了六朝时期文化阶层对佛教形象的认识，具有引领作用。至于民间，许多百姓出于个人的祈愿及功利思想也广泛参与到造像活动当中。因而佛像崇拜是六朝佛教的一大显著特点。这一时期南北各地都大规模开窟造像，尤其是北方地区，著名的有敦煌莫高窟、大同云冈石窟和洛阳龙门石窟等。上至王公贵族，下至黎民百姓，以及僧尼等，多热衷于造像活动。

从北朝时期的比丘尼造像记来看，佛教造像活动也有其相关的仪式，如开光仪式、斋供仪式等。另外，许多比丘尼为亡者造像，所以造像本身也应属于丧葬仪式中的一部分，这是六朝丧葬仪式所呈现的一个新特点。在这些仪式当中，造像记书写主体的情感与思想得以寄托和升华。

一、北朝佛教造像中的仪式

伴随着佛教造像活动，开光是其中较为重要的仪式之一。丁福保所编的

---

① 释慧皎：《高僧传》，汤用彤校注，中华书局，1992，第343页。

② 高楠顺次郎等辑《大正藏》第52册，新文丰出版有限公司，1992，第153页。

③ 高楠顺次郎等辑《大正藏》第52册，新文丰出版有限公司，1992，第50页。

《佛学大辞典》中指出："佛像落成后，择日致礼而供奉之，谓之开光。亦曰开眼，或曰开眼供养。"[①]《佛说一切如来安像三昧仪轨经》曰："复为佛像开眼之光明，如点眼相似，即诵开眼光真言二道。"[②]《寺院象器》上说："凡新造佛祖神天像者，诸宗师家，立地数语，作笔点势，直点开他金刚正眼，此为开眼佛事，又名开光。"[③]所以，开光又称开光明、开眼，指新佛像完成时所举行的为佛开眼的仪式。在佛像落成之后，或寺院给新进的佛像安位、上漆、贴金后，都要举行这一仪式，从而赋予佛像以神圣性，因为佛菩萨像在开光后才具有宗教上的神圣意义，否则便只是一尊普普通通的雕像而已。

造像记是刻在佛像上的铭文，一般记录了造像发愿者的身份、造像题材及造像原因、祈愿等内容。从北朝时期的造像记来看，与开光仪式相关的名称有"开光主""开明主""开光明主""像光明主""开佛光明主"等。东魏时的《比丘尼惠好、惠藏造像记》云："开佛光明主比丘尼惠超。"[④]北齐时的《比丘尼僧严等造像记》中有"开佛光明主周娘、菩萨光明主赵（下缺）"[⑤]这样的记载。北周时的《比丘尼法藏造像记》云："开明主任明欢、女恶女、息永乐等一心供养……开日月光佛主陈洪度。"[⑥]由此看来，开光是造像活动中的一项重要仪式。

造像中的开光仪式与佛教重视光明有关。佛教素来以光明为美，极为重视光明，如西方的佛土称作"光明土"；观音的住处叫作"光明山"；观世音又叫"光世音"。还有许多佛经以"光"或"光明"命名，如《金光明经》《金光明经文句》《放光般若经》等。净土宗宣扬的西方极乐世界之教主阿弥陀佛的名号有13个，其中12个便与光明有关。在佛教中，光明有智光和色光之分，色光指佛身能发出的可见的光明。我们于绘画和雕塑中往往见到的佛、菩萨诸尊，其形象往往带有光明相。光明相多呈圆形，位于佛、菩萨的头面或全身周围，它实际上是佛、菩萨智慧的象征。而与光明相对的则是无明与愚昧，正因为无明尘

---

① 丁保福编：《佛学大辞典》，上海书店，1991，第2129页。

② 高楠顺次郎等辑《大正藏》第21册，新文丰出版有限公司，1992，第934页。

③ 转引自张培锋《佛家礼仪》，天津人民出版社，2004，第101页。

④ 邵正坤：《北朝纪年造像记汇编》，吉林人民出版社，2014，第187页。

⑤ 邵正坤：《北朝纪年造像记汇编》，吉林人民出版社，2014，第255页。

⑥ 邵正坤：《北朝纪年造像记汇编》，吉林人民出版社，2014，第394-395页。

垢会污染真如本性，所以才不能洞彻真理，需要开发清净的智慧。开光仪式正是这种理念的动作表征，在开光仪式中，主法者用毛巾向佛像做出拂尘的动作，再用镜子映照佛像，都有"拂去尘垢，明心见性"的寓意。此外，还要用朱砂笔等用具点佛菩萨之眼，此谓点开佛眼，将佛性、神性引入佛像，使其具有生机与灵性。为佛像开眼、点睛之举可以追溯至东晋著名画家顾恺之等人。《世说新语·巧艺》云："顾长康画人，或数年不点目精。人问其故，顾曰：'四体妍蚩，本无关于妙处；传神写照，正在阿堵中。'"[①] 阿堵即指人的眼睛，眼睛是传达个体精神的关键之处，所以在点睛之时便要极为慎重。南朝时的张僧繇也善于"点睛"，《历代名画记》中记载了他"画龙点睛"的著名传说。梁武帝建了许多佛寺，建成之后往往命张僧繇作画。张曾在金陵（今南京）的安乐寺画了四条龙，但很长时间都没有为其画上眼睛，自称"点睛即飞去"，这在很多人看来都是无稽之谈。但某天张僧繇为其中的两条点上眼睛之后，这两条龙竟然腾云驾雾而飞出，而未点睛的两条仍在画中。这一传说虽然可能是作者杜撰、附会而成，但从侧面反映了点睛在画像和雕像中的重要作用，它也关联着佛教造像中的开光仪式。

　　造像落成以后的开光仪式需要有僧人的参与，因而会有斋主在开光仪式完成后延请僧人用餐，即斋僧。斋僧属于佛教斋供仪式的范畴。《比丘尼法藏造像记》云："供养主虎牙将军陈龙欢供养佛时，斋主辅国将军、中散都督陈季标一心供养时，息子亮随父侍佛时，斋主陈遵岳一心侍佛时。"[②] 由此看来，在造像活动中需要施僧食，所以有"斋主"的出现。

　　斋僧是一个以施僧食为核心的仪式过程。斋僧始设的原意在于表明信心、归依，随后又逐渐融入祝贺、报恩、追善等目的。而造像活动中的斋僧，其实质目的在于斋主求功德。佛经中云："若复有人，斋食供养佛及众僧，功德有十。云何为十？一寿命延长，二形色圆满，三肢节多力，四记忆不忘，五智能辩才，六众睹欢喜，七丰足珍宝，八人天自在，九命终生天，十速证圆寂；如是十种胜妙功德，施佛及僧斋食供养，获如斯果。"[③]（《分别善恶报应经》）从佛经中的

---

① 刘义庆：《世说新语笺疏》，余嘉锡笺疏，上海古籍出版社，1993，第721页。

② 邵正坤：《北朝纪年造像记汇编》，吉林人民出版社，2014，第395页。

③ 高楠顺次郎等辑《大正藏》第1册，新文丰出版有限公司，1992，第900页。

表述来看，用斋食来供养佛及众僧的功德是显而易见的，从延长寿命到珍宝丰足，斋僧能给人带来无限的利益与好处。在这种功德心的驱使下，斋僧活动十分普遍，也为僧人的衣食来源提供了重要的补给。有学者指出："施主设斋的目的，就是要为自己或自己有关的人获取功德。……由于功德可以转让，施主可以通过斋僧，请僧人举行仪式，以满足他们各种各样的精神需求。而僧人亦可以通过不断替施主修建功德，接受布施，让自己有一个持续的赖以生存和发展的物质基础。因此可以说，功德和功德转让思想，为斋僧提供了理论，奠定了僧人与施主通过互动而使佛教得到承袭和传播的基础。"①

斋僧仪式当中还有咒愿这一环节。在佛教看来，斋主设供斋僧是积善修德的行为之体现，所以僧人在受斋时，还应对斋主的善行予以回应。僧人在接受施斋时，还要咒愿斋主，这被称为"随喜咒愿"，即僧人为斋主的善行而作祝愿赞叹之词。因此，斋僧是包含斋主、僧人、咒愿这三个核心要素，以施僧食为主要行为表现的仪式过程。此外，斋僧过程中的饭食必须洁净非常。汉代安世高所译的《大比丘三千威仪》云："为比丘僧作饭食当令净洁。"②为僧人设斋是积善修德的行为，所以斋食应当清净严洁。敦煌遗书中有不少斋文将所设食物称为"清斋""净食""玉馔"等，都是这一要求的体现。

此外，与佛教造像相关的仪式还有行像、浴佛等。"行像"，又称巡城、行城。这是将装饰好的佛像用宝车装载，于城中游行的一种宗教仪式。我国通常于佛诞日（农历四月初八）举行行像仪式。关于行像的起源，据赞宁的《大宋僧史略》记载："行像者，自佛泥洹，王臣多恨不亲睹佛，由是立佛降生相，或作太子巡城像。"③四世纪以后，因我国造像风气大为盛行，除铜像外，还有木像、夹纻像等，行像的仪式也自西域传入中土。东晋戴逵作行像五尊，这是我国行像之风的肇始。

《洛阳伽蓝记》云："四月七日京师诸像皆来此寺。尚书祠曹录像，凡有一千余躯。至八月节，以次入宣阳门，向阊阖宫前，受皇帝散花。于时金花映日，

---

① 侯冲：《中国佛教仪式研究：以斋供仪式为中心》，上海古籍出版社，2018，第24-25页。

② 高楠顺次郎等辑《大正藏》第24册，新文丰出版有限公司，1992，第922页。

③ 高楠顺次郎等辑《大正藏》第54册，新文丰出版有限公司，1992，第237页。

宝盖浮云，幡幢若林，香烟似雾，梵乐法音，聒动天地；百戏腾骧，所在骈比；名僧德众负锡为群，信徒法侣持花成薮；车骑填咽，繁衍相倾。时有西域胡沙门，见此唱言佛国。"①行像的盛大场景由此可见一斑，且有梵音百戏相伴，皇帝亲自礼敬，热闹非凡。此外，《洛阳伽蓝记》卷一载昭仪尼寺："寺有一佛二菩萨，塑工精绝，京师所无也。四月七日，常出诣景明。景明三像恒出迎之，伎乐之盛与刘腾相比。"②另据《魏书·释老志》记载："世祖初即位，亦遵太祖、太宗之业，每引高德沙门，与共谈论。于四月八日，舆诸寺佛像，行于广衢，帝亲御门楼，临观散花，以致礼敬。"③行像仪式往往盛大而隆重，与歌舞伎乐关系密切，且受到皇帝的重视，足见这一仪式在当时的重要性。

与佛教造像相关的还有浴佛仪式。"浴佛"又称"灌佛"，这一仪式最初是佛寺为了纪念佛陀降生而举行的诵经法会等仪式。传说佛祖释迦牟尼降生后，天降香水为之沐浴，根据这一传说而衍生出浴佛仪式。随着佛教的传入，浴佛仪式很早便在中土流行开来。《三国志》云："笮融者，丹杨人，初聚众数百，往依徐州牧陶谦。谦使督广陵、彭城运漕，遂放纵擅杀，坐断三郡委输以自入。乃大起浮图祠，以铜为人，黄金涂身，衣以锦采，垂铜盘九重，下为重楼阁道，可容三千余人，悉课读佛经，令界内及旁郡人有好佛者听受道，复其他役以招致之，由此远近前后至者五千余人户。每浴佛，多设酒饭，布席于路，经数十里，民人来观及就食且万人，费以巨亿计。"④后赵国主石勒曾为其子祈福而举行过浴佛仪式。《高僧传》云："勒诸稚子，多在佛寺中养之。每至四月八日，勒躬自诣寺灌佛，为儿发愿。"⑤此外，《宋书》云："四月八日，敬宣见众人灌佛，乃下头上金镜以为母灌，因悲泣不自胜。"⑥浴佛仪式在六朝时期已较为普遍，北朝则多于四月八日举行浴佛仪式。而关于浴佛的具体过程，《佛说浴像功德经》中的记载较为详细：

---

① 高楠顺次郎等辑《大正藏》第 51 册，新文丰出版有限公司，1992，第 1010 页。

② 高楠顺次郎等辑《大正藏》第 51 册，新文丰出版有限公司，1992，第 1003 页。

③ 魏收：《魏书》，中华书局，1974，第 3032 页。

④ 陈寿：《三国志》，中华书局，1971，第 1185 页。

⑤ 释慧皎：《高僧传》，汤用彤校注，中华书局，1992，第 348 页。

⑥ 沈约：《宋书》，中华书局，1974，第 1409 页。

若欲沐像，应以牛头旃檀、紫檀、多摩罗香、甘松、芎䓖、白檀、郁金、龙脑、沉香、麝香、丁香，以如是等种种妙香，随所得者，以为汤水置净器中，先作方坛敷妙床座，于上置佛；以诸香水次第浴之；用诸香水周遍讫已，复以净水于上淋洗。其浴像者，各取少许洗像之水，置自头上，烧种种香以为供养。初于像上下水之时，应诵以偈："我今灌沐诸如来，净智功德庄严聚；五浊众生令离垢，愿证如来净法身。"①

总而言之，从北朝的比丘尼造像记来看，开光、斋僧、行像、浴佛等都是与佛教造像密切相关的仪式，这些仪式行为背后体现着行为主体的功德诉求。经过一系列仪式以后，佛像在人们的心目中也更具神圣性和庄严性，从而寄托着人们的希望与信仰。

二、北朝丧葬仪式中的佛教造像

综观北朝时的比丘尼造像记，当中多有为亡者造像的表述。如北魏时的《比丘尼慧教造像记》云："太和十六年十月四日，比丘尼僧慧教为亡父母、居家大小、存亡，常值佛，愿从心。"②文中指明了造像所发愿的对象主要是自己逝去的双亲。这样的例子还有许多，现列举部分如下：

孝昌元年，八月八日，比丘尼僧达为亡息文殊造释迦像，愿亡者生天，面奉弥勒，咨受法言，悟无生忍③。（《比丘尼僧达造像记》）

大代普太（泰）二年，三月十六日，比丘尼如达敬为沅阳亡公主沙罗造释迦像一区（躯），愿亡者托生□□弥勒佛所，□诸龛共登李亡□愿□□□□□□□□正觉□□。④（《比丘尼如达造像记》）

---

① 高楠顺次郎等辑《大正藏》第16册，新文丰出版有限公司，1992，第799页。

② 邵正坤：《北朝纪年造像记汇编》，吉林人民出版社，2014，第17页。

③ 邵正坤：《北朝纪年造像记汇编》，吉林人民出版社，2014，第95页。

④ 邵正坤：《北朝纪年造像记汇编》，吉林人民出版社，2014，第126页。

维大魏太昌元年九月八日，比丘尼惠照为亡父母并及亡妹何妃敬造弥勒一躯。上为皇帝陛下、师僧父母。亡者直生西方无量寿国。①（《比丘尼惠照造像记》）

大魏天平三年六月三日，张河间寺尼智明为亡父母、亡兄弟、亡姐敬造尊像一区，愿令亡者托生净土，见在蒙福，又为一切，咸同斯庆。②（《张河间寺比丘尼智明造像记》）

元象元年，八月廿九日，比丘尼僧愍为亡父母造白玉像一区（躯）。③（《比丘尼僧愍造像记》）

大魏武定七年，岁次己巳，十月一日，魏光寺尼法嵩、法迁仰为亡师钦敬造无量寿像一区（躯），愿国主父母、过现眷属，入如来藏，三界有形，等成正觉。④（《尼法嵩、法迁造像记》）

天保五年，正月廿九日，伯辟寺尼惠晖为亡妹惠海敬造玉像一躯。⑤（《伯辟寺尼惠晖造像记》）

大齐天保七年，岁次丙子，闰月癸巳朔，廿四日丙申，佛弟子比丘尼如静为亡师比丘尼始靓愿造无量寿佛圣像一伛（区），愿令亡者托生西方妙乐佛国，与佛局（居），面睹诸佛，见存者受福无量，共成佛道。⑥（《比丘尼如静造像记》）

---

① 夏名采、王瑞霞：《青州龙兴寺出土背屏式佛教石造像分期初探》，《文物》2000年第5期。

② 夏名采：《青州龙兴寺佛教造像窖藏清理简报》，《文物》1998年第2期。

③ 邵正坤：《北朝纪年造像记汇编》，吉林人民出版社，2014，第152页。

④ 邵正坤：《北朝纪年造像记汇编》，吉林人民出版社，2014，第204页。

⑤ 邵正坤：《北朝纪年造像记汇编》，吉林人民出版社，2014，第259页。

⑥ 邵正坤：《北朝纪年造像记汇编》，吉林人民出版社，2014，第272页。

　　从这些造像记来看，比丘尼们皆为自己已逝的亲人或师父造像发愿，希望亡者升天或托生西方妙乐佛国。虽然从北朝整体的造像记来看，造像的原因有多种，但有不少造像者是为亡者造像。因此，比丘尼为亡者造像的行为可以视作当时丧葬仪式的一部分。这种丧葬仪式显然是受到了佛教文化传入的影响。

　　在我国，雕刻艺术在墓葬文化中本来就占据十分重要的地位。从先秦至东汉，我国墓葬中的雕刻以传统样式为主。但到了魏晋时期，佛教的传入对我国的雕塑艺术产生了重大影响，从而也对丧葬中的雕刻艺术产生了重要影响。僧尼们纷纷为亡者造像，而造像的题材及用材多种多样，丰富了我国雕刻艺术的宝库。有学者指出："中国陵墓雕刻艺术，自远古至秦汉，大都离不开陵墓的氛围，丧葬的'实用'，魏晋以后便一改而为'偶像'的崇拜，如石窟造像、寺庙造像、摩崖石刻造像、单身造像等等纷纷出现。"①

　　考察六朝时期的丧葬仪式后发现，佛教文化的传入为其带来的新变是巨大的。除了为亡者造像发愿，"七七斋"也是当时出现的与佛教有关的丧葬仪式。从逝者身亡之日算起，在七七四十九天之内，亲属每隔七日为其举行仪式，共七次。按照佛教的轮回观，人死后七七四十九天，由于业缘的安排将去投胎。若此时亲属为之修福，则可以转劣为优而投生到善处去。在此期间，死者家属会斋僧念经，修诸种功德。据史料来看，有关七七斋的记载最早见于北魏胡太后的父亲国珍的丧事。《北史》载："国珍年虽笃老，而雅敬佛法。"及薨，"诏自始薨至七七，皆为设千斋僧，斋令七人出家；百日设万人斋，二七人出家。"②另《北齐书》云："从绰死后，每至七日及百日终，灵晖恒为绰请僧设斋，转经行道。"③自此以后，七七斋一直在我国流行，长盛不衰。

　　另外，有学者曾分析了北朝葬礼中的"尼礼"④，他认为北朝比丘尼的丧葬仪式，在正史中只有关于北朝出家皇后的葬礼历史文献中有所记载。他在分析了相关历史文献及墓志后发现，比丘尼的葬礼在具体仪式上与常人并没有太大的区别，而尼礼与世俗丧礼的不同之处在于比丘尼有专门的聚葬之地。北朝尼礼

---

① 江新建：《佛教与中国丧葬文化》，湖南人民出版社，2008，第 121 页。

② 李延寿：《北史》，中华书局，1974，第 2688 页。

③ 李百药：《北齐书》，中华书局，1972，第 596 页。

④ 高二旺：《北朝葬礼之"尼礼"探析》，《宁夏社会科学》2008 年第 3 期。

的出现与佛教在北朝的流行及北朝丧礼等级的不断细化有密切关系。但透过北朝比丘尼的造像记来看，一些比丘尼也会为她们的亡师造像发愿，因此，北朝葬礼中的"尼礼"也会有相关的造像发愿活动，应当作为北朝比丘尼丧葬仪式的补充，当然这与北朝佛教造像活动的兴盛密不可分。

从北朝比丘尼的造像记来看，她们希望亡者能够托生西方极乐世界。加之当时盛行的"七七斋"仪式，皆是受到佛教轮回观以及人死后神不灭思想的影响。此外，比丘尼们造像发愿的对象不仅有她们逝去的父母，还有兄弟姐妹、师父及统治阶层中的人物等。可见她们仍与世俗保持了密切的联系。这些丧葬仪式的行为内容也会使她们的亲缘关系得到凝聚，使其出家而有家。有学者曾指出过丧葬仪式的重要文化内涵和社会意义，其中重要的一条内容即在于"进一步认同和强调了这种血缘或者家族关系，增强了氏族或家族内部的团结，增强了人们彼此之间的凝聚力，显示了族人的集体的力量，同时还能起到教育本族成员、强化其亲缘观念的作用。在长达几千年的中国封建社会中，丧葬文化的这一功能，对于维护封建伦理道德，强化封建秩序，起到了相当重要的作用。"[①]因此，通过这些仪式活动，比丘尼们与世俗之间的联系更为紧密，也使她们的出家修行呈现了神圣性与人间性并举的特色。

三、仪式语境下比丘尼造像记的情感特征

从北朝比丘尼造像记的内容来看，愿望的表达是其中最显著的一大特色。这些比丘尼为亡者造像的同时，在造像记中抒发了亡者升天或托生西方妙乐国土的祈愿，寄托了对逝者哀思之情的同时也缓解了自身的死亡焦虑或恐惧。六朝时代，战乱频仍，加之自然灾害频繁，人们饱尝疾病、死亡等生命的无常之苦，天灾人祸都给人们的身心带来巨大的压迫与伤害。在前文中所提及的《张河间寺比丘尼智明造像记》中，智明尼为其亡父母、亡兄弟和亡姐造像发愿，可见亲人几乎都已离自己而去，孑然一身饱尝离乱、无常之苦。佛教造像恰可以帮助主体克服对身体受到损伤及对死亡的恐惧。通过这一系列仪式活动，自然恐惧得以驱除，人注定要走向死亡的观念带来的焦虑也得以缓解。造像记中所抒发的祈愿，对死后世界的美好想象正是这种恐惧、焦虑情感得以缓解和克

---

① 霍巍、黄伟：《四川丧葬文化》，四川人民出版社，1992，第7-8页。

服的表达。愿望构成了造像记的主要内容，这正是信仰的力量对人的内在欲望的驱动，奥尔波特曾引用邓拉普的话说："似乎没有什么愿望不是或者从来没有成为宗教的内容。祷告无疑地是为了表达一种欲望，凡是人们有过的欲望，总是有人为之而祷告的，不论是过去或现在。"[①]佛教的造像活动，尤其是铭刻发愿文的造像活动，在某种程度上来讲也可以视为一种祷告行为，这一行为寄托着人们的现实欲望与情感。

从比丘尼造像记来看，在仪式语境下，佛教造像还将发愿者的偶像崇拜与纪念情感融为一体。比丘尼是佛教的职业信徒，他们在造像活动中融入了对佛菩萨的崇敬之情。在造像活动中，佛教制度以及佛教信仰的神圣性和权威性都在开光、斋供等仪式中得以呈现。通过特定的仪式行为和道具，比丘尼与佛菩萨之间的情感得以沟通，这些信仰者的行为也得以规范。仪式引导着她们强化内心的修持，从而获得独特的生命体验。另外，在这些仪式化的行为过程中，佛像这一客观和具体的媒介强化了佛教的义理，将抽象的佛理具象为具体的佛教行为范式。与此同时，她们共同体验着对佛菩萨的崇敬之情，而这一情感恰恰是跨越了感性与理性的情感。

此外，北朝的比丘尼造像记还经常出现"仰为国主""上为皇帝陛下"之类的话，充分说明了这些仪式还整合了神圣与世俗的表达，寄托了发愿者对王权的依附情感，也反映了北朝佛教造像活动被纳入了以国家为主导的佛教体制当中。

北魏道武帝时僧人法果常云太祖"即是当今如来"。《魏书·释老志》云："京邑四方，建立图像，乃令沙门敷导民俗。"[②]北魏明元帝大力扶持佛教发展，令僧众对民间的佛事活动予以指导。从京城到地方，佛寺广建，佛教造像也大为兴盛。在经历了毁佛后，文成帝下诏书重新恢复并振兴佛教，主张在全国重要场所修建官方寺院。并在皇帝的统帅下，建立全国性的佛教僧团，同时由皇帝亲自任命佛教界的最高领导人，并为之剃度。各州郡所设立的官方寺院成为地方教团的活动地点，各州郡还派遣僧人教化、指导民众。在皇室及地方政府

---

① 玛丽·乔·梅多、理查德·德·卡霍：《宗教心理学》，陈麟书等译，四川人民出版社，1990，第 28-29 页。

② 魏收：《魏书》，中华书局，1974，第 3030 页。

的不断参与下，北魏佛教势力不断扩张，皇权始终处于僧团势力结构的顶端。因此，在北朝时期，国家能够集中力量，有组织地进行造像活动，使造像行为变得十分普遍，由过去的中央及小部分知识阶层造像扩大到一般的民众造像。在国家行政势力的干预及影响下，作为北朝丧葬仪式一部分的为亡者造像仪式也强化了发愿者的政治热情及对王权的依附情感。

还应值得注意的是，与佛教造像有关的行像、浴佛等仪式是一种综合的、大型的，有统治阶级参与的佛事活动。在本文的第一部分已经详述了这些仪式的具体场景，其中包含了大量的与世俗相融洽的娱乐方式，这就使参与者的范围大大增加。这些仪式消弭了信仰者与非信仰者之间的距离，呈现出宗教性、世俗性、娱乐性与群众性相结合的特质，从而有助于引发非佛教信仰者的情感共鸣。它们将崇拜、纪念及娱乐等情感内容以普通群众喜闻乐见的形式加以糅合，从而对普通民众产生巨大的感染力与吸引力，这样便十分有利于佛教文化在民间的传播及扩大影响。

总之，在仪式语境下，北朝比丘尼的造像记书写是艺术、伦理与宗教的三位一体。通过造像仪式，比丘尼团体与世俗之间的联系也更加密切。另外，从造像活动来看，佛教文化从印度传入中国后即发生了重要的改变。有学者指出："正是这种精神与物质之间的交互转变形成了印度观照方式的基本特点，使矛盾得不到和解。因此，印度艺术总是不惮烦地用最多样的方式去表现感性方面的自否定（即禁欲苦行）和凝神默想、收心内视的力量。"[1] 佛教虽是印度的产物，但进入中国后就变得不同，佛教艺术不但没有表现出感性方面的自否定，反而是与人的情感、信仰产生巨大的交互力量。在佛教造像仪式中，人的理想人格和境界又得以重构，情感得以升华。置身仪式当中的僧尼比普通人具有更多神圣性的规约与佛教理想的寄托和引领，也从而使他们的人格气质表现得与众不同。

---

① 黑格尔：《美学》第二卷，朱光潜译，商务印书馆，1979，第59页。

第三节　丧葬仪式语境下的比丘尼墓志及亡文书写

被社会人类学领域所密切关注的仪式研究，恰恰可以为我们的文学及文化研究提供新的启发与切入点。因为仪式不仅显现出深刻的象征意义，还蕴含着丰富的社会价值及文化价值，仪式的变化亦是社会变迁的一个缩影。此外，仪式以动作为表现途径，书写以语言为表达载体，两者间的互动与影响能够映衬书写的独特内涵。

国内有位学者指出，仪式包含社会性与宗教性，各种仪式所包含的社会含义与信仰含义交织在一起，呈现了人由生到死的社会生活过程和由死到生的信仰过程的双向循环。① 美国学者哈维兰向我们介绍了人类学家将仪式划分为两个重要类别——生命礼仪（rites of passage）与强化仪式（rites of intensification）。② 前者也译作通过礼仪，它关联着个体生命周期里的每个重要阶段。后者是指在一个群体的"生命"陷入危机时，举行这种仪式能将个体成员团结起来。阿诺尔德·范·根纳普在人类学的一本经典著作中分析了生命礼仪，这种仪式帮助个人度过他们生命中的重要关头，比如出生、青春期、结婚及死亡。而有关死亡的仪式则归属生命礼仪与强化仪式这两个类别，可见丧葬仪式在个体生命周期与人生历程中的重要性。而生死智慧又被视作人类两大基本文化精神系统——哲学和宗教的核心以及确立文化价值系统的基础。③ 因此，在丧葬仪式的语境下研究相关的墓志或亡文书写就显得尤为必要。

六朝时期是中国文化的大变革时期，社会及文化生活的方方面面都发生了巨大的转变。无论是当时的丧葬仪式还是与之相关的墓志及亡文书写都具有了

---

① 麻国庆：《走进他者的世界：文化人类学》，学苑出版社，2002，第 240-241 页。

② 威廉·A·哈维兰：《文化人类学》，瞿铁鹏、张钰译，上海社会科学院出版社，2005，第 403 页。

③ 袁阳：《生死事大：生死智慧与中国文化》，东方出版社，1996，第 3-4 页。

新的文化意蕴。而在六朝比丘尼这一群体中，丧葬仪式与墓志、亡文书写的互动及影响也有自身的独特性。

一、设斋追福与花草意象

敦煌文献中存有许多忌辰设斋时念诵的亡文，与此相关联的则是七七斋仪式。佛教认为，人死后七七四十九天，由于业缘的安排将去投胎，此时若亲属为其修福，则可以转劣为优而投生到善处去。[①] 因此，伴随着佛教文化的不断传入及影响，六朝时期及以后，人们往往请僧侣为逝去的亲属主持七七斋，为亡者追福。从初七斋到收七斋，仪式的主持者会念诵亡文为逝者祝祷、祈福。从目前保留下来的敦煌遗书来看，其中有不少的亡僧文及亡尼文，这是专门为逝去的僧尼所念诵的亡文或亡文范本。今试举一篇完整的亡尼文如下：

> 夫世相不可以久留，泡幻何能而永贮？从无忽有，以有还无。如来有双树之悲，孔丘有两楹之叹。然今所申意者，为亡尼某七功德之从崇也。惟亡尼乃内行八敬，外修四德，业通三藏，心悟一乘；得《爱道》之先宗，习《莲花》之后果；形同女质，志操丈夫，节（即）世希之有也。可谓含花始发，忽被秋霜；春叶初荣，偏逢下雪。何期玉树先雕（凋），金枝早落。父心切切，母意惶惶；睹喜（嬉）处以增悲，对娇车而泪洒。冥冥去识，知诣何方？寂寂幽魂，聚生何路！欲祈资助，惟福是凭。于是幡花布地，梵向（响）陵天，炉焚六殊（铢），餐茨（资）百味。以斯功德，并用庄严亡尼所生魂路：惟愿神超火宅，生净土之莲台；识越三途，入花林之佛国。然后云云。[②]

敦煌文献中的许多文本，无法明确其书写的准确时间。但从这篇文章所描述的"炉焚六铢"来看，似可以推断其大致写于南朝陈时期。在设斋期间，亡者的家属焚烧"六铢"来为其修福。六铢钱是南朝陈宣帝时期所铸，面文"太货六铢"。值得注意的是，从这些亡文来看，"花草"是其中频繁出现的意象。

---

① 陈义孝编《佛学常见词汇》，宁夏人民出版社，1994，第21页。

② 黄征、吴伟编校《敦煌愿文集》，岳麓书社，1995，第9页。

而这里的花草，既有佛教象征意义上的花草，又有秉承中国本土文化血脉的花草意象。

设斋时，往往少不了以"花"来布置，如上文中出现的"幡花布地"。又如，"于是幡花匝地，梵铎陵天。"①再如，"云飞五盖，花落三衣。"②如此这般的设斋形式，显然受到了佛教文化的影响。香和花均是常用的供佛之物，所以有"香花供养"之谓。如《妙法莲华经》云："香华伎乐，常以供养。"③《过去现在因果经》中又有"借花献佛"的故事。再者，北魏郦道元《水经注·河水》云："佛泥洹后，天人以新白㲲裹佛，以香花供养，满七日，盛以金棺，送出王宫。"④事实上，在佛教中，花为六种供物之一，表万行开敷而庄严佛果。《大日经义释》曰："所谓华者，是从慈悲生义。即此净心种子于大悲胎藏中，万行开敷庄严佛菩提树，故说为华。"⑤以六种供具配于六波罗蜜，则花当于忍辱波罗蜜，因花有柔软之德，故使人心缓和。佛经中的"花"字多写作"华"。从《大日经义释》的说法来看，"花"代表着慈悲、清净与柔软。而如此圣洁之物，用其来供养能给人带来诸多福报和功德，如《诸经要集》中记载："若复有人于如来灭度之后，行于旷路见如来塔庙，于一华一灯。若一团泥用涂像前，以用供养，乃至能持一钱施于佛像，为补治故。若以一掬水用洒佛塔，除去不净，以华香供养，举足一步诣于塔寺，一称南无佛。"⑥又如，《大般涅槃经》云："若于佛法僧，供养一香灯，乃至献一花，则生不动国。"⑦又如，《增一经》云："扫佛塔有五法：一水洒地，二除去瓦石，三平正其地，四端意扫地，五除去秽恶。地既净已，随能持一枝香花，散布地上供养，得福无量。"⑧

由此可见"花"在佛教中的文化意蕴及其重要性。另外，前面所举的亡尼

① 黄征、吴伟编校《敦煌愿文集》，岳麓书社，1995，第757页。

② 黄征、吴伟编校《敦煌愿文集》，岳麓书社，1995，第776页。

③ 高楠顺次郎等辑《大正藏》第9册，新文丰出版有限公司，1992，第2页。

④ 郦道元：《水经注疏》，杨守敬等疏，江苏古籍出版社，1989，第23页。

⑤ 前田慧云等编《续藏经》第23册，新文丰出版有限公司，1975，第357页。

⑥ 高楠顺次郎等辑《大正藏》第54册，新文丰出版有限公司，1992，第33页。

⑦ 高楠顺次郎等辑《大正藏》第12册，新文丰出版有限公司，1992，第490页。

⑧ 高楠顺次郎等辑《大正藏》第54册，新文丰出版有限公司，1992，第24页。

文中还有希冀亡者死后"入花林之佛国"的美好愿望。这一说法应根源于佛教中的著名建筑——花林窟。窟前植有迦利树，故又称为迦利树窟。佛陀曾居住于此，与大众共坐，向聚集而来的比丘讲说前生故事。《杂阿含经》《长阿含大本经》《起世经》等诸多佛经中均有此窟的记载。此外，在《比丘尼传》中，净捡尼临终前所见到的幻境里也有"花"的显现："到升平末，忽复闻前香，并见赤气，有一女人，手把五色花，自空而下。捡见欣然，因语众曰：'好持后事，我今行矣。'执手辞别，腾空而上，所行之路，有似虹霓，直属于天。时年七十矣。"①

有学者曾指出，如果一个"意象"不断出现与再现不断重复，那就变成了一个象征，甚至是一个象征（或者神话）系统的一部分。②而且，象征被长期使用在神学世界与礼拜仪式中。在宗教里，象征的基本含义是"符号"及其"代表的"事物间某种固有的关系，这种关系是换喻式的，如十字架、羔羊、善良的牧者等。在文学理论上，象征的含义应该是：甲事物暗示了乙事物，但甲事物本身作为一种表现手段，也要求给予充分的注意。③因此，象征在宗教及文学领域都被赋予重要意义的概念，故其在两者交互视野中的地位更显突出。在有关佛教丧葬仪式的七七斋中，经常出现的"花"已经成为一种符号和象征，且映射在与该仪式相关的比丘尼亡文书写当中，需要考虑的是这一符号的意义与形象之间的关联性，以及伴随的相关问题。

我们在前面已经提到过，"花"的形象及特质决定其清净、柔软及慈悲等象征意义，其特质也恰与佛教女性的柔美形象存在着同构关系。"花"乃佛教中的神圣供养之物，用来表达供养者对供养对象的虔敬与尊崇之心。无论是为去世的比丘尼设斋还是为其书写亡文，其中的"花"意象还体现着佛教对这一女性群体的尊重及生命伦理关怀。

值得注意的是，六朝时期的丧葬呈现了一种与以往不同的特点，即墓葬壁

---

① 释宝唱：《比丘尼传校注》，王孺童校注，中华书局，2006，第 2 页。

② 勒内·韦勒克、奥斯汀·沃伦：《文学理论》，刘象愚等译，浙江人民出版社，2017，第 179 页。

③ 勒内·韦勒克、奥斯汀·沃伦：《文学理论》，刘象愚等译，浙江人民出版社，2017，第 178 页。

画中莲花纹的普遍出现。据有些学者考证，北朝壁画墓呈现新的面貌，尤其是北齐，几乎所有的北齐壁画墓中都发现或疑似有莲花纹。[①] 另外，自东晋、北魏以后，随着佛教艺术的盛行，用莲花纹样作为装饰达到极盛。莲花、莲实与莲瓣纹成为主要题材，至此，用于墓葬使用的花纹砖也同样以莲花图案作为纹饰的主题之一。[②] 可见，六朝时期从北到南，莲花已经成为丧葬仪式中普遍的、不可或缺的符号。莲花是佛教中的重要意象，《大方广佛华严经》云："当知此莲华藏世界海，金刚围山依莲华日宝王地住。彼有一切香水海，一切众宝遍布其地，金刚厚地不可破坏，出生一切众宝，又能明照一切世界。"[③] 这一神圣性的符号寄托着生者的信仰及情感，已融入人们的世俗生活中，不仅承载着送终者对亡者的追荐之心，也宽慰其哀伤之情，具有重要的伦理及现实意义。

在比丘尼的墓志及亡文中，除了有佛教意义上的花草意象，还有文学意义上的花草意象。如前面所举的亡尼文中，书写者将这位比丘尼英年早逝的情形描述为："可谓含花始发，忽被秋霜；春叶初荣，偏逢下雪。何期玉树先凋，金枝早落。"[④] 从另一篇亡尼文来看，文中交代了设斋的缘起："时则有坐端斋主奉为亡尼阇梨某七追福之嘉会也。"[⑤] 继而以花草来比喻这位亡尼的秉性与品格："惟阇梨乃行叶舒芳，性筠敷秀。柔襟雪映，凝定水于心池；淑质霜明，皎禅枝于意树。"[⑥] 还有的亡尼文以花草意象来烘托悲伤的气氛。如，"岂谓风摧道树，月暗禅堂。"[⑦] 又如，"觉花重影，戒月孤凝。"[⑧] 在比丘尼墓志中，还有两者并列出现的情形。既用花草意象来烘托、渲染悲伤的气氛，抒发伤感，寄托哀思，又用花草来比喻亡尼的美德。如，"霜凝青槚，风悲白杨，蕙亩兰畹，无绝芬

---

① 王银田、王晓娟：《东魏北齐墓葬壁画中的莲花纹》，《北方文物》2010年第1期。

② 刘慧中、徐国群：《砖之莲——江西六朝时期的墓砖纹饰与佛教文化》，《南方文物》2015年第4期。

③ 高楠顺次郎等辑《大正藏》第9册，新文丰出版有限公司，1992，第412页。

④ 黄征、吴伟编校《敦煌愿文集》，岳麓书社，1995，第9页。

⑤ 黄征、吴伟编校《敦煌愿文集》，岳麓书社，1995，第776页。

⑥ 黄征、吴伟编校《敦煌愿文集》，岳麓书社，1995，第776页。

⑦ 黄征、吴伟编校《敦煌愿文集》，岳麓书社，1995，第757页。

⑧ 黄征、吴伟编校《敦煌愿文集》，岳麓书社，1995，第60页。

芳。"①

从这些比丘尼的亡文及墓志来看，其中的花草意象一方面是对这些佛教女性形貌与品格的比喻和象征；一方面又以烘托作用来传达书写者的尊敬及哀戚之情。诚然，花卉草木的特点恰与女性的阴柔之美产生同构关系，故两者之间在文化及文学上的紧密关联成为一种必然。《说文》中以草木取类的字就多与女性之美相关联。人们对比丘尼人格品质的心理期待与理想实际上与对世俗女性的要求相通。在这些亡尼文中，书写者还是侧重对其温柔贤淑之尼德的颂扬。如，"性禀冲和，言推温雅。"又如，"柔襟雪映，凝定水于心池；淑质霜明，皎禅枝于意树。"再如，"六亲仰仁惠之风，九族赖温和之德。"②墓志中亦是如此，如《魏故比丘尼统慈庆墓志铭》云："故温敏之度，发自韶华，而柔顺之规，迈于成德矣。"③《元纯陀墓志》云："笃生柔顺，克诞温良。"④

需要指出的是，这些花草意象的运用，其背后蕴含着书写者的精神诉求。它们受到中国文学史上花草意象传统的深刻影响，《诗经》《楚辞》中花草意象的比德、寄情等典型范式深深影响并规约着后世的相关书写。有学者以发展的视角将中国文学史中的花草书写进行梳理，剖析了从原始花草意象到以《诗经》《楚辞》为代表的人文花草"兴象"与"寄象"的发展过程。他认为花草"兴象"与"寄象"是中国轴心文明时期形成的典型艺术方式，对奠定中国独有的审美取向、滋养秦汉以后两千多年的文学艺术创作、形塑中华民族的文化心理结构，都有重要影响。⑤因此，六朝时期比丘尼墓志及亡文书写中的花草意象，既有佛教文化的深刻影响，又有中国文学传统的深深烙印。

总之，花草已成为一种符号象征，渗透于丧葬仪式及书写中。进一步从这些花草意象的丧葬仪式之语境来看，人们为亡者隆重地设斋，为其修造功德，希望来世投生善所，实际上反映了其时人们的一种社会文化心理："人们承认肉

---

① 韩理洲等辑校编年《全北魏东魏西魏文补遗》，三秦出版社，2010，第299页。

② 黄征、吴伟编校《敦煌愿文集》，岳麓书社，1995，第762、776、757页。

③ 韩理洲等辑校编年《全北魏东魏西魏文补遗》，三秦出版社，2010，第22页。

④ 韩理洲等辑校编年《全北魏东魏西魏文补遗》，三秦出版社，2010，第299页。

⑤ 江林昌：《从原始"意象"到人文"兴象"、"寄象"——中国文学史中的花草书写》，《文艺研究》2017年第12期。

体死亡的经验事实，但否认死对于自我意识的终极性，认为灵魂不死，鬼神是人的生命存在的死后继续。"但同时作者也指出："中国人并不像基督教一样把死后生命置于纯超验的世界，而是使原本超验的世界经验化，将鬼神存在融化于人的世俗活动中，与人生日常情景相贯通，从而形成一种生死玄通、阴阳两界功能互补的文化氛围"①。因此，即使是专属佛教徒的丧葬仪式，我们依然感受到的是与世俗及日常相融通的气息，在神圣性与人间性相统一的过程中给予了佛教女性充分的尊重及礼遇。

二、"死事哀戚"与人伦之情

在六朝时期的比丘尼墓志及亡文中，除了意象方面存在某些突出特点，其情感表现也有显著的特色。如在亡尼文中，面对亲人的离世，生者无以复加的悲痛之情是文中一定会描绘和传达的：

> 父心切切，母意惶惶；睹喜（嬉）处以增悲，对娇车而洒泪。
> 至孝云：于是法徒伤增，泪双树之悲；俗眷哀缠，恨甘泉之早竭。
> 至孝等仰神灵而轸泪，长乖示诲之声；对踪迹以缠哀，感伤风树。
> 纵使灰身粉骨，未益亡灵；泣血终身，莫能上答。②

首句写某位比丘尼英年早逝，故在世双亲徒增伤悲。父母睹物思人却物是人非。至亲阴阳两隔，此情此景难免使闻者动恻隐之心。另外两篇亡尼文中，书写者用比拟、用典及夸张等修辞手法，述说生者对亲人去世的悲痛之情。除了亡尼文，比丘尼墓志中同样有类似的描写：

> 哀恸圣衷，痛结缃素，其月廿四日辛卯，迁窆于洛阳北芒山之阳。大弟子比丘尼都维那法师僧和、道和，痛灵荫之长徂，恋神仪之永翳，号慕余喘，式述芳猷，若陵谷有迁，至善无昧。……洹奄俄俄，真俗悲倾。梵响入云，哀感酸声。众子号咙而奉送，称孤穷而单茕。山水

---

① 袁阳：《生死事大：生死智慧与中国文化》，东方出版社，1996，第5-6页。
② 黄征、吴伟编校《敦煌愿文集》，岳麓书社，1995，第9、762、776页。

为之改色，阳春触草而不荣。哀哉往也，痛矣无还。①（《魏故比丘尼统法师释僧芝墓志铭》）

弟子法王等一百人，痛容光之日远，惧陵谷之有移，敬铭泉石，以志不朽。……徒众号慕，涕泗沦连，哀哀戚属，载擗载援。长辞人世，永即幽泉，式铭慈（兹）石，芳猷有传。②（《魏瑶光寺尼慈义墓志铭》）

第（弟）子等痛徽容之永绝，嗟大德之莫继，为铭泉石，以志不朽。……徒侣追慕，涕泗长沦。铭兹贞石，永诏来轸。③（《魏比丘尼慧静墓志》）

同样，书写者无不将送葬者痛哭流涕的哀痛景象描绘得淋漓尽致，显示其内心的悲痛与酸楚，以"涕泗长沦""涕泗沦连"来描摹众人痛哭的场面。有学者将其称为"述哀"④部分。墓志及亡文中这一固化的格式显然受到了相关丧葬仪式的影响。

早在先秦时期，以痛哭的方式来表达对逝者的哀悼之情是丧礼的必备环节。

如，《礼记·丧服大记》曰："敛者既敛必哭。"⑤又如，《奔丧》曰："始闻亲丧，以哭答使者，尽哀；问故，又哭尽哀。"⑥《礼记》中还对哭的方式进行了详尽的规定：

始卒，主人啼，兄弟哭，妇人哭，踊。既正尸，子坐于东方；卿、大夫、父、兄、子姓立于东方；有司庶士哭于堂下，北面；夫人坐于

---

① 赵君平、赵文成：《河洛墓刻拾零》，北京图书馆出版社，2007，第20页。
② 朱亮主编《洛阳出土北魏墓志选编》，科学出版社，2001，第44页。
③ 朱亮主编《洛阳出土北魏墓志选编》，科学出版社，2001，第47页。
④ 马立军：《北朝墓志文体与北朝文化》，中国社会科学出版社，2015，第171页。
⑤ 王文锦：《礼记译解》，中华书局，2001，第650页。
⑥ 王文锦：《礼记译解》，中华书局，2001，第838页。

西方，内命妇、姑、姊、妹、子姓立于西方；外命妇率外宗哭于堂上，北面。大夫之丧，主人坐于东方，主妇坐于西方，其有命夫、命妇则坐，无则皆立。士之丧，主人、父、兄、子姓皆坐于东方，主妇、姑、姊、妹、子姓皆坐于西方。凡哭尸于室者，主人二手承衾而哭。①

另外，在"唯哀为主"的丧礼中，男女悲伤的情形也有显著不同。《礼记·问丧》曰："丧礼唯哀为主矣。女子哭泣悲哀，击胸伤心，男子哭泣悲哀，稽颡触地，无容，哀之至也。"②

在南北朝的丧葬仪式中，"吊丧"是其中的重要环节。以统治阶级为例，皇帝或王后去世，群臣须入朝哭临哀悼。如果有朝廷重臣或深受皇帝器重的官员以及宗室重要成员去世，皇帝也常常为其吊丧痛哭。例如，南朝梁代的康绚于普通元年（520年）去世，梁武帝"舆驾即日临哭"③；韦叡也于同年去世，"高祖即日临哭甚恸"④。民间亦是如此。在古已有之的孝道观念与丧葬仪式社会教化功能的双重作用下，哭丧也就成为丧葬仪式的必备环节，非此不能表达对逝者的敬重与关怀。《论语·为政》曰："生，事之以礼；死，葬之以礼，祭之以礼。"⑤《论语·学而》曰："慎终，追远，民德归厚矣。"⑥在儒家思想的影响下，统治者为巩固其统治，也必然大力提倡孝道，从自身做好表率。

据日本学者吉川忠夫考证："六朝时代，《孝经》和《论语》等书同为知识分子家庭幼童教育的课本。"⑦由此可见《孝经》在社会上的普及程度。虽然六朝时期北方的统治阶层多为经济文化相对落后的少数民族，但当他们取得政权后，往往进行汉化改革，接受儒家的文化思想。例如，"魏氏迁洛，未达华语，孝文

---

① 王文锦：《礼记译解》，中华书局，2001，第632-633页。

② 王文锦：《礼记译解》，中华书局，2001，第852-853页。

③ 姚思廉：《梁书》，中华书局，1973，第293页。

④ 姚思廉：《梁书》，中华书局，1973，第225页。

⑤ 杨伯峻：《论语译注》，中华书局，2009，第13页。

⑥ 杨伯峻：《论语译注》，中华书局，2009，第6页。

⑦ 吉川忠夫：《六朝精神史研究》，王启发译，江苏人民出版社，2010，第420页。

帝命侯伏侯可悉陵，以夷言译《孝经》之旨，教于国人，谓之《国语孝经》。"①
北魏孝文帝就曾经大力推行汉化政策，并推崇《孝经》，以孝道巩固其统治。
《孝经》中明确提出了"死事哀戚"的传统伦理观念："子曰：孝子之丧亲也，哭
不偯，礼无容，言不文，服美不安，闻乐不乐，食旨不甘：此哀戚之情也。……
为之棺椁衣衾而举之，陈其簠簋而哀戚之，擗踊哭泣，哀以送之。卜其宅兆，
而安措之。为之宗庙，以鬼享之；春秋祭祀，以时思之。生事爱敬，死事哀戚。
生民之本尽矣，死生之义备矣，孝子之事亲终矣。"②

　　在这样的社会环境下，六朝时期的比丘尼墓志及亡文书写依然遵从了这些
世俗化的传统，文中流露的是面对亲人最真实的人伦之情。即便遁入佛门，她
们依然与世俗保持着紧密的联系，无法做到佛教所宣扬的对生死轮回的超脱与
达观。虽然佛教文化对六朝时期的许多方面都产生了重大改变及影响，但至少
从佛门女性的丧葬仪式及相关书写来看，世俗化的人伦之情仍占主导地位，这
种符合天道人伦的自然之情并未受到外来思想文化的冲击和影响。

三、薄葬之风与生死哲学

　　从这些比丘尼的亡文及墓志中，我们还能发现其中所蕴含的对生死的理解
和体认。有亡尼文开篇即写道："夫世相不可以久留，泡幻何能而永贮？从无忽
有，以有还无。"③作者把宇宙及人生世相看作是梦幻泡影，指出如梦如幻的生
命本质具有无常的特点。这一看法显然受到了小乘佛教思想的影响。小乘佛教
认为，人的生理和心理的存在状态都是无常的，死亡就是人体生命因素的解散，
同时在生命的贪欲的推动下，在前因必有后果的因果律的支配之下，一个新的
聚合体又随之而成，这种新生命体同样是无实体的、无我的。④另一篇亡尼文中
也说道："此界缘终，他方感应。掬多敬筹而影灭，僧伽攀树以亡枝。一切江河，
会有枯竭；凡兹恩爱，必有离别。痛哉无常，巨能谈测者矣！"⑤另有一篇比丘尼

---

① 魏徵等：《隋书》，中华书局，1973，第 935 页。

② 李学勤主编《孝经注疏》，北京大学出版社，1999，第 57-61 页。

③ 黄征、吴伟编校《敦煌愿文集》，岳麓书社，1995，第 9 页。

④ 方立天：《佛教哲学》，中国人民大学出版社，2012，第 106 页。

⑤ 黄征、吴伟编校《敦煌愿文集》，岳麓书社，1995，第 776 页。

墓志中，书写者也指出："时顺有极，荣落无常。"①这种无常观看似无奈与消极，但这种基于无常观的死亡认识，在一定程度上能够宽慰及消解对于死亡的恐惧和悲痛。如果生命的无常是一种必然，死又有何惧？"幽镜寂灭，玄悟若空"而已。何况，在佛门中修行的佛教徒应该有比世俗之人更多超然物外的心态。而正是这种不惧生死、"不恋世荣，当攀菩提之路"的心态与修为，决定了其丧礼的从简性。生前尚不以荣华富贵为终极追求，清净修行，死后又何须大肆铺张浪费呢？因此，其时佛门的丧葬仪式，大多顺应了六朝丧葬仪式的新特点。

有学者指出，六朝不少统治者敢于改革汉代"厚葬为德，薄葬为鄙"的传统丧葬思想。薄葬成为当时普遍采纳的丧葬形式，其施行地域之广，延续时间之长成为中国历史上空前绝后的现象。薄葬成为国家制度、士族家规和民间自觉行为。薄葬多能得到逝者亲友支持，丧仪礼节方面从速从简。②战争和时局动荡固然是六朝薄葬风行的直接原因，但佛教中的生死观念也会对人们的认识产生一定的影响。

佛教将生死看作是众生生命的一大重要特征，是"众生"含义之所在。③他们永远处于生死往复的无限循环之中。《大乘止观述记》云："须知此身生老病死，为粗生死；心念生住异灭，为细生死。凡夫刹那刹那在生死中。"④生死有粗细之分，身心在最小的时间单位里、极为短小的刹那之间都不会没有变化，这叫作刹那生死或刹那无常。佛教认为生死就是无常，无常为苦，不受人的意志主宰。而这种苦恰与人对永恒幸福的渴求相矛盾，所以佛法关注于解决这一重要矛盾。有学者指出："佛教生死观的基本思想，可以归结为由畏惧生死、直面生死而超脱生死。"⑤缺乏超脱生死问题的智慧，被佛斥责为没有超出动物界的"人身牛"。能够理解生死问题并具有超越境界是人与动物的一大区别。了却生死痛苦是人生大事，所以要在有限的人生中精进修行，用佛法智慧来断除生死

---

① 韩理洲等辑校编年《全北魏东魏西魏文补遗》，三秦出版社，2010，第299页。

② 许辉等主编《六朝文化》，江苏古籍出版社，2001，第593页。

③ 陈兵：《佛教生死学》，中央编译出版社，2012，第92页。

④ 闲谛：《大乘止观述记》，国际文化出版公司，2013，第352页。

⑤ 陈兵：《佛教生死学》，中央编译出版社，2012，第204页。

苦痛。《杂阿含经》曰："头衣烧然尚可暂忘，无常盛火应尽除断灭。"①佛陀把超越生死苦痛看作是比头和衣服着火更加急迫的事情。佛教要求看淡生死，了脱生死，所以不会主张葬礼有多么隆重，对遗骸的处理方式也是以焚烧为主，所以这些观念也影响了六朝的士人。南朝梁时的名士刘歊曾大力提倡以释为师，他说过："夫形也者，无知之质也；神也者，有知之性也。有知不独存，依无知以自立，故形之于神，逆旅之馆耳。及其死也，神去此而适彼也。神已去此，馆何用存？速朽得理也。"②姚察也要求实行薄葬，他的理由是："吾在梁世，当时年十四，就钟山明庆寺尚禅师受菩萨戒，自尔深悟苦空，颇知回向矣。"③北魏时期，熟谙佛教经典的著名大臣裴植在临终时遗令子弟："命尽之后，剪落须发，被以法服，以沙门礼葬于嵩高之阴。"④但值得注意的是，虽然有些文人并未在佛门修行，但对佛教的生死观念理解得很透彻，且能够具备超越境界。反而有些在佛门修行的出家人却并未真正理解佛法。从弟子法王等为比丘尼慈义书写的《魏瑶光寺尼慈义墓志铭》来看，她们对师父的去世发出了"如何弗寿，祸降上天"⑤的质问，且"徒众号慕，涕泗沦连，哀哀戚属，载擗载援"⑥之场景实在不应该是佛门弟子所呈现的集体形象。

早在先秦时期，墨子便提倡薄葬，反对厚葬，提出了与"厚葬久丧"之传统风气相左的观点，且与持"厚葬久丧"观念的人相辩驳：

今执厚葬久丧者之言曰："厚葬久丧虽使不可以富贫、众寡、定危、治乱，然此圣王之道也。"子墨子曰："不然。昔者尧北教乎八狄，道死，葬蛩山之阴。衣衾三领，榖木之棺，葛以缄之，既泛而后哭，满坎无封。已葬，而牛马乘之。舜西教乎七戎，道死，葬南己之市。衣衾三领，榖木之棺，葛以缄之。已葬，而市人乘之。禹东教乎九夷，

① 中国佛教文化研究所点校《杂阿含经》，宗教文化出版社，1999，第147页。

② 姚思廉：《梁书》，中华书局，1973，第749页。

③ 姚思廉：《陈书》，中华书局，1972，第352页。

④ 严可均辑《全后魏文》，商务印书馆，1999，第480页。

⑤ 朱亮主编《洛阳出土北魏墓志选编》，科学出版社，2001，第44页。

⑥ 朱亮主编《洛阳出土北魏墓志选编》，科学出版社，2001，第44页。

道死，葬会稽之山。衣衾三领，桐棺三寸，葛以缄之，绞之不合，通之不坎。土地之深，下毋及泉，上毋通臭。既葬，收余壤其上，垄若参耕之亩，则止矣。若以此若三圣王者观之，则厚葬久丧果非圣王之道。故三王者，皆贵为天子，富有天下，岂忧财用之不足哉？以为如此葬埋之法。①

　　墨子提倡薄葬，是从维护生产者的利益出发，认为厚葬不利于"富贫众寡，定危治乱"，具有一定的前瞻性。但到了六朝时期，由于北方地区长期动乱不安，战乱频繁，导致盗墓猖獗，此时厚葬的弊端显而易见。这种原因所导致的薄葬行为似乎是无奈之举。但士大夫阶层，由于受到玄学、佛学中生死观念的影响而提倡薄葬则是一种真正的自觉行为。魏晋时期，还有士人在提倡薄葬的同时，以随葬《孝经》作为对孝文化的宣扬，来弥补薄葬在一定程度上可能对孝文化带来的弱化。魏晋时著名的医学家皇甫谧在去世前立下遗嘱，认为厚葬无益，要求家人在自己死后实行薄葬并随葬《孝经》："气绝之后，便即时服，幅巾故衣，以籧篨裹尸，麻约二头，置尸床上。择不毛之地，穿坑深十尺，长一丈五尺，广六尺，坑讫，举床就坑，去床下尸。平生之物，皆无自随，唯斋《孝经》一卷，示不忘孝道。"②

　　六朝时期虽薄葬之风盛行，但这种文化现象毕竟不是一成不变。不同的时期，不同的地点，所呈现的实际特点并不完全一致，呈现了文化的多元性及其复杂性。而且从佛门中人的丧葬仪式来看，也并非所有人都实行薄葬，对于那些生前具有显赫地位的比丘尼，朝廷依然给予厚葬及特殊的礼遇。从《魏故比丘尼统慈庆墓志铭》来看，慈庆尼去世后，皇帝亲自下诏，不仅赠予丰厚的葬具，还要追加官职："可给葬具，一依别敕。中给事中王绍鉴督丧事，赠物一千五百段。又追赠比丘尼统。以十八日窆于洛阳北芒之山。"③因此，即使是强调众生平等的佛门，阶级差异依然存在，对佛法生死观念的理解也存在深浅的差异。

---

① 吴毓江：《墨子校注》，中华书局，1993，第 266-267 页。

② 房玄龄等：《晋书》，中华书局，1974，第 1417-1418 页。

③ 韩理洲等辑校编年《全北魏东魏西魏文补遗》，三秦出版社，2010，第 23 页。

　　总之，我们在考察六朝时期比丘尼墓志及亡文书写时不能脱离其时相关丧葬仪式的语境，文中的典型意象、情感表现及哲学意蕴都与丧葬仪式有着密切的关联。仪式与书写之间无疑具有相互的作用，且仪式与书写都会受到社会物质条件、政治因素及社会意识、文化等多种因素的影响。还应看到，六朝时比丘尼的书写作品并不多，但丧葬仪式推动了她们去书写墓志，一些比丘尼为其师父所写的墓志文采斐然，具有相当扎实的文字功底，从中我们得以看到她们的文笔及书写心态。此外，丧葬仪式所具有的庄严性及神圣感具有巨大的力量，体现着对逝者莫大的尊重与生命伦理关怀，也给生者予以抚慰。仪式的举行源于人们对礼拜对象的重视心理，在生命无常、战乱频仍的动荡年代，佛教能够给予这些甚或有着悲惨遭遇的女性体面的葬礼，最大的尊重，为其设斋念诵亡文，书写墓志以记叙芳德等，为其修造功德，祈福祝祷。从这一层面来讲在当时确实具有先进的社会意义。

第四章　六朝比丘尼佛教书写的地域风格

六朝时期，我国南北之间不仅政权对峙，文化上也存在明显的区别。地域文化对比丘尼佛教书写具有重要影响，迥异的地域文化格局和气象使比丘尼佛教书写呈现出显著的南北差异，也塑造了书写主体不同的人格特质。

第一节　比丘尼佛教书写的南北差异

在我国文学史及思想史中，有关南北文风和学风的差异问题已经屡屡被学界提及并探讨。以中国文学史为例，南北差异的显著时期主要体现在先秦和南北朝。前者以《诗经》及《楚辞》的对比为代表，后者亦有南方文学与北方文学的显著差异。总体而言，所谓的南北差异实际上具体指黄河流域一带与长江流域一带文学及文化特点相迥异的文化地理格局。

本研究探讨的是佛教书写问题，就比丘尼的佛教书写而言，这一问题也同样存在南北差异的现象，笔者将其划分为北方佛教书写与南方佛教书写。在地域上，它们同样分别以黄河流域及长江流域为中心。佛教书写的差异不仅仅是文风的不同，差异背后的原因及其审美表现值得我们思考。

一、南北差异的文化呈现

六朝是我国佛教发展的黄金时代，出家的女性很多，但擅长写文章的所占比例却很小。据史料的记载来看，南方比丘尼擅长书写的人数要明显多于北方。宝唱的《比丘尼传》所记载的比丘尼大多为东晋南朝人，从中可以看出，有不少比丘尼长于书写。如东晋时期简静寺的支妙音尼"幼而志道，居处京华，博学内外，善为文章"[①]。妙音尼善于铺陈辞采，撰写文章。她每次和孝武帝、司马道子以及中朝学士谈论撰文，都显得才情勃发，妙思入微，所以颇负盛名。"每与帝及太傅中朝学士谈论属文，雅有才致，藉其有声。"又如，南朝齐时的建福寺智胜尼"自制数十卷《义疏》，辞约而旨远，义隐而理妙"。另外，南朝齐时的集善寺慧绪尼是史料明确记载能写诗的第一尼：

> 竺夫人欲建禅斋，遣信先咨请，尼云："甚善。贫道年恶，此假实愿一入第，与诸夫娘别。"既入斋，斋竟，自索纸笔作诗曰："世人或不知，呼我作老周。忽请作七日，禅斋不得休。"作诗竟，言笑接人，了不异常日高傲也。因具叙离云："此假出寺，方为永别，年老无复能入第理。"

但据目前传世的文献来看，还未能见到北朝比丘尼撰写的诗歌。这些比丘尼的书写多富文采，如南朝梁时禅林寺的僧念尼，"贞节苦心，禅思精密，博涉多通，文义兼美"[②]。又如，"时又有花光尼，本姓鲜于。深禅妙观，洞其幽微，遍览《三藏》，傍兼百氏，尤能属文。述晖赞颂，词旨有则，不乖风雅焉。"花光尼遍览佛经又兼通诸子百家，在深厚的积淀下尤其擅长为文，她的一篇有关昙晖尼的赞颂文，内容典雅有则，不违风雅之韵。再如，南朝梁代南晋陵寺的令玉尼"博寻五部，妙究幽宗，雅能传述"。她熟稔五部戒律，能洞察其中的玄

[①] 此段落中未标明出处的引文，皆选自释宝唱《比丘尼传校注》，王孺童校注，中华书局，2006。

[②] 此段落中未标明出处的引文，皆选自释宝唱《比丘尼传校注》，王孺童校注，中华书局，2006。

意幽旨，并擅长传述。还有陈朝的后主沈后，于陈亡后出家为尼，史书记载其生前著有文集："后讳婺华，吴兴武康人，仪同沈君理女。太建三年，纳为皇太子妃。后主即位，立为皇后。陈亡入隋，大业末过江，于毗陵天静寺为尼，名观音。贞观初卒，有《集》十卷。"①

虽然我们现在无法看到她们所写的具体文章，但就史料描写的整体来看，这些擅长书写的南方高尼，她们的书写风格呈现典雅细腻、妙思入微、文义兼美的特质。她们往往对佛教义理有着深刻而精辟的见解，对佛教精深的义理和思想具有幽微的洞察力，故其佛教书写透露出别样的风采和神韵。她们的书写得益于佛教义理的熏陶和渐染。

而在以黄河流域为中心的北方地区，比丘尼流传下来的佛教书写文本多是造像记和写经题记。在笔者整理的六朝比丘尼造像记及写经题记中，北朝的数量占绝大多数，目前还未发现南朝比丘尼的造像记。而南朝比丘尼的写经题记也只有一篇，为南齐比丘尼法敬供养《佛说欢普贤经》题记。造像记是铭刻在造像上的发愿文，就目前出土的文物来看，北方地区出土了大量的佛教造像，而出土的南方造像却很少，带有造像记的南朝佛教造像就更少了。在对造像记的整理中，有学者收集到南朝题铭造像仅 63 件，大体分石造像和金铜造像两类。② 在如此少的样本之中，未见南朝比丘尼造像记即在情理之中。

从出土的墓志文献来看，目前整理出的比丘尼墓志文也多集中在北朝，这当中的墓志文既有出自当时文人之手，也有墓主生前的比丘尼弟子的书写。与之相较，南朝的比丘尼墓志文却少之又少，笔者搜集到的只有沈约撰写的《比丘尼僧敬法师碑》以及《六朝墓志检要》中收录的南朝陈代的《尼慧仙铭》，但没有见到这篇铭文的具体内容，作者也指出"未见拓本"③。所以目前还并未看到由南朝比丘尼书写的墓志文。这也与南朝墓志在出土数量上远少于北朝墓志有关。有学者指出："作为出土文物资料，中国古代墓志既是彼时历史的实物见证，又是传世文献资料的补充，历来受到相关领域文史研究者的重视。就其整理与研究来说，前人多注目于出土数量甚多的北朝墓志及隋唐以降的历代墓

---

① 严可均辑《全陈文》，商务印书馆，1999，第 324 页。

② 董华锋：《南朝造像题记与南朝佛教相关问题考论》，《敦煌学辑刊》2013 年第 4 期。

③ 王壮弘、马成名：《六朝墓志检要》，上海书店出版社，2008，第 42 页。

志，而东晋南朝墓志由于历代出土较少，学界对其研究不多。"①虽然近些年来东晋南朝墓志也在不断被发掘，学界对其研究也日趋深入，但与北朝墓志研究相较，其成果依然相对薄弱。这一现状也给我们认识和研究比丘尼书写的墓志增加了困难。

东晋南朝造像和墓志出土数量相对于北朝较少是一种表象，间接体现了南方的造像活动确实不如北方兴盛，尤其从比丘尼造像活动来看，南方的比丘尼似乎并不热衷于造像发愿，这一现象及背后的原因需要我们进一步分析和探讨。就史料的记载来看，南方擅长诗文及注疏的比丘尼更多，她们的书写尤其蕴含佛教义理，在风格上更加典雅优美。而北方比丘尼的佛教书写，更多的是集中于造像记、写经题记，以及少量的墓志文等，这些文本的产生往往是出于实用的目的，造像和写经都是修功德的行为，在这一过程中发愿祈福皆是为了个人愿望的实现，墓志文则是为亡者书写，并非个人性灵的自由表达和抒发。

此外，北朝比丘尼书写的墓志文多集中在北魏时期，此时正是北魏墓志文发展的兴盛期。有学者指出："墓志文体滥觞于魏晋，发展于刘宋时期。此后，帝王与士人的参与，为南朝墓志文的成熟与骈化起到了推波助澜的作用。直到魏孝文帝迁都洛阳，北朝墓志文的创作才逐渐步入繁盛。到了孝明帝时期，北魏墓志文发展进入到一个黄金阶段。"②因此，北朝比丘尼书写墓志的时段也多集中在北魏，恰与北魏墓志文发展的繁盛期相吻合。

关于比丘尼的写经题记，虽然目前能见到的多是北朝比丘尼的写经题记，但按照陈寅恪先生的说法，并不代表南方写经数量相对较少。陈寅恪先生认为南朝在齐、梁时期佛教最盛，但从敦煌写经题记所记写经时间与地点来看，其着有南方地名或南朝年号的，前后七百年间，却仅得六卷。永明之世，佛教甚盛，梁武帝尤崇内法，而江左篇章之盛，无过于梁时，则齐、梁时代写经必多，何以仅此六卷？南方写经数量不会比北方少，不能因为汇编所收写经题记无梁武以后南朝帝王年号而否定陈朝及南方写经的存在。③诚然，写经题记书写在纸上，不便于保存，一旦毁于战火便无迹可寻。不像造像记，它们被刻

---

① 朱智武：《东晋南朝墓志研究综述与理论思考》，《中国史研究动态》2011年第6期。
② 陈鹏：《六朝墓志文滥觞与骈化发展艺术特色研究》，《云南社会科学》2016年第2期。
③ 万绳楠整理《陈寅恪魏晋南北朝史讲演录》，贵州人民出版社，2007，第285-286页。

在石质或金铜造像上，可以长时间保存，根据出土数量便可判断南北地区的多寡。

二、差异的缘起与动因

比丘尼佛教书写存在南北差异，从地域上看主要是长江流域与黄河流域一带书写之间的差异。地理环境的不同是造成差异的重要原因之一。六朝时期虽然战乱频繁，但北方地区的自然灾害更为严重，故而生存环境与南方相比较为艰难。有资料显示，我国的地理环境在公元一世纪时发生突变，公元一至五世纪期间自然灾害频发，后果严重。公元 167 年、172 年和 516 年，多次发生渤海海浸，造成"城戍村落十余万口皆漂没于海"[①]的悲惨景象。此外，北方地区蝗灾、旱灾、水灾、地震等自然灾害频发，引起社会动荡的加剧。有资料称当时国内外的火山地震皆十分严重，[②]维苏威火山分别于公元207年、305年、472年、512 年和 536 年多次喷发，与此同时国内记录了较多流星陨石雨现象。北方气候冷暖异常，温暖时成群的孔雀可向北飞到泰山、新城等地。但气温又急遽变冷，公元 366 年渤海湾结冰，众多军队和车马可以在冰上行进，从山东半岛至辽东半岛，畅行无阻。生物变异的现象也不断见诸史料，北魏时期还出现了五色狗、三足鸟，一头两身的猪、牛等变异生物。

这些严重的自然灾害，加之当时的疾疫、战乱等，导致人口锐减，贫病交加，无疑给生活在北方地区的人们带来了巨大的身心创伤，也令其饱尝人生的无常和离别之苦，所以许多人将希望寄托在宗教信仰之上。大规模的造像活动即是这种心理的反映。当时出家的女性和众多普通百姓一样，都热衷于造像发愿，为亡者祈福，为生者祝祷。她们甚至带领或和民众合作进行佛教造像活动，所以有不少造像记传世。而相较于北方，南方地区的气温和降水条件均适宜，不像北方自然灾害如此严重，农业生产获得了长足的发展。优越的自然条件使人们的生存压力相对较小，因而为比丘尼的书写提供了一个良好的环境，使她

---

① 转引自于希贤《地理环境变迁与文学思潮更迭——西周至魏晋南北朝文风演变与地理环境关系》，《中国历史地理论丛》1998 年第 4 期。

② 于希贤：《地理环境变迁与文学思潮更迭——西周至魏晋南北朝文风演变与地理环境关系》，《中国历史地理论丛》1998 年第 4 期。

们有时间和精力去思考佛教义理并进行诗文创作，文风典雅而玄意幽远，故而较少关注造像发愿这一单纯的祈祷行为。从某种程度来说这些也是受地理环境影响的一种体现。

社会经济的不同是导致南北书写存在差异的又一重要原因。整体来看，南朝的经济更为发达，农业和工商业的发展都要优于北朝。有学者总结："从西晋王朝崩溃以后，北方流亡南下的农民与江南的土著农民这两支生产大军，在江南的生产战线上会师。由于他们并肩劳动，辛勤开发江南，从公元三一七年到公元五八九年这两个半世纪当中，江南的农业生产在两汉、东吴的原有基础上，获得了长足的发展。"① 南朝的农业生产条件及发展状况显然要优于北方，农业和手工业的发展为商业的发展打下坚实的基础，加之南方所受战争的影响要小，贸易往来频繁，河渠纵横，造船业发达，所以南朝的商业也比北方更为发达，经济更加繁荣。

与社会经济发展相适应的南北朝的家族制度及观念也大不相同。《颜氏家训·风操篇》云："凡宗亲世数，有从父，有从祖，有族祖。"② 北方的习俗称"从"，因"重同姓，谓之骨肉"③，这与北方的大家族制度有关。南朝则称"族人"，这与南方大家族制度的衰落和分崩、小家庭各自为生的社会发展状况相适应。此外，南朝并不严格对待嫡庶之分，如果正妻去世，妾媵管理家事的情况很常见。但北朝则鄙视庶出，例如，因崔道固是庶出，结果他被嫡出之兄崔攸之、崔目连等轻视和欺侮，所以不得不跑到南朝去。《魏书·崔道固传》云："显祖时，有崔道固，字季坚，琰八世孙也。祖琼，慕容垂车骑属。父辑，南徙青州，为泰山太守。道固贱出，嫡母兄攸之、目连等轻侮之。"④ 因此，北方的宗族观念和大家庭观念较强，所以我们从北朝的比丘尼造像记可以看到，许多人不仅为父母和兄弟姐妹造像发愿，还关心其他亲眷。但大家族的瓦解毕竟是社会进步的反映，所以从社会发展来看，南朝也在进步。

从南北朝佛教发展的外部特点来看，皇权对北朝佛教发展的管控更为严厉，

---

① 王仲荦：《魏晋南北朝史》，上海人民出版社，1979，第476-477页。

② 颜之推：《颜氏家训集解》（增补本），王利器集解，中华书局，1993，第86页。

③ 沈约：《宋书》，中华书局，1974，第1391页。

④ 魏收：《魏书》，中华书局，1974，第628页。

因而北方佛教对政权有较为显著的依附性格。北方所创立的僧官制度，正是北方佛教被纳入世俗政权管理体系之中的反映。据《魏书》记载："初，皇始中，赵郡有沙门法果，诚行精至，开演法籍。太祖闻其名，诏以礼征赴京师。后以为道人统，绾摄僧徒。"①太祖将高僧法果招赴京师，后任命他为道人统。北方设置僧官由此开始，佛教也因此被正式置于朝廷的掌控之下。所以，北朝的比丘尼造像记经常出现"仰为国主""上为皇帝陛下"之类的话，这些都体现了北方书写拥有更多的政治意味与伦理道德色彩。

从当时佛教发展的内部特点来看，北方重禅法，南方重义学已是不争的事实。《洛阳伽蓝记》中记载："阎罗王云：'讲经者心怀彼我，以骄凌物，比丘中第一麁行。今唯试坐禅诵经，不问讲经。'"②文中借阎王的话反对讲经，讲经之人要被送往地狱。总之，北朝佛教重视诵经而忽视讲经，讲经因加入自己的理解会被认为是外道的表现。北重禅定，南重智慧，这样的发展会导致北朝的僧人缺乏对佛教义理的思考，所以北朝比丘尼的佛教书写便缺乏对佛教义理的探讨。北朝造像发愿活动盛行，而南朝却相对较少，且"南朝造像的主体是普通的信众"③，这就可以解释为什么南朝很少有比丘尼参与大规模的佛教造像活动并书写造像记。这些现象也与南北整体学风的差异相关联。玄学和清谈在南方盛行时，北方却一片沉寂。《隋书·儒林传》云："大抵南人约简，得其英华，北学深芜，穷其枝叶。"④南学重视义解，北学则重视名物训诂，这些学风的特点都会影响书写的内容和风格。

就文学的发展而言，此时南方地区的形势要明显优于北方。从文学家的地理分布来看，南方的文学家居多。有学者指出："东晋十六国南北朝时期，中国的政治中心在南方，衣冠士人大量南迁，文化中心也逐渐转移，是以南方文学家的绝对数大大超过北方。"⑤这些文学家们引导着文学的潮流与发展，影响着分布地区的文学格局。因此，透过文学家数量的分布和变化可以发现，

---

① 魏收：《魏书》，中华书局，1974，第3030页。
② 杜洁祥主编《中国佛寺史志汇刊》（第一辑）第1册，明文书局，1980，第289页。
③ 董华锋：《南朝造像题记与南朝佛教相关问题考论》，《敦煌学辑刊》2013年第4期。
④ 魏徵等：《隋书》，中华书局，1973，第1706页。
⑤ 曾大兴：《中国历代文学家之地理分布》，湖北教育出版社，1995，第139-140页。

此时文学的南北格局也发生了重要改变："南北朝时期，第一至十名全部处于长江下游，且密布于长江下游三角洲地区，首都建康形成众星拱月的超级强势，建康的著名文学家也急遽增加，达59人之多。至此，长期以来以长安、洛阳首都圈为核心，以黄河流域为主导的文学格局终于转向以建康首都圈为核心，以长江流域为主导。这是秦汉以来文学版图的一次根本性变局。"①以今属省籍计，从各省拥有著名文学家的排序来看，江苏和浙江位居前两位，分别是205人和88人，北方地区如山东、河南，才分别为17人和5人。南方的文学家居多，文人之间的互动交流也更加频繁，东晋南朝时期的文人往往热衷雅集活动，他们之间的互动和交流都会促进当地文学风气的盛行和进一步发展。

在这一优势条件的影响和风气带动下，东晋南朝的许多僧人与文人酬唱往来，交往甚密。而比丘尼也不例外，虽然从历史记载来看，有关她们与文人交往的记录相对较少，但有限的历史事实却反映了东晋南朝一些高尼也与文人互动频繁，她们的人格魅力与才华丝毫不输那些有名的文人。有些比丘尼和文人一样擅长清谈，如东晋时期的道馨尼："雅能清谈，尤善《小品》"②。许理和将"清谈"称为公元三世纪以降在有文化的上层社会中盛行的有关哲学和其他主题的一种特殊的名理讨论。③而这一讨论是在同一时期的同一知识分子圈中进行。品评人物是"清谈"的主题之一，他们的讨论有着理论化及哲学、美学化的发展特点，是高级僧侣和上层士大夫们别具特色的文化活动和消遣方式。佛教思想和义理往往被渗透进谈论中，谈话或论辩以简洁、深奥和优美的语言为表，从而反映他们洞察人性、明辨哲理幽微的能力。这些条件都为南朝比丘尼的佛教书写注入灵性与活力。玄意幽远的思想，优美的辞藻和修辞手法，都成为清谈者们表达的显著特质，这恰恰与东晋南朝时比丘尼的佛教书写特点相一致。正是大环境的熏陶和渐染才促使南方比丘尼的佛教书写有着与北方不同的特点。

---

① 梅新林：《中国古代文学地理形态与演变》，复旦大学出版社，2006，第73页。

② 释宝唱：《比丘尼传校注》，王孺童校注，中华书局，2006，第25页。

③ 许理和：《佛教征服中国》，李四龙等译，江苏人民出版社，2017，第134页。

三、南北书写的审美特质

在诸多因素的影响下，比丘尼的佛教书写还呈现着南北各自的审美特质。北方书写在整体上呈现出重实用且平实典正的审美风格。北方书写的类别大体有造像记、写经题记和墓志文等，它们的产生都出于具体的目的，与实用性的活动和固定的仪式相关联。如造像活动或仪式、写经活动和丧葬仪式等。

造像记一般为自己或他人祈福发愿而作，所以情感的抒发也较为直接，表达希冀自身或他人离苦得乐的愿望以及对佛菩萨的尊敬崇拜之情。如《比丘尼惠定造像记》云：

> 大代太和十三年，岁在己巳，九月壬寅朔，十九日庚申，比丘尼惠定，身遇重患，发愿造释迦、多宝、弥勒像三区（躯），愿患消除，愿现世安稳，戒行猛利，道心日增，誓不退转。以此造像功德，逮及七世父母、累劫诸师、无边众生，咸同福庆。[①]

又如，《比丘尼法文、法隆造像记》云：

> 永平二年，岁次己丑，四月廿五日，比丘尼法文、法隆等，觉非常世，深发诚愿，割舍私财各为己身，敬造弥勒像一躯。愿使过见者，普沾法雨之润；礼拜者，同无上之乐。龙华三唱，愿在流□。一切众生，普同斯福。[②]

这两篇造像记为自身及亲眷、众生发愿而作，抒发了内心的愿望以及心系世俗的情感，从中还体现了她们的弥勒信仰，对弥勒佛的尊崇之情。此外，北朝的比丘尼造像记还经常出现"仰为国主""上为皇帝陛下"之类的话，寄托了发愿者对王权的依附情感，也从侧面反映了北朝佛教造像活动被纳入了以国家为主导的佛教体制当中。

---

① 邵正坤：《北朝纪年造像记汇编》，吉林人民出版社，2014，第15页。

② 邵正坤：《北朝纪年造像记汇编》，吉林人民出版社，2014，第44-45页。

写经题记与造像记的风格及情感表达相类似，从写经题记的内容来看，一般是比丘尼出于为自身及众生求取功德福田的目的而写经，她们希望善行能带来好的果报，为自身及家人祈福，体现了强烈的现实关怀情感与精神。她们也会在其中抒发对佛教三宝（佛、法、僧）的尊崇之情以及自身信仰的虔诚，所以文字依然呈现平实典正的风格。如西魏尼道辉写《佛说决罪福经》上下二卷题记云：

> 元二年岁次水酉三月四日丙寅，僧尼道建辉，自惟福浅无所施造。窃闻经云：修福田莫立塔写经。今怖崇三宝，写《决罪福经》二卷，以用将来之因。又愿师长父母，先死后亡，所生知识，尽蒙度招，远离三途八难之处。恒值佛闻法，发菩提心。愚善知识，又愿含华众，普同斯愿。[①]

书写者正是遵循了佛经中"修福田莫立塔写经"的说法，怀着求功德福田的目的及对佛教三宝的崇敬之情书写《佛说决罪福经》题记，愿发菩提之心，恭敬虔诚之意溢于言表。

北朝时期比丘尼书写的墓志较之造像记和写经题记而言，更有文采，因为其中有大量的骈文。她们为比丘尼师父而写，不仅将墓主人生前的才华和功绩描绘得很充分，也将自身的悲痛怀念之情表达得淋漓尽致。如《魏故比丘尼统法师释僧芝墓志铭》云：

> 洞鉴方等，深苞律藏。微言斯究，奥旨咸刨。宝座既升，法音既唱，耶（邪）观反正，异旨辍郭。德重教尊，行深敬久。贻礼三帝，迎顾二后。物以实归，我以虚受。东发若木，西迫细柳。力行不倦，新故相违。无常即化，厌世还机。慧炷潜耀，攀宗曷依。慕结缊素，嗟恸圣慈。神游净域，体附崇芒，幽关深寂，宿陇荒凉。舟壑且游，龙花未央。聊志玄石，试蓦余芳，修播界道，豃花四盈。洹奋俄俄，真俗悲倾。梵响入云，哀感酸声。众子号咙而奉送，称孤穷而单

茕。山水为之改色，阳春触草而不荣。哀哉往也，痛矣无还。①

　　北魏是墓志文创作的繁盛时期，有大量的墓志文传世，但比丘尼墓志文与同时期普通女性的墓志文有所不同。有学者认为，在北魏时期，"墓志文尤其是一些女性的墓志文，大多注重文学性，有较强的骈化色彩。这是因为这些女性墓主并没有太多的功业可以叙述，所以作者不得不避实求虚，用骈体文字来颂美她们的妇德。"② 但比丘尼墓志文是女性墓志文中的另类，许多骈体文字依然记叙和赞扬的是她们的功业和不凡的社会活动事迹，而非妇德。由此也可以看出这些比丘尼是同时期女性中的佼佼者，佛门生活和佛教事业为她们施展自己的才华和社会实践能力提供了一个良好的平台。

　　南方书写展现的是重义理，玄意幽远、文辞优美而典雅的审美风格。虽然缺少具体的书写内容，但可以通过史料的记载和描述来判断。如前文中提到的南朝齐时的建福寺智胜尼，"自制数十卷《义疏》，辞约而旨远，义隐而理妙。"③ 又如，南朝梁时禅林寺的僧念尼，"贞节苦心，禅思精密，博涉多通，文义兼美。"④ 再如，"时又有花光尼，本姓鲜于。深禅妙观，洞其幽微，遍览《三藏》，傍兼百氏，尤能属文。述晖赞颂，词旨有则，不乖风雅焉。"⑤ 从这些描述来看，她们的佛教书写语言优美而简约，内含深刻的佛教义理和智慧，文质并重。此外，还有一些比丘尼擅长清谈和人物品评，假设将她们的言辞记录下来，同样是一篇篇妙思入微并言辞典雅、优美的文章，饱含哲理化、美学化的审美特质。

　　总之，比丘尼佛教书写形成了以长江流域为中心和黄河流域为中心的南北差异，这些差异是南北地区不同地理环境、社会经济、思想文化及佛教发展、文学发展等多重因素综合作用的结果。南北书写呈现着各自的审美特质，北朝书写在整体上呈现出重实用且平实典正的审美风格，传达着书写者的家国情怀，

---

① 赵君平、赵文成：《河洛墓刻拾零》，北京图书馆出版社，2007，第20页。
② 陈鹏：《六朝墓志文滥觞与骈化发展艺术特色研究》，《云南社会科学》2016年第2期。
③ 释宝唱：《比丘尼传校注》，王孺童校注，中华书局，2006，第133页。
④ 释宝唱：《比丘尼传校注》，王孺童校注，中华书局，2006，第179-180页。
⑤ 释宝唱：《比丘尼传校注》，王孺童校注，中华书局，2006，第184页。

有强烈的世俗色彩,与北朝的悲凉文风有别。有学者指出:"北朝文风除了质朴这一特征外,还有悲凉的一面。所谓悲凉,是指在悲伤感叹之中有壮健刚硬的成分,即悲壮苍凉。"[①] 受佛教文化的影响,北方书写在北朝文风中具有独立性。这是当时女性,更是佛教女性的书写特色。南方书写则呈现出重义理,玄意幽远、文辞优美而典雅的审美风格。

第二节　北朝比丘尼造像记地理分布的文化意蕴

北朝时比丘尼造像记的地理分布并不均衡,而那些较为集中的区域势必是比丘尼佛教书写活动最为兴盛的地区。具体看来,这些地区的佛教发展有其自身独特的面貌,同时也为我们展现着北朝女性佛教生活的图景及不同阶层女性活动空间的特点。

一、北朝比丘尼造像记的地理分布特点

就笔者所搜集到的北朝比丘尼造像记来看,这些造像记分别书写于北魏、东魏和北齐时期。在北魏时期的造像记中,属于龙门石窟的造像记数量最多。有《比丘尼惠澄造像记》《比丘尼僧某造像记》《比丘尼法起造像记》《比丘尼僧超造像记》(皆来源于《龙门石窟北魏造像研究》)、《比丘尼如达造像记》(《龙门石刻录》)等。《仙和寺尼造像记》中提到的仙和寺以及《干灵寺比丘尼智空造像记》中所言的干灵寺都在洛阳地区。分布于云冈石窟的造像记有《比丘尼惠定造像记》[②]《比丘尼昙媚造像记》[③]。

---

① 蒋述卓:《北朝文风的悲凉感与佛教》,《广西师范大学学报(哲社版)》1988 年第 2 期。

② 辛长青:《云冈第十七窟比丘尼惠定造像题记考释》,《北朝研究》1989 年第 1 期。

③ 辛长青:《云冈第 20 窟出土比丘尼昙媚造像颂石碑试解》,《山西师大学报(社会科学版)》1986 年第 4 期。

分布于今山东地区的有《法林寺尼妙音造像记》，文中写明"太山郡奉高县法林寺尼妙音为弟子法达敬造释迦像"①。奉高县今属于山东泰安。另外，《比丘尼昙颜造像记》云："昌国县新兴寺尼昙颜，为亡妹昙利敬造弥勒金像一躯"②，昌国县在今山东淄博市东南。还有《张河间寺比丘尼智明造像记》③，刻有该造像记的造像碑出土于山东青州龙兴寺遗址。以及《比丘尼惠照造像记》④，此造像也出土于山东青州龙兴寺遗址。但有些书写造像记的比丘尼，其书写所在寺院不详，如妙音寺、中明寺等。

由此看来，北朝比丘尼造像记的书写与其所在的政治中心密切相关。北魏时，道武帝拓跋珪于公元398年迁都平城（今山西大同市），并于此称帝。493年，孝文帝又迁都洛阳。而云冈和龙门石窟正是分别开凿于这两个都城地区。云冈石窟位于今山西大同市西的武周山，今存洞窟四十余个，造像五万多躯，规模非同一般，非皇家之力支持不能有此作为和景象。《魏书·释老志》对云冈石窟的开凿有具体的描述："和平初，师贤卒。昙曜代之，更名沙门统。初昙曜以复佛法之明年，自中山被命赴京，值帝出，见于路，御马前衔曜衣，时以为马识善人。帝后奉以师礼。昙曜白帝，于京城西武州塞，凿山石壁，开窟五所，镌建佛像各一。高者七十尺，次六十尺，雕饰奇伟，冠于一世。"⑤

孝文帝迁都洛阳以后，亦大力发展佛教，龙门石窟的开凿即是当时佛教兴盛的表现之一。北魏皇室不断在其开凿过程中投入大量的人力和物力。据《释老志》载：

> 景明初，世宗诏大长秋卿白整准代京灵岩寺石窟，于洛南伊阙山，为高祖、文昭皇太后营石窟二所。初建之始，窟顶去地三百一十尺。至正始二年中，始出斩山二十三丈。至大长秋卿王质，谓斩山太

---

① 吉爱琴：《泰安大汶口出土北朝铜鎏金莲花座等文物》，《考古》1989年第6期。

② 邵正坤：《北朝纪年造像记汇编》，吉林人民出版社，2014，第125页。

③ 夏名采：《青州龙兴寺佛教造像窖藏清理简报》，《文物》1998年第2期。

④ 夏名采、王瑞霞：《青州龙兴寺出土背屏式佛教石造像分期初探》，《文物》2000年第5期。

⑤ 魏收：《魏书》，中华书局，1974，第3037页。

高，费功难就，奏求下移就平，去地一百尺，南北一百四十尺。永平
中，中尹刘腾奏为世宗复造石窟一，凡为三所，从景明元年至正光四
年六月已前，用功八十万二千三百六十六。①

在皇家力量的主导下，当时的平城、洛阳地区造像活动兴盛，许多僧尼参
与其中，所以流传下来的比丘尼造像记也相对较多。

书写于东魏时期的比丘尼造像记主要分布在今山东与河北地区。《比丘尼道
贵、神达造像记》写于山东地区，因其来源于《昌乐县续志》，昌乐县今隶属于
山东省潍坊市，处于山东半岛中部。位于山东地区的还有《比丘尼昙某、昙朗
造像记》②，出土于山东惠民。分布于河北地区的有《尼靖遵造像记》和《永固寺
尼智颜等造像记》，刻有这两篇造像记的佛像均来自河北正定。③ 正定位于河北
省西南部，今属于石家庄。正定有不少修建于北朝时期的寺院，如太平寺、净
观寺、临济寺等。从北魏分裂而出的割据政权东魏建都邺城，邺城遗址在今河
北省，因此，东魏时期比丘尼造像记的集中分布地也与当时的政治中心相关联。

北齐时期的比丘尼造像记多分布在今河北、山东、山西地区。《伯辟寺尼
惠晖造像记》和《尼法元等造像记》来源于《常山贞石志》，此书著录的是河北
常山地区的石刻文献，常山地区大致位于今天的石家庄一带。《比丘尼泉谕造像
记》则出土于河北景县。景县隶属于河北省衡水市，地处河北东南部，紧邻山
东德州。《比丘尼员空造像记》和《比丘尼员度造像记》则均在河北藁城被发
现，藁城位于河北省西南部，石家庄东部。

位于山东地区的有《比丘尼慧承等造像记》，它在《泰山石刻大观》中亦有
收录。还有《比丘尼智妃造像记》，它出土于山东省博兴县。博兴县是山东省滨
州市的一个下辖县，位于山东省滨州市东南部。《比丘尼法绁造像记》被收录在
《益都金石志》中，《杨郎寺尼造像记》被收录在《益都县图志》中，益都县是
山东省青州市的旧称。

位于今山西省的有《比丘尼净治造像记》，其出土于山西昔阳。昔阳隶属于

---

① 魏收:《魏书》，中华书局，1974，第 3043 页。

② 张建国、朱学山:《山东惠民出土一批北朝佛教造像》，《文物》1999 年第 6 期。

③ 王巧莲、刘友恒:《正定收藏的部分北朝佛教石造像》，《文物》1998 年第 5 期。

今山西晋中市，位于山西省东境中部。

总体看来，北朝比丘尼造像记主要分布于今天的河南、河北、山东、山西地区。其地理分布与当时的政治、经济、文化中心有密切关联，尤其是都城所在的地区所存比丘尼造像记的数量最多，反映了北朝佛教发展与政治势力的扶植和主导密不可分，北朝佛教对皇权的依附性更强。另外，从北魏到北齐，山东地区都有比丘尼造像记分布，体现了这一地区造像活动乃至佛教发展的兴盛之况。从造像记的分布来观察，这些地区佛教发展的状况究竟如何，有什么样的地域特征，则需要进一步探究。

二、造像记的地理分布与佛教发展的地域特征

比丘尼造像记多分布在当时的都城，说明这些地区僧尼活动频繁。可见在王权的统治下，当时造像活动之盛，佛事活动之盛。

公元439年，太武帝拓跋焘灭凉后，凉州僧侣约三千人被掠至当时的都城平城（今山西省大同市），高僧释玄高及昙曜也相继来到此地，昙曜还主持开凿了云冈石窟。后来，长安地区（今陕西省西安市）的众多能工巧匠也迁至平城，以致"沙门佛事皆俱东，象教弥增"[①]。到了孝文帝太和元年（477年），平城寺院已经达到一百余所，僧尼共计一千余人。一时间，平城当之无愧成为北方佛教的中心。统治者在都城兴修寺塔、开窟造像，规模巨大。《魏书·释老志》中记载："兴光元年秋，敕有司于五级大寺内，为太祖以下五帝，铸释迦立像五，各长一丈六尺，都用赤金二十五万斤。……于时起永宁寺，构七级佛图，高三百余尺，基架博敞，为天下第一。又于天宫寺，造释迦立像。高四十三尺，用赤金十万斤，黄金六百斤。皇兴中，又构三级石佛图。榱栋楣楹，上下重结，大小皆石，高十丈。镇固巧密，为京华壮观。"[②]兴光元年（454年）秋，文成帝下令为太祖以下五帝铸造释迦像，规格非凡。献文帝时，建永宁寺，派人修建高三百余尺的七级佛塔，又在天宫寺修造高三十四尺的释迦像，用去了大量的黄金。"天下第一""壮观"等字眼说明其工程的浩大，北魏造像规模巨大也可见一斑。

---

① 魏收：《魏书》，中华书局，1974，第3032页。

② 魏收：《魏书》，中华书局，1974，第3036-3038页。

北魏孝文帝迁都洛阳以后，伊阙山大规模的开窟造像工程也开始了。伊阙山至隋朝时称龙门。龙门取代了云冈造像的地位。龙门石窟的宏伟之状在此不再赘述。除了龙门石窟中宏大的造像，还有宣武帝在恒农荆山修造并迎置于报德寺的丈六玉像。另外，《魏书·释老志》云："肃宗熙平中，于城内太社西，起永宁寺。灵太后亲率百僚，表基立刹。佛图九层，高四十余丈，其诸费用，不可胜计。"[①]寺中有僧房一千余间，佛殿中有一尊丈八金像和十尊中长金像。这些造像的材质动辄金玉，耗费了大量的人力和财力。此外，北魏末年，仅洛阳一地就有佛寺一千三百多所。洛阳地区不仅佛寺众多，且宏伟富丽，从《洛阳伽蓝记》中的记载即可看出。孝文帝迁都洛阳以后，当时的译经事业亦非常繁盛。有学者指出："元魏孝文帝太和十八年（公元494年）迁都洛阳。其后宣武帝、孝明帝及胡太后均奉佛法，洛阳译经之盛，前代所无。而永宁寺译场之壮丽，世未曾有。"[②]

北魏皇室崇佛风气之盛，还表现在后宫女性出家的现象颇多，如孝文皇后冯氏、宣武皇后高氏、孝明皇后胡氏等均出家皈依佛门。在奉佛的方式上，北魏皇帝与当时南朝君主有明显不同，前者多礼敬并交游禅师，广修功德以祈福，后者则倾向研讨和论辩佛理。

分裂为东西两魏政权后，东魏都城邺城（今河北临漳县西、河南安阳市北郊一带）和西魏都城长安继承了洛阳佛教的特点，都城所在地区的佛教亦尤为兴盛。至北齐，建都有二。邺城为上都，晋阳（今山西太原市）为下都。帝王在不同时节轮流入住两个都城，两地之间多行宫与寺院，以备皇帝驾临。皇室依然大力奉佛，因此这两个地方渐渐取代洛阳当年的地位，成为北方佛教的中心。从《佛祖统纪》中的记载亦可见当时皇室崇佛风气之盛："诏置昭玄上统，以沙门法上为大统。令史员置五十余人，所部僧尼四百余万，四万余寺，咸禀风教。帝筑坛具礼，尊为国师。布发于地令上统践之升座，后妃重臣皆受菩萨戒。"[③]仅邺城一地就有寺院四千余所，僧尼八万余人。

东魏、北齐的帝王多信奉佛法，有四十多所寺院皆为皇家敕建。建于都城

---

① 魏收：《魏书》，中华书局，1974，第3043页。

② 汤用彤：《汉魏两晋南北朝佛教史》，商务印书馆，2015，第324页。

③ 高楠顺次郎等辑《大正藏》第49册，新文丰出版有限公司，1992，第356页。

邺城的寺院众多，有般舟寺、文昌寺、天平寺、金华寺、太原公主寺、庄严寺、陆居士寺等。其中许多寺院由皇家扶持和官方供养。如东魏兴和二年（540年）所建的天平寺。《魏书·释老志》云："兴和二年春，诏以邺城旧宫为天平寺。"①又如，北齐文宣帝于天保九年（558年）十二月"起大庄严寺"；武成帝"（河清二年）秋八月辛丑，诏以三台宫为大兴圣寺"②。东魏时建的文昌寺受官方供养，官方是其经济来源和保障，据《邺中记》记载："后魏兴和二年，以魏文昌殿名加为寺号。寺僧二百余人，常官供给斋食。"③这些寺院也势必纳入皇家和政府的管理体系之中。北齐高洋代魏称帝后，追其父为献武皇帝，并修建献武皇帝寺。有《献武皇帝寺铭》云：

> 惟睿作圣，有纵自天，匡国庇民，再造区夏，功高伊吕，道迈桓文。虽住在域中，而神游方外，影响妙法，咫尺天人。晓夜自分，不劳鸡鹤之助；六时靡惑，非待壶箭之功。永寄将来，传之不朽。辞曰：用分行坐，以敦戒行，苦罪祈福，傲狠成敬。万国咸亨，一人有庆，方传自久，是用成咏。④

由此可以看出，北齐皇帝高洋建寺的目的在于为皇室歌功颂德并祈福祝祷。此外，邺城的太原公主寺为尼寺，北齐天保六年（555年）建。《邺都故事》云："太原公主，齐高祖之女，为东魏孝靖帝后。文宣禅位，以后为太原公主。天保六年，公主为尼，因置此寺于苑。"⑤和北魏一样，皇室成员出家，也要为其大兴土木。

闻名于世的响堂山石窟也位于今河北省邯郸市，它代表着北齐佛教石窟造像的特色，据说其开凿也与高齐帝王的旨意有关。与邺城一样，晋阳也大规模开窟造像，开凿了天龙山石窟并在西山凿山造佛。有史书为证："凿晋阳西山为

---

① 魏收：《魏书》，中华书局，1974，第3047页。

② 李延寿：《北史》，中华书局，1974，第256、283页。

③ 转引自封野《汉魏晋南北朝佛寺辑考》，凤凰出版社，2013，第10页。

④ 严可均辑《全北齐文》，商务印书馆，1999，第38页。

⑤ 转引自封野《汉魏晋南北朝佛寺辑考》，凤凰出版社，2013，第11页。

大佛像，一夜燃油万盆，光照宫内。又为胡昭仪起大慈寺，未成，改为穆皇后大宝林寺。穷极工巧，运石填泉，劳费亿计，人牛死者，不可胜纪。"①建寺造像仍然工程浩大，极尽奢华，耗费巨资。可见从北魏到北齐，帝王皇室均追求寺院建筑的宏伟壮丽，建寺造像不惜斥巨资，花费不计其数的人力和物力，如此热衷于借助佛教的力量求福田、建功德。正如有学者总结的那样："然朝廷上下之奉佛，仍首在建功德，求福田饶益。故造像立寺，穷土木之力，为北朝佛法之特征。"②而这一特点也的确与南朝有别："龙门造像，其石工之伟大，与永宁浮图土木之壮丽，在中华均首屈一指。北方帝王奉佛之虔诚，求福之热诚，诚亦有异于南朝也。"③

整体看来，北朝佛教发展与封建王权的关系尤为紧密，皇室大力支持佛教的发展，都城所在的地区即是佛教发展的中心。这些地区也是高僧高尼云集的地方，受到皇室隆重的礼遇和扶持，自然佛事活动频繁，所流传下来的比丘尼造像记也较多。许多僧人备受皇帝推崇和信赖，如惠始法师受到太武帝的器重，昙曜受文成帝的重用等。外国高僧也相当受重视，如《续高僧传》云："那连提黎耶舍，隋言尊称，北天竺乌场国人。……天保七年届于京邺。文宣皇帝极见殊礼，偏异恒伦。耶舍时年四十，骨梗雄雅，物议惮之，缘是文宣礼遇隆重，安置天平寺中，请为翻经三藏。"④此外，还有一些比丘尼与后宫女性往来密切，深得太后、皇后及公主的赏识。一方面，皇室礼遇、优待僧尼，借助他们的力量巩固自己的统治或为自身祈福，广建功德以求善报。另一方面，北朝僧尼也亟须皇室的力量来求得自身的发展，所以对皇权有极大的依赖性，因此在造像发愿时总不忘为皇帝陛下祈福。甚至有僧人倡导皇帝即如来的思想："初，法果每言，太祖明睿好道，即是当今如来，沙门宜应尽礼，遂常致拜。"⑤因此，北朝皇权与佛门互动频繁，联系紧密，互为依赖。

① 李延寿：《北史》，中华书局，1974，第301页。

② 汤用彤：《汉魏两晋南北朝佛教史》，商务印书馆，2015，第412页。

③ 汤用彤：《汉魏两晋南北朝佛教史》，商务印书馆，2015，第413页。

④ 释道宣：《续高僧传》，郭绍林点校，中华书局，2014，第33-34页。

⑤ 魏收：《魏书》，中华书局，1974，第3031页。

三、从造像记的地理分布看北朝女性的活动空间

从上述的分析已知，北朝都城所在地区是当时佛教发展的中心，僧尼活动频繁。而当时身处宫廷的贵族女性也与佛教有密切的关联。北朝后宫女性出家是一个值得注意的现象，有学者根据史书做出过如下统计："北朝自拓跋魏入主中原至隋亡北周，共有十七位后妃出家。其中北魏见于史书的三十一位皇后中，有七位出家为尼；北齐六主，立国凡二十八年，十四位后妃中，有四位削发入庵；北周有十二位皇后，因信佛遁入空门者居六，几占一半。"① 这些后宫女性出家后，并没有完全和宫廷断绝联系，而是借此为佛法在宫廷的传播作出了重要贡献。有学者指出："魏世宫闱佛法之盛，盖必得力于燕之冯氏也。"② 又如宣武皇后高氏，在肃宗即位后成为皇太后，史书记载其"寻为尼，居瑶光寺，非大节庆，不入宫中"③。说明每逢重要节日，其仍要入宫参与活动。即使有些女性没有出家，但仍大力支持佛教的发展。如文成帝皇后，也就是后来的文明太后冯氏便笃信佛教，曾在龙城建思燕佛图，为其祖辈建功追福。孝文帝还曾为她建报德寺以歌功祈福。孝文帝信佛正是受到了冯太后的影响。

在北朝后宫中，还有值得一提的宣武灵皇后胡氏。胡太后的姑姑即是一位比丘尼，而她当初能够进宫也是得到其姑姑的帮助。她自幼便受到佛法的熏陶，有深厚的家学渊源。她成为太后以后，积极营建寺塔，修建了许多宏伟壮丽、令世人瞩目惊叹的皇家寺院，成为宫廷礼佛的重要场所，又大力举行盛况空前的斋会等佛事活动，致使王公贵族纷纷效仿其做法。在她临朝听政期间，当时的寺院数目也在迅速增加。

彼时佛教的发展促使这些宫廷女性积极参与其中，扩大了她们社会活动及交往空间，在参与佛门事务的过程中不仅锻炼其才干，扩大其在佛教势力中的影响力，也为她们找到了信仰的寄托和心灵的慰藉。有不少女性有着较高的社会地位和政治影响力，如北魏的冯太后与灵太后，她们都曾有过掌控朝政的时期，在她们的积极推动下，佛教也取得了自身的飞速发展。

---

① 夏毅辉：《北朝皇后与佛教》，《学术月刊》1994 年第 11 期。

② 汤用彤：《汉魏两晋南北朝佛教史》，商务印书馆，2015，第 410 页。

③ 魏收：《魏书》，中华书局，1974，第 336 页。

　　而当时的比丘尼作为佛门女性，她们的性别优势有助于其自由出入后宫，为后宫女性讲法或组织佛事活动，加之有不少宫廷女性出家为尼，她们之间的联系便尤为密切，或感情甚笃。如《比丘尼如达造像记》①即是比丘尼如达为一位亡公主造像发愿而作，祝愿其托生弥勒佛所。还有些宫廷女性出家去世后，其比丘尼弟子为其书写墓志文，言辞哀切，寄予对墓主人的无限尊敬和哀思，令人为之动容。因此，当时在都城地区的比丘尼，其活动范围已不局限于佛门，宫廷也是其重要的活动空间。那些相当有才华的比丘尼，不仅在佛门脱颖而出，其影响力亦渗透进世俗政权之中。值得注意的是，当时比丘尼要比其他女性的社会自由度更高。北魏名臣王肃在京城做官时，其在江南的妻子谢氏来北方找他，还要假扮尼姑出行，这样到京师才顺利通行。从侧面反映出当时比丘尼有着较为自由的活动空间。

　　此外，在比丘尼活动频繁的地区，许多平民女性或佛教在家女性（当时称清信女）在比丘尼的组织和带领下，也积极参与造像等佛事活动。如从《比丘尼僧严等造像记》可以看出，比丘尼和许多佛教在家女性、一般平民女性合力进行造像活动：

比丘尼僧严等造像记

　　天保三年，八月廿日，比丘尼僧严、清信女宋容敬造像一区（躯），上为皇帝陛下、七世师僧父母、檀越施主俱时成佛。都邑师僧进、开佛光明主周娘、菩萨光明主赵（下缺）、弥勒像主裴（下缺）、供养主张（下缺）、正□□邑（下缺）。

　　清信女□□，清信女都贵容、清信女都敬容、清信女王清胜、清信女王颜晖、清信女王阿妃、清信女牛男姜、清信男王白岳、清信男都煞鬼、清信男王牛仁、清信男张贰、清信男乔思和、清信男何卉空、清信男王山虎、清信男荆贵、清信男贺庆伯、

　　比丘尼□□、比丘尼□□、比丘尼惠璨、比丘尼慈□、比丘尼静妙、比丘尼僧远、比丘尼静远、比丘尼静明、比丘尼僧卉、比丘尼静

---

　　① 邵正坤：《北朝纪年造像记汇编》，吉林人民出版社，2014，第126页。

空、比丘尼静惠、比丘尼静严、比丘尼静光、清信女张敬姿、清信女周僧光、清信女张三□。①

从文中可以看出，参与此次造像的人员主要由比丘尼和清信女组成，虽然也有少量的男性，但并不是活动主体。在东魏和北齐时，佛教结社现象较为普遍，所以也有许多信奉佛教的女性结邑来集体从事与佛教相关的活动，而女性邑的结合与组织以地域为基础，方便她们共同活动。这些平民女性的名字出现在造像记中，表明其皆为此次造像出资出力。由此看来，佛教的发展也扩大了平民女性的社会活动与交往空间，丰富了她们的生活内容。而女性佛社的成立和活动离不开比丘尼的参与和引导，有学者指出："这种由女人结成的佛社与其他佛社一样，大多是佛教寺院的外围组织，受到寺院僧尼的影响与控制。"②那么整体看来，北朝比丘尼在女性当中的活动自由度最高，既与宫廷女性往来密切，又与平民女性交往频繁，恰可以实践其众生平等的大乘佛教理念。同时，她们也拥有着当时任一阶层女性都无法同等享受的社会自由。

总之，北朝比丘尼造像记主要分布在当时的都城，而北朝佛教的中心随都城的转移而变化，可见当时佛教发展与封建王权的关系之密切。北朝女性中的宫廷贵族女性、佛门女性和平民女性都积极参与佛事活动，为佛教发展贡献了自己的力量，同时佛教的发展也扩大了她们的活动空间，拓展其社会交往的内容。

第三节　地域文化与书写主体的人格特质

有关人格的概念，中西方的学者对此都有过研究和探讨。本节研究的对象是比丘尼在佛教书写过程中所反映的人格特质，这些特质深受地域文化的影响。

---

① 邵正坤：《北朝纪年造像记汇编》，吉林人民出版社，2014，第 255 页。

② 宁可、郝春文：《北朝至隋唐五代间的女人结社》，《北京师范学院学报（社会科学版）》1990 年第 5 期。

笔者对其人格范畴的关注，主要集中在外在行为气质及内在思想境界两个层面。当然，人格的实际内容要更为丰富和复杂。有学者指出："所谓人格，是指整体性地呈现于生活中的真实的自我，它包括了外在的气质、风度、容止、行为，和内在的哲学—美学理想、精神境界、伦理观念，以及人生各阶段与人格各层面的心理趋向与冲突。"[1]对于六朝时期参与佛教书写的比丘尼而言，尤其是当中有较高文化素养的精英群体，她们的外在气质和内在美学理想、精神境界得以在书写中呈现。人格之于她们来讲，应当指归于审美范畴。

所谓"一方水土养育一方人"，不同地域的自然条件和文化习俗面貌各异，对人格的塑造和影响都不容小觑。六朝时期，中国文化的南北差异十分明显，形成了以黄河流域为中心与长江中下游地区为中心的文化对峙时代。因此，在不同地域文化的熏陶和渐染下，书写主体呈现出不同的人格特质。另外，由于现代大量心理学研究表明，男女在认知、情绪、自我意识、性格特征、交往方式等方面都存在显著的差别。在认知方面，女性的触觉、嗅觉、痛觉的感受性高于男性。女性倾向于形象思维，主观体验的情感色彩较浓。[2]因此，比丘尼作为女性群体，其人格对地域气象及文化的感受更加敏锐，地域文化对其人格的影响效果应当更为显著。

一、地域、人格、书写：关系与意义

不同地域的自然环境不同，距离越远，其差别就愈加显著。地理环境作用于人格，中外已早有论述。《淮南子》云："是故坚土人刚，弱土人肥；垆土人大，沙土人细；息土人美，耗土人丑。"[3]法国的博丁认为，生活在寒带的民族，躯体魁伟有精力，性格执着；生活在热带的民族体格矮小，热情而多智。[4]诚然，不同个人和群体所生活的地域不同，其所在地域的自然地理条件具有独特性。这种特殊性会作用于他们的整体个性及行为模式，且通过基因的作用代代遗传。

---

① 李建中：《魏晋文学与魏晋人格》，湖北教育出版社，1998，第3页。

② 何锡蓉：《另一片天地——女性伦理新探索》，湖北教育出版社，2001，第156页。

③ 何宁：《淮南子集释》，中华书局，1998，第343页。

④ 辛向阳等：《人文中国：中国的南北情貌与人文精神》，中国社会出版社，1996，第33页。

孔子所谓的"仁者乐山、智者乐水"即反映了自然条件与人格的关系，其实正是山的大气、厚重造就仁者，而水的灵动和活泼造就和吸引智者。

我国南北地区的地理环境有显著的差异，不同的自然因素，如气候、地形、土壤和食物等造就了南北地区人们生活形式及内容的差异，也因此使北方人和南方人在性格上存在显著的区别。北方多陆地及大漠、旷野，故北方人往往有着坚忍不拔的毅力和性格，崇尚阳刚之美；而南方地区沟渠密布，河流纵横，故南方人相对灵活和敏捷，崇尚阴柔之美。

人格的形成是先天和后天综合作用的结果，有学者认为："人格是个体在遗传素质的基础上，通过与后天环境的相互作用而形成的相对稳定的和独特的心理行为模式。"[1]地域、地理环境对人格的影响是通过个体遗传产生和呈现的，而文化则对后天的人格塑造和形成具有重要作用。不同地域所在的文化氛围不同，文化与人格之间具有密切的关联。由卡丁纳提出的文化与人格相互作用理论强调了人格在文化创造和变迁中的能动作用。人格是文化的产物，又是文化的创造者。卡丁纳将文化描述为有组织的社会生活中形成的习惯化规范，获得物质生活资料的技术，人们对待出生、成长、发展、衰老、死亡的习惯化的态度等等。当这些规范、技术、态度具有持续性和传播性时，就是文化。文化不论在任何的社会环境中，都有一些共同的特征，如家庭组织、血缘、规范、凝聚力、生活目标等。卡丁纳认为，文化不仅是个人适应外部世界和社会生活的有效工具，同时也是社会延续和社会平衡的有效工具。文化一方面促进了个体的发展；同时又为个体的需要制造了许多限制，制约着个体的发展。[2]由此看来，文化对人格的影响不是单向的，两者之间具有相互作用，文化影响并塑造人格，人格也能创造文化。佛教书写是文化的一部分，因此，人格与书写之间也有着密切的关系。

笔者已经探讨过佛教书写的概念，实际上，佛教书写不是单纯的写作，它也属于信徒的佛教行为。有研究表明，个体的佛教行为、态度与其人格关系紧密，且深受人格的影响。在宗教领域，艾森克认为积极的宗教态度源于个体较低的外倾性或较低的精神质，而冲动性和社会性是外倾性的两个重要之维。这

---

① 郑雪主编《人格心理学》，暨南大学出版社，2001，第6页。

② 郑雪主编《人格心理学》，暨南大学出版社，2001，第156页。

似乎表明了人的冲动性和社会性越低，其宗教态度越积极。在《佛教徒的人格、佛教态度与佛教行为的关系研究》中，作者的研究结果表明，内外倾（分数越高，越外向）与佛教态度之间有显著正相关，与个人佛教行为和集体佛教行为也均有显著正相关。并且，精神质低的人佛教态度更强烈，越容易信佛，从而其佛教行为越明显。那些缺乏同情心、内心残忍且常不怀好意的人很难赞同佛教的教义，因此这类人便不会有积极的佛教态度和行为；而那些富于同情心、宽容心的精神质低的人则易于与佛教教义产生共鸣，所以往往有积极的佛教态度和行为，热衷于参加各种佛事活动。[1]可见善是佛教理想人格的核心，与现实规律相符。这也与我国传统儒家思想理念相一致。荀子谓"积善成德，而神明自得"[2]，即强调通过道德修养和实践的"积善"来成就理想的道德人格。另有学者指出："人格为人内在的行为倾向性，它表现一个人的全体和综合形象，是决定人的所作所为、人生价值、生命层次、对社会和他人的厉害之关键。马斯洛说人的智慧、创造力、潜能，都从健全的人格中流出。"[3]可见，人格对个体的行为具有十分重要的作用和影响，那么，比丘尼的人格特质也会影响其书写行为。反过来，书写亦会反映主体之人格，所以人格与书写之间也有紧密的相互作用。

在本章的第一节中，已经探讨了地域对书写的影响，在此仅简要分析人格之于书写的意义。透过现代弘一大师的事迹，似可以说明一二。曾有学者举过弘一大师的事例：

现代弘一大师的书法，超逸脱俗，自成一格，被誉为"不食人间烟火"，他的书法，成功于出家修行之后，与出家前书法之严谨古板大有不同。他曾教书法爱好者说："如果佛法学得好，字也可以写得好。"又自述心得说：我觉得最上乘的字，或最上乘的艺术，在于从学佛法中得来；要从佛法中研究出来，才能达到最上乘的地步。[4]

---

[1] 马征：《佛教徒的人格、佛教态度与佛教行为的关系研究》，首都师范大学硕士学位论文，2008。

[2] 王先谦：《荀子集解》，沈啸寰，王星贤点校，中华书局，1988，第7页。

[3] 陈兵：《佛教心理学》，陕西师范大学出版总社有限公司，2015，第392页。

[4] 陈兵：《佛教心理学》，陕西师范大学出版总社有限公司，2015，第786页。

虽然此事讲的是书法艺术，但道理是相通的。当主体能够领悟佛法中的真谛时，佛教中的智慧便内化为主体的修养和境界，其人格也愈发完善，作品的质量也愈加上乘，其书写过程亦是体现其人格及理想的过程。那些深谙佛法内涵的比丘尼，她们的佛教书写能够超越写实，充满禅意，佛法的浸润能够增添其作品之灵性，拓展其审美空间。当然，主体所处的南北地域不同，书写所反映的人格特质有着明显区别。

二、南方文化与东晋南朝比丘尼人格

东晋南朝比丘尼的佛教书写体现了这一地域高尼的诗性人格之美。即外在气质的典雅、从容和内在思想境界的玄妙而富于智慧。

从书写的角度来看，东晋时简静寺的支妙音尼"幼而志道，居处京华，博学内外，善为文章"①。妙音尼善于铺陈词采，撰写文章，且从幼年时期就有志于道，体现其对玄理哲思的天然喜爱。"每与帝及太傅中朝学士谈论属文，雅有才致，藉其有声。"她每次和孝武帝、司马道子以及中朝学士谈论撰文，都显得才情勃发，妙思入微，所以颇负盛名。南朝齐时的建福寺智胜尼"自制数十卷《义疏》，辞约而旨远，义隐而理妙"。南朝梁时禅林寺的僧念尼，"贞节苦心，禅思精密，博涉多通，文义兼美"。"时又有花光尼，本姓鲜于。深禅妙观，洞其幽微，遍览《三藏》，傍兼百氏，尤能属文。述晖赞颂，词旨有则，不乖风雅焉。"花光尼遍览佛经又兼通诸子百家，在深厚的积淀下尤其擅长为文，她的一篇关于昙晖尼的赞颂文，内容典雅有则，不违风雅之韵。南朝梁代南晋陵寺的令玉尼"博寻五部，妙究幽宗，雅能传述"。她熟稔五部戒律，能洞察其中的玄意幽旨，并擅长传述。

从其书写特点来看，她们具有的共性在于能够深禅妙观、洞察幽微，对佛教义理和思想具有深入的研究和精辟的见解。因此，她们擅长思辨与精研佛教义理，其书写反映了她们的智慧人格。外在气质的典雅、从容又是她们人格的重要之维，如安令首尼"幼聪敏好学，言论清绮，雅性虚淡，不乐人间，从容

---

① 此段落中未标明出处的引文，皆选自释宝唱：《比丘尼传校注》，王孺童校注，中华书局，2006。

闲静，以佛法自娱"①。又如，智贤尼"仪观清雅，辞吐辩丽"②。而她们外在气质、言谈举止的优雅、闲静、从容正是其内在博学、智慧的外在流露与呈现。

东晋南朝比丘尼的人格特质与其所处地域的文化特点密不可分，恰是南方文化的气象和氛围塑造了其人格的后天特质。

首先，南方地区的山水文化陶冶着她们闲雅的性情。六朝时期，南方盛行文人集会活动，他们在山水间交友、赋诗，玩赏自然。如东晋时著名的兰亭之会即反映了当时的盛景：

> 永和九年，岁在癸丑。暮春之初，会于会稽山阴之兰亭，修禊事也。群贤毕至，少长咸集。此地有崇山峻岭，茂林修竹。又有清流激湍，映带左右，引以为流觞曲水，列坐其次。是日也，天朗气清，惠风和畅，娱目骋怀，信可乐也。虽无丝竹管弦之盛，一觞一咏，亦足以畅叙幽情矣。故列序时人，录其所述。右将军司马太原孙丞公等二十六人赋诗如左，前余姚令会稽谢胜等十五人不能赋诗，罚酒各三斗。③

一众文人在崇山峻岭和茂林修竹之间饮酒赋诗、畅叙幽情，好不潇洒自在。还有谢灵运与好友共为山泽之游，交流文章："灵运既东还，与族弟惠连、东海何长瑜、颍川荀雍、太山羊璿之，以文章赏会，共为山泽之游，时人谓之四友。"④又如南齐竟陵王萧子良召集文人和名僧，在鸡笼山邸研讨学问："移居鸡笼山邸，集学士抄《五经》、百家，依《皇览》例为《四部要略》千卷。招致名僧，讲语佛法，造经呗新声，道俗之盛，江左未有也。"⑤僧俗在山川间切磋，往来密切。可见在山水之间诗书自娱、同抒性灵是南方精英知识分子群体的普遍雅好。六朝时僧尼活动自由，也常常以文会友，与文人交往甚密。因

---

① 释宝唱：《比丘尼传校注》，王孺童校注，中华书局，2006，第7页。

② 释宝唱：《比丘尼传校注》，王孺童校注，中华书局，2006，第10-11页。

③ 严可均辑《全晋文》，商务印书馆，1999，第258页。

④ 沈约：《宋书》，中华书局，1974，第1774页。

⑤ 萧子显：《南齐书》，中华书局，1972，第698页。

此，南方秀丽的山水、旖旎的风光和文人雅集之风也熏陶、濡染着高尼们闲雅的情致。

其次，作为佛教书写主体的比丘尼，她们的人格特质与当时南方社会的整体风尚和观念不无关联。东晋南朝时期，江南地区社会的审美风尚偏向阴柔绵软，与北方少数民族的尚武好斗、骁勇善战判若鸿沟。许多南渡的北方世家大族轻视武力，排斥武事。东晋的偏安心态更是趋向对武力的漠视与不屑。南朝时期，武职的地位明显低于文职。统治阶级的意志和心态加速着社会风气的软化，也引导着社会的审美风向。另外，东晋南朝社会的道德观普遍倾向于轻国重家。许多人并不关心政治，置身事外，无视政权的兴替与复杂的政治斗争，他们看重的是个人及家族的既得利益。在僧尼团体中亦是此类风气，他们对王权的依附性低，人格更加超脱和自由。

最后，南方地区的佛学发展特点对熔铸和形成比丘尼的诗性人格有着至关重要的作用。南方佛教在整体上更为关注对佛理的精研与探索，有助于启迪研习者的智慧。且佛学与玄学相结合，更丰富了研究者内在的思想与拓宽了研究者的审美空间。

《列叙元嘉赞扬佛教事》一文云："必求性灵真奥，岂得不以佛经为指南邪？"[1] 佛经中的义理之所以能够影响人的才情与性灵，在于其蕴含的境界与审美的最高境界相融通，对个体的诗性人格，即超越人格的形成具有重要的催化作用。所谓物我合一、无累于物即是超越人格的表现之一："然则圣人之情，应物而无累于物者也。"[2] 也是圣人所树立的典范。僧肇在《答刘遗民书》中的论述更为详尽："万物虽殊，然性本常一，不可而物，然非不物。可物于物。则名相异陈；不物于物，则物而即真。是以圣人不物于物，不非物于物。"[3] 圣人能够把握真理，顺应事物发展的本然规律，懂得万物之本性，故而不为外物所累。其心灵是真正自由而超脱的。宗炳的《明佛论》云："若鉴以佛法，则厥身非我，盖一憩逆旅耳，精神乃我身也，廓长存而无已。"[4] 精神本体论亦是主体实现超越

---

① 严可均辑《全宋文》，商务印书馆，1999，第273页。

② 严可均辑《全晋文》，商务印书馆，1999，第163页。

③ 严可均辑《全晋文》，商务印书馆，1999，第1802页。

④ 严可均辑《全宋文》，商务印书馆，1999，第204页。

人格的理论基石，因此，佛教所宣扬的理念皆与超越有限而把握无限的审美之境相融通，有助于解放心灵，塑造主体的自由人格。

另外，其时盛行的玄学与佛学一并促进主体诗性人格的形成。在有的学者看来，玄学即是一种人格本体论美学，它以"自我超越"为要义：

> 玄学是一种以"自我超越"为主旨的人格本体论体系，也是一种蕴涵着新的自我人格美范式的价值论体系。所谓自我超越，就是个体实现从外部功利世界向自我情性本体的回归；不再是外在的高官厚禄荣华富贵道德节操名誉地位，而就是个体自我的天性、生命、心情、智慧、人格等成为至高无上的本体。再没有什么比个体自我的超脱、性情的和谐、生命的安乐、智慧的明达和心意的自得这一类事更重要、更有意义的了。①

总之，佛学和玄学都在人格本体论层面建构出被南方精英知识分子群体所认可的思想价值体系，极大地解放了他们在乱世中的心态与性灵，也从而使接受者的人格更加健全。追求人格的超越成为时代的风气和共识。透过佛教书写来看，东晋南朝的比丘尼显然也在地域文化的影响下追求诗意的生存境界，形成了自由、超越的人格范式。

三、北方文化与北朝比丘尼人格

北方的地理环境、自然条件与南方有明显的区别。与江南清丽空灵的山水相较，黄河流域地貌的广袤、粗野奠定了北方质朴、浑厚的文化基调。加之受到北方少数民族勇猛好斗、尚武精神的影响，北方社会的审美风尚倾向于雄武阳刚之美。从北朝的寺院建筑和石窟规模、形制来看，北方的统治阶级尤其崇尚宏伟、大气的审美格调。

与南方相较，北方佛教不注重对义理的研究和探讨，而是着重对功德福报、颂德追福等实际利益的建设。北朝比丘尼的佛教书写，亦置身在此文化氛围之

---

① 仪平策：《中国审美文化史·秦汉魏晋南北朝卷》，山东画报出版社，2000，第238-239页。

中，所以形成了质朴、平实的风格。北朝比丘尼造像记直抒愿望，为国家和亲人祈福、热衷求取功德福田。由此显示出北朝比丘尼的人格特质在于其具有朴实、重实际的性格特征，以及关心世俗、孝亲重国的伦理观念。

此外，北朝比丘尼的人格特质与北朝保守而传统的治学风气不无关联。北朝经学发达，儒家思想仍占统帅。由于北方少数民族的文化相对落后，其入主中原获得政权之后，北朝统治阶级便努力继承儒家思想传统，以儒治国。北魏孝文帝迁都洛阳，推行汉化政策，重视孝道。其本人便身体力行，以孝闻名。史书载其幼年时即懂得孝亲："帝幼有至性。年四岁时，献文患痈，帝亲自吮脓。五岁受禅，悲泣不自胜。献文问其故，对曰：'代亲之感，内切于心。'献文甚叹异之。"[1]另外，孝文帝本人还有极高的文化素养，博学多才，涉猎广泛，深通儒家经典："雅好读书，手不释卷。《五经》之义，览之便讲。学不师受，探其精奥，史传百家，无不该涉。"[2]因此，其本人的理念和特点与其谥号"孝文"正相匹配，名副其实。有大臣在《上孝文帝谥议》中曰："谨案谥法，协时肇享曰孝，五宗安之曰孝，道德博闻曰文，经纬天地曰文，仰惟大行皇帝，义实该之，宜上尊号为孝文皇帝，庙曰高祖，陵曰长陵。"[3]"孝文"二字正好诠释了这位帝王一生的治国理念。在统治阶级的提倡和引导下，文人的治学特色都向此倾斜。在文化氛围影响下，佛门虽在方外，但僧尼仍心系世俗，自觉接受儒家的传统伦理观念，推崇孝亲思想。

北朝经学发达的相对面是玄学的停滞。北朝帝王出于巩固政权的需要，他们大力推行儒家思想，因儒学能够为他们提供健全的礼乐制度和巩固统治的忠君思想、伦理纲常。他们轻视南方的玄谈之风，认为其多是浮夸诡辩之士故弄玄虚、卖弄才学，空谈必将误国，因此多数帝王不重视玄学的发展。随着士族过江，玄风之气铺盖江南，黄河流域一带的玄学停滞。有学者指出："自十六国以迄北周，始终没有存在玄学风气，既没有玄谈的圈子，也没有以玄谈为高洁、为风流高雅的舆论。"[4]在这样的文化氛围中，北方佛教的发展也失去了理论探讨

---

① 李延寿：《北史》，中华书局，1974，第 120 页。

② 李延寿：《北史》，中华书局，1974，第 121 页。

③ 严可均辑《全后魏文》，商务印书馆，1999，第 189 页。

④ 罗宗强：《魏晋南北朝文学思想史》，中华书局，1996，第 318 页。

的土壤，僧尼们热衷的是佛教的实际功用而非对义理的精研。在此气候下，也就侈谈人格的超越、精神本我的追求和性灵的解放。加之北朝皇权对佛教管控严格，北方所创立的僧官制度表明了北方佛教已被纳入世俗政权的管理体系之中，由此逐渐形成了北方佛教对王权的依附性格，这更加不利于比丘尼们的心灵解放。北朝后宫虽不少女性出家，但她们多把佛门当作政治斗争的避难所，而非出于对佛教智慧的天然兴趣。

　　总之，地域、人格、书写之间有着密不可分的关联，从比丘尼的佛教书写可以反映出，南方文化塑造着东晋南朝比丘尼的诗性人格之美，她们拥有典雅、从容的气质、风度，以及玄妙而富于智慧的思想、审美境界；北方文化则有助于形成北朝比丘尼的人格特质，在北方文化的影响下，她们具有朴实、重实际的性格特征，以及关心世俗、孝亲重国的伦理观念。

第五章　六朝比丘尼佛教书写的他者眼光

六朝是中土比丘尼出现的源头，然而对我国第一位比丘尼的认定历来说法不一[1]，梁代僧人释宝唱云："像法东流，净捡为首。"[2]宝唱认为晋代的净捡是我国真正意义上的比丘尼第一人。自此，随着佛教的兴盛，比丘尼这一队伍也逐渐壮大，具有才华的比丘尼也越来越多。而在当时僧人和文人的眼中，这些书写主体的形象究竟如何，是本章着重要探讨的问题。

第一节　从《比丘尼传》的人物品藻看宝唱的"他者"书写

南朝梁代庄严寺僧人宝唱所著的《比丘尼传》，记载了由晋至梁 65 位比丘尼的生平事迹，入选传记的比丘尼大多是当时的声名远扬之辈。受历史条件的限制，比丘尼却并不能为她们这一群体立传。因此，《比丘尼传》是从男性佛教徒的视角书写，而其中流传至今能被我们观察到的这些佛教女性形象，其实在某种程度上是被男性佛教徒的视角与观念所构建出来的。

在西方文化中也有类似现象。有学者认为，在西方的文化传统中，女性始终处于被压抑、被控制和被支配的地位。在占据主导的男性书写中，女性总是

---

[1] 参见释宝唱《比丘尼传校注·前言》，王孺童校注，中华书局，2006，第 13-15 页。

[2] 释宝唱：《比丘尼传校注序》，王孺童校注，中华书局，2006，第 1 页。

难以逃脱被"构造"的命运。她们往往被简单化为一些符号象征或是被他们视为实现自己价值或支配性的场所。即便是赞美或是赋予美好特性的行为，也不过是一种将女性排斥为"他者"的方式，使得真正的女性被挡在了文学和思想之外，被挡在了书写这种实践活动之外。女性在一些作家的笔下总是以"他者"的形式出现，在这些具有代表性的男性作家笔下，女性可以是一切，却唯独不是她自己。① 宝唱所撰写的《比丘尼传》，实际上是将那个时代的比丘尼这一佛教女性群体按照自我的价值评判标准来遴选入传。该传中有大量的人物品藻，由此可以看出被选入传记中的比丘尼存在着某些方面的共同特征，反映出宝唱作为一名男性佛教徒，其对佛教女性气质、风度、才智等人格方面的审美倾向，是如何构建这些比丘尼的"他者"地位的。

宝唱选择了 65 位比丘尼入传，在对她们的描绘中，有大量充满诗意的人物品藻，这在同时期记述女性的史料中是极少见的。人物品藻重在品评和审视人物的风度气质与才华品性。品评人物在魏晋士人当中大为盛行，他们重视人的精神与才性，这在《世说新语》中可见一斑。而这流行于魏晋士人当中人伦之鉴的风尚也烙印在了宝唱的《比丘尼传》中，可见宝唱对这些比丘尼的人格审美观照深受魏晋审美风尚的影响。综观《比丘尼传》中的人物品藻，宝唱的"他者"书写反映了传记中的高尼人格是基于宝唱本人视角及观念下的建构，而这种建构是多种因素综合作用下的结果。

一、超拔脱俗的神采与魏晋风度

有学者认为，从《世说新语》中可以看到，在魏晋玄学和魏晋风度的影响下，魏晋的人物品藻有一种略形而重神的倾向。人物品藻中出现了大量与"神"有关的概念，如"神姿""神隽""神怀""神情""神明"等。② 同样，《比丘尼传》中也有许多用与"神"相关的范畴来进行人物品评的例子，现列举如下：

> 智贤：神情凝远，旷然不杂。
> 慧湛：神貌超远。

---

① 王涛：《书写：碎片化语境下他者的痕迹》，北京大学出版社，2013，第 122-123 页。
② 叶朗：《中国美学史大纲》，上海人民出版社，1985，第 205 页。

安令首：神照详远。

道仪：戒行高峻，神气清邈。

法盛：神情朗赡。

光静：情理恬明，神气怡悦。

净珪：神量渊远。

净行：幼而神理清秀。

妙祎：龆绮之年，而神机秀发。[①]

《世说新语》用"神"的概念，集中表现的是魏晋名士玄远拔俗的风度与风采，他们所呈现的这种生命情调与整体气度深受玄学的影响。汤用彤先生分析当时识鉴人物重神的原因时说："圣人识鉴要在瞻外形而得其神理，视之而会于无形，听之而闻于无音，然后评量人物，百无一失。此自'存乎其人，不可力为'；可以意会，不能言宣。"[②]而《比丘尼传》中同样用相关词汇来描述这些佛门女性，显然这种超拔脱俗的人物审美形象符合宝唱的审美理想。入选《比丘尼传》的这些高尼在精神气度上呈现这种超迈玄远的特点，说明魏晋风度对道俗的人格审美影响深远。

魏晋时期，士大夫们如此讲究人的仪表与风度，已经成为一种社会风气。他们尤为欣赏人的内在美，这种美是以人的品性与才华为基础所展现的一种超凡脱俗的精神气质。《世说新语·容止》曰："嵇康身长七尺八寸，风姿特秀。见者叹曰：'萧萧肃肃，爽朗清举。'或云：'肃肃如松下风，高而徐引。'"[③]文中赞誉的是嵇康高雅潇洒、清高俊逸的风度与神采。既然魏晋士人推崇的是虚怀若谷、超迈玄远的气度，他们便极为欣赏淡泊宁静的处世态度。因此，在《世说新语》中，许多士人展现出了蒙辱不愠、临危不惧、视财如土的品格特征。许多名士在面临紧急情况时，能够做到"神气不变""神色无变""神气无变"。而对照《比丘尼传》中的这些高尼，她们当中也有不少人不乏这种优秀的品质。

景福寺法辩尼"忠谨清慎，雅有素检，蔽衣蔬饭，不食薰辛，高简之誉，

---

① 皆出自释宝唱《比丘尼传校注》，王孺童校注，中华书局，2006。

② 汤用彤：《魏晋玄学论稿》，上海古籍出版社，2001，第24页。

③ 刘义庆：《世说新语笺疏》，余嘉锡笺疏，上海古籍出版社，1993，第607页。

早盛京邑"①。又如，闲居寺僧述尼"不蓄私财，随得随散，或赈济四众，或放生乞施"。她们往往视钱财为身外之物，过着清心寡欲的出世生活。有些还有在性格上具有超乎常人的超脱，如，僧猛尼"同止数十人，三十余载未尝见其愠怒之色"。妙智尼"与物无忤，虽有毁恼，必以和颜"。还有些高尼能临危不惧、泰然处之。面对太守杜霸的刁难，司州西寺智贤尼不畏强权："年少怖惧，皆望风奔骇，唯贤独无惧容，兴居自若。"在纷扰的乱世，闲居寺僧述尼能安之若素，处变不惊，"宋、齐之季，世道纷喧，且禅且寂，风尘不扰"。这些高尼所呈现出的是淡泊宁静、超凡脱俗的神采，与魏晋风度有异曲同工之妙，这种形象的建构受到时代的深刻影响。

佛教在中土的传播过程中为了自身的发展壮大，出现了名僧多与名士相交游的情形。从西晋竺法护广结文士开始，名僧与名士之间的往来逐渐密切。多有以名僧来比附名士的现象。如，孙绰《道贤论》云："护公德居物宗，巨源位登论道：二公风德高远，足为流辈矣。……支遁、向秀，雅尚庄、老。二子异时，风好玄同矣。"②另外，玄学影响佛学致使佛理玄学化，《世说新语·文学》中记载："殷中军见佛经云：'理亦应阿堵上。'"③殷中军看了佛经后认为玄学义理也应该在这里面。玄佛合流的背景也使僧人们的文化吸收更为多元，关于僧人宝唱的生平，《续高僧传》中记载："住庄严寺，博采群言，酌其精理。又惟开悟士俗，要以通济为先，乃从处士顾道旷、吕僧智等习听经、史、《庄》、《易》，略通大义。"④从时代的思想背景与个人的文化素养来看，宝唱受到玄学思想及魏晋审美观念的影响亦在情理之中，所以被他立传的这些高尼具备与魏晋风度某些方面相重合的特质。

除了以上分析的这些因素，高尼们这种超拔脱俗的审美形象与她们自身的生活实践也不无关联。从仅有的这些史料来看，许多比丘尼未曾经历人生的大风大浪。身为女性，为何遇事还能做到临危不惧，处变不惊，有着许多男性都无法企及的淡定从容，这应与她们佛门生活中的修行有关。《比丘尼传》中记载，闲

---

① 此段落中的引文皆出自释宝唱《比丘尼传校注》，王孺童校注，中华书局，2006。

② 严可均辑《全晋文》，商务印书馆，1999，第645页。

③ 刘义庆：《世说新语笺疏》，余嘉锡笺疏，上海古籍出版社，1993，第213页。

④ 释道宣：《续高僧传》，郭绍林点校，中华书局，2014，第7页。

居寺僧述尼"率其同志二十人，以禅寂为乐，名曰闲居。"① 顶山寺释道贵尼"观境入定，行坐不休。……于是结挂林下，栖寄华世。纵复屯云晦景，委雪埋山，端然寂坐，曾无间焉。"② 显然，她们能够从禅定中获得内心的平静与愉悦。佛教认为定心的一大功用即是令修习者能够体会到常人无法享受的"禅悦"。从丁福保的《佛学大辞典》对"禅定"一词的解释来看："一心考物为禅，一境静念为定。"③ 另外，《六度集经》曰："复有四种禅定，具足智慧。何等为四？一常乐独处，二常乐一心，三求禅及通，四求无碍佛智。"④《杂阿含经》中佛将初获禅悦名为"现法乐住"，即现前能够享受到的幸福安乐。随着禅定功夫的深入，这种身心轻快的禅悦之感会越来越强烈。佛教之所以推崇禅定，除了它能够令修习者获得禅悦，还能助其在禅定中观察思索。《高僧传》云："然缘法察境，唯寂乃明，其犹渊池息浪，则彻见鱼石，心水既澄，则凝照无隐。"⑤ 佛教认为这种寂定专一的心态有助于获得洞烛幽微的观察力。有学者指出："佛书中将未经入定的'欲界散心'比喻为风中的灯烛，光焰闪烁晃动，亮度不高且容易被风吹灭。经过止观训练而达到禅定心，可排除内外一切干扰，高度凝集智慧力，观照自心，明察秋毫，冷眼旁观心理活动，照烛暗昧隐密的心识深层景观。"⑥ 因此，在这些高尼中，有人能做到三十年而未有愠怒之色，有人能丝毫不受世俗的干扰，势必得益于她们的修行实践。另外，通过禅定修习，内心的寂静与平和也会使人的生理产生良性改变。《摩诃止观》曰："若善修四三昧，调和得所，以道力故，必无众病。设小违返，冥力扶持，自当销愈……但一心修三昧，众病消矣。"⑦ 又，《增一阿含经》云："若比丘、比丘尼修四神足，欲住寿经劫者，亦可得耳！"⑧ 可见禅定的修行对消除病痛及益寿延年都有帮助。在《比丘尼传》中，有些比丘尼即是通

① 释宝唱：《比丘尼传校注》，王孺童校注，中华书局，2006，第 204 页。

② 释宝唱：《比丘尼传校注》，王孺童校注，中华书局，2006，第 211 页。

③ 丁福保：《佛学大辞典》，上海书店，1991，第 2775 页。

④ 释道世：《法苑珠林校注》，周叔迦、苏晋仁校注，中华书局，2003，第 2428 页。

⑤ 释慧皎：《高僧传》，汤用彤校注，中华书局，1992，第 426 页。

⑥ 陈兵：《佛教心理学》，陕西师范大学出版总社，2015，第 23-24 页。

⑦ 高楠顺次郎等辑《大正藏》第 46 册，新文丰出版有限公司，1992，第 110 页。

⑧ 中国佛教文化研究所点校《增一阿含经》，宗教文化出版社，1999，第 283 页。

过皈依佛门后的修行而使自身病患消除，如江陵祇洹寺道寿尼及吴太玄台寺释玄藻尼。总之，空门生活会令这些佛门女性的精神面貌更具超拔脱俗之感，与众不同。如，法盛尼"昼则披陈玄素，夕则清言味理，渐染积年，神情朗赡"[①]，可见她们的容止、神采与其生活实践密切相关。

这些比丘尼当中诸如"清虚淡朗，姿貌详雅""雅性虚淡""仪观清雅"等举止风雅的形象已经可以与魏晋名士之风度相媲美。她们在整体精神面貌上所呈现的超拔脱俗、与物无累的神采是宝唱的"他者"书写所建构的比丘尼诗性人格的第一个方面。

二、贞静内敛的个性与传统伦理

宝唱虽然是一名佛教徒，但他毕竟成长于中土文化的土壤中。就其生活背景和文化素养来看，他的思想观念仍然受到中国传统伦理的深刻影响。《续高僧传》对宝唱记载道："自《礼记》、古文、《周书》、《左传》、《庄》、《老》、诸子、《论语》、《孝经》，往哲所未详悉，皆为训释。又以国学员限，隔于贵贱，乃更置五馆，招引寒俊。故使孔、释二门，荣茂峙列。"[②]中国传统的儒家文化对其影响亦可见一斑。就《比丘尼传》中其所构建的比丘尼诗性人格的另一典型方面来看，传统伦理在宝唱的思想观念中打下了深深的烙印。

我国传统男尊女卑的现象古已有之，对于男女两性关系及地位的认识最早可追溯到《周易》中的记载："家人：利女贞。《象》曰：家人，女正位乎内，男正位乎外。男女正，天地之大义也。家人有严君焉，父母之谓也。父父，子子，兄兄，弟弟，夫夫，妇妇，而家道正，正家而天下定矣。"[③]这是将《易经》上的占卜之辞，变成了伦理之说教，认为男主外，女主内，女子操持家务，安于本分是天经地义的事情，体现了男权社会对女性的压制与束缚思想。在礼教大师和道学家的比附、演绎之下，古老的乾坤阴阳说从诠释自然现象的中国哲学范畴转变为对男女两性关系与地位的规定，并在社会中产生广泛而深刻的影响。[④]

---

① 释宝唱：《比丘尼传校注》，王孺童校注，中华书局，2006，第48页。

② 释道宣：《续高僧传》，郭绍林点校，中华书局，2014，第10页。

③ 黄寿祺、张善文：《周易译注》，中华书局，2016，第269-270页。

④ 胡元翎：《拂去尘埃：传统女性角色的文化巡礼》，河北人民出版社，2001，第68页。

《仪礼·丧服》曰："妇人有三从之义，无专用之道，故未嫁从父，既嫁从夫，夫死从子。故父者，子之天也。夫者，妻之天也。"① 规定了女子的"三从"，甚至把丈夫看作妻子的天。汉代班昭的《女诫》在当时流传甚广，并得到了许多人的认可。其中对女性的各个方面都有所要求：

> 女有四行，一曰妇德，二曰妇言，三曰妇容，四曰妇功。夫云妇德，不必才明绝异也；妇言，不必辩口利辞也；妇容，不必颜色美丽也；妇功，不必功巧过人也。清闲贞静，守节整齐，行己有耻，动静有法，是谓妇德。择辞而说，不道恶语，时然后言，不厌于人，是谓妇言。盥浣尘秽，服饰鲜洁，沐浴以时，身不垢辱，是谓妇容。专心纺绩，不好戏笑，洁斋酒食，以奉宾客，是谓妇功。此四者，女人之大德，而不可乏之者也。然为之甚易，唯在存心耳。古人有言："仁远乎哉？我欲仁，而仁斯至矣。"此之谓也。②

而综观《比丘尼传》中的人物品藻，宝唱眼中这些高尼的言行举止仍脱离不了传统伦理的规范与要求。宝唱评价净捡尼"清雅有节"；智贤尼"幼有雅操，志概贞立"；僧述尼"动静守贞，不教浮饰"。从《女诫》对"妇德"的要求——"清闲贞静，守节整齐"来看，传统伦理尤其强调女子贞静、贞烈的品格。张华的《女史箴》云："妇德尚柔，含章贞吉。昵婉淑慎，正位居室。……人咸知饰其容，而莫知饰其性。性之不饰，或愆礼正。斧之藻之，克念作圣。出其善言，千里应之。苟违斯义，则同衾以疑。"③ 裴頠的《女史箴》云："膏不厌鲜，水不厌清。玉不厌洁，兰不厌馨。……服美动目，行美动神。天道祐顺，常于吉人。"④ 这二人都是魏晋时期的名士，他们所作的《女史箴》一个重女性之柔，一个重女性之贞，很能代表当时士人对女性的审美倾向。将二者观点融为一体的还有《北史》中的记载：

---

① 李学勤主编《仪礼注疏》，北京大学出版社，1999，第581页。

② 严可均辑《全后汉文》，商务印书馆，1999，第966-967页。

③ 严可均辑《全晋文》，商务印书馆，1999，第606页。

④ 严可均辑《全晋文》，商务印书馆，1999，第330页。

盖妇人之德，虽在于温柔；立节垂名，咸资于贞烈。温柔仁之本也，贞烈义之资也。非温柔无以成其仁，非贞烈无以显其义。是以《诗》《书》所记，风俗所存，图象丹青，流声竹素。莫不守约以居正，杀身以成仁者也。若文伯、王陵之母，白公、杞殖之妻，鲁之义姑，梁之高行，卫君灵王之妾，夏侯文宁之女，或抱信以会真，或蹈忠而践义，不以存亡易心，不以盛衰改节，其佳名彰于既没，徽音传于不朽，不亦休乎！或有王公大人之妃，偶肆情于淫僻之俗，虽衣文衣，食珍膳，坐金屋，乘玉辇，不入彤管之书，不沾青史之笔，将草木以俱落，与麋鹿而同死者，可胜道哉！永言载思，实庶姬之耻也。①

从史书的描写来看，女性的温柔、贞烈之德性是尤被强调与重视的。甚至女性因贞烈行为触犯法律还可以受到宽恕：

平原鄃县女子孙氏男玉者，夫为零县人所杀，男玉追执仇人，欲自杀之。其弟止而不听。男玉曰："女人出适，以夫为天，当亲自复雪，云何假人之手？"遂以杖殴杀之。有司处死，以闻。献文诏曰："男玉重节轻身，以义犯法，缘情定罪，理在可原，其特恕之。"②

受到这些传统伦理观念的熏陶和渐染，故宝唱笔下的比丘尼之人格在整体上呈现出一种贞静内敛的个性。如，道寿尼"清和恬寂，以恭孝见称"③；善妙尼"性用柔和，少嗔喜，不营好衣，不食美食"；慧胜尼"以方正自立，希于语言，言必能行，身无轻躁"等，这些特点都符合传统伦理对女德的审美与规范。此外，在我们今天能够见到的为数不多的六朝时期比丘尼的墓志铭中，也能见到类似对女性特有的赞誉与褒扬。在《魏故车骑大将军平舒文定刑公继夫人大觉寺比丘元尼墓志铭并序》中，书写者品评该比丘尼"姿色端华，风神柔

---

① 李延寿：《北史》，中华书局，1974，第 2994 页。

② 李延寿：《北史》，中华书局，1974，第 2997 页。

③ 此段落中未标明出处的引文，皆选自释宝唱《比丘尼传校注》，王孺童校注，中华书局，2006。

婉。……勤事女功，备宣妇德。……稀言慎语，白圭无玷，敬信然诺，黄金非重"①。他们都很看重或推崇这种贞静内敛的个性，这是宝唱的"他者"书写所建构的比丘尼之诗性人格的第二个显著特征。

三、聪慧捷悟的才智与佛教观念

从《比丘尼传》中的人物品藻来看，有相当多的高尼都展现出了过人的才智。如，令首尼"博览群籍，经目必诵"②；智贤尼"仪观清雅，辞吐辩丽"；道馨尼"雅能清谈，尤善《小品》，贵在理通，不事辞辩，一州道学所共师宗"；令宗尼"诚心冥诣，学行精恳，开览经法，深义入神"；妙音尼"幼而志道，居处京华，博学内外，善为文章"；道仪尼"聪明敏哲，博闻强记。诵《法华经》，讲《维摩》、《小品》，精义妙理，因心独悟"；法盛尼"才识慧解，率由敏悟"；德乐尼"穷研经律，言谈典雅"；花光尼"述晖赞颂，词旨有则，不乖风雅焉"；净贤尼"博穷经律，言必典正"……入选该传的比丘尼，大多学识丰富，或善言辞，或善属文，或天资聪颖，悟性极高。其整体文化素养要高于同时代的女性。而在传统伦理中，社会是不提倡女性具有才学的。从先前所举的《女诫》来看，文章并不赞成女性有过人的才华："夫云妇德，不必才明绝异也；妇言，不必辩口利辞也。"女子无才便是德的观点可以追溯甚早。另外，《三国志》注引《魏书》记载：

> 年九岁，喜书，视字辄识，数用诸兄笔砚，兄谓后言："汝当习女工。用书为学，当作女博士邪？"后答言："闻古者贤女，未有不学前世成败，以为己诫。不知书，何由见之？"③

女性喜爱读书学习反而会被讥笑。但从宝唱的视角来看，他显然是对这些比丘尼的才华持一种欣赏的眼光，这说明佛教的平等观念对其有深刻的影响。"平等"是佛教中的一个核心概念，在经论中有关"平等"的叙述很多。总体来

---

① 韩理洲等辑校编年《全北魏东魏西魏文补遗》，三秦出版社，2010，第298页。

② 此段落中有关《比丘尼传》的引文，皆出自释宝唱《比丘尼传校注》，王孺童校注，中华书局，2006。

③ 陈寿：《三国志》，裴松之注，中华书局，1964，第159页。

看，佛教认为一切事物在性体（即本质、共相、空性、心真如性等）上没有差别。从佛教的视角观察宇宙，其认为时间乃"三世平等"，如《大方广圆觉修多罗了义经》曰："三世悉平等，毕竟无来去。"①空间乃"大小平等"，如《大方广佛华严经》曰："小世界即是大世界，大世界即是小世界。"②另外，从佛性而言，众生平等。《大般涅槃经》曰："如来亦尔，于诸众生非不平等，然于罪者心则偏重，于放逸者佛则慈念。"③旧译《华严经》认为心、佛、众生三无差别。延伸到对两性地位的认识，在大乘佛教看来，佛陀肯定男女的智慧平等，都可以证得佛果。在智慧的高低、修功德的能力大小方面，男女别无二致。有学者指出："如《宝积经》中的《胜鬘会》《妙慧童女会》《恒河上优婆夷会》等，《大集经》中的《宝女品》，《华严经》中善财童子参访的善知识中有休舍优婆夷、师子奋迅比丘尼、淫女……以及《法华经》的龙女、《维摩诘经》的天女等，处处都显示了大乘佛教中的女性，是与男众平等的……观世音菩萨救苦救难慈悲思想的敷演，更是妇女慈悲美德的象征与鼓励。"④

因此，在佛教平等观念的影响下，宝唱不会完全以传统伦理及社会的眼光去审视这些佛教女性。魏晋时期，谈玄析理、微言大义之风已然盛行。当时名士在辞令方面往往追求语言的简约与韵味悠长，重视其丰富的哲学内涵。另外，那些士大夫们无论在清谈玄理还是讲经参禅方面都极为看重悟性。正因为玄佛之学深奥难懂，也只有才智过人的群体才能参透其中奥妙，所以时人也极为看重人本来的天资与天赋。故而在史书的记载中，许多名士在幼年时期就表现出超人的智慧和才干，如《世说新语·夙惠》云："何晏七岁，明惠若神。"⑤正因宝唱受佛教平等观念的影响，他遴选入传的这些高尼所拥有的智慧亦可以与那些士大夫相媲美，她们深入经藏，探寻幽微，清谈玄理，善为文章，且有许多高尼在幼年时期即表现出极高的悟性与非凡的才能，天分过人。如超明尼"幼聪

---

① 高楠顺次郎等辑《大正藏》第 17 册，新文丰出版有限公司，1992，第 915 页。

② 高楠顺次郎等辑《大正藏》第 10 册，新文丰出版有限公司，1992，第 89 页。

③ 高楠顺次郎等辑《大正藏》第 12 册，新文丰出版有限公司，1992，第 481 页。

④ 永明：《佛教的女性观》，东方出版社，2016，第 163-164 页。

⑤ 刘义庆：《世说新语笺疏》，余嘉锡笺疏，上海古籍出版社，1993，第 588 页。

颖，雅有志向，读《五经》，善文义，方正有礼，内外敬之"[1]。

除了佛教的平等观念，佛教重视智慧的特点也影响着宝唱对比丘尼的价值判断与品评。佛教将明白一切事相叫作"智"；了解一切事理叫作"慧"。认为智慧能断除烦恼与生死。《增一阿含经》曰："智慧无穷，决了诸疑，所谓舍利弗比丘是。"[2]可见智慧的无穷威力及巨大能量。另外，佛教并没有将出世间与世间二元对立，截然分开。大乘佛教哲学强调修行者需要深入世间，故《大方广佛华严经》云："心不离世间，亦不住世间，非于世间外，修行一切智。"[3]出世间之真谛恰恰在于能够如实洞悉世间的本来面目，进而超越烦恼与无明。《维摩诘所说经》云："世间性空，即是出世间。于其中不入、不出、不溢、不散，是为入不二法门。"[4]因此，宝唱也非常赞赏这些比丘尼对佛法的宣讲与传播行为，甚至有些高尼还展现出了非凡的政治才干，这都是被作者理解与欣赏的品质。

需要指出的是，不仅仅是宝唱个人对佛教观念的接受之由，他的眼光也会受到时代风气的影响。在宝唱所处的时代，女性的地位已经有显著的提高，女性的才华有一定展露的空间。有学者指出："自汉季标榜节概，士秉礼教，以人伦风鉴，臧否人物，晋世妇人亦有化之者。又好书画美艺，习持名理清谈，皆当时男子所以相夸者也。"[5]此外，《世说新语》的《贤媛》篇亦集中展现了魏晋时期许多优秀的妇女形象，作者不仅颂扬一些女性临危不惧、方正刚烈的品德，还欣赏她们识鉴人物、辨析哲理、思维敏捷的智慧与才华，从中可以管窥魏晋时期部分女性之风采。另外，据《世说新语》记载，有一位比丘尼曾对两位女性进行人物品评，甚至用竹林名士的风度来比附女子，足见品评者及品评对象都有其不凡的才情：

> 谢遏绝重其姊，张玄常称其妹，欲以敌之。有济尼者，并游张、

---

[1] 释宝唱：《比丘尼传校注》，王孺童校注，中华书局，2006，第155页。

[2] 中国佛教文化研究所点校《增一阿含经》，宗教文化出版社，1999，第27页。

[3] 高楠顺次郎等辑《大正藏》第10册，新文丰出版有限公司，1992，第234页。

[4] 高楠顺次郎等辑《大正藏》第14册，新文丰出版有限公司，1992，第551页。

[5] 谢无量：《中国妇女文学史》，《谢无量文集》第五卷，中国人民大学出版社，2011，第90页。

谢二家。人问其优劣，答曰："王夫人神情散朗，故有林下风气。顾家妇清心玉映，自是闺房之秀。"①

在北朝时期，北魏孝文帝甚至专门设置女官，使得一些女性的政治才能得以充分发挥。《魏书》卷一三曰：

> 后置女职，以典内事。内司视尚书令、仆。作司、大监、女侍中三官视二品。监，女尚书，美人，女史、女贤人、书史、书女、小书女五官，视三品。中才人、供人、中使女生、才人、恭使宫人视四品，春衣、女酒、女飨、女食、奚官女奴视五品。②

无论是佛教的平等观、智慧观还是时代之风气，都会对宝唱的眼光及心理产生重要的影响。在这些因素的作用下，宝唱尤为重视这些佛教女性聪慧捷悟的才智，构建了该传中比丘尼诗性人格的另一典型特质。

总之，在宝唱的"他者"书写中，从人的神采、个性到才智，宝唱突出了这些高尼超凡脱俗、贞静内敛、聪慧捷悟的审美形象，这是以宝唱的视角所构建的比丘尼之诗性人格，也是时代作用下宝唱本人人格理想及审美倾向的集中体现。

第二节　传记中六朝僧尼的形象建构差异

佛教得以在中土传播并发展迅速，与一大批僧尼身体力行、孜孜矻矻的实践密不可分，而且有相当一部分僧尼德才兼备、卓尔不群，受到时人的敬重与钦佩。为了能使这些僧尼的事迹彪炳千古，为后世树立榜样与典范，一些僧人纷纷为之立传。

---

① 刘义庆：《世说新语笺疏》，余嘉锡笺疏，上海古籍出版社，1993，第698页。

② 魏收：《魏书》，中华书局，1974，第321-322页。

遗憾的是，尼传的数量与僧传相比相去甚远，且历史上的一些尼传多有散佚。若想从尼传中去了解六朝时期比丘尼的生活面貌，我们只能从宝唱的《比丘尼传》中去较为详细地了解，散见于其他佛教典籍中的尼传也能供我们参考。当然，僧传中亦有比丘尼的身影。这些传记多由僧人书写，故而在僧尼的形象建构中体现了僧人的遴选标准与眼光。传记中的主体意识及对比丘尼的眼光投射在对僧尼形象建构的差异中，这些差异主要体现在以下三个方面：

一、出身与文化素养的关系

有学者从慧皎的《高僧传》中统计，大多数最有名望的僧人（甚至那些生平被认为值得收入《高僧传》中的）出身卑微；大多数有教养的僧人来自社会底层。[①] 而事实也确实如此，例如，在《高僧传》"义解"这一科的晋代僧人当中，只提到释道为"晋河间郎中令遐之元子也"[②]，其余只提籍贯或出身不详，而家境像昙戒"居贫务学"[③]和竺法旷"家贫无蓄"[④]者较为常见。反观宝唱《比丘尼传》中的65位比丘尼，出身士大夫阶层家庭的不在少数，且有相当一部分比丘尼的家境并不贫寒，出身卑微的比例要比《高僧传》中的僧人小得多。当然，无论是慧皎还是宝唱，都是按僧尼的才德及贡献综合筛选而为之立传的。选入传记的这些僧尼，其学识及文化素养都是比较突出的，而从传记中所体现的僧尼出身差异来看，我们似乎可以发现此种现象，即佛门中女性才学及文化素养的高低与出身的关系更加紧密。

在《比丘尼传》中，多数才学过人的高尼，其出身并不低微，或者家族中有"世奉大法"的传统及家学渊源，自幼便受到佛法的熏陶。但有些嫁人之后遭遇变故或受到战乱影响而家道中落的现象就另当别论。该传中所记载的第一位比丘尼净捡，其父亲便是武威太守，所以在她出家之前就已经具备较高的文化素养："捡少好学……常为贵游子女教授琴书。"[⑤] 而她为官宦子女教授琴艺和书法是因

---

① 许理和：《佛教征服中国》，李四龙等译，江苏人民出版社，2017，第10-11页。

② 释慧皎：《高僧传》，汤用彤校注，中华书局，1992，第239页。

③ 释慧皎：《高僧传》，汤用彤校注，中华书局，1992，第204页。

④ 释慧皎：《高僧传》，汤用彤校注，中华书局，1992，第205页。

⑤ 此段落中的引文皆出自释宝唱《比丘尼传校注》，王孺童校注，中华书局，2006。

为丈夫早亡而迫于生计的缘故，这时，自幼所受到的文化教育便派上了用场。也可见当时的士大夫家庭还是比较注重子女的素质培养的，并没有完全忽视女性的文化教育。净捡曾向高僧法始请教，法始为她宣讲佛法，"捡因大悟"，足见其领悟能力极强。传中还记载其出家后"说法教化，如风靡草"，可见受教者受益匪浅，无不倾倒于她的智慧与才华，而这种成就的取得显然与其原生家庭的教育关系密切。另外，还有东晋时的令首尼，其"父仲，侍伪赵，为外兵郎"。据《晋书·职官志》来看，外兵郎为尚书郎之一，可见令首尼的家世亦较为显赫。传中说"令首幼聪敏好学，言论清绮"，出家前所受到的教育为其在佛门中"博览群籍，经目必诵，思致渊深，神照详远"的成就打下了良好的基础。此外，还有父亲为扶柳县令的智贤尼"仪观清雅，辞吐辩丽"；"家素富盛"的妙相尼"早习经训"；父亲为梁天水太守的僧盖尼"博听经律，深究旨归"……

虽然历史上没有专门为北朝的比丘尼立传，但从一些史料中的记载也可以推断，那些具有较高文化水平的比丘尼亦出身不凡。《魏书·李彪传》记载："彪有女，幼而聪令，彪每奇之，教之书学，读诵经传。尝窃谓所亲曰：'此当兴我家，卿曹容得其力。'彪亡后，世宗闻其名，召为婕妤，以礼迎引。婕妤在宫，常教帝妹书，诵授经史。……及彪亡后，婕妤果入掖庭，后宫咸师宗之。世宗崩，为比丘尼，通习经义，法座讲说，诸僧叹重之。"[1]李彪的女儿在入宫之前就受到了良好的教育，后入宫成为北魏世宗宣武帝的婕妤，还教皇帝的妹妹书法，并诵授经史。当世宗去世，她遁入佛门之后，才能自在众人之上，甚至受到诸僧的赞叹与钦佩。另外，史书中还记载了北魏灵太后的才华："太后性聪悟，多才艺，姑既为尼，幼相依托，略得佛经大义。亲览万机，手笔断决。……太后与肃宗幸华林园，宴群臣于都亭曲水，令王公已下各赋七言诗。太后诗曰：'化光造物含气贞。'帝诗曰：'恭己无为赖慈英。'"[2]灵太后从小就受到姑姑的培养，才华横溢，且能以诗会群臣。到孝庄帝时，灵太后出家瑶光寺，仍然是一位才学高深的比丘尼。太后的姑姑僧芝尼亦声名远播，造诣极高。据其墓志中描述："诵《涅槃》、《法华》、《胜鬘》廿余卷，乃为大众所推讲经。法师雅韵一敷，慕

---

① 魏收：《魏书》，中华书局，1974，第1399页。

② 魏收：《魏书》，中华书局，1974，第338页。

义者如云；妙音暨唱，归道者如林。故能声动河渭，德被岐梁者矣。"① 僧芝尼在讲经和唱导方面都具有出众的才华，其出身亦非同一般："姚班督护军、临渭令、勃海公咨议参军略之孙，大夏中书侍郎、给事黄门侍郎、圣世宁西将军、河州刺史、武始侯渊之女，侍中、中书监、仪同三司、安定郡开国公珍之妹，崇训皇太后之姑。"② 灵太后当初能有机会入宫，也得益于她这位姑姑的帮助。

另外，从北朝比丘尼的墓志来看，几乎每位比丘尼都有显赫的家世和出身，除了刚刚提到的这位僧芝尼，还有慈义尼，乃"文照皇帝太后之兄女"③；慈庆尼则是"宕渠太守更象之女"④；又如，智首尼是"恭宗景穆皇帝之孙，任城康王之第五女"；修梵尼乃"派州刺史烈之第三女"⑤。她们也都在佛门中表现出了过人的才华。从这些史实中可以看到，大多数官宦家庭或宫廷的女子都有机会受到良好的教育，她们的父辈都很重视对她们的栽培。《世说新语》中的记载也能印证当时的这一现象。如《世说新语·言语》云："谢太傅寒雪日内集，与儿女讲论文义。俄而雪骤，公欣然曰：'白雪纷纷何所似？'兄子胡儿曰：'撒盐空中差可拟。'兄女曰：'未若柳絮因风起。'公大笑乐。"⑥ 谢太傅是东晋的名相谢安，兄女则是著名的才女谢道韫。当时的士大夫家庭对子女的教育一样重视，使女子的天分和才能得以充分发展。不似汉代时的社会风气，如告诫女性"夫云妇德，不必才明绝异也；妇言，不必辩口利辞也"（《女诫》）。也不像后世那样强调"女子无才便是德"。

六朝时的社会风气与氛围实际上为士大夫阶层的女性提供了优质的教育储备。而佛教的传入，寺院教育功能的发挥又为那些受过良好教育的女性提供了施展才华的平台。有学者曾指出中国文化史上的一种新现象：作为印度传统一部分而传入中国的佛教出家修行的观念已经创造出一种新型的社会组织形式，在那

---

① 赵君平、赵文成编《河洛墓刻拾零》，北京图书馆出版社，2007，第 20 页。

② 赵君平、赵文成编《河洛墓刻拾零》，北京图书馆出版社，2007，第 20 页。

③ 朱亮主编《洛阳出土北魏墓志选编》，科学出版社，2001，第 44 页。据正史记载应为"文昭皇太后"。

④ 韩理洲等辑校编年《全北魏东魏西魏文补遗》，三秦出版社，2010，第 22 页。

⑤ 段松苓：《益都金石记》卷一，见《石刻史料新编》二十，新文丰出版公司，1977，第 14823 页。

⑥ 刘义庆：《世说新语笺疏》，余嘉锡笺疏，上海古籍出版社，1993，第 130-131 页。

里，中国中古时期严格的等级界限渐渐消失，出身不同的人均能从事智力活动。[①]这位学者所指出的现象同样适用于比丘尼的世界。毕竟，那些出身寒门的女性出家后也能在寺院接受教育，这是其在出家之前几乎没有的机会。而那些出众的比丘尼往往具有较好的家世，所以自幼便能受到良好的教育。与男性不同，正是佛教的传入为她们提供了施展才华的机会，从而使得她们能够体现与那些优秀的男性等同的社会价值。《比丘尼传》中所入选的比丘尼，她们所表现出来的能力毫不逊色于许多高僧，恰恰是佛教的传播为她们带来卓尔不群及彪炳千古的契机，充分体现其社会价值。这应当是佛教入华所造就的又一新的文化现象。

二、容止与德操的双重标准

比较传记中六朝僧尼的形象后还可以发现，在人物的仪容举止与德行操守方面，立传者对僧尼的要求显然是有所不同的。在德行上有污点或破戒的僧人，依然能够入选《高僧传》，并不影响其在立传者眼中是一位高僧形象。如慧皎《高僧传》中记载鸠摩罗什："光既获什，未测其智量，见年齿向少，乃凡人戏之，强妻以龟兹王女，什拒而不受，辞甚苦到。光曰：'道士之操，不逾先父，何可固辞。'乃饮以醇酒，同闭密室。什被逼既至，遂亏其节。"[②]吕光强迫鸠摩罗什娶龟兹国王的女儿，鸠摩罗什与国王的女儿一起关在密室里，最终鸠摩罗什喝下美酒并违背了自己的节操。作为出家人，鸠摩罗什已经破了酒、色二戒，虽说是被逼迫，但终究是违反了戒律。但这些事迹丝毫没有影响其入选《高僧传》，反而以其巨大的佛学贡献而闻名。他的父亲鸠摩炎也曾被破坏了修行。《高僧传》中记载："父鸠摩炎，聪明有懿节，将嗣相位，乃辞避出家，东度葱岭。龟兹王闻其弃荣，甚敬慕之，自出郊迎，请为国师。王有妹，年始二十，识悟明敏，过目则能，一闻则诵。且体有赤黡，法生智子，诸国娉之，并不肯行。及见摩炎，心欲当之，乃逼以妻焉，既而怀什。"[③]鸠摩炎在出家之后遇到龟兹国王妹妹的主动逼婚，他最终娶了国王的妹妹，不久生下鸠摩罗什。但慧皎依然在文中称其"有懿节"，认为他有美好的节操。

---

① 许理和：《佛教征服中国》，李四龙等译，江苏人民出版社，2017，第 11 页。

② 释慧皎：《高僧传》，汤用彤校注，中华书局，1992，第 50 页。

③ 释慧皎：《高僧传》，汤用彤校注，中华书局，1992，第 45 页。

此外，《高僧传》中还不乏多种劣迹的僧人形象。比如南朝宋时有一位叫杯度的僧人，传中记叙曰："杯度者，不知姓名。常乘木杯度水，因而为目。初见在冀州。不修细行，神力卓越，世莫测其由来。尝于北方寄宿一家，家有一金像，度窃而将去，家主觉而追之，见度徐行，走马逐而不及。至孟津河浮木杯于水，凭之度河，无假风棹，轻疾如飞。俄而度岸，达于京师。见时可年四十许，带索褴褛，殆不蔽身。言语出没，喜怒不均。……度不甚持斋，饮酒噉肉，至于辛鲙，与俗不殊。"① 在容止方面，他不修边幅，衣衫褴褛，几乎衣不蔽体，言谈行为喜怒无常。在德行操守上他无视佛门戒律，不仅曾在北方一户人家寄宿后偷走人家的金像，还不重视持斋，饮酒吃肉与世俗无异。

本来，佛教自创立起就非常重视戒学，为出家和在家的信徒制定了严格的戒规，它具有生活纪律与德行标准的双重内涵。大乘佛教的十重戒包含了杀戒、盗戒、淫戒和酤酒（卖酒）戒，违反十重戒的将构成破门罪，按理是要被开除并驱逐出僧团的。饮酒戒和食肉戒则属于四十八轻戒，即轻罪的禁戒，须进行忏悔。这位叫杯度的僧人无论是重戒还是轻戒，均有所触犯。就是这样一个形象的僧人仍因其有神异功能而被选入《高僧传》中，且有文人为之立传："又有齐谐妻胡母氏病，众治不愈，后请僧设斋，斋坐有僧聪道人，劝迎杯度。度既至，一咒病者即愈，齐谐伏事为师，因为作传，记其从来神异，大略与上同也。"② 从这段描述来看，杯度的确具有神通。齐谐的妻子得了不治之症，杯度通过念咒就能使病人立即痊愈。而齐谐便拜他为师，甚至为他作传，记载其生平的神异事迹。可见无论是齐谐还是慧皎，重视的都是他的特殊才能，那些污点也只能是瑕不掩瑜了。

除了慧皎的《高僧传》，唐代道宣撰写的《续高僧传》所建构的高僧形象也有相似的情况。如传中记载南朝齐时的一位高僧昙显："而睹其仪服猥滥，名相非洁，颇复轻削，故初并不顾录。唯上统法师深知其远识也，私惠其财贿，以资饮啖之调。或因昏醉卧于道边，时复清卓，整其神器。……时显位居末席，酒醉酣盛，扶举登座，因立而笑。"③ 昙显的仪容仪表和言谈举止都给人留下非常不好的印象，作为出家人，且毫无顾忌地饮酒，但上统法师看重的则是他的"远识"。又

---

① 释慧皎：《高僧传》，汤用彤校注，中华书局，1992，第379页。

② 释慧皎：《高僧传》，汤用彤校注，中华书局，1992，第383页。

③ 释道宣：《续高僧传》，郭绍林点校，中华书局，2014，第903-904页。

如，于北周时出家的僧人童进："释童进，姓李，绵州人。昔周出家，不拘礼度，唯乐饮酒，谓人曰：'此可以灌等身也。'来去酣醉，遗尿臭秽，众共非之。有远识者曰：'此贤愚难识。'"[1]这位僧人喜欢饮酒，言行皆令人不堪，虽然受到众人的否定，但还是有人不因此行而完全否定他，这些僧人也都被道宣选入《续高僧传》中。此外，还有《神僧传》中的僧朗："释僧朗，一名法朗。俗姓许氏，南阳人。年二十余欣欲出家寻预剃落，栖止无定多住鄂州，饮啖同俗为时共轻。"[2]

这些吃肉饮酒的僧人也被收入传中，和许多高僧一道成为后世的典范和榜样。其实，从那个时代来看，这些行为并非无足轻重，这些僧人仍然受到时人的非议。而且从其他高僧的事迹来看，饮酒并非小事。如《高僧传》中记载："时一僧饮酒，废夕烧香，遇止罚而不遣，安公遥闻之，以竹筒盛一荆子，手自缄封，以寄遇，遇开封见杖，即曰：'此由饮酒僧也，我训领不勤，远贻忧赐。'即命维那鸣槌集众，以杖筒置香橙上，行香毕，遇乃起，出众前向筒致敬。于是伏地，命维那行杖三下，内杖筒中，垂泪自责。时境内道俗莫不叹息，因之励业者甚众。"[3]东晋时期，有位僧人饮酒，法遇对他只是略加惩罚而没有将其遣走，后来僧人法遇便受到道安的责备。法遇意识到自己对饮酒僧的事情训导不勤，便流泪惩罚自己。而那些真正得道的高僧，即使有性命之危也滴酒不沾。如高僧慧远："以晋义熙十二年八月初动散，至六日困笃，大德耆年，皆稽颡请饮豉酒，不许，又请饮米汁，不许，又请以蜜和水为浆。乃命律师，令披卷寻文，得饮与不，卷未半而终。"[4]慧远在生病临危之际，他周围的大德高龄恳请他饮用药酒治病，他都不肯。恳请他饮用米汤他也不肯，最后慧远还让掌管戒律的僧人查阅戒律，看能否饮用蜜浆。还未查到一半，慧远便去世了。另外，还有僧人慧芬："后病笃，服丸，人劝令之以酒。芬曰：'积时持戒，宁以将死亏节。'乃语弟子云：'吾其去矣。'"[5]僧人慧芬亦是宁死也不饮酒，即使是治病的药酒也不行，严格遵守佛门戒律。他们和以上几位高僧在德行修养上的距离可见一斑。

---

[1] 释道宣：《续高僧传》，郭绍林点校，中华书局，2014，第 1051 页。

[2] 高楠顺次郎等辑《大正藏》第 50 册，新文丰出版有限公司，1992，第 981 页。

[3] 释慧皎：《高僧传》，汤用彤校注，中华书局，1992，第 201 页。

[4] 释慧皎：《高僧传》，汤用彤校注，中华书局，1992，第 221 页。

[5] 释慧皎：《高僧传》，汤用彤校注，中华书局，1992，第 515 页。

而对比宝唱的《比丘尼传》，入选的比丘尼没有一位在德行及操守上有污点，无论谈吐及修养，人格上都堪称完美。多被称为"戒行清白"，而且不乏志概贞立、宁死不屈的形象，如描述智贤尼："贤仪观清雅，辞吐辩丽。霸密挟邪心，逼贤独住。贤识其意，誓不毁戒法，不苟存身命，抗言拒之。霸怒，以刀斫贤二十余疮，闷绝躄地，霸去乃苏。"① 智贤尼面对太守杜霸的无礼和图谋不轨，发誓不破坏戒律，宁死不从，体现出了过人的气节与守贞形象。相比之下，《高僧传》中的一些僧人在面对逼迫时则很容易妥协。

与《高僧传》不同的是，《比丘尼传》中并没有为比丘尼分科，没有按其才能来分，看重的是尼僧们的德行操守。宝唱在序中言道：

> 原夫贞心亢志，奇操异节，岂惟体率由于天真，抑亦励景行于仰止。故曰："希颜之士，亦颜之俦；慕骥之马，亦骥之乘。"斯则风烈徽猷，流芳不绝者也。是以握笔怀铅之客，将以贻厥方来；比事记言之士，庶其劝诫后世。故虽欲忘言，斯不可已也。②

由此看来，宝唱筛选比丘尼入传的标准，关键在于"贞心亢志，奇操异节"。所以，即便他也钦佩这些比丘尼的才华及佛学贡献，但这一标准与高僧相比是退居其次的。而慧皎在《序录》中对《高僧传》的题名做出了解释，即为何取"高"字，而不沿用宝唱等人所作僧传的"名"字："自前代所撰，多曰名僧。然名者，本实之宾也。若实行潜光，则高而不名；寡德适时，则名而不高。名而不高，本非所纪；高而不名，则备今录。故省名音，代以高字。"③ 在慧皎看来，世人认为的名僧，不一定品行高尚。而有道德学问的高僧如果隐遁山林，就不一定有名。这说明慧皎以"高"字命名，看重的也是僧人的品行。另外，高僧佛图澄也曾说过："出生入死，道之常也。修短分定，非人能延。道重行全，德贵无怠。苟业操无亏，虽亡若在。"④ 他认为人生在世，当重道义而追求全德。德行之贵，

---

① 释宝唱：《比丘尼传校注》，王孺童校注，中华书局，2006，第 10-11 页。

② 释宝唱：《比丘尼传校序》，王孺童校注，中华书局，2006，第 1 页。

③ 释慧皎：《高僧传》，汤用彤校注，中华书局，1992，第 525 页。

④ 释慧皎：《高僧传》，汤用彤校注，中华书局，1992，第 355 页。

在于一心向道而毫无懈怠。如果德行节操没有污点，人虽死犹存。即便如此，慧皎的《高僧传》、道宣的《续高僧传》仍然将那些有污点的僧人列入其中，或者说他们并没有将这些不好的事迹剔除而故意美化僧人形象，可见是不以为意的，这些劣迹并不影响其成为高僧。而宝唱笔下的比丘尼却德行完美，他并没有将有污点的比丘尼选入传记。透过这些僧人的视角可以看出，对佛门中男性与女性道德的要求是不一样的，僧人们对比丘尼的德行方面更为看重。

三、比丘尼佛学素养的神异化

无论僧传还是尼传，文中都有对僧尼神异功能及事件的描绘。且历史上有专门记录有神异特点之僧尼的《神僧传》及《神尼传》，但《神尼传》已经失传。这些僧尼往往拥有未卜先知或念咒治病等神通，颇似道教的神仙方术。而东汉初佛教传入中土时，佛教依附黄老道教而立足，被人误以为是道教方术的同类。因此，在僧尼形象的建构中，也不免加入这些神异的事迹，以便于普通民众能感受到这一宗教的神奇之处，有利于佛教的传播。如慧皎的《高僧传》中专门有"神异"二卷，介绍有神异表现及拥有奇门异术的僧人。道宣的《续高僧传》则有"感通篇"来记叙类似的现象。

而比较传记中有关僧尼的神异形象后发现，与僧人不同的是，比丘尼的佛学素养有被神异化的现象。如《比丘尼传》中的法缘尼："法缘，本姓仑，东官曾成人也。宋元嘉九年，年十岁，妹法綵年九岁，未识经法，忽以其年二月八日俱失所在，经三日而归，说至净土天宫见佛，佛为开化。至九月十五日又去，一旬乃还，便能作外国书语及诵经，见西域人言谑，善相了解。十年正月十五日又复失去，田中作人见其随风飘扬上天。父母忧之，祀神求福。既而经月乃返，返已出家，披着法服，持发而归。"[1]法缘与妹妹法綵原本在十岁左右的年纪并不懂佛法，在第二次失踪又返回之后，便能书写外国的文字，掌握了一门外语，且能宣讲佛经，并能听懂西域人的谈话。十天之内就具备了这样的能力显然是不可思议的。另外，还有南朝宋时的慧木尼："临受戒夕，梦人口授《戒本》，及受戒竟，再览便诵。"[2]慧木与法缘姐妹一样，其形象被僧人构建为佛学

---

① 释宝唱：《比丘尼传校注》，王孺童校注，中华书局，2006，第118页。
② 释宝唱：《比丘尼传校注》，王孺童校注，中华书局，2006，第72页。

方面的才能及文化素养都是一蹴而就的，看不到其渐习的过程。《高僧传》中对鸠摩罗什母亲的描述也相类似：

> 什母忽自通天竺语，难问之辞，必穷渊致，众咸叹之。有罗汉达摩瞿沙曰："此必怀智子。"为说舍利弗在胎之证。
>
> 及什生之后，还忘前言。[1]

鸠摩罗什的母亲忽然能够通晓天竺语言，在生下罗什之后便又忘了这门语言。其形象被塑造为她对外语的掌握是因为怀了一位智慧之子的缘故。另外，在《神僧传》中，一位有才华的比丘尼甚至被视为是神鬼附体：

> 有比丘尼为鬼所著。超悟玄解说辩经文，居宗讲导听采云合，皆不测也。莫不赞其聪悟。朗闻曰："此邪鬼所加，何有正理，须后检校。"他日清旦猴犬前行径至尼寺。朗往到礼佛绕塔至讲堂前，尼犹讲说。朗乃厉声呵曰："小婢，吾今既来何不下座！"此尼承声崩下走出，堂前立对于朗，从卯至申卓不移处，通汗流地默无言说。闻其慧解奄若聋痴，百日以后方复本性。[2]

这位比丘尼表现出了卓越的才能，被时人所称赞其聪悟，而僧朗却认为她是被鬼神附体，且对其进行呵斥与辱骂。

从这些形象的建构中，我们似乎能发现一种存在于僧人视角中隐含的偏见眼光，女性如果能识文断字、才华横溢，若被解释为有神灵加助才更为合理，而建构这样的形象则表明他们天然不相信女性本身能够具备这样的能力，犹如俗语中贬低女性的"头发长，见识短"一样，实际上就是一种偏见。僧人袾宏辑录的《往生集》中记载了五位比丘尼的往生事迹。在总论中，作者云："佛以姨母出家，叹正法由此而灭。使女人出家者皆如上五人，正法其弥昌乎？而势所不能，佛之悬记非过矣。噫，真正出家之男子，迩来尚不多得，而况女众欤！

---

① 释慧皎：《高僧传》，汤用彤校注，中华书局，1992，第45页。

② 高楠顺次郎等辑《大正藏》第50册，新文丰出版有限公司，1992，第981页。

吾于是乎有感。"①袾宏认为即使所有女性出家者能达到他所列举的五位比丘尼的人生高度，正法依然不能昌盛，真正出家的男子尚不多得，何况女众呢？这位僧人对佛教女性的歧视溢于言表。

南朝时期刘宋一朝实行尼僧自治的制度，为一些女性施展自身的佛学及政治才华提供了难得的契机，这套制度在同时期的北朝是没有的，也可谓佛教入华所呈现的又一新的文化现象。而针对尼僧自治制度，北宋僧人赞宁曾在《大宋僧史略》中评价道："北朝立制多是附僧，南土新规别行尼正。宋太始二年，敕尼宝贤为尼僧正，又以法净为京邑尼都维那。此则承乏之渐，梁、陈、隋、唐少闻其事。偏霸之国往往闻有尼统尼正之名焉。"②赞宁显然没有把南朝的这一创举放在眼里，且因为这种新规的制定而视其为偏霸之国，可见他并不欣赏这种对尼僧优待而进步的制度。

值得注意的是，除了宝唱为比丘尼立传，历史上几乎再没有僧人为这一群体专门立传，这一现象也许也能从一个侧面反映僧人对比丘尼的看法与眼光。也许正是因为这种偏见的普遍存在使得很少有僧人为她们立传，以之为榜样。毕竟，立传需要对立传的对象具备足够的敬仰与钦佩心理。此外，梁僧佑所撰的《出三藏记集》，并没有冠名和强调是僧人的传记，却没有选择一位比丘尼入传，这也是值得思考的现象。另外，六朝普通民众的眼光也能从旁印证他们对比丘尼的看法。《洛阳伽蓝记》中记载："时阉官伽蓝皆为尼寺，唯桃汤所建僧寺，世人称之英雄。"③北朝时，一般阉官所建的寺院都为尼寺，而桃汤建立僧寺则被世人称为英雄。由此联想，僧人为尼立传，是否也会顶着世俗及同俦的压力不得而知，但尼传如此稀少，或许与僧人的偏见而不愿为之立传有一定关联。

总之，从传记中僧尼形象建构的差异来看，六朝时期，比丘尼的才能及文化素养更依赖于原生家庭的教育，官宦家庭相对重视子女的教育，并没有忽视对女性自幼的培养。在僧人眼中，比丘尼德行上的完美无缺更易赢得尊重，才华则是次要的。相反，过人的天资和才能还容易被视为异类。可见，佛教虽宣扬众生平等，但要想做到真正的男女平等是十分困难的，即使是在僧团内部，

---

① 高楠顺次郎等辑《大正藏》第 51 册，新文丰出版有限公司，1992，第 143 页。

② 高楠顺次郎等辑《大正藏》第 54 册，新文丰出版有限公司，1992，第 243 页。

③ 高楠顺次郎等辑《大正藏》第 51 册，新文丰出版有限公司，1992，第 1014 页。

依然深受中国传统伦理观念之影响。

第三节　文人视域中的六朝比丘尼形象

自佛教传入中土以来，佛教的发展便不断与中国的文化环境相适应，佛教的传播也逐渐吸引着文人的目光。事实上，佛教文化积极参与了公元 3 世纪和 4 世纪初整个中国新型知识精英的形成过程。许理和认为，这一新型知识精英群体还包含着有教养的僧人。他们能够通过佛教教义与中国传统学术，成功地发展出特定形态的佛教，并在上层阶级中传播，从而被称为"士大夫佛教"①。这一新的文化现象表明了僧人与文人之间的密切关联。

晋宋时期，佛教在中土兴盛或者说"士大夫佛教"甚为流行的表现之一即名士广结名僧，与之交游。名士与名僧交往密切，酬唱往来。他们陶醉在自然山水中，清谈玄理、诗文赠答，好不潇洒高逸。东晋南朝的文人在与名僧交游以及积极参与佛事活动、辩护佛理的过程中促进着佛教的传播与兴盛。汤用彤指出："《高僧传》曰'孙权使支谦与韦昭共辅东宫'，言或非实。然名僧名士之相结合，当滥觞于斯日。其后《般若》大行于世，而僧人立身行事又在在与清谈者契合。夫《般若》理趣，同符《老》、《庄》。而名僧风格，酷肖清流，宜佛教玄风，大振于华夏也。"②

然而，当我们在探讨名士与名僧交往的现象时，往往忽视了其时比丘尼的存在。据史料来看，当时的文人也有与名尼交往的记载。其实，许理和所言的新型知识精英，还应包含有教养的比丘尼。这一群体更是新型中的新型，她们改变了中国古代女性身份及形象的已有结构，值得关注和研究。从文人的视角来观察比丘尼，可以一探当时文人的文化心理、对佛教女性的态度及比丘尼的文化贡献。具体来讲，文人书写下的比丘尼形象存在正反两向的差异，这是其

---

① 许理和：《佛教征服中国》，李四龙等译，江苏人民出版社，2017，第 7 页。
② 汤用彤：《汉魏两晋南北朝佛教史》，商务印书馆，2015，第 125 页。

时文人的心态与观念使然。

一、崇佛心态与高尼形象

六朝时，有不少文人皆对佛教表现出了相当大的热情。他们积极参与佛事活动，崇敬并出资供养僧尼。在南朝梁释宝唱的《比丘尼传》中，明确与文人交往，并得到他们敬重的比丘尼有十五位左右。入选该传的比丘尼皆是当时优秀尼僧的代表，从她们当中多数与文人交往互动的事例来看，这些文人对她们敬重与礼遇的程度不输其对高僧的优待。有些具有非凡地位的文人积极为之建寺，施舍财物，从物质上予以供给和保障。如：

> 晋建元元年春，与慧湛等十人济江，诣司空公何充。充一见甚敬重。于时京师未有尼寺，充以别宅为之立寺。问感曰："当何名之？"答曰："大晋四部，今日始备。檀越所建，皆造福业，可名曰建福寺。"公从之矣。（明感尼）

> 建元二年渡江，司空何充大加崇敬，请居建福寺住云。（慧湛尼）

> 宋青州刺史北地傅弘仁，雅相叹贵，厚加赈给。以永初三年，割宅东面，为立精舍，名曰景福。（慧果尼）

> 刺史韦朗、孔默并屈供养，闻其谈说，甚敬异焉，因是士人皆事正法。（法缘尼）

> 丹阳乐遵为敬舍宅立寺，后迁居之。（僧敬尼）

> 齐永明五年，陈留阮俭笃信士也，舍所居宅，立齐兴精舍。①（德乐尼）

---

① 释宝唱：《比丘尼传校注》，王孺童校注，中华书局，2006，第15、21、43、119、125、160 页。

　　以上所提到的文人一般具有很深的佛教信仰，不乏有人为佛教投入了巨大的财力与精力。例如，何充即是东晋时期文人信仰佛教的典型。《晋书·何充传》云："充居宰相，虽无澄正改革之能，而强力有器局，临朝正色，以社稷为己任，凡所选用，皆以功臣为先，不以私恩树亲戚，谈者以此重之。然所昵庸杂，信任不得其人，而性好释典，崇修佛寺，供给沙门以百数，糜费巨亿而不吝也。"① 这些文人身居要职，能够凭借自身实力实现与僧尼的良好互动与交流，敬重并供养僧尼，以此来表达对佛教的崇敬与热爱。他们对高僧与高尼一样重视，态度毫无二致。

　　物质上的供给是文人与比丘尼交往的方式之一。除此之外，一同出行及文字上的联系是他们交往的其他典型方式。如：

　　　　豫章太守吴郡张辩，素所尊敬，为之传述云。（法盛尼）

　　　　琼以元嘉二十年随孟顗之会稽，至破冈卒。（慧琼尼）

　　　　宋征士刘虬，雅相宗敬，为制偈赞云。（道综尼）
　　　　逮元嘉中，鲁郡孔默出镇广州，携与同行。……年八十四，永明四年二月三日卒，葬于钟山之阳。弟子造碑，中书侍郎吴兴沈约制其文焉。② （僧敬尼）

　　　　会稽恭子张使君莅广州，便供养之。随使君还吴，又随出入。③
　　（法琼尼）

　　这些文人不仅为之立传、制偈、书写碑文，还有携其远行者。可见这些比丘尼不仅赢得文人的尊重与敬佩，她们与其时一般女性相比，社会活动与交往也更为自由。

---

　　① 房玄龄等：《晋书》，中华书局，1974，第 2030 页。

　　② 释宝唱：《比丘尼传校注》，王孺童校注，中华书局，2006，第 48、66、105、124-125 页。

　　③ 严可均辑《全北齐文》，商务印书馆，1999，第 115 页。

在这些文人中，与比丘尼互动交往较为频繁的当推沈约。上文已提到，僧敬尼去世后，他曾为其书写碑文，其文详细内容如下：

> 立言道往，标情妙觉。置想依空，练心成学。绵日悠长，疏年缅邈。风迁电改，斯理莫违。神有殊适，形无异归。临泉结恸，有怆徂晖。松飙转盖，山雨披衣。载刊贞轨，永播余徽。①

在沈约笔下，僧敬法师俨然一副精苦修行，智慧卓绝的高尼形象。文中还饱含对其逝世的哀悼之情。另外，沈约还曾为禅林寺的净秀尼书写过一篇篇幅相当之长的行状，与宝唱的《比丘尼传》相比，更为详细地记载了净秀尼的一生。此外，沈约的《绣像赞并序》是为释宝尼所造绣的无量寿尊像而写：

> 表相异仪，传形匪壹。镂玉图光，雕金写质。亦有淑人，含芳上律。绚发绮情，幽摛宝术。缛文内炳，灵姿外溢。水耀金沙，树罗琼实。现符净果，来膺妙秩。毓藻震闺，腾华梵室。有亿斯年，于万兹日。②

在沈约的书写中，这些高尼所具备的精进智慧、芳德慈悲之形象流露出作者极大的钦佩与赞赏之情。这些高尼也的确是同侪中的佼佼者。需要指出的是，沈约的崇佛心态中还凸显其对现世的关怀与慈悲。从其书写的《齐禅林寺尼净秀行状》中，可以清楚地看到净秀尼所突出的人格特点之一即是具有天生的慈悲与道心。文中叙其"年至七岁，自然持斋。家中请僧行道，闻读《大涅槃经》，不听食肉，于是即长蔬不啖，二亲觉知，若得鱼肉，辄便弃去。……及手能书，常自写经，所有财物，唯充功德之用"③。这一特点显然与沈约的思想相融洽。他在《究竟慈悲论》中说："释氏之教，义本慈悲。慈悲之要，全生为重。恕己因心，以身观物，欲使抱识怀知之类，爱生忌死之群，各遂厥宜，得无遗

---

① 严可均辑《全梁文》，商务印书馆，1999，第 341 页。

② 严可均辑《全梁文》，商务印书馆，1999，第 329-330 页。

③ 严可均辑《全梁文》，商务印书馆，1999，第 342 页。

失。"①崇信佛教的沈约将慈悲作为佛教的根本要义而接纳，并成为其道德实践的动力与追求。

除了沈约，曾为道综尼制偈赞的刘虬也是一位著名的崇佛文人。《刘虬碑》中记载其"所明释氏之教，则净行传之"，且幼年即"孝敬淳深"②。还有礼请僧猛尼为门师的益州刺史吴郡张岱以及宋齐时期礼遇法宣尼的周颙。《南齐书·周颙传》记载："宋明帝颇好言理，以颙有辞义，引入殿内，亲近宿直。帝所为惨毒之事，颙不敢显谏，辄诵经中因缘罪福事，帝亦为之小止。""泛涉百家，长于佛理。著《三宗论》。""清贫寡欲，终日长蔬食，虽有妻子，独处山舍。"③这些文人不仅身体力行的实践佛教之教义，且与僧尼来往密切，虽不是佛门中人，却与佛教有着深厚的不解之缘。在其崇佛心态的作用下，他们眼中的比丘尼完全是正面的形象。他们将这些高尼与高僧等量齐观，没有丝毫的排斥与偏见。然而，并非所有的文人都以相同的眼光看待比丘尼这一群体。

二、排佛心理与形象诋毁

文人中还有另类声音的存在，其笔下的比丘尼则是以负面的形象出现。如刘昼曰："尼与优婆夷，实是僧之妻妾，损胎杀子，其状难言。今僧尼二百余万，并俗女向有四百余万，六月一损胎。如是，则年族二百万户矣。验此佛是疫胎之鬼也。全非圣人之言。道士非老庄之本，籍佛邪说，为其配坐而已。"④典籍中记载："昼字孔昭，渤海阜城人，举秀才不第，有《高才不遇传》四卷。"⑤针对此番言论，道宣在《广弘明集》中言道："专言堕胎杀子，岂是正士言哉。孔子见人一善而忘其百非，鲍生见人一恶而终身不忘。弘隘之迹断可知矣，狂哲之心相去远矣。然则天下高尚沙门有逾百万，财色不顾名位莫缘。"⑥对于刘昼对比丘尼形象的诋毁，道宣显然是持否定的态度，认为刘昼狭隘而具有偏见，故而与圣人先哲

① 严可均辑《全梁文》，商务印书馆，1999，第317页。
② 严可均辑《全梁文》，商务印书馆，1999，第581页。
③ 萧子显：《南齐书》，中华书局，1972，第730-732页。
④ 严可均辑《全北齐文》，商务印书馆，1999，第99页。
⑤ 严可均辑《全北齐文》，商务印书馆，1999，第98页。
⑥ 高楠顺次郎等辑《大正藏》第52册，新文丰出版有限公司，1992，第128页。

相去甚远。此外，还有武平中的儒林学士章仇子陁，在《请禁抑僧尼表》中亦表达了对僧尼的不满："帝王上事昊天，下字黎庶，君臣夫妇，纲纪有本。自魏晋以来。胡妖乱华，背君叛父，不妻不夫，而奸荡奢侈，控御威福，空受加敬，轻欺士俗。妃主昼入僧房，子弟夜宿尼室，臣不惶不恐，不避鼎镬，辄沐浴舆榇，奉表以闻。"[1]而章仇子陁上书的结果是"帝震怒，禁锢经年。周武平齐，出之"。刘昼与子陁皆将比丘尼形象描绘得如此不堪，但最终却并没有得到认可，甚至后者因此而获罪。所以，诋毁比丘尼形象的文人毕竟是少数，关键是其排佛心理在作祟，如刘昼便曾排斥佛教，认为"佛法诡诳，避役者以为林薮"。可见，他们诋毁比丘尼形象的原因在于其处于排佛的立场，而这一现象在当时并不鲜见。

深究文人排佛心理的原因，其一是佛教与其政治、经济等利益的冲突及佛教与其传统礼法观念的相左。《世说新语·排调》记载："二郗奉道，二何奉佛，皆以财贿。谢中郎云：'二郗谄于道，二何佞于佛。'"[2]谢万的批判并不严厉，其本质上并未排斥佛教，而是指责何充个人以不正当的手段奉佛。《晋阳秋》曰："何充性好佛道，崇修佛寺，供给沙门以百数。久在扬州，征役吏民，功赏万计，是以为遐迩所讥。"[3]何充、何准兄弟二人因信奉佛教而广修佛寺，供养和尚，劳民伤财，所以遭到讥讽。与此相较，有些文人对佛教的排斥则显得激烈，如荀济在《论佛教表》中言道：

> 今僧尼不耕不偶，俱断生育，傲君陵亲，违礼损化，一不经也。凡在生灵，夫妇配合，产育男女。胡法反之，多营泥木，专求布施，宁非巨蠹？二不经也。奸胡矫诈，自称大觉，而比丘徒党，行淫杀子，僧尼悉然。害蝼蚁而起浮图，费才力而角堂宇。若牟尼能照而故纵淫杀，便是诈称慈悲；徒能照而不能救，又是大觉于群生无益，而天下不觉。三不经也。胡法悭贪，唯财是与，直是行三毒而害万方，未见修六度而隆三宝。……今僧尼坐夏，不杀蝼蚁者，爱含生之命也。而傲君父，妄仁于昆虫也。堕胎杀子，反养于蚊虻也。夫易者，君臣、夫妇、父子，三

---

[1] 严可均辑《全北齐文》，商务印书馆，1999，第99页。

[2] 刘义庆：《世说新语笺疏》，余嘉锡笺疏，上海古籍出版社，1993，第814页。

[3] 刘义庆：《世说新语笺疏》，余嘉锡笺疏，上海古籍出版社，1993，第814页。

纲六纪也。今释氏君不君，乃至子不子，纲纪紊乱矣。云云。①

荀济世居江左，与梁武帝为布衣之交，后来以表而讥讽佛教，然害怕被诛杀而逃往北魏。又如，元嘉十二年，丹阳尹萧摹之曾上奏批判佛教：

> 佛化被于中国，已历四代，形像塔寺，所在千数，进可以系心，退足以招劝。而自顷以来，情敬浮末，不以精诚为至，更以奢竞为重。旧宇颓弛，曾莫之修，而各务造新，以相夸尚。甲第显宅，于兹殆尽，材竹铜彩，糜损无极，无关神祇，有累人事。建中越制，宜加裁检，不为之防，流遁未息。请自今以后，有欲铸铜像者，悉诣台自闻；兴造塔寺精舍，皆先诣在所二千石通辞，郡依事列言本州；须许报，然后就功。其有辄造寺舍者，皆依不承用诏书律，铜宅林苑，悉没入官。②

再如，周朗亦曾上书反对佛教：

> 自释氏流教，其来有源，渊检精测，固非深矣。舒引容润，既亦广矣。然习慧者日替其修，束诚者月繁其过，遂至糜散锦帛，侈饰车从。复假精医术，托杂卜数，延姝满室，置酒洪堂，寄夫托妻者不无，杀子乞儿者继有。而犹倚灵假像，背亲傲君，欺费疾老，震损宫邑，是乃外刑之所不容戮，内教之所不悔罪，而横天地之间，莫不纠察。人不得然，岂其鬼欤。今宜申严佛律，裨重国令，其疵恶显著者，悉皆罢遣，余则随其艺行，各为之条，使禅义经诵，人能其一，食不过蔬，衣不出布。若应更度者，则令先习义行，本其神心，必能草腐人天，竦精以往者，虽侯王家子，亦不宜拘。③

当然，这些反佛的文人皆身居要职，是政治与经济的既得利益者。随着其

---

① 严可均辑《全后魏文》，商务印书馆，1999，第 504-506 页。
② 沈约：《宋书》，中华书局，1974，第 2386 页。
③ 沈约：《宋书》，中华书局，1974，第 2100 页。

时僧尼数量的激增与佛教势力的不断发展，佛教团体一旦与他们的利益相冲突，自然会遇到反对的声音。但从整个历史发展的过程来看，这些限制佛教与反对佛教的现象并没有真正阻碍佛教在中土的传播与发展。

文人排佛心理的另一深层原因在于观念与信仰的相抵牾。佛教传入后，那些来自天师道世家的文人或佛道兼修，或坚持自己的道教信仰而排斥佛教。如顾欢著《夷夏论》而引发夷夏之争，范缜著《神灭论》而引发有关神不灭的论争。《夷夏论》云：

> 佛教文而博，道教质而精。精非粗人所信，博非精人所能。佛言华而引，道言实而抑，抑则明者独进，引则昧者竞前。佛经繁而显，道经简而幽。幽则妙门难见，显则正路易遵。此二法之辨也。

> 圣匠无心，方圆有体，器既殊用，教亦异施。佛是破恶之方，道是兴善之术。兴善则自然为高，破恶则勇猛为贵。佛迹光大，宜以化物；道迹密微，利用为己。优劣之分，大略在兹。①

显然，顾欢站在排佛而扬道的立场，但佛道之间的论争实际上有利于促进佛教的发展，这种思想的碰撞与交流客观上推动了佛道之间的融合。

此外，有些文人的排佛心理明显带有时代的局限性。《世说新语·轻诋》云："王北中朗不为林公所知，乃著论《沙门不得为高士论》。大略云：'高士必在于纵心调畅，沙门虽云俗外，反更束于教，非性情自得之谓也。'"②王坦之认为僧徒不能算是志行高洁之士，因为志行高洁之士必然处于随心所欲、自然舒畅的状态，而沙门要受教规的约束，不是本性的自我适意。王坦之的看法是可以理解的。晋宋时期，佛教初盛，一些文人还不能理解佛法的真谛，或者并未理解心灵自由的真正含义，受戒律约束与否只关涉到自由的表象，此文人的看法明显带有时代的局限性。何况，王坦之本就与僧人支道林有个人间的矛盾，所以二人还曾相互诋毁，如《世说新语·轻诋》云："王中郎与林公绝不相得。王谓

---

① 严可均辑《全齐文》，商务印书馆，1999，第226页。
② 刘义庆：《世说新语笺疏》，余嘉锡笺疏，上海古籍出版社，1993，第845页。

林公诡辩，林公道王云：'箸腻颜帢，糸翁布单衣，挟《左传》，逐郑康成车后，问是何物尘垢囊？'"①

整体来看，六朝时期文人的排佛现象仍是少数。有学者指出，从文人接受佛教的总体特征来看，反对佛教的声音在东晋南朝相对较弱。东晋南朝各帝大多"孔释兼弘"，主张三教一致，文人中绝大部分都是这一主张的支持者。因而反佛之论对佛教发展造成的负面影响并不大②。毕竟，文人与那些有教养的僧尼同为当时的知识精英群体，在精神上能够达到互洽与共鸣。对于净贤尼，"当时名士，莫不宗敬"③的态度便是那个时代文人眼光的缩影。

三、文人与高尼的精神契合

这种被称为"士大夫佛教"的特殊形态是佛教入华之后全新的文化现象，并成为连接文人与僧尼的精神纽带。这一文化形态的繁荣在于其思想内涵能够满足士人们的精神追求。有学者指出，六朝士大夫，为了接近终极真理，为了"尽理穷事"，在各种各样的价值中发现了意义，而且还对超越了日常的、经验的世界之永恒的东西抱有强烈的冲动。也正是这种情况，成为使之比较容易接受作为外来宗教的佛教的条件。④士人们爱好清谈，但先前的论题已经被探讨得失去了理论兴味，从而开始着眼论辩的技巧。两晋时，般若学流行开来，名僧们相继渡江，与名士交往密切。佛学与玄学相结合，玄佛互释成为普遍现象。正因般若谈空，与玄学之本无义有异曲同工之处，汤用彤说："于是六家七宗，爰延十二，其所立论枢纽，均不出本末有无之辩，而且亦即真俗二谛之论也。六家者，均在谈无说空。……贵无贱有，返本归真，则晋代佛学与玄学之根本义，殊无区别。"⑤

佛教进入清谈的领域后，为清谈注入了理论之活水，极大地吸引着文人的目光。在东晋盛行的般若学，将深受玄学思潮影响的士人之理论兴趣渐趋转向

---

① 刘义庆：《世说新语笺疏》，余嘉锡笺疏，上海古籍出版社，1993，第841页。

② 高文强：《东晋南朝文人接受佛教研究》，中国社会科学出版社，2012，第96页。

③ 释宝唱：《比丘尼传校注》，王孺童校注，中华书局，2006，第195页。

④ 吉川忠夫：《六朝精神史研究》，王启发译，江苏人民出版社，2010，第13页。

⑤ 汤用彤：《汉魏两晋南北朝佛教史》，商务印书馆，2015，第218-220页。

佛学，如东晋末年的孙绰、郗超等人，其理论兴趣便完全转向佛理。清谈重新焕发出生机与活力。汤用彤还指出，自朱士行提倡《般若》以来，讫于罗什，当推《般若》为佛教义学之大宗。在他所列当时中国的《般若》学者中便包含道仪尼：《比丘尼传》谓乃慧远之姑，诵《法华经》，讲《维摩》《小品》。[1]一些高尼亦擅长清谈。如，道馨尼"雅能清谈，尤善《小品》，贵在理通，不事辞辩，一州道学所共师宗"[2]。因此，名士与名僧、名尼能够在一致的思想背景中发现精神的契合与共鸣。

自觉的个性意识本就使得魏晋士人独具风采。《世说新语·品藻》云："桓公少与殷侯齐名，常有竞心。桓问殷：'卿何如我？'殷云：'我与我周旋久，宁作我。'"[3]桓温将殷浩与自己相比，虽然桓温在当时权势很大，为东晋枭雄，但殷浩却不肯放弃自己的个性。当时，以个性来反抗礼教，成了一种时尚。宗白华说："魏晋人以狂狷来反抗这乡愿的社会，反抗这桎梏性灵的礼教和士大夫阶层的庸俗，向自己的真性情、真血性里掘发人生的真意义、真道德。"[4]

东晋之后，士风已不像正始那样充满火药味。在阮籍和嵇康等人那里所看到的作为实践的、主体性的人生探究意愿逐渐丧失。在般若说空的理论引导下，东晋士人从西晋士人的纵欲狂诞转向追求宁静的精神境界。另外，东晋百年的偏安局面造就了东晋士人的偏安心态，这种心态在江左的发展深入到士人生活的各个方面，影响着他们的人生理想与审美趣味。罗宗强认为，东晋中期以后，士人的最高境界，是潇洒高逸。不论是在位，还是又仕又隐，还是纯粹的隐士，都以潇洒高逸为最高的精神追求。[5]他们身上所呈现的是潇洒宁静而任自然的气质和优雅从容的风度，这与其时的高僧、高尼是共通的。《高僧传·慧远传》云："善属文章，辞气清雅，席上谈吐，精义简要。加以容仪端整，风采洒落。""陈郡谢灵运负才傲俗，少所推崇，及一相见，肃然心服。"[6]慧远的形象显然受到

---

① 汤用彤：《汉魏两晋南北朝佛教史》，商务印书馆，2015，第126-127页。

② 释宝唱：《比丘尼传校注》，王孺童校注，中华书局，2006，第25页。

③ 刘义庆：《世说新语笺疏》，余嘉锡笺疏，上海古籍出版社，1993，第520页。

④ 宗白华：《美学散步》，上海人民出版社，1981，第223页。

⑤ 罗宗强：《玄学与魏晋士人心态》，南开大学出版社，2003，第265页。

⑥ 释慧皎：《高僧传》，汤用彤校注，中华书局，1992，第221-222页。

文人的钦佩，而当时许多高尼所呈现的气质丝毫不逊于名士与名僧。如智贤尼"仪观清雅，辞吐辩丽"；法盛尼"昼则披陈玄素，夕则清言味理，渐染积年，神情朗赡，虽曰暮齿，有逾壮年"；净行尼"幼而神理清秀，远识遒赡，爽烈有志分，风调举止，每辄不群"；惠晖尼"清虚淡朗，姿貌详雅，读《大涅槃经》，诵《法华经》"[1]。因此，这种精神层面的互通性必然使文人以崇敬和平等的心态去对待、交往这一群体。

此外，六朝文人与僧尼的隐逸思想、状态相契合。在老庄思想广泛而普遍渗透的六朝时代，隐逸行为成为士人们普遍关心的事情。他们寄情山水，游心物外。有学者认为，伴随着作为稳定体制的门阀贵族社会的确立，出现了与以往极为不同形态的逸民。不避世的逸民和不艰苦的隐逸。[2]文人的这种生活方式与僧尼有相通之处，能够产生共鸣。他们都取代古人艰苦的隐逸而变为坐享其成的隐逸，这是建立在经济安逸基础上的悠然自适的生活。佛教沙门也被认为是一种逸民，所以孙绰在《道贤论》中将天竺的七僧比拟成竹林七贤。上层的僧尼与士大夫们同样过着优渥生活，佛门有着"寸绢不输官库，升米不进公仓"[3]的经济特权。《洛阳伽蓝记》中记载的尼寺极尽华美：

> 有五层浮图一所，去地五十丈，仙掌凌虚，铎垂云表，作工之妙埒美永宁。讲殿尼房五百余间，绮疏连亘，户牖相通。珍木香草，不可胜言，牛筋狗骨之木，鸡头鸭脚之草，亦悉备焉。（瑶光寺）

> 有佛殿一所，像辇在焉，雕刻巧妙，冠绝一时。堂庑周环，曲房连接，轻条拂户，花蕊被庭。至于大斋，常设女乐，歌声绕梁，舞袖徐转，丝管寥亮，谐妙入神。以是尼寺，丈夫不得入，得往观者，以为至天堂。（景乐寺）

> 有金像辇，去地三尺，施宝盖，四面垂金铃七宝珠，飞天伎乐，

---

① 所引参见释宝唱《比丘尼传校注》，王孺童校注，中华书局，2006。
② 吉川忠夫：《六朝精神史研究》，王启发译，江苏人民出版社，2010，第19页。
③ 高楠顺次郎等辑《大正藏》第52册，新文丰出版有限公司，1992，第278页。

望之云表，作工甚精。①（景兴尼寺）

另外，郭祖深曾向皇帝上书言事："都下佛寺五百余所，穷极宏丽。僧尼十余万，资产丰沃。所在郡县，不可胜言。"②可见，虽在方外的僧尼们依然拥有优越的经济与生活条件，可称为不艰苦的隐逸生活。正是这样的状态为其修行提供了充分的物质保障，使他们能够与那些门阀贵族社会中的名士一样能够呈现优雅从容的风度。他们非"身隐"而隐于"道"的方式使文人与高尼在精神气质上具有相通性。此外，一些僧尼与东晋贵族社会有很深的接触和密切的往来，由他们所代表的佛教，正是得到贵族社会的支持而发展起来的，所以缺少了与历史性的现实和集团利益相冲突的情势，故而能够拥有清高而独善的性格。所以那些高尼的形象、气质和才学能够契合文人的人格理想与审美眼光。

牟宗三认为，就当时能清言玄言之名士之生活情调言，如中朝名士、竹林名士、江左名士等，固全幅是艺术境界与智悟境界之表现。艺术境界有两面：一是他们的才性生命所呈现之神采或风姿，二是先天后天所蓄养的趣味。试打开《晋书》诸名士传以及《世说新语》观之，其形容某人所用之品鉴词语如风神、风姿、风采等，不一而足。假若其人趣味卑俗，风貌庸陋，则即不能于名士之林。至于清言玄言，则尤须赖于智悟，聪明不及，出语鄙俚，即不足与于清言。智悟与风神相辅相成。艺术境界与智悟境界乃成为魏晋人雅俗贵贱之价值标准。③诚然，艺术境界与智悟境界构成六朝文人审美价值评判标准的重要两维。在当时，僧尼群体在这一方面与文人的品味是相通的。综观一些高僧所写的僧尼传记，里面的许多人物都能传达主体的这一审美意识，一些高僧笔下的人物呈现出与名士相似的风度与风采。如宝唱的《比丘尼传》中就包含许多人物品藻，描绘了一些高尼的风度之美，包含着智慧与审美的统一，我们毋宁称为高尼们诗性智慧的流露。又如，据《世说新语·贤媛》中的记载，往来与张、谢二家的一位比丘尼曾分别评价谢玄的姐姐与张玄的妹妹："王夫人神情散朗，

---

① 高楠顺次郎等辑《大正藏》第51册，新文丰出版有限公司，1992，第1003、1003、1005 页。

② 李延寿：《南史》，中华书局，1975，第1721 页。

③ 牟宗三：《才性与玄理》，广西师范大学出版社，2006，第56 页。

故有林下风气。顾家妇清心玉映，自是闺房之秀。"[1] 该尼认为王夫人（谢道韫）有竹林名士的风度气质，可见其与当时文人相合的审美视域。

需要指出的是，在魏晋思潮及玄佛合流思想的影响下，魏晋士人无疑在精神上是超越的。他们所追求和企图树立的是一种富有情感而独立自足、绝对自由而无限超越的人格本体。[2]因此，他们重自然而轻礼法，性情得到极大的解放。但有学者认为，他们在德性上却常是庸俗无赖的。宋儒开出"超越领域"，构成德性、美趣、智悟三者立体之统一。美趣与智悟只是两度向，转出德性，始形成三度向。[3]然而，同一时期，在美趣与智悟两个度向与文人相融通的高僧、高尼群体却已经达到了三度向的统一，在佛法的熏陶与实践中，他们以慈悲为怀，戒行精苦，严于律己。在人格完善中达到德性、美趣与智悟的和谐统一，要比宋儒进步几个世纪。

总之，六朝文人对佛教的接受程度及心态决定了他们对比丘尼的看法。总体看来，他们对这一佛教女性群体持以钦佩和恭敬的态度，高尼们高贵飘逸、充满智慧与德才兼备的形象符合他们的人格审美。即使有反佛及诋毁形象的个别现象出现，但文人与僧尼之间整体精神上的互通与共契性导致双方间的交往与互动是主流，促进着其时佛教的兴盛与哲学思想的进步。

第四节　北魏墓志中的比丘尼形象

《文章辨体序说·墓志》云："墓志，则直述世系、岁月、名字、爵里，用防陵谷迁改。"[4]墓志本是墓地的标识物，以防陵谷改迁。广义上的墓志包含了埋在地下的墓志铭和立于地面的墓表文，属碑文的一种，多记叙死者的家世及生平

---

[1] 刘义庆：《世说新语笺疏》，余嘉锡笺疏，上海古籍出版社，1993，第 698 页。

[2] 李泽厚：《中国古代思想史论》，生活·读书·新知三联书店，2008，第 206 页。

[3] 牟宗三：《才性与玄理》，广西师范大学出版社，2006，第 56 页。

[4] 吴纳：《文章辨体序说》，于北山校点，人民文学出版社，1962，第 52 页。

等，行文有简易与复杂之分。学界一般认为墓志起源于汉代，但它在南北朝时才趋于规范和成熟。从北朝墓志的具体名目来看，称墓铭、墓志、墓记、墓表的情况皆有，本文将这些均视为广义上的墓志，是一种独立的文体。另外，埋葬僧人所立的塔铭、浮图记等也归于墓志文范畴。

北魏时期，佛教在中土传播的兴盛之状从僧寺数目即可见一斑。这一王朝虽经历了北魏太武帝的灭佛之难，但此事并未真正影响佛教的迅速发展，至孝静帝时，已达"僧尼二百万人，寺三万所"①的繁盛之况。另外，在北魏一朝，诸多皇后、太后及公主出家，佛门与宫廷之间产生了分外紧密的关联。而正史及其他史料对这些后宫出家女性及当时其他比丘尼的记载相对较少，流传下来的北魏时期比丘尼的文字作品也相对贫乏，所以我们较难窥见她们的全貌。而出土的若干篇北魏比丘尼墓志便显得尤为珍贵，它们或由其比丘尼弟子书写，或由文人执笔。从这些记叙及赞美之词中，我们得以发现他者眼光中比丘尼形象的独特风采。

一、比丘尼墓志中的形象虚构

综观北魏时期的比丘尼墓志，其行文和结构已较为定型，散韵结合，多记叙墓主人家世、生平并赞其功德，具有相当的文采。诚然，要想做到对个体客观而准确的描述是十分不易的，就墓志对个体的描摹来看，比丘尼墓志的书写中存在着形象虚构的现象。这一现象分两种情况，其一是文学层面的虚构。

《文心雕龙·诔碑》云："写实追虚，碑诔以立。铭德慕行，文采允集。观风似面，听辞如泣。石墨镌华，颓影岂忒。"②首先，刘勰将立碑叙述死者的文章和诔文归为一类，他认为碑文和诔文的作用在于叙述具体的行事和追写抽象的道德。如此，人们似乎可以感受到书写对象的影像及风采。这就说明了对墓主人的描摹势必包含虚、实两个方面。书写者往往不吝笔墨来颂扬对象的才华与品德。如，《魏故比丘尼统法师僧芝墓志铭》云："禀三才之正气，含七政之淑灵，道识发于生知，神情出于天性。"③僧芝尼的墓志由其弟子僧和、道和两位比丘尼撰写，她们用比拟及夸张的手法表达对师父的钦佩与敬仰。故而在涉及僧芝尼

---

① 高楠顺次郎等辑《大正藏》第 49 册，新文丰出版有限公司，1992，第 465 页。

② 刘勰：《文心雕龙译注》，陆侃如、牟世金译注，齐鲁书社，2009，第 213 页。

③ 赵君平、赵文成：《河洛墓刻拾零》，北京图书馆出版社，2007，第 20 页。

才能及品德的描绘方面，"追虚"是其显著的特色。又如："法师雅韵一敷，慕义者如云；妙音暂唱，归道者如林。故能声动河渭，德被岐梁者矣。"① 寥寥数语，便将僧芝法师的才德表达得淋漓尽致，宛在目前。再如："皇上登极，皇太后临朝，尊亲之属既隆，名义之敬逾重，而法师谦虚在己，千仞不测其高，容养为心，万顷无拟其广。"② 据史书记载，"太后性聪悟，多才艺，姑既为尼，幼相依托，略得佛经大义"③。僧芝尼即是宣武灵皇后胡氏的姑姑，灵皇后胡氏后来被肃宗尊为太后。僧芝可谓皇亲国戚，与皇家有密切的联系，地位殊荣，但能做到谦虚而有涵养，可见其令人敬佩的修为与德行。其弟子又称其"道冠宇宙，德兼造物"，无一不是在用夸张的文学手法来树立其光辉的形象。另外，在表达其对逝者的哀痛之心时，又云"山水为之改色，阳春触草而不荣"，达到了刘勰所说的"观风似面，听辞如泣"的效果。

此外，由北魏名家常景书写的《魏故比丘尼统慈庆墓志铭》亦用比拟的手法描摹墓主人的外在风姿与内在品行："于昭淑敏，实粹光仪，如云出岫，若月临池。"④ 另一文人所书写的《魏故车骑大将军平舒文定邢公继夫人大觉寺比丘元尼墓志铭并序》同样用比拟与夸张的笔触来描摹女性的风姿与神韵："蟠根玉岫，擢质琼林，姿色端华，风神柔婉，岐嶷发自韶年，窈窕传于龆日。"⑤ 在文末的韵文，即铭文部分更是用多种手法生动展现了书写对象的德行与风采，并用拟人手法来叙写哀情：

> 金行不竞，水运唯昌，于铄二祖，龙飞凤翔。继文下武，叠圣重光，英明踵德，周封汉苍。笃生柔顺，克诞温良，行齐桥木，贵等河鲂。莲开渌渚，日照层梁，谷蕈葛藟，灌集鹂黄。言归备礼，环佩锵锵，明同折轴，智若埋羊。惇和九族，雍睦分房，时顺有极，荣落无常。昔为国小，今称未亡，倾天已及，如何弗伤。离兹尘境，适彼玄

① 赵君平、赵文成：《河洛墓刻拾零》，北京图书馆出版社，2007，第20页。

② 赵君平、赵文成：《河洛墓刻拾零》，北京图书馆出版社，2007，第20页。

③ 魏收：《魏书》，中华书局，1974，第338页。

④ 韩理洲等辑校编年《全北魏东魏西魏文补遗》，三秦出版社，2010，第23页。

⑤ 韩理洲等辑校编年《全北魏东魏西魏文补遗》，三秦出版社，2010，第298页。

场，幽监寂寂，天道芒芒。生浮命促，昼短宵长，一归细柳，不反扶
桑。霜凝青槚，风悲白杨，蕙苗兰畹，无绝芬芳。①

　　以上所列举的"追虚"特色是从文学层面而言的，也是人物描绘的必然现
象。《文心雕龙·夸饰》云："夫形而上者谓之'道'，形而下者谓之'器'。神道
难摹，精言不能追其极；形器易写，壮辞可得喻其真。才非短长，理自难易耳。
故自天地以降，豫入声貌，文辞所被，夸饰恒存。"②毕竟，人物的声貌及道德都
是难以用语言精确描绘的，而文学性的虚构反而给人以无限的想象空间，我们
不仅能从这种"夸饰"中感受到描写对象的人格魅力，亦能体会到书写者深厚
的文学功底及素养。

　　除了文学层面的虚构，北魏比丘尼的墓志中还存在着一种认识评价层的虚
构，即书写者有意或无意地忽略了许多重要事实，所建构的人物形象与史料中
的记载相比有较大出入，使人由此而怀疑其形象建构的客观性与真实性，这在
《魏瑶光寺尼慈义墓志铭》的书写中表现得较为突出。

　　墓志中记载："尼讳英，姓高氏，勃海条人也。文照皇帝太后③之兄女。世宗
景明四年纳为夫人，正始五年拜为皇后。"④慈义尼在出家前曾是世宗宣武帝的皇
后，据正史记载，这个皇后有妒忌的特点："宣武皇后高氏，文昭皇后弟偃之女
也。世宗纳为贵人，生皇子，早夭，又生建德公主。后拜为皇后，甚见礼重。性
妒忌，宫人希得进御。"⑤因高皇后嫉妒的特点，后宫很少有人能亲近皇帝。

　　正史中又记载："世宗暮年，高后悍忌，夫人嫔御有至帝崩不蒙侍接者。由
是在洛二世，二十余年，皇子全育者，惟肃宗而已。"⑥因高后悍忌，所以直到皇
帝去世，后宫还有从未被皇帝宠幸的妃嫔，因而世宗宣武帝也仅有肃宗一位皇子
得以保全，高皇后的专宠跋扈由此可见一斑。另外，前皇后之死似乎也与其有

_____

① 韩理洲等辑校编年《全北魏东魏西魏文补遗》，三秦出版社，2010，第 299 页。
② 刘勰：《文心雕龙译注》，陆侃如、牟世金译注，齐鲁书社，2009，第 480 页。
③ 据正史记载应为"文昭皇太后"。
④ 朱亮主编《洛阳出土北魏墓志选编》，科学出版社，2001，第 44 页。
⑤ 魏收：《魏书》，中华书局，1974，第 336 页。
⑥ 魏收：《魏书》，中华书局，1974，第 337 页。

关。史书中记载："宣武顺皇后于氏，太尉烈弟劲之女也。世宗始亲政事，烈时为领军，总心膂之任，以嫔御未备，因左右讽谕，称后有容德，世宗乃迎入为贵人。时年十四，甚见宠爱，立为皇后，谒于太庙。后静默宽容，性不妒忌，生皇子昌，三岁夭殁。其后暴崩，宫禁事秘，莫能知悉，而世议归咎于高夫人。葬永泰陵，谥曰顺皇后。"[1]于氏是世宗宣武帝的第一任皇后，具备"静默宽容，性不妒忌"的贤良淑德形象，且生下皇子。但其皇子三岁时便夭折，于皇后本人也在不久去世，世人认为他们都被高夫人，也就是后来的高皇后所害，虽然后世无法知晓此事的详细经过，但历史上对高皇后的记叙和评价却着实是负面的。

　　肃宗即位后不久，尊高皇后为皇太后，尊其生母胡氏为皇太妃，后又尊为皇太后。然高皇后被尊为皇太后的第二个月就去了瑶光寺出家。《魏书》记载："二月庚辰，尊皇后高氏为皇太后。……三月甲辰朔，皇太后出俗为尼。"[2]高太后出家之后，人身自由遭到限制，没有重大节日不能随意入宫，其女儿建德公主也被灵太后夺来抚养。神龟元年，最终被灵太后迫害致死，以尼礼下葬，足见宫廷斗争之惨烈："及肃宗即位，上尊号曰皇太后。寻为尼，居瑶光寺，非大节庆，不入宫中。建德公主始五六岁，灵太后恒置左右，抚爱之。神龟元年，太后出觐母武邑君。时天文有变，灵太后欲以后当祸，是夜暴崩，天下冤之。丧还瑶光佛寺，嫔葬皆以尼礼。"[3]

　　肃宗孝明帝于公元516年即位，高太后在其即位后不久出家，于神龟元年即公元518年去世。由此推算，其出家修行的时间应不满三年，且显然是被迫出家。佛门生活的时间如此之短，很难令人相信其有多么高深的佛学素养或对佛法有深刻的理解和体悟。高太后毕生都见证了宫廷斗争的复杂与残酷，深陷宫廷斗争的泥潭，甚至最终沦为政治斗争的牺牲品。而弟子法王为其书写的墓志，依然以"贤""哲""善"为其形象的关键词，且希望其"芳猷"（美德）永远流传，为人们展示的是一种与正史记载反差极大的超尘拔俗之形象。《魏瑶光寺尼慈义墓志铭》云：

①　魏收：《魏书》，中华书局，1974，第336页。

②　魏收：《魏书》，中华书局，1974，第221页。

③　魏收：《魏书》，中华书局，1974，第336-337页。

其辞曰：三空杳眇，四果攸绵，得门其几，惟哲惟贤。犹与上善，独悟斯缘，出尘解累，业道西禅。方穷福养，永保遐年，如何弗寿，祸降上天。……式铭慈（兹）石，芳猷有传。①

这种虚构可看作是认识评价层面的虚构，其弟子未必不知道慈义尼出家前的经历和遭遇，但这样的书写或许是因对皇权的尊崇和依附而有意美化，也或许是出于师徒之间的真实情分。

另外，《魏故比丘尼统法师僧芝墓志铭》也存在这一现象，上文已经分析过书写者用文学手法为我们呈现了一位"道冠宇宙，德兼造物"的高尼形象，才德堪称完美，但对比正史中的记载，僧芝法师未必有墓志中所书写的那般超脱和完美，或有虚构的成分。史书记载："后姑为尼，颇能讲道，世宗初，入讲禁中。积数岁，讽左右称后姿行，世宗闻之，乃召入掖庭为承华世妇。"②僧芝即是灵太后的姑姑，在灵太后当年还未入宫前，其姑僧芝尼已经在为世宗皇帝及后宫宣讲佛法。僧芝暗示左右称赞其侄女胡氏的容貌与品德，遂引起了世宗的注意并将胡氏纳入后宫，最终生育肃宗而成为后来的灵太后。可见，灵太后的荣宠与其姑姑的助力密不可分，而僧芝正是有意令其侄女吸引皇帝的目光，终获富贵荣华。这样的形象到底难与其墓志中的书写完全匹配，而这两篇墓志均由其弟子书写，此种虚构也许是出于师徒间的真挚情感，或许她们书写的形象更多是基于个人情感塑造的结果，但也不排除有意美化的因素。

总而言之，北魏时比丘尼墓志中的人物形象，既有文学层面的虚构，又有认识评价层的虚构。尤其是从文学层面的虚构中，我们能够体会到的是情感的真实。如此，其行文才有"观风似面，听辞如泣。石墨镌华，颓影岂忒"的书写效果。

二、身份差异下的多元想象

目前所能见到的北魏比丘尼墓志，或由其弟子书写，或由文人书写。而书写者的身份不同，其对墓主形象描绘的侧重点便有较大差异，书写的风格及行文特点也各有不同。诚然，书写者无法对墓主人的一生进行全面的了解和客观

---

① 朱亮主编《洛阳出土北魏墓志选编》，科学出版社，2001，第44页。

② 魏收：《魏书》，中华书局，1974，第337页。

精确地评价，对比丘尼的评判和眼光，更多是基于自身视角的认识与想象。文人视角的观察与想象，以《魏故比丘尼统慈庆墓志铭》及《魏故车骑大将军平舒文定邢公继夫人大觉寺比丘元尼墓志铭》为典例。前者明确署"征虏将军、中散大夫、领中书舍人常景文"①，常景是北魏的名家，尤其擅长碑铭。世宗时，崔光曾评价："常景名位乃处诸人之下，文出诸人之上。"②常景尤为重视礼法。高肇曾娶平阳公主，在平阳公主去世后，高肇想让公主的家令居庐制服，相关官员征求常景的意见，常景严守纲纪，认为此举于礼法不合：

> 肇尚平阳公主，未几主薨，肇欲使公主家令居庐制服，付学官议正施行。尚书又访景，景以妇人无专国之理，家令不得有纯臣之义，乃执议曰："丧纪之本，实称物以立情；轻重所因，亦缘情以制礼。虽理关盛衰，事经今古，而制作之本，降杀之宜，其实一焉。是故臣之为君，所以资敬而崇重；为君母妻，所以从服而制义。……家令不得为纯臣，公主不可为正君明矣。且女人之为君，男子之为臣，古礼所不载，先朝所未议。而四门博士裴道广、孙荣义等以公主为之君，以家令为之臣，制服以斩，乖谬弥甚。又张虚景、吾难羁等，不推君臣之分，不寻致服之情，犹同其议，准母制齐，求之名实，理未为允。窃谓公主之爵，既非食菜之君；家令之官，又无纯臣之式。若附如母，则情义罔施；若准小君，则从服无据。案如经礼，事无成文；即之愚见，谓不应服。"朝廷从之。③

常景引经据典，以古礼纲纪为训，循君臣、男女伦常之节，最终朝廷也采纳了他的建议。另外，史书记载："朝廷典章，疑而不决，则时访景而行。"④朝廷在典章方面但凡有疑难问题的，也往往征询常景的意见，可见其对礼法的推崇与熟稔程度远超他人。因此，从他为慈庆尼书写的墓志来看，其笔下的比丘

---

① 韩理洲等辑校编年《全北魏东魏西魏文补遗》，三秦出版社，2010，第23页。
② 魏收：《魏书》，中华书局，1974，第1801页。
③ 魏收：《魏书》，中华书局，1974，第1801-1802页。
④ 魏收：《魏书》，中华书局，1974，第1803页。

尼更接近于一位遵守礼法的妇人形象。"禀气淑真，资神休烈，理怀贞粹，志识宽远。故温敏之度，发自韶华，而柔顺之规，迈于成德矣。"在介绍慈庆尼的出身与家世后，开篇即以文人理想中的女性形象来整体塑造慈庆的人格特点。又详细记叙了她出家之前的经历，称赞其嫁人之后，"谐襟外族，执礼中馈，女功之事既缉，妇则之仪惟允"①。

至于《魏故车骑大将军平舒文定邢公继夫人大觉寺比丘元尼墓志铭》，其崇尚礼法的特色便更加鲜明。这篇墓志虽没有明确署名是哪位文人所书写，但从通篇称呼墓主人为夫人来看，书写者并非是佛门弟子。这篇墓志用了大量的笔墨来记叙及评价其出家前的生活经历，而遁入佛门后的经历只有一两句话一笔带过，详略之安排一目了然。且令人从中领略到的，依然是一位贤良淑德的女子形象："初笄之年，言归穆氏，勤事女功，备宣妇德。"②其行为举止遵从礼法的要求，婚姻生活亦满足文人的想象与理想："婉然作配，来嫔君子，好如琴瑟，和若埙篪，不言容宿，自同宾敬。奉姑尽礼，克匪懈于一人；处姒唯雍，能燮谐于众列。"其形象在文人眼中完美至"女宗一时，母仪千载"："稀言慎语，白圭无玷，敬信然诺，黄金非重。巾帨公宫，不登袨异之服；箕帚贵室，必御浣濯之衣。信可以女宗一时，母仪千载，岂直闻言识行，观色知情。"文中只简单交代了慈庆出家的因缘，并不能令人深刻感受到其在佛门的形象及人格特点。从文人的视角出发，其笔下的比丘尼形象蕴含着鲜明的世俗礼法之内涵，恰是文人理解与想象的结果。

然而，由墓主人的比丘尼弟子所书写的墓志，为我们呈现的则是另一种风貌，她们笔下的比丘尼是一副不累于物，超尘拔俗的高尼形象。如，由其弟子书写的《魏故比丘尼统法师僧芝墓志铭》开篇则以"禀三才之正气，含七政之淑灵，道识发于生知，神情出于天性"来赞其总体的人格魅力。在铭文部分，更是用幽玄的笔触总结并赞美其智识与德业：

> 般若无源，神理不测。熟诠至道，爰在妙识。狩钦上仁，允臻窦

---

① 魏收：《魏书》，中华书局，1974，第22页。

② 此段落中的引文皆出自韩理洲等辑校编年《全北魏东魏西魏文补遗》，三秦出版社，2010，第298页。

极。凝心入净，荡智融色。转轮三有，周流六道。独善非德，兼济为
功。幽镜寂灭，玄悟若空。怀彼昭旷，落此尘封。洞鉴方等，深苞律
藏。微言斯究，奥旨咸邑。宝座既升，法音既唱，耶（邪）观反正，
异旨辍郭。德重教尊，行深敬久。①

铭文既体现了书写者的佛学素养与文学功底，也展现了她们对其师生平的
认识与想象。又如，《魏瑶光寺尼慈义墓志铭》云："三空杳眇，四果攸绵，得门
其几，惟哲惟贤。猗与上善，独悟斯缘，出尘解累，业道西禅。"②《魏比丘尼慧
静墓志》云："离欲出家，舍身救人，摄心不乱，乃能成仁。悉除嗔恚，慈悲众
生，猛勇精进，始名净行。"③这两篇墓志亦均由墓主人的比丘尼弟子书写，她们
则以佛门弟子的眼光及想象勾勒并赞颂其生平，令我们感受到是智慧与慈悲并
存的高尼形象。

墓志浓缩的是此人的一生，如没有史料记载，我们便只能通过墓志的书写
去了解墓主人的生平及形象，而其形象的呈现在很大程度上是由书写者决定的，
他们的认识与想象对逝者生前的形象建构起到了重要作用。

三、墓志文体与形象建构

无论是虚构还是想象，除了上文中分析的一些因素外，墓志中比丘尼的形
象建构特点与墓志文体本身的特性也不无关联。《洛阳伽蓝记》云："生时中庸
之人耳。及其死也，碑文墓志莫不穷天地之大德，尽生民之能事，为君共尧舜
连衡，为臣与伊皋等迹。牧民之官浮虎，慕其清尘；执法之吏埋轮，谢其梗直。
所谓生为盗跖死为夷齐，佞言伤正华辞损实。"④应该认识到，墓志的基本特征正
是为逝者歌功颂德，故碑文多有溢美之词。因此，墓志语言虚饰、浮华的现象
在所难免，墓志中的形象存在虚构的成分也是可以理解的。但并非所有的墓志
都以夸饰为显著特征。《文体明辨序说·墓志铭》曰："迨夫末流，乃有假手文

---

① 赵君平、赵文成：《河洛墓刻拾零》，北京图书馆出版社，2007，第 20 页。
② 朱亮主编《洛阳出土北魏墓志选编》，科学出版社，2001，第 44 页。
③ 朱亮主编《洛阳出土北魏墓志选编》，科学出版社，2001，第 47 页。
④ 高楠顺次郎等辑《大正藏》第 51 册，新文丰出版有限公司，1992，第 1006 页。

士，以谓可以信今传后，而润饰太过者，亦往往有之，则其文虽同，而意斯异矣。然使正人秉笔，必不肯徇人以情也。"①正直之人书写的墓志，仍会尊重客观事实，即使虚构也是在文学的手法范围之内，而这类墓志往往情辞恳切，不失为优秀的文学作品。另外，墓志本来是防止陵谷改迁的标识物，所以比丘尼书写的墓志文中亦反映了这一观念，如，《魏瑶光寺尼慈义墓志铭》云："弟子法王等一百人，痛容光之日远，惧陵谷之有移，敬铭泉石，以志不朽。"②但对比同一时期的高僧墓志，却显示出不同的见解，《大魏比丘净智师圆寂塔铭》云："陵谷有迁，佛国久在。"③书写者认识到对僧人而言，陵谷也只是诸法相而已，超脱生死轮回之后的佛国永远存在，又何惧陵谷迁移。显然，慈义尼的弟子法王仍然沿用世俗的观念，对佛法的理解有其局限性。

从墓志文的结构安排来看，开头往往要叙述逝者的家世，一般都要写明家族历史上的显达之人，尤其要突出本姓历史上最声名显赫之人。由比丘尼弟子书写的墓志依然沿袭这一习惯，可见官位及祖宗崇拜心理影响深远，其时的出家之人也未能免俗。

> 法师讳僧芝，俗姓胡，安定临泾人也。虞宾以统历承乾，胡公以绍妫命国，备载于方册，故弗详焉。姚班督护军、临渭令、勃海公咨议参军略之孙，大夏中书侍郎、给事黄门侍郎、圣世宁西将军、河州刺史、武始侯渊之女，侍中、中书监、仪同三司、安定郡开国公珍之妹，崇训皇太后之姑。④（《魏故比丘尼统法师僧芝墓志铭》）

> 尼讳英，姓高氏，勃海条人也。文照皇帝太后⑤之兄女。世宗景明四年纳为夫人，正始五年拜为皇后。⑥（《魏瑶光寺尼慈义墓志铭》）

---

① 徐师曾：《文体明辨序说》，罗根泽校点，人民文学出版社，1998，第148页。

② 朱亮主编《洛阳出土北魏墓志选编》，科学出版社，2001，第44页。

③ 韩理洲等辑校编年《全北魏东魏西魏文补遗》，三秦出版社，2010，第357页。

④ 赵君平、赵文成：《河洛墓刻拾零》，北京图书馆出版社，2007，第20页。

⑤ 据正史记载应为"文昭皇太后"。

⑥ 朱亮主编《洛阳出土北魏墓志选编》，科学出版社，2001，第44页。

慈义尼的墓志体现得尤为显著，家族中地位最显赫的要数其父亲的妹妹文昭皇太后了，所以墓志只提及其与文昭皇太后的亲缘关系。这种表述固然遵从墓志文的习惯，但这一现象也反映出人们自古以来的文化心理，《淮南子·修务训》云："世俗之人，多尊古而贱今，故为道者，必托之于神农、黄帝而后能入说。"① 因此，从这些墓志的表述中可以看出北魏时比丘尼对传统思想的接受及对皇权的依附形象。有学者指出："北魏僧官大多主动依附王权，这与南朝的僧官及许多上层僧侣为坚持佛教的特殊礼仪及政权的相对独立性而进行长期的斗争是大异其趣的。"② 北魏僧官对皇权的依附性格应是整体氛围下的一种局部现象，北魏时期的僧尼当在此方面具有一致性。

另外，渐趋定型与成熟的墓志文中往往有表达生者哀痛之情的部分，有学者称其为"述哀"③。这些比丘尼在书写中依旧沿袭了这一特点：

> 哀恸圣衷，痛结缟素，其月廿四日辛卯，迁窆于洛阳北芒山之阳。大弟子比丘尼都维那法师僧和、道和，痛灵荫之长徂，恋神仪之永翳，号慕余喘，式述芳猷，若陵谷有迁，至善无昧。……洹奄俄俄，真俗悲倾。梵响入云，哀感酸声。众子号咙而奉送，称孤穷而单茕。山水为之改色，阳春触草而不荣。哀哉往也，痛矣无还。④（《魏故比丘尼统法师僧芝墓志铭》）

> 弟子法王等一百人，痛容光之日远，惧陵谷之有移，敬铭泉石，以志不朽。……徒众号慕，涕泗沦连，哀哀戚属，载擗载援。长辞人世，永即幽泉，式铭慈（兹）石，芳猷有传。⑤（《魏瑶光寺尼慈义墓志铭》）

> 第（弟）子等痛徽容之永绝，嗟大德之莫继，为铭泉石，以志不

---

① 何宁：《淮南子集释》，中华书局，1998，第1355页。

② 谢重光：《中古佛教僧官制度和社会生活》，商务印书馆，2009，第69页。

③ 马立军：《北朝墓志文体与北朝文化》，中国社会科学出版社，2015，第171页。

④ 赵君平、赵文成：《河洛墓刻拾零》，北京图书馆出版社，2007，第20页。

⑤ 朱亮主编《洛阳出土北魏墓志选编》，科学出版社，2001，第44页。

朽。……徒侣追慕，涕泗长沦。铭兹贞石，永诏来轸。①（《魏比丘尼慧
静墓志》）

在述哀部分，她们无不将痛哭流涕的哀痛景象描绘得淋漓尽致，显示其内
心的悲痛与酸楚，以“涕泗长沦”“涕泗沦连”来描摹众人痛哭的场面。这一特
点仍旧符合中国传统的伦理观念与礼法特色。《礼记·丧大记》曰：“敛者既敛必
哭。”②《礼记·奔丧》曰：“始闻亲丧，以哭答使者，尽哀；问故，又哭尽哀。”③
因此，用“哭”来表达对逝者的哀悼是丧礼的必备环节。《礼记·丧大记》中甚
至对哭的具体方式进行了规定性的描述：

> 始卒，主人啼，兄弟哭，妇人哭，踊。既正尸，子坐于东方；卿、
> 大夫、父、兄、子姓，立于东方；有司庶士哭于堂下，北面；夫人坐
> 于西方，内命妇、姑、姊、妹、子姓立于西方；外命妇率外宗哭于堂
> 上，北面。大夫之丧，主人坐于东方，主妇坐于西方，其有命夫、命
> 妇则坐，无则皆立。士之丧，主人、父、兄、子姓皆坐于东方，主妇、
> 姑、姊、妹、子姓皆坐于西方。凡哭尸于室者，主人二手承衾而哭。④

因此，在墓志中表达对亡者的思念，以对哭的描绘显示生者的悲痛心理便
成为一种必然和固定的模式。

北魏时期，在孝文帝迁都洛阳，进行一系列汉化改革后，儒家的传统思
想对其少数民族的观念产生了巨大影响，对孝道的重视和推崇成为其时的显著
特色。后来北魏王朝甚至废除了“立子杀母”这一残忍的宫廷制度。其所重视
的《孝经》即云：“子曰：‘孝子之丧亲也，哭不偯，礼无容，言不文，服美不
安，闻乐不乐，食旨不甘：此哀戚之情也。……为之棺椁衣衾而举之，陈其簠
簋而哀戚之，擗踊哭泣，哀以送之。卜其宅兆，而安措之。为之宗庙，以鬼享

---

① 朱亮主编《洛阳出土北魏墓志选编》，科学出版社，2001，第 47 页。

② 王文锦：《礼记译解》，中华书局，2001，第 650 页。

③ 王文锦：《礼记译解》，中华书局，2001，第 838 页。

④ 王文锦：《礼记译解》，中华书局，2001，第 632-633 页。

之；春秋祭祀，以时思之。生事爱敬，死事哀戚，生民之本尽矣，死生之义备矣，孝子之事亲终矣。'"①

因此，"死事哀戚"的传统思想必是举国上下所尊崇与深入人心的理念。但比丘尼作为佛门弟子，其对这一思想的接受行径却与佛教所宣扬的理念相乖违。佛教追求能超越生死轮回的境界，所以必不会执着于死亡的苦痛。故而历史上的许多高僧大德都对死亡表现出超脱的态度。六祖慧能甚至告诫自己的弟子不要像世俗之人那样为其死亡而身着孝服，痛哭流涕，应要领会佛法的真谛："师说偈已，告曰：'汝等好住，吾灭度后，莫作世情悲泣雨泪。受人吊问，身着孝服，非吾弟子，亦非正法。但识自本心，见自本性，无动无静，无生无灭，无去无来，无是无非，无住无往。恐汝等心迷，不会吾意，今再嘱汝，令汝见性。吾灭度后，依此修行，如吾在日。若违吾教，纵吾在世，亦无有益。'"②

《比丘尼传》中也多有高尼因领悟佛法而从容地面对生命自然之终结。如妙相尼"后枕疾累日，临终怡悦，顾语弟子曰：'不问穷达，生必有死，今日别矣。'言绝而终。"③据《大般涅槃经》的记载来看，佛祖释迦牟尼在临终前也告诫弟子不要愁苦，当知诸行无常，自己将入超脱生死轮回的涅槃之境，所以不应啼哭，其说偈曰：

> 一切诸世间，生者皆归死，寿命虽无量，要必当有尽。夫盛必有衰，合会有别离，壮年不久停，盛色病所侵，命为死所吞，无有法常者。……诸欲皆无常，故我不贪著。离欲善思惟，而证于真实，究竟断有者，今日当涅槃。我度有彼岸，已得过诸苦，是故于今者，纯受上妙乐。以是因缘故，证无戏论边，永断诸缠缚，今日入涅槃。我无老病死，寿命不可尽，我今入涅槃，犹如大火灭。纯陀汝不应，思量如来义，当观如来住，犹如须弥山。我今入涅槃，受于第一乐。诸佛法如是，不应复啼哭。④

---

① 李学勤主编《孝经注疏》，北京大学出版社，1999，第57-61页。

② 魏道儒译注《坛经译注》，中华书局，2010，第187页。

③ 释宝唱：《比丘尼传校注》，王孺童校注，中华书局，2006，第13页。

④ 高楠顺次郎等辑《大正藏》第12册，新文丰出版有限公司，1992，第373页。

因此，北魏时期这些比丘尼的墓志反映了这一矛盾之所在，而观察北魏时期所能见到的若干篇高僧墓志，却并没有类似痛哭场面的表达，如北魏的《净悟浮图记》云："师栖兹寺十七年，于永兴四年冬十二月圆寂于法室。莲华现影，贝叶生香。"①该墓志不仅通篇没有痛哭场面的再现，反而将净悟法师圆寂的场面写的妙乐庄严，无有苦痛。《大魏比丘净智师圆寂塔铭》中也没有啼哭的哀号场面，将净智法师的去世描绘得有超脱生死之感："至德无为，广慧深造，一旦圆寂，云烟去邈。建兹显业，卓然物表，以寄高瞻，日星炳耀。"②而《魏故昭玄沙门大统僧令法师墓志铭》中的述哀部分也仅有"弟子智微、道逊、觉意等痛慈颜之长往，惧大义之将乖，兴言永慕"③一语，哀而不伤。

由此看来，北魏时期比丘尼的墓志书写仍遵从墓志文体自身的特色，反映了她们依然遵循现实礼法及传统的伦理观念，这在一定程度上体现了她们的世俗性与佛教观念相冲突的特点，而在描绘其师形象的同时也展现了她们自身的人格特质。

透过北魏时期的比丘尼墓志，我们能够观察到基于虚构及想象这些独特视角下的比丘尼形象，其对皇权的依附及对佛法理解的局限性虽是她们形象的重要之维，但佛教在中土的传播必然需要适应其本来的文化传统。而墓志文应当成为北朝文学的重要组成部分，从其时女性的普遍文化水平来考量，比丘尼所书写的墓志已具有较高的文学水准，这是非常值得肯定的。

---

① 韩理洲等辑校编年《全北魏东魏西魏文补遗》，三秦出版社，2010，第82页。
② 韩理洲等辑校编年《全北魏东魏西魏文补遗》，三秦出版社，2010，第357页。
③ 韩理洲等辑校编年《全北魏东魏西魏文补遗》，三秦出版社，2010，第344页。

结　语

　　从六朝的时代及文化背景来看，苦难的社会现实是比丘尼们进行佛教书写的重要机缘和驱动力，但佛法中的智慧也在不断地引导她们正确面对和超越人生之苦，而不是让她们将希望寄托在天堂或来世的纯粹幻想来麻醉自己。新的思想背景与文化气候为佛教书写提供了全新的场地，主体也需要在文化冲突与融合中适应这一变化。无论是佛儒之间的调和还是玄佛思想的合流，都将影响着书写者的心态及活动交往。

　　在佛教发展迎来空前兴盛的六朝，比丘尼佛教书写一方面遇到重要契机，政治的扶持、经济的保障、文化的进步与社会风气的革新，都为书写活动提供了诸多有利条件；另一方面，相应的困境也在所难免，佛教文化危机以及平等的相对性都会对比丘尼佛教书写产生不可忽视的消极影响。

　　通过对六朝时期这些比丘尼佛教书写文本的观察，我们可以领略其中独特的个性化意蕴和审美倾向，也由此体会到这些女性书写者的心态与佛学素养。在仪式语境下，北朝比丘尼的造像记书写是艺术、伦理与宗教的三位一体。通过造像仪式，比丘尼团体与世俗之间的联系也更加密切。在佛教造像仪式中，人的理想人格和境界又得以重构，情感得以升华。置身仪式当中的僧尼比普通人具有更多神圣性的规约与希望的寄托和引领，也从而使他们的人格气质表现得与众不同。此外，她们书写的墓志文应当成为北朝文学的重要组成部分，从其时女性的普遍文化水平来考量，比丘尼所书写的墓志已具有较高的文学水准，这是非常值得肯定的。

　　比丘尼佛教书写所形成的南北差异，源于南北地区不同地理环境、社会经济、思想文化及佛教发展、文学发展等多重因素的综合作用。北朝书写在整体上呈现出重实用且平实典正的审美风格，传达着书写者的家国情怀，有强烈的世俗色彩，与北朝的悲凉文风有别。受佛教文化的影响，北方书写恰与北朝文风相独立，这是女性，更是佛教女性的书写特色。南方书写则呈现出重义理、玄意幽远且文辞优美、典雅的审美风格。南方文化塑造着东晋南朝比丘尼的诗性人格之美，她们拥有典雅、从容的气质、风度，以及玄妙而富于智慧的思想、审美境界；在北方文化的影响下，北朝比丘尼具有朴实、重实际的性格特征，以及关心世俗、孝亲重国的伦理观念。也由此可见比丘尼的书写风格与其人格特征相一致。

在僧人眼中，比丘尼德行上的完美无缺更易赢得尊重，才华则是次要的。相反，过人的天资和才能还容易被视为异类。可见，佛教虽宣扬众生平等，但要想做到真正的男女平等是十分困难的，即使是在僧团内部，依然不能排除中国传统伦理观念的影响与束缚。至于当时的文人，他们总体上对这一佛教女性群体持以钦佩和恭敬的态度，高尼们高贵飘逸、充满智慧与德才兼备的形象符合他们的人格审美。即使有反佛及诋毁形象的个别现象出现，但文人与僧尼之间整体精神上的互通与共契性导致双方的交往和互动是主流，促进着其时佛教的兴盛与哲学思想的进步。

自佛教传入中土以来，佛教的发展便不断与中国的文化环境相适应，佛教文化积极参与了公元 3 世纪和 4 世纪初整个中国新型知识精英的形成过程。许理和认为，这一新型知识精英群体还包含着有教养的僧人。他们能够通过佛教教义与中国传统学术，成功地发展出特定形态的佛教，并在上层阶级中传播，从而被称为"士大夫佛教"，那么许理和所言的新型知识精英，还应包含有教养的比丘尼。这一群体更是新型中的新型，她们改变了中国古代女性身份及形象的已有结构。比丘尼在女性群体中的活动自由度最高，如北朝比丘尼既与宫廷女性往来密切，又与平民女性交往频繁，恰可以实践其众生平等的大乘佛教理念。同时，她们也拥有着当时任一阶层女性都无法享受的同等自由。

不仅如此，六朝时期的比丘尼在整体上表现出了过人的才华。那些在年幼时期就崭露头角的比丘尼多出自官宦家庭，受到了良好的家庭教育。她们还在寺院中获得了良好的佛学教育、艺术教育及道德教育。许多比丘尼从人格气质到才华都在当时的女性群体中熠熠生辉，甚至与许多著名的士大夫相媲美。此外，在美趣与智悟两个度向与文人相融通的高尼群体已经达到了德性、美趣、智悟三度向的统一。在佛法的熏陶与实践中，她们以慈悲为怀，戒行精苦，严于律己。

参考文献

一、古籍文献

[1] 高楠顺次郎等辑 . 大正藏 [M]. 台北：新文丰出版有限公司，1992.

[2] 前田慧云等编 . 续藏经 [M]. 台北：新文丰出版有限公司，1975.

[3] 中国佛教文化研究所点校 . 长阿含经 [M]. 北京：宗教文化出版社，1999.

[4] 中国佛教文化研究所点校 . 中阿含经 [M]. 北京：宗教文化出版社，1999.

[5] 中国佛教文化研究所点校 . 杂阿含经 [M]. 北京：宗教文化出版社，1999.

[6] 中国佛教文化研究所点校 . 增一阿含经 [M]. 北京：宗教文化出版社，1999.

[7] 宗文点校 . 涅槃经 [M]. 北京：宗教文化出版社，2011.

[8] 宗文点校 . 华严经 [M]. 北京：宗教文化出版社，2011.

[9] 赖永海主编 . 金刚经·心经 [M]. 北京：中华书局，2010.

[10] 赖永海主编 . 维摩诘经 [M]. 北京：中华书局，2010.

[11] 赖永海主编 . 法华经 [M]. 北京：中华书局，2010.

[12] 魏道儒译注 . 坛经译注 [M]. 北京：中华书局，2010.

[13] 朱良志，詹绪左释译 . 比丘尼传 [M]. 高雄：佛光文化事业有限公司，1996.

[14] 释宝唱著，王孺童校注 . 比丘尼传校注 [M]. 北京：中华书局，2006.

[15] 释慧皎撰，汤用彤校注 . 高僧传 [M]. 北京：中华书局，1992.

[16] 释道宣撰，郭绍林点校 . 续高僧传 [M]. 北京：中华书局，2014.

[17] 释道世撰，周叔迦，苏晋仁校注 . 法苑珠林校注 [M]. 北京：中华书局，2003.

[18] 刘世珩 . 南朝寺考 [M]. 普慧大藏经刊行会校印本，1944.

[19] 杜洁祥主编 . 中国佛寺史志汇刊·第一辑·第 2 册·南朝佛寺志 [M]. 台北：明

文书局，1980.

[20] 闲谛.大乘止观述记 [M].北京：国际文化出版公司，2013.

[21] 释僧祐撰，李小荣校笺.弘明集校笺 [M].上海：上海古籍出版社，2013.

[22] 释僧祐撰，苏晋仁等点校.出三藏记集 [M].北京：中华书局，1995.

[23] 许明主编.中国佛教经论序跋记集 [M].上海：上海辞书出版社，2002.

[24] 阮元校刻.十三经注疏 [M].北京：中华书局，1980.

[25] 杨伯峻译注.论语译注 [M].北京：中华书局，1980.

[26] 李学勤主编.尚书正义 [M].北京：北京大学出版社，1999.

[27] 李学勤主编.周礼注疏 [M].北京：北京大学出版社，1999.

[28] 李学勤主编.仪礼注疏 [M].北京：北京大学出版社，1999.

[29] 李学勤主编.孝经注疏 [M].北京：北京大学出版社，1999.

[30] 王文锦撰.礼记译解 [M].北京：中华书局，2001.

[31] 黄寿祺，张善文撰.周易译注 [M].北京：中华书局，2016.

[32] 范晔.后汉书 [M].北京：中华书局，1965.

[33] 陈寿.三国志 [M].北京：中华书局，1959.

[34] 房玄龄等.晋书 [M].北京：中华书局，1974.

[35] 沈约.宋书 [M].北京：中华书局，1974.

[36] 萧子显.南齐书 [M].北京：中华书局，1972.

[37] 姚思廉.梁书 [M].北京：中华书局，1973.

[38] 姚思廉.陈书 [M].北京：中华书局，1972.

[39] 魏收.魏书 [M].北京：中华书局，1974.

[40] 李百药.北齐书 [M].北京：中华书局，1972.

[41] 令狐德棻等.周书 [M].北京：中华书局，1971.

[42] 李延寿.南史 [M].北京：中华书局，1975.

[43] 李延寿.北史 [M].北京：中华书局，1974.

[44] 司马光.资治通鉴 [M].北京：中华书局，1976.

[45] 朱铭盘.南朝宋会要 [M].上海：上海古籍出版社，1984.

[46] 朱铭盘.南朝齐会要 [M].上海：上海古籍出版社，1984.

[47] 朱铭盘.南朝梁会要 [M].上海：上海古籍出版社，1984.

[48] 朱铭盘.南朝陈会要 [M].上海：上海古籍出版社，1986.

[49] 张敦颐著，张忱石点校.六朝事迹编类[M].上海：上海古籍出版社，1995.

[50] 郦道元注，杨守敬等疏.水经注疏[M].南京：江苏古籍出版社，1989.

[51] 王先谦撰，沈啸寰等点校.荀子集解[M].北京：中华书局，1988.

[52] 陈鼓应注译.老子今注今译[M].北京：商务印书馆，2003.

[53] 陈鼓应注译.庄子今注今译[M].北京：中华书局，2016.

[54] 吴毓江撰.墨子校注[M].北京：中华书局，1993.

[55] 何宁.淮南子集释[M].北京：中华书局，1998.

[56] 汪荣宝撰，陈仲夫点校.法言义疏[M].北京：中华书局，1987.

[57] 颜之推著，王利器集解.颜氏家训集解（增补本）[M].北京：中华书局，1993.

[58] 刘义庆撰，余嘉锡笺疏.世说新语笺疏[M].上海：上海古籍出版社，1993.

[59] 严可均辑.全上古三代秦汉三国六朝文[M].北京：中华书局，1965.

[60] 严可均辑.全后汉文[M].北京：商务印书馆，1999.

[61] 严可均辑.全三国文[M].北京：商务印书馆，1999.

[62] 严可均辑.全晋文[M].北京：商务印书馆，1999.

[63] 严可均辑.全宋文[M].北京：商务印书馆，1999.

[64] 严可均辑.全齐文全陈文[M].北京：商务印书馆，1999.

[65] 严可均辑.全梁文[M].北京：商务印书馆，1999.

[66] 严可均辑.全后魏文[M].北京：商务印书馆，1999.

[67] 严可均辑.全北齐全后周文[M].北京：商务印书馆，1999.

[68] 韩理洲等辑校编年.全北魏东魏西魏文补遗[M].西安：三秦出版社，2010.

[69] 逯钦立辑校.先秦汉魏晋南北朝诗[M].北京：中华书局，1983.

[70] 张恩台编著.小学诗[M].长春：吉林美术出版社，2015.

[71] 王昶.金石萃编[M].清嘉庆十年经训堂刊本.

[72] 陆耀遹.金石续编[M].清同治十三年毗陵双白燕堂刊本.

[73] 王言.金石萃编补略[M].清光绪八年刊本.

[74] 方履篯.金石萃编补正[M].清光绪二十年上海醉六堂石印本.

[75] 罗振玉.金石萃编未刻稿[M].民国七年上虞罗氏石印本.

[76] 中国东方文化研究会历史文化分会编.历代碑志丛书[M].南京：江苏古籍出版社，1998.

[77] 国家图书馆善本金石组编.先秦秦汉魏晋南北朝石刻文献全编[M].北京：北京

图书馆出版社，2003.

[78] 黄征，吴伟编校.敦煌愿文集 [M].长沙：岳麓书社，1995.

[79] 潘重规.敦煌变文集新书 [M].台北：文津出版社，1994.

[80] 毛远明.汉魏六朝碑刻校注 [M].北京：线装书局，2008.

[81] 邵正坤.北朝纪年造像记汇编 [M].长春：吉林人民出版社，2014.

[82] 罗新，叶炜.新出魏晋南北朝墓志疏证 [M].北京：中华书局，2005.

[83] 王壮弘，马成名.六朝墓志检要 [M].上海：上海书店出版社，2008.

[84] 张伯龄.北朝墓志英华 [M].西安：三秦出版社，1988.

[85] 赵君平，赵文成.河洛墓刻拾零 [M].北京：北京图书馆出版社，2007.

[86] 赵万里.汉魏南北朝墓志集释 [M].台北：新文丰出版公司，1956.

[87] 朱亮主编.洛阳出土北魏墓志选编 [M].北京：科学出版社，2001.

[88] 陆侃如，牟世金译注.文心雕龙译注 [M].济南：齐鲁书社，2009.

[89] 曹旭笺注.诗品笺注 [M].北京：人民文学出版社，2009.

[90] 吴纳著，于北山校点.文章辨体序说 [M].北京：人民文学出版社，1962.

[91] 徐师曾著，罗根泽校点.文体明辨序说 [M].北京：人民文学出版社，1998.

二、国内著作

[1] 白翠琴.魏晋南北朝民族史 [M].成都：四川人民出版社，1996.

[2] 薄清江，梁美玲.中国民间造像史纲 [M].桂林：漓江出版社，2009.

[3] 蔡鸿生.尼姑谭 [M].广州：中山大学出版社，1996.

[4] 曹道衡，沈玉成编著.南北朝文学史 [M].北京：人民文学出版社，1991.

[5] 曹道衡.南朝文学与北朝文学研究 [M].南京：江苏古籍出版社，1998.

[6] 陈兵.佛教生死学 [M].北京：中央编译出版社，2012.

[7] 陈兵.佛教心理学 [M].西安：陕西师范大学出版总社有限公司，2015.

[8] 陈东原.中国妇女生活史 [M].上海：上海书店出版社，1989.

[9] 陈华文.丧葬史 [M].上海：上海文艺出版社，1999.

[10] 陈荣富.宗教礼仪与古代艺术 [M].南昌：江西高校出版社，1994.

[11] 陈戎国.魏晋南北朝礼制研究 [M].长沙：湖南教育出版社，1995.

[12] 陈晓红.敦煌愿文的类型研究 [M].北京：九州出版社，2018.

[13] 陈引驰.中古文学与佛教 [M].北京：商务印书馆，2017.

[14] 陈炎主编，仪平策著.中国审美文化史·秦汉魏晋南北朝卷 [M].济南：山东画报出版社，2000.

[15] 陈义孝编.佛学常见词汇 [M].银川：宁夏人民出版社，1994.

[16] 戴康生，彭耀主编.宗教社会学 [M].北京：社会科学文献出版社，2000.

[17] 丁福保.佛学大辞典 [M].上海：上海书店，1991.

[18] 丁小平.不离而觉：佛教出世观 [M].北京：宗教文化出版社，2006.

[19] 范子烨.中古文人生活研究 [M].济南：山东教育出版社，2001.

[20] 方立天.中国佛教与传统文化 [M].北京：中国人民大学出版社，2010.

[21] 方立天.佛教哲学 [M].北京：中国人民大学出版社，2012.

[22] 封野.汉魏晋南北朝佛寺辑考 [M].南京：凤凰出版社，2013.

[23] 高文强.东晋南朝文人接受佛教研究 [M].北京：中国社会科学出版社，2012.

[24] 葛兆光.中国思想史 [M].上海：复旦大学出版社，2013.

[25] 韩国盘.魏晋南北朝史纲 [M].北京：人民出版社，1983.

[26] 何锡蓉.另一片天地：女性伦理新探索 [M].武汉：湖北教育出版社，2001.

[27] 贺玉萍.北魏洛阳石窟文化研究 [M].开封：河南大学出版社，2010.

[28] 洪启嵩.女人禅 [M].北京：中国社会出版社，2004.

[29] 侯冲.中国佛教仪式研究：以斋供仪式为中心 [M].上海：上海古籍出版社，2018.

[30] 侯传文.佛经的文学性解读 [M].北京：中华书局，2004.

[31] 侯旭东.五、六世纪北方民众佛教信仰：以造像记为中心的考察 [M].北京：中国社会科学出版社，1998.

[32] 侯旭东.佛陀相佑：造像记所见北朝民众信仰 [M].北京：社会科学文献出版社，2018.

[33] 胡彬彬，李方.祈愿延绵 [M].长沙：湖南大学出版社，2013.

[34] 胡国瑞.魏晋南北朝文学史 [M].上海：上海文艺出版社，1980.

[35] 胡元翎.拂去尘埃：传统女性角色的文化巡礼 [M].石家庄：河北人民出版社，2001.

[36] 慧舟法师等.佛教仪式须知 [M].上海：上海佛学书局，1992.

[37] 江新建.佛教与中国丧葬文化 [M].长沙：湖南人民出版社，2008.

[38] 金申 . 中国历代纪年佛像图典 [M]. 北京：文物出版社，1994.

[39] 金维诺 . 中华佛教史 • 佛教美术卷 [M]. 太原：山西教育出版社，2013.

[40] 金元浦 . 接受反应文论 [M]. 济南：山东教育出版社，1998.

[41] 李根亮 . 死亡是一面镜子：中国古代叙事文学中的死亡现象研究 [M]. 哈尔滨：
黑龙江人民出版社，2011.

[42] 李建中 . 魏晋文学与魏晋人格 [M]. 武汉：湖北教育出版社，1998.

[43] 李翎 . 佛教造像量度与仪轨 [M]. 北京：宗教文化出版社，1995.

[44] 李世杰 . 汉魏两晋南北朝佛教思想史 [M]. 台北：新文丰出版公司，1980.

[45] 李新宇，周海婴主编 . 鲁迅大全集 • 鲁迅辑校石刻手稿 • 造像 [M]. 武汉：长江
文艺出版社，2011.

[46] 李小荣 . 晋唐佛教文学史 [M]. 北京：人民出版社，2017.

[47] 李玉珍，林美玫合编 . 妇女与宗教：跨领域的视野 [M]. 台北：里仁书局，2003.

[48] 李哲良 . 中国女尼 [M]. 成都：四川人民出版社，1997.

[49] 李泽厚 . 中国古代思想史论 [M]. 北京：生活 • 读书 • 新知三联书店，2008.

[50] 李正晓 . 中国早期佛教造像研究 [M]. 北京：文物出版社，2005.

[51] 梁漱溟 . 中国文化要义 [M]. 上海：上海人民出版社，1949.

[52] 梁一儒等 . 中国人审美心理研究 [M]. 济南：山东人民出版社，2002.

[53] 梁乙真 . 中国妇女文学史纲 [M]. 上海：上海书店出版社，1989.

[54] 林欣仪 . 舍秽归真：中古汉地佛教法灭观与妇女信仰 [M]. 台北：稻乡出版社，
2008.

[55] 林子青等 . 中国佛教规仪 [M]. 台北：常春树书坊，1988.

[56] 刘康德 . 魏晋风度与东方人格 [M]. 上海：上海人民出版社，2017.

[57] 刘汝霖 . 东晋南北朝学术编年 [M]. 北京：中华书局，1987.

[58] 刘小平 . 中古佛教寺院经济变迁研究 [M]. 北京：中央编译出版社，2016.

[59] 刘飙 . 魏晋南北朝释家传记研究：释宝唱与〈比丘尼传〉[M]. 长沙：岳麓书社，
2009.

[60] 刘苑如 . 朝向生活世界的文学诠释：六朝宗教叙述的身体实践与空间书写 [M].
台北：新文丰出版公司，2010.

[61] 刘跃进，范子烨编 . 六朝作家年谱辑要 [M]. 哈尔滨：黑龙江教育出版社，1999.

[62] 罗颢 . 此生可度：佛教生死观 [M]. 北京：宗教文化出版社，2004.

[63] 罗宏曾.魏晋南北朝文化史 [M].成都:四川人民出版社,1989.

[64] 罗维明.中古墓志词语研究 [M].广州:暨南大学出版社,2003.

[65] 罗宗强.魏晋南北朝文学思想史 [M].北京:中华书局,1996.

[66] 罗宗强.玄学与魏晋士人心态 [M].天津:南开大学出版社,2003.

[67] 罗宗真.六朝考古 [M].南京:南京大学出版社,1994.

[68] 罗宗真主编.魏晋南北朝文化 [M].上海:学林出版社,2000.

[69] 吕思勉.两晋南北朝史 [M].上海:上海古籍出版社,1983.

[70] 麻国庆.走进他者的世界:文化人类学 [M].北京:学苑出版社,2002.

[71] 马立军.北朝墓志文体与北朝文化 [M].北京:中国社会科学出版社,2015.

[72] 马良怀.崩溃与重建中的困惑:魏晋风度研究 [M].北京:中国社会科学出版社,
1993.

[73] 马世长,丁明夷.中国佛教石窟考古概要 [M].北京:文物出版社,2009.

[74] 梅新林.中国古代文学地理形态与演变 [M].上海:复旦大学出版社,2006.

[75] 明复.中国僧官制度研究 [M].台北:明文书局股份有限公司,1981.

[76] 牟宗三.才性与玄理 [M].桂林:广西师范大学出版社,2006.

[77] 牟宗三.佛性与般若 [M].长春:吉林出版集团有限责任公司,2010.

[78] 牟宗三.中国哲学十九讲 [M].长春:吉林出版集团有限责任公司,2010.

[79] 宁稼雨.魏晋风度:中古文人生活行为的文化意蕴 [M].北京:东方出版社,
1992.

[80] 宁稼雨.魏晋士人人格精神:《世说新语》的士人精神史研究 [M].天津:南开大
学出版社,2003.

[81] 彭自强.佛教与儒道的冲突与融合:以汉魏两晋时期为中心 [M].成都:巴蜀书
社,2000.

[82] 普颖华.中国文化美学 [M].北京:对外贸易教育出版社,1988.

[83] 普慧.中古佛教与文学 [M].西安:世界图书出版西安有限公司,2014.

[84] 祁志祥.佛教与中国文化 [M].上海:学林出版社,2000.

[85] 祁志祥.似花非花:佛教美学观 [M].北京:宗教文化出版社,2003.

[86] 任继愈主编.中国佛教史 [M].北京:中国社会科学出版社,1985.

[87] 任继愈主编.佛教大辞典 [M].南京:江苏古籍出版社,2002.

[88] 盛源,袁济喜.六朝清音 [M].郑州:河南人民出版社,2000.

[89] 释净空.学佛问答[M].北京：线装书局，2011.

[90] 孙昌武.中国佛教文化史[M].北京：中华书局，2010.

[91] 汤用彤.隋唐佛教史稿[M].北京：中华书局，1982.

[92] 汤用彤.魏晋玄学论稿[M].上海：上海古籍出版社，2001.

[93] 汤用彤.汉魏两晋南北朝佛教史[M].北京：商务印书馆，2015.

[94] 唐荷.女性主义文学理论[M].台北：扬智文化，2003.

[95] 唐嘉.东晋宋齐梁陈比丘尼研究[M].成都：巴蜀书社，2011.

[96] 唐长孺.魏晋南北朝史论拾遗[M].北京：中华书局，1983.

[97] 唐长孺.魏晋南北朝隋唐史三论[M].武汉：武汉大学出版社，1992.

[98] 唐长孺.魏晋南北朝史论丛[M].石家庄：河北教育出版社，2000.

[99] 万绳楠.魏晋南北朝史论稿[M].合肥：安徽教育出版社，1983.

[100] 万绳楠.魏晋南北朝文化史[M].合肥：黄山书社，1989.

[101] 万绳楠整理.陈寅恪魏晋南北朝史讲演录[M].贵阳：贵州人民出版社，2007.

[102] 王富宜.佛教女性研究[M].香港：中华书局(香港)有限公司，2012.

[103] 王海林.佛教美学[M].合肥：安徽文艺出版社，1992.

[104] 王素，李方.魏晋南北朝敦煌文献编年[M].台北：新文丰出版公司，1997.

[105] 王涛.书写：碎片化语境下他者的痕迹[M].北京：北京大学出版社，2013.

[106] 王惕.佛教造像法[M].天津：天津人民出版社，1999.

[107] 王晓朝.宗教学基础十五讲[M].北京：北京大学出版社，2003.

[108] 王仲华.魏晋南北朝史[M].上海：上海人民出版社，1979.

[109] 魏宏利.北朝碑志文研究[M].北京：中国社会科学出版社，2016.

[110] 魏宏利.北朝关中地区造像记整理与研究[M].北京：中国社会科学出版社，2017.

[111] 吴承学.中国古代文体学研究[M].北京：人民出版社，2011.

[112] 吴功正.六朝美学史[M].南京：江苏美术出版社，1994.

[113] 吴光正.女性与宗教信仰[M].沈阳：辽宁画报出版社，2000.

[114] 萧登福.道家道教与中土佛教初期经义发展[M].上海：上海古籍出版社，2003.

[115] 萧登福.汉魏六朝佛道两教之天堂地狱说[M].台北：学生书局，1989.

[116] 谢重光，白文固.中国僧官制度史[M].西宁：青海人民出版社，1990.

[117] 谢重光.中古佛教僧官制度和社会生活[M].北京：商务印书馆，2009.

[118]谢扶雅.宗教哲学[M].济南：山东人民出版社，1998.

[119]谢无量.中国妇女文学史[M].北京：中国人民大学出版社，2011.

[120]辛向阳等著.人文中国：中国的南北情貌与人文精神[M].北京：中国社会出版社，1996.

[121]徐国荣.中古感伤文学原论：汉魏六朝文士生命观及其文学表述[M].北京：中国社会科学出版社，2001.

[122]徐吉军.中国丧葬史[M].南昌：江西高校出版社，1998.

[123]许辉，蒋福亚.六朝经济史[M].南京：江苏古籍出版社，1993.

[124]许辉等主编.六朝文化[M].南京：江苏古籍出版社，2001.

[125]严耕望.魏晋南北朝佛教地理稿[M].上海：上海古籍出版社，2007.

[126]杨孝容.男女同尊：佛教女性观[M].北京：宗教文化出版社，2004.

[127]业露华.道洽六亲：佛教孝道观[M].北京：宗教文化出版社，2009.

[128]叶程义.汉魏石刻文学考释[M].台北：新文丰出版公司，1997.

[129]叶朗.中国美学史大纲[M].上海：上海人民出版社，1985.

[130]永明.佛教的女性观[M].北京：东方出版社，2015.

[131]袁济喜.六朝美学[M].北京：北京大学出版社，2000.

[132]袁阳.生死事大：生死智慧与中国文化[M].北京：东方出版社，1996.

[133]张承宗等主编.六朝史[M].南京：江苏古籍出版社，1991.

[134]张承宗.六朝民俗[M].南京：南京出版社，2002.

[135]张立伟.归去来兮：隐逸的文化透视[M].北京：生活·读书·新知三联书店，1995.

[136]张乃翥.龙门佛教造像[M].北京：文物出版社，2008.

[137]张培锋.佛家礼仪[M].天津：天津人民出版社，2004.

[138]张鹏.北朝石刻文献的文学研究[M].北京：中国社会科学出版社，2015.

[139]张岩冰.女权主义文论[M].济南：山东教育出版社，1998.

[140]张勇.魏晋南北朝大乘佛教的流行与女性主体意识的觉醒[M].北京：中华书局，2007.

[141]张禹东.宗教现象的文化学研究[M].福州：海峡文艺出版社，1999.

[142]震华法师.中国佛教人名大辞典[M].上海：上海辞书出版社，1999.

[143]郑培凯主编.宗教信仰与想象[M].香港：香港城市大学出版社，2007.

[144] 郑土有 . 中国民俗通志·信仰志 [M]. 济南：山东教育出版社，2005.

[145] 郑雪主编 . 人格心理学 [M]. 广州：暨南大学出版社，2001.

[146] 曾大兴 . 中国历代文学家之地理分布 [M]. 武汉：湖北教育出版社，1995.

[147] 宗白华 . 美学散步 [M]. 上海：上海人民出版社，1981.

[148] 周建江 . 北朝文学史 [M]. 北京：中国社会科学出版社，1997.

[149] 周一良 . 魏晋南北朝史论集续编 [M]. 北京：北京大学出版社，1991.

[150] 朱大渭 . 六朝史论 [M]. 北京：中华书局，1997.

三、国外著作

[1] 玛丽·乔·梅多等著，陈麟书等译 . 宗教心理学 [M]. 成都：四川人民出版社，1990.

[2] 柯嘉豪著，赵悠等译 . 佛教对中国物质文化的影响 [M]. 上海：中西书局，2015.

[3] 勒内·韦勒克等著，刘象愚等译 . 文学理论 [M]. 杭州：浙江人民出版社，2017.

[4] 乔治·桑塔耶纳著，杨向荣译 . 美感 [M]. 北京：人民出版社，2013.

[5] 威廉·哈维兰著，瞿铁鹏等译 . 文化人类学 [M]. 上海：上海社会科学院出版社，2005.

[6] 托马斯·奥戴等著，刘润忠等译 . 宗教社会学 [M]. 北京：中国社会科学出版社，1990.

[7] 渥德尔著，王世安译 . 印度佛教史 [M]. 北京：商务印书馆，1987.

[8] 菲奥纳·鲍伊著，金泽等译 . 宗教人类学导论 [M]. 北京：中国人民大学出版社，2004.

[9] 费希尔著，李华田等译 . 书写的历史 [M]. 北京：中央编译出版社，2012.

[10] 葛兰言著，程门译 . 中国人的宗教信仰 [M]. 贵阳：贵州人民出版社，2010.

[11] 谢和耐著，耿昇译 . 中国五—十世纪的寺院经济 [M]. 上海：上海古籍出版社，2004.

[12] 黑格尔著，贺麟等译 . 哲学史讲演录 [M]. 北京：商务印书馆，1959.

[13] 黑格尔著，朱光潜译 . 美学 [M]. 北京：商务印书馆，1979.

[14] 许理和著，李四龙等译 . 佛教征服中国 [M]. 南京：江苏人民出版社，2017.

[15] 池田温编 . 中国古代写本识语集录 [M]. 东京：东京大学东洋文化研究所，1990.

[16] 冈村繁著，陆晓光译.汉魏六朝的思想和文学 [M].上海：上海古籍出版社，
2002.

[17] 吉川忠夫著，王启发译.六朝精神史研究 [M].南京：江苏人民出版社，2010.

[18] 石松日奈子著，筱原典生译.北魏佛教造像史研究 [M].北京：文物出版社，
2012.

[19] 小林正美著，王皓月译.六朝佛教思想研究 [M].济南：齐鲁书社，2013.

四、期刊论文

[1] Bhante Sujato，江晓音译.痛苦的歧义——佛教神话中对于比丘尼的态度 [J].弘
誓，2008（96）：49-58.

[2] 白春霞.东晋南朝比丘尼自主性社会活动及影响因素探析——以《比丘尼传》
为中心 [J].管子学刊，2016（02）：91-95.

[3] 白春霞.社会性别视角下的北朝后妃出家现象探析 [J].中州学刊，2016（11）：
124-128。

[4] 常叙政，李少南.山东省博兴县出土一批北朝造像 [J].文物，1983（07）：38-
44+102-103.

[5] 陈晓红.试论敦煌佛教愿文的类型 [J].敦煌学辑刊，2004（01）：92-102.

[6] 陈星宇.宗教与文学之间：愿文、僧传及志怪中的往生想象 [J].哈尔滨工业大
学学报（社会科学版），2014，16（02）：109-114.

[7] 陈星宇.功德思想与敦煌荐亡愿文 [J].齐齐哈尔大学学报（哲学社会科学版），
2014（3）：53-57.

[8] 程纪中.河北藁城县发现一批北齐石造像 [J].考古,1980（03）：242-245+294-
295.

[9] 崔峰.从写经题记看北朝敦煌民众的崇佛心理 [J].敦煌学辑刊，2006（02）：
110-119.

[10] 崔峰.《大般涅槃经》写经在北周和隋代的流行 [J].牡丹江大学学报，2009，18
（03）：56-58.

[11] 崔峰.论北周时期的民间佛教组织及其造像 [J].世界宗教研究，2011（02）：
25-32+194.

[12] 崔峰.西魏北周时期敦煌民众的写经和奉佛活动 [J].甘肃高师学报，2014，19（06）：132-135.

[13] 邓来送.略论佛对心理疾病的认识 [J].五台山研究，2002（02）：21-23.

[14] 典典.古代出家而入世的女性——浅议"妙音为殷仲堪图州"事 [J].湖南人文科技学院学报，2011（01）：32-37.

[15] 丁庆刚.《比丘尼传校注》异文考辨 [J].青海师范大学学报（哲学社会科学版），2017，39（03）：156-160.

[16] 董华锋.南朝造像题记与南朝佛教相关问题考论 [J].敦煌学辑刊，2013（04）：133-139.

[17] 杜斗城，张颖.敦煌佛教文献女性经典试析 [J].世界宗教研究，2012（05）：30-35.

[18] 冯国栋.涉佛文体与佛教仪式——以像赞与疏文为例 [J].浙江学刊，2014（03）：80-56.

[19] 伏俊琏，秦弋然.北朝时期的敦煌文学 [J].西北成人教育学报，2012（04）：21-23.

[20] 高二旺.北朝葬礼之"尼礼"探析 [J].宁夏社会科学，2008（03）：98-101.

[21] 高华，黄超.从印度古代文化看早期汉译佛经中妇女观和禁欲观的变异——兼论中国早期菩萨像男性化的原因 [J].史学月刊，1995（04）：103-108.

[22] 葛兆光.死后世界——中国古代宗教与文学的一个共同主题 [J].扬州师院学报（社会科学版），1994（03）：38-44+89.

[23] 管新俐，刘宣叶，蔡桂芝.比丘尼人格特征初探——附 47 例 MMPI 测查结果 [J].新乡医学院学报，1994（03）：260-262.

[24] 国威.《比丘尼传校注》补正 [J].剑南文学，2009（11）：78.

[25] 郝春文.敦煌写本斋文及其样式的分类与定名 [J].北京师范学院学报（社会科学版），1990（03）：91-97+20.

[26] 郝春文.东晋南北朝时期的佛教结社 [J].历史研究，1992（01）：90-105.

[27] 郝春文.再论北朝至隋唐五代宋初的女人结社 [J].敦煌研究，2006（06）：103-108.

[28] 何则阴.汉传佛教的女性健康观 [J].贵州社会科学，2006（02）：86-88+160.

[29] 侯旭东.论南北朝时期造像风气产生的原因 [J].文史哲，1997（05）：60-64.

[30] 侯旭东. 东晋南北朝佛教天堂地狱观念的传播与影响——以游冥间传闻为中心 [J]. 佛学研究, 1999 (00): 247-255.

[31] 侯旭东. 造像记与北朝社会史研究的回顾与展望 [J]. 中国史研究动态, 1999 (01): 2-8.

[32] 胡彬彬. 造像记: 造像背后的历史 [N]. 中国社会科学报, 2011-09-08.

[33] 胡彬彬, 吴灿. 长江流域与敦煌佛教造像愿文比较初识 [N]. 光明日报, 2012-10-19.

[34] 胡朴安. 魏刘挑扶造像记 [J]. 国学周刊, 1924 (37): 3.

[35] 黄卓越. "书写"之维: 美国当代汉学的泛文论趋势 [J]. 北京大学学报 (哲学社会科学版), 2016, 53 (05): 121-131.

[36] 吉爱琴. 泰安大汶口出土北朝铜鎏金莲花座等文物 [J]. 考古, 1989 (06): 568-569.

[37] 江林昌. 从原始"意象"到人文"兴象"、"寄象"——中国文学史中的花草书写 [J]. 文艺研究, 2017 (12): 53-62.

[38] 蒋少华. 《比丘尼传校注》校注商榷六则 [J]. 书品, 2011 (06): 2.

[39] 蒋述卓. 北朝质朴文风与佛教 [J]. 文艺理论研究, 1988 (01): 78-83.

[40] 蒋述卓. 北朝文风的悲凉感与佛教 [J]. 广西师范大学学报 (哲学社会科学版), 1988 (02): 4-9.

[41] 净慧. 戒学讲座之七——比丘及比丘尼的起源 [J]. 法音, 1988 (11): 14-15.

[42] 净慧. 戒学讲座之九——比丘比丘尼戒的内容及其同异 [J]. 法音, 1989 (01): 13-18.

[43] 雷若欣. 中国古代尼姑世俗心态分析 [J]. 南都学坛, 2006 (01): 32-36.

[44] 李传军. 从比丘尼律看两晋南北朝时期比丘尼的信仰与生活——以梁释宝唱撰《比丘尼传》为中心 [J]. 徐州师范大学学报, 2006 (01): 84-89.

[45] 李文生, 孙新科. 龙门石窟佛社造像初探 [J]. 世界宗教研究, 1995 (03): 42-50.

[46] 李玉珍. 佛学之女性研究——近二十年英文著作简介[J]. 新史学, 1996, 7 (04): 199-222.

[47] 李志鸿. 中国北朝石刻上的法华信仰与文化效应 [J]. 早期中国史研究, 2012, 4 (01): 83-109.

[48] 刘慧中，徐国群.砖之莲——江西六朝时期的墓砖纹饰与佛教文化 [J].南方文物，2015（04）：293-295.

[49] 刘小平，冯小琴.比丘尼：另类世界中的女性群体——魏晋南北朝时期的比丘尼生活 [J].甘肃高师学报，2008，13（06）：22-25.

[50] 刘飒.《比丘尼传》中比丘尼禅修状况略论 [J].黄冈职业技术学院学报，2010，12（05）：73-75+95.

[51] 刘飒.论僧传中的神异现象——以《高僧传》和《比丘尼传》为例 [J].中国文化研究，2011（02）：107-113.

[52] 刘飒.《比丘尼传》所载古代比丘尼的风范 [J].法音，2012（02）：45-47.

[53] 陆静卿.六朝隋唐时期比丘尼等女性宗教性自残行为浅析 [J].法制与社会，2009（23）：318.

[54] 陆静卿.论六朝隋唐比丘尼风采殊异的时代反映 [J].辽宁教育行政学院学报，2010，27（01）：32-35.

[55] 陆屹峰，员海瑞.云冈石窟尼寺考 [J].文物季刊，1989（01）：73-75.

[56] 吕丽军.吐鲁番出土北凉时期写经题记研究——以《优婆塞戒经》为中心 [J].太原师范学院学报（社会科学版），2015，14（02）：40-44.

[57] 吕明明.中土早期比丘尼戒律考察 [C].长安佛教学术研讨会论文集，2009.

[58] 马洪良，周海燕.魏晋南北朝时期的比丘尼 [J].平顶山学院学报，2005（06）：10-11.

[59] 买小英.从祭亲方式看佛教的伦理思想——以敦煌亡文为例 [J].甘肃理论学刊，2015（01）：108-113.

[60] 孟国栋.墓志的起源与墓志文体的成立 [J].浙江大学学报（人文社会科学版），2013，43（05）：138-149.

[61] 苗霖霖.北魏后妃出家现象初探 [J].古代文明，2011，5（01）：72-76+113.

[62] 聂葛明.敦煌西魏写经及题记管窥 [J].敦煌学辑刊，2007（04）：310-318.

[63] 宁可，郝春文.北朝至隋唐五代间的女人结社 [J].北京师范学院学报（社会科学版），1990（05）：16-19.

[64] 彭华.佛教与儒家在女性观上的相互影响与融合 [J].哲学动态，2008（09）：69-73.

[65] 彭树欣.论佛经中的女性观——从女性主义角度看佛经 [J].红河学院学报，

2006（04）：15-17.

[66] 彭栓红.云冈石窟北魏造像题记的叙述特征 [J].北方文物，2017（01）：55-60.

[67] 普慧.从佛典文学看佛教的女性观 [J].陕西师范大学学报（哲社版），2009，38（01）：71-77.

[68] 邱少平，张艳霞.从《比丘尼传》看东晋至南朝时期妇女出家的原因 [J].湖南城市学院学报，2009，30（03）：30-31.

[69] 邵正坤.造像记所见北朝民众的佛教信仰与拟血缘群体 [J].学习与探索，2010（01）：223-227.

[70] 邵正坤.造像记中所见的北朝家庭 [J].西安欧亚学院学报，2012，10（01）：5.

[71] 邵正坤.北朝比丘尼造像记试探 [J].古籍整理研究学刊，2014（04）：16-19.

[72] 邵正坤.追福与荐亡——造像记所见北朝时期的追荐之风 [J].山西大同大学学报（社会科学版），2016，30（02）：26-30.

[73] 邵正坤.离合之间：北朝僧尼与世俗家庭关系研究 [J].许昌学院学报，2016，35（03）：17-20.

[74] 邵正坤.造像记所见北朝妇女的佛教信仰 [J].吉林师范大学学报（人文社会科学版），2016，44（06）：72-77.

[75] 沈铭杰.河北省景县出土北朝造像考 [J].文物春秋，1994（03）：57-60+54.

[76] 石少欣，陈洪.北魏世宗高皇后出俗为尼考——兼谈北朝后妃出家与宫廷政争 [J].文学与文化，2012（02）：111-116.

[77] 释大参.敦煌《观音经》题记节俗斋日抄经文化之考察 [J].敦煌学，2015（31）：155-177.

[78] 释昭慧.既违常情又违法理的"八敬法"——比丘尼永世顶戴的紧箍 [J].佛学与科学，2002，3（02）：48-49.

[79] 宋家钰.佛教斋文源流与敦煌本《斋文》书的复原 [J].中国史研究，1999（02）：14.

[80] 宋仁桃.浅议魏晋南北朝时期女性出家之现象 [J].江南社会学院学报，2002（03）：51-54.

[81] 孙宗贤，曹建宁.北周建德二年观音石像座 [J].考古与文物，2013（06）：109.

[82] 谭芳.《比丘尼传》之《景福寺慧果尼传》疑点解析 [J].文学界（理论版），2010（06）：51.

[83] 王巧莲，刘友恒.正定收藏的部分北朝佛教石造像 [J].文物，1998（05）：70-74+98.

[84] 王珊.北魏僧芝墓志考释 [J].北大史学，2008（00）:87-107+523-524.

[85] 王小明.一部翔实的中国尼姑史《比丘尼传》简述 [J].博览群书，1999（09）：30-32.

[86] 王小明."尼传"与"尼史"——《比丘尼传》浅论 [J].法音，2000（02）：18-24.

[87] 王永平.晋宋之间佛教僧尼与宫廷政治之关系考述 [J].社会科学战线，2012（05）：71-79.

[88] 王银田，王晓娟.东魏北齐墓葬壁画中的莲花纹 [J].北方文物，2010（01）：37-42.

[89] 魏郭辉.敦煌写本佛经题记内容探析 [J].黑龙江史志，2014（17）：119-120.

[90] 魏宏利.试论北朝关中造像记祈愿对象及内容所见文化意义 [J].宝鸡文理学院学报（社会科学版），2016，36（04）：76-79.

[91] 吴为民.释"比丘尼统"及相关北朝僧官 [N].光明日报，2011-05-26.

[92] 夏名采.青州龙兴寺佛教造像窖藏清理简报 [J].文物，1998（02）：4-15+97-99+1-2.

[93] 夏名采，王瑞霞.青州龙兴寺出土背屏式佛教石造像分期初探 [J].文物，2000（05）：50-61.

[94] 夏毅辉.北朝皇后与佛教 [J].学术月刊，1994（11）：65-73.

[95] 谢薇娜.The Use of Miracles in Baochang's Biqiuni zhuan ——Research on the Expression of Ganying[J].清华中文学报，2014（11）：345-346.

[96] 辛长青，李治国，解廷凡.云冈出土比丘尼昙媚造像颂碑文考释 [J].法音，1983（05）：25+13.

[97] 辛长青.云冈第20窟出土比丘尼昙媚造像颂石碑试解 [J].山西师大学报（社会科学版），1986（04）：87-89.

[98] 徐婷.云冈石窟造像题记所见的北魏佛教信仰特征 [J].宗教学研究，2014（01）：177-121.

[99] 许智银.论北魏女性出家为尼现象 [J].许昌师专学报，2001（06）：42-45.

[100]杨超杰.龙门石窟妇女造像及相关问题 [J].中国历史文物，2010（04）：40-

47+89-93.

[101] 杨孝容. 从《比丘尼传》看刘宋时期尼僧概况 [J]. 宗教学研究，1997（03）：112-115.

[102] 杨孝容. 中国历史上的比丘尼 [J]. 法音，1998（02）：12-15.

[103] 姚美玲. 龙门造像题记字词释证 [J]. 华东师范大学学报（哲学社会科学版），2011，43（04）：133-136.

[104] 于希贤. 地理环境变迁与文学思潮更迭——西周至魏晋南北朝文风演变与地理环境关系 [J]. 中国历史地理论丛，1998（04）：227-240+254.

[105] 翟盛荣，杨纯渊. 山西昔阳出土一批北朝石造像 [J]. 文物，1991（12）：38-41.

[106] 湛如. 论敦煌斋文与佛教行事 [J]. 敦煌学辑刊，1997（01）：66-78.

[107] 张承宗. 东晋南朝尼姑事迹考 [J]. 南京理工大学学报（社会科学版），2011，24（02）：99-106.

[108] 张建国，朱学山. 山东惠民出土一批北朝佛教造像 [J]. 文物，1999（06）：70-81.

[109] 张梅雅. 同行解脱之道：南北朝至唐朝比丘尼与家族之关系 [J]. 文献，2012（03）：46-58.

[110] 张慕华. 论敦煌佛教亡文审美内涵的多元化 [J]. 南昌大学学报（人文社科版），2011，42（02）：111-115.

[111] 张慕华. 敦煌写本佛事文体结构与佛教仪式关系之研究 [J]. 中山大学学报（社会科学版），2013，53（01）40-48.

[112] 张鹏. 北朝佛教造像记的文学意义 [J]. 西南交通大学学报（社会科学版），2007（05）：38-43.

[113] 张鹏. 以造像记为对象的北朝佛教本土化考察 [J]. 宗教学研究，2010（04）：91-94.

[114] 张鹏. 北朝造像记的文体特征 [J]. 广西社会科学，2012（04）：133-136.

[115] 张文学. 中国大陆佛教女性研究述评 [J]. 妇女研究论丛，2009（06）：76-80.

[116] 张涌泉. 从语言文字的角度看敦煌文献的价值 [J]. 中国社会科学，2001（02）：155-165+207-208.

[117] 张煜.《续比丘尼传》初探 [J]. 法音，2005（02）：13-17.

[118] 赵纪彬.《法华经》与六朝之比丘尼关系考略 [J]. 中华文化论坛，2014（02）：

126-130.

[119]赵青山.从敦煌写经题记所记"七世父母"观看佛教文化对中土文化的影响 [J].
兰州大学学报（社会科学版），2009，37（06）：38-44.

[120]赵青山，姚磊.敦煌写经题记的史料价值 [J].图书与情报，2013（06）：138-
140+2+145.

[121]周玉茹.六朝建康比丘尼参政现象探析 [J].山东女子学院学报，2010（06）：
47-51.

[122]周玉茹.六朝江南比丘尼禅修考论 [J].人文杂志，2014（12）：14-20.

[123]周玉茹.北魏比丘尼统慈庆墓志考释 [J].北方文物，2016（02）：91-96.

[124]朱智武.东晋南朝墓志研究综述与理论思考 [J].中国史研究动态，2011（06）：
39-49.

[125]朱智武.南朝墓志文体的文学化进程考察 [J].苏州科技学院学报（社会科学版），
2014，31（05）：67-72.

五、博士学位论文

[1]　陈志伟.北朝社会风尚诸问题研究 [D].长春：吉林大学，2009.

[2]　韩国良.道体·心体·审美——魏晋玄佛及其对魏晋审美风尚的影响 [D].武汉：
华中师范大学，2008.

[3]　侯冲.中国佛教仪式研究——以斋供仪式为中心 [D].上海：上海师范大学，
2009.

[4]　刘飙.释宝唱与《比丘尼传》[D].武汉：华中师范大学，2008.

[5]　芮诗茗.六朝政要与僧侣关系研究 [D].南京：南京师范大学，2010.

[6]　尚永琪.3-6世纪佛教传播背景下的北方社会群体研究 [D].长春：吉林大学，
2006.

[7]　石少欣.六朝时期比丘尼研究 [D].天津：南开大学，2013.

[8]　王志远.论汉魏六朝时期的佛教表现艺术 [D].北京：首都师范大学，2006.

[9]　杨孝容.佛教女性观源流辨析 [D].成都：四川大学，2004.

附录：六朝比丘尼佛教书写辑录

一、造像记^①

北魏（386—534）

比丘尼惠定造像记　太和十三年（489 年）九月十九日

　　大代太和十三年，岁在己巳，九月壬寅朔，十九日庚申，比丘尼惠定，身遇重患，发愿造释迦、多宝、弥勒像三区（躯），愿患消除，愿现世安稳，戒行猛利，道心日增，誓不退转。以此造像功德，逮及七世父母、累劫诸师、无边众生，咸同福庆。

比丘尼慧教造像记　太和十六年（492 年）十月四日

　　太和十六年十月四日，比丘尼僧慧教为亡父母、居家大小、存亡，常值佛，愿从心。

法林寺尼妙音造像记　太和十八年（494 年）十一月八日

　　太和十八年，十一月八日，太山郡奉高县法林寺尼妙音为弟子法达敬造释迦像。愿眷属、师僧父母及一切众生，在所生处，因庄严净，

---

　　① 所录造像记未注出处者均选自邵正坤：《北朝纪年造像记汇编》，吉林人民出版社，2014。

面奉圣容，仰咨道教，一闻法言，位登无生，脱若行建，堕于非虔者，夜遇观音大圣，速念解脱，所愿如此。像之行建虽是妙音，成道众助，名多难列，一豪（毫）之福，功弥于上，所愿如是。

比丘尼法度造像记 太和十二年（498年）十二月十八日

太和廿二年，十二月十八日，妙音寺比丘尼法度，敬造释迦灵像供养。缘此功德，当愿皇□日新，三宝方盛，含生之类，□修十生，忍志求菩提，师僧父母，逍遥自在。□□灭□佛道在世间得道见出家，梵侍流布，大乘天广，济物悟天。

比丘尼昙媚造像记 景明四年（503年）四月六日

夫含灵镜觉，凝寂迭代，照周群邦，感垂应物，利润当时，泽潭机季。概不邀昌辰，庆钟播末，思恋灵福，同拟状金石，冀瞻容者加极虔，想像者增忻怖，生生资津，十方齐庆。颂曰：

灵虑巍凝，悟岩鉴觉。寂绝照周，蠢趣澄浊。随像拟仪，瞻资懿渥。生生邀益，十方同沐。

景明四年四月六日，比丘尼昙媚造。

尼妙晕题记[①]

三月十三日比丘尼妙晕为父母记（己）身造像一区（躯）。以此微福，仓眷并沾。比丘尼侍佛时。

比丘尼法文、法隆造像记 永平二年（509年）四月二十五日

永平二年，岁次己丑，四月廿五日，比丘尼法文、法隆等，觉非常世，深发诚愿，割舍私财各为己身，敬造弥勒像一躯。愿使过见者，普沾法雨之润；礼拜者，同无上之乐。龙华三唱，愿在流□。一切众生，普同斯福。

---

① 中国东方文化研究会历史文化分会编《八琼室金石补正·北魏二》，《历代碑志丛书》第九册，江苏古籍出版社，1998，第253页。

比丘尼法行造像记 永平三年（510年）四月四日

永平三年，四月四日，比丘尼法行□用儆心敬造定光石像一区（躯），并二菩萨，□愿永离烦惚，无有苦患，愿七世父母、因缘眷属、现在师徒并□共福，□令一切众生咸同斯庆。

比丘尼法庆造像记 永平三年（510年）九月四日

永平三年，九月四日，比丘尼法庆为七世父母、所生因缘敬造弥勒像一躯。愿使来世托生西方妙乐国土，下生人间为公王长者，永离烦惚，又愿己身□□□，与弥勒具（俱）生莲华树下，三会说法，一切众生，永离三途。

比丘尼惠智造像记 永平三年（510年）十一月二十九日

永平三年，十一月廿九日，比丘尼惠智为七世父母、所生父母造释迦像一躯。愿使托生西方妙乐国土，下生人间王公长者，永离三途。又愿身平安，遇□弥勒，俱生莲华树下，三会说法。一切众生普同斯愿。

仙和寺尼造像记 永平四年（511年）十月七日

永平四年，十月七日，仙和寺尼道僧略，造弥勒像一区（躯），生生世世，见佛闻法。清信女周阿足愿现世安隐（稳），一切众生，并同斯愿。

比丘尼法兴再造像记 延昌二年（513年）八月二日

延昌二年，八月二日，比邱（丘）尼法兴因惠发愿，造释迦像一躯，愿使此身恶厄云消，戒行清洁，契感元宗，明悟不一，逮及七世父母、生身父母、一切众生咸同此福。

比丘尼某双造像记 延昌四年（515年）六月二十日

延昌四年，岁次乙未，六月廿日，比丘尼□双造观世音一区（躯），今德（得）成讫。为国主、父母、师徒、但（檀）越、三□群生，弥勒三会，俱成正觉。

比丘尼化题记 [①]

比丘尼化造□加年尼像一堀，□身所造，上为七世父母、所生父母、兄弟姊妹、五等眷属、因缘知识，若堕三恶道者，皆得解脱。

比丘尼慈香、惠政造像记 神龟三年（520 年）三月某日

大魏神龟三年，三月廿□日，比丘尼慈香、惠政造窟一区，记记。夫灵觉宏虚，非体真遴，其迹道建崇，□表常轨，无乃标美幽宗。是以仰渴法津，应像管微，福形且往，生托烦躬，愿腾无碍之境，逮及□□，含闰法界，□□泽□石成，真□□八方，延及三从，敢同斯福。

比丘尼法阴造像记 正光四年（523 年）一月二十六日

夫圣觉潜晖，纪于形相。幽宗弥渺，攀寻莫晓。自非影像遗训，安可崇哉。是以比丘尼法阴，敢庆往因，得育天戚，故敢单（殚）诚，为女安乐郡君于氏，□奢难陀，造释迦像一区（躯），愿女体妊□康，众忽（惚）永息，□□遐纪，亡零（灵）加助。正光四年正月廿六日。

比丘尼法照造像记 正光四年（523 年）九月九日

大魏正光四年，岁次癸卯，九月甲申朔九日，比丘尼法照仰为父母师僧、十方众生敬造弥勒尊像。

比丘尼法要等造像记 正光六年（525 年）二月十五日

正光六年，二月十五日，比丘尼法要、法迁等，为国王帝主、七世父母、亡见师僧、边地众生、因缘眷属，造像两躯。

---

① 中国东方文化研究会历史文化分会编《八琼室金石补正·北魏二》，《历代碑志丛书》第九册，江苏古籍出版社，1998，第 254 页。

比丘尼惠澄造像记 正光六年（525 年）三月十日

正光六年，三月十日，比丘尼惠澄仰为七世父母、所生父母、朋友，致香火邑义、一切众生敬造石像一区（躯），愿乃地域休息，恶鬼解脱，令一切众生普同此心。

比丘尼僧贤造像记 孝昌元年（525 年）七月二十七日

孝昌元年七月廿七日，比丘尼僧贤割己衣食之余，仰为皇帝下、师僧父母、四辈像主，敬造弥勒像一堪（龛），观音、药师，今已就达。愿以此善，庆钟皇家，师僧、父母、己身、眷属□延无穷，□□□倾四气，行禁积晖，思悟三宝，地狱舍刑，□□离苦。礼存□□，所愿如是。

比丘尼僧达造像记 孝昌元年（525 年）八月八日

孝昌元年，八月八日，比丘尼僧达为亡息文殊造释迦像，愿亡者生天，面奉弥勒，咨受法言，悟无生忍，现在眷常与善居，七世父母，三有四生，普同此福。

比丘尼道畅等造像记 孝昌元年（525 年）八月十三日

中明寺比丘尼道畅、道积、道保，依方峙行道，愿造贤劫千佛。但（檀）越司空公皇甫度及陈夫、兄夫、贵鉴夫人、柳夫人诸贵人等、北海王妃樊，仰为皇帝陛下、皇太后、旷劫诸师、七世父母、所生父母、见在眷属、十方法界、天道象生，生生世世，侍贤劫千佛，发善恶心，弥勒三会，愿登初首，一时成佛。大魏孝昌元年八月十三日讫。

比丘尼僧某造像记 孝昌二年（526 年）某月二十八日

孝昌二年，□月廿八日，比丘尼僧□仰为师□□□□□□□□□□□造弥勒尊像一区（躯），愿此之善，普津有缘，开法界咸□□。

比丘尼法起造像记 孝昌二年（526 年）四月二十三日

孝昌二年，四月廿三日，比丘尼法起敬造观世音。

比丘尼法璨造像记 孝昌二年（526 年）五月二十三日

孝昌二年，五月廿三，比丘尼法璨，仰为师僧父母、同学缘眷、十方众生敬造释迦像，愿普津法泽。

乾灵寺比丘尼智空造像记 孝昌二年（526 年）五月二十三日

孝昌二年，五月廿三，乾灵寺比丘尼智空，为自身小患，愿得壮明，诸灾□弥，十方含识，□津□□愿。（缺）

比丘尼僧超造像记 孝昌二年（526 年）十月七日

大魏孝昌二年，十月七日，比丘尼僧超忽得□患□□□□□□闰神□□绝三光之□□发□□□□□□□□天□□仁□表恒修福，进荣其世，长而不退不，愿比丘尼□□，皇帝□□□，又愿内外眷属□□□□，咸同斯福，愿愿从心。

比丘尼道慧造像记 孝昌四年（528 年）十一月二十三日

建义元年，十一月廿三日，比丘尼道慧敬造石浮图一区（躯），愿一切法界有刑（形）之类……又愿己身……一切众生，一时成佛。

比丘尼道慧、法盛造像记 普泰元年（531 年）八月十五日

大魏普泰元年，岁次辛亥，八月戊戌朔，十五日壬子，比丘尼道慧、法盛等二人，敬造多宝像一区（躯），仰为七世父母、所生父母、师僧眷属，愿使不堕三途，速令解脱，现在安稳，法界普同斯福。

比丘尼昙颜造像记 普泰二年（532 年）三月一日

大魏普泰二年，岁次壬子，三月乙未朔，月一日乙未，昌国县新兴寺尼昙颜，为亡妹昙利敬造弥勒金像一躯。愿师僧眷属、弟子父母、宗亲、一切众生，直生西方无量佛国，普同其富，所愿从心。

比丘尼如达造像记 普泰二年（532 年）三月十六日

大代普太（泰）二年，三月十六日，比丘尼如达敬为沇阳亡公主沙罗造释迦像一区（躯），愿亡者托生□□弥勒佛所，□诸龛共登李亡□愿□□□□□□□□正觉□□。

比丘尼法光造像记 普泰二年（532 年）四月八日

比丘尼法光为弟刘桃扶北征，愿平安还，造观世音像一区（躯），友（又）为忘（亡）父母造释迦像一区（躯），愿见在眷属，一切众生，共同斯福。

普泰二年四月八日造讫。

比丘尼惠照造像记^① 太昌元年（532 年）九月八日

维大魏太昌元年九月八日，比丘尼惠照为亡父母并及亡妹何妃敬造弥勒一躯。上为皇帝陛下、师僧父母。亡者直生西方无量寿国。现存眷属，常与善俱。自愿己身，生生世世常作净行。沙门一切众生，同斯庆。

东魏（534—550）

比丘尼某悦造像记 天平二年（535 年）五月

比丘尼悦，比丘尼□诣。

比丘尼□□，比丘尼僧金，明瑕（缺）。

天平二年，岁次丙辰，五月丙午朔，□□日庚□，比丘尼悦造像一躯。

比丘尼昙会等造像记 天平三年（536 年）五月十五日

天平三年，五月十五日，比丘尼□□昙会、□□阿容，自为己身、

---

① 夏名采、王瑞霞：《青州龙兴寺出土背屏式佛教石造像分期初探》，《文物》2000 年第 5 期。

师僧眷属,

　　造观世音像一区(躯),并及有形,共同斯福。

张河间寺比丘尼智明造像记[①] 天平三年(536年)六月三日

　　大魏天平三年六月三日,张河间寺尼智明为亡父母、亡兄弟、亡姐敬造尊像一区,愿令亡者托生净土,见在蒙福,又为一切,咸同斯庆。

　　郭达、郭胡侍佛时。

比丘尼昙超等造像记 天平四年(537年)九月八日

　　大魏天平四年,九月八日,比丘尼昙超、比丘昙演,敬造弥勒下生玉像一区(躯),上愿三宝常化,国祚永隆,又为师僧父母、生缘眷属、一切边地俱至道场,香火邑义,妙果同归,一时成佛。故记。

　　比丘尼惠晖。

比丘尼僧愍造像记 元象元年(538年)八月二十九日

　　元象元年,八月廿九日,比丘尼僧愍为亡父母造白玉像一区(躯)。

比丘尼惠照造像记 元象二年(539年)一月一日

　　元象二年,正月一日,佛弟子比丘尼惠照造思惟玉像一区(躯),上为国主、先亡父母、己身眷属、合家大小、一切有情,同升妙乐。

比丘尼宝藏造像记 兴和二年(540年)七月十五日

　　大魏兴和二年,岁次庚申,七月十五日,豫姊比丘尼宝藏为(下沏)愿(下沏)同归佛国。

　　(上沏)豫供养佛时,比丘尼宝藏供养佛时。

---

① 夏名采:《青州龙兴寺佛教造像窖藏清理简报》,《文物》1998年第2期。

比丘尼昙陵造像记 兴和二年（540 年）七月二十五日

大魏兴和二年，岁次庚申，七月丙子朔，廿五日庚子，比丘尼昙陵为师僧父母、内外眷属敬造观世音像一区（躯），愿一切众生咸（下缺）。

比丘尼道贵、神达造像记 兴和四年（542 年）六月五日

大魏兴和四年，岁次壬戌，六月己未朔，五日□亥，太安寺比丘尼道贵、神达敬造石像一躯，愿生西方无量寿。

尼惠尊造像记 武定二年（544 年）七月五日

大魏武定二年，七月五日，寺尼惠遵因患敬造弥勒王像二区（躯），并为天王国主、师僧父母、眷属，愿生永远，当为法界同发菩提，一心恭敬，连成正觉。

比丘尼惠好、惠藏造像记 武定四年（546 年）二月八日

武定四年，二月八日，光相寺比丘尼惠好、惠藏敬造玉像一躯，为师僧父母、前死后亡、现在眷属、一切众生，等成正觉。

开佛光明主比丘尼惠超。

尼靖遵造像记 武定六年（548 年）七月十五日

武定六年，七月十五日，张独寺寺尼靖遵为一切法界众生，敬造玉像一区（躯）供养。

永固寺尼智颜等造像记 武定七年（549 年）二月某日

武定七年，二月十□日，永固寺尼智颜静姊妹兄弟三人等，上为国家、师僧父母、边地众生，造弥勒玉像一区（躯）。

阳市寺尼惠遵造像记 武定七年（549 年）三月六日

大魏武定七年，三月六日，阳市寺尼惠遵因惠发愿，敬造弥勒玉像一区（躯），并杂事□，为天王国主、师僧父母、门徒眷属，愿生生

恒安，永宁净□，普为法界，同发菩提，志□坚固，速成正觉。

尼法嵩、法迁造像记 武定七年（549 年）十月一日

大魏武定七年，岁次己巳，十月一日，魏光寺尼法嵩、法迁仰为亡师钦敬造无量寿像一区（躯），愿国主父母、过现眷属，入如来藏，三界有形，等成正觉。

比丘尼昙某、昙朗造像记 武定八年（550 年）二月八日

大魏武定八年，岁在庚午，二月八日辛巳朔，比丘尼昙□、昙朗造多宝石像一区（躯），上为皇帝陛下、州郡令长、社境万民、濡（蠕）动众生，普同其富（福）。又愿忘（亡）师、父母、兄弟、姐妹，见存居家眷属，普同其愿，治（值）佛闻法。

比丘尼绍戈题字 ①

比丘尼绍戈侍佛时，愿……

北齐（550—577）

比丘尼僧严等造像记 天保三年（552 年）八月二十日

天保三年，八月廿日，比丘尼僧严、清信女宋容敬造像一区（躯），上为皇帝陛下、七世师僧父母、檀越施主俱时成佛。都邑师僧进、开佛光明主周娘、菩萨光明主赵（下缺）、弥勒像主裴（下缺）、供养主张（下缺）、正□□邑（下缺）。

清信女□□，清信女都贵容、清信女都敬容、清信女王清胜、清信女王颜晖、清信女王阿妃、清信女牛男姜、清信男王白岳、清信男都煞鬼、清信男王牛仁、清信男张贰、清信男乔思和、清信男何弁空、清信男王山虎、清信男荆贵、清信男贺庆伯。

---

① 中国东方文化研究会历史文化分会编《八琼室金石补正·东魏一》，《历代碑志丛书》第九册，江苏古籍出版社，1998，第 302 页。

比丘尼□□、比丘尼□□、比丘尼惠璨、比丘尼慈□、比丘尼静妙、比丘尼僧远、比丘尼静远、比丘尼静明、比丘尼僧卉、比丘尼静空、比丘尼静惠、比丘尼静严、比丘尼静光、清信女张敬姿、清信女周僧光、清信女张三□。

比丘尼僧澄造像记 天保四年（553 年）六月八日

天保四年，六月八日，支元兴寺比丘尼僧澄敬造玉像一区（躯），愿令尼僧住天，□佛法界，有形同获。

伯辟寺尼惠晖造像记 天保五年（554 年）一月二十九日

天保五年，正月廿九日，伯辟寺尼惠晕为亡妹惠海敬造玉像一躯。

比丘尼如静造像记 天保七年（556 年）八月二十四日

大齐天保七年，岁次丙子，闰月癸巳朔，廿四日丙申，佛弟子比丘尼如静为亡师比丘尼始靓愿造无量寿佛圣像一伛（区），愿令亡者托生西方妙乐佛国，与佛局（居），面睹诸佛，见存者受福无量，共成佛道。

比丘尼智静造像记 天保八年（557 年）十二月十三日

大齐天保八年，十二月十三日，上为皇帝陛下，后为一切众生，恒与佛会。

大像主比丘尼僧总智静供养佛时，丰母张双绫侍佛时，文仲母赵思、敬远母郑当女侍佛，比丘尼僧塍。

比丘尼惠业造像记 乾明元年（560 年）五月六日

大齐乾明元年，五月六日，忠明寺比丘尼惠业仰为皇帝爰及赋命敬造。

比丘尼惠承等造像记 乾明元年（560 年）六月二十五日

大齐乾明元年，岁在庚辰，六月辛巳朔，廿五日，比丘尼慧承、比丘尼静游、□迎、聂义姜，率领诸邑，同建洪业，□敬造勒像一区（躯），上为皇帝陛下、群臣宰守、诸师父母、含生之类，愿使电转冥昏，三空现灵，法界共修，等成正觉。

邑义主比丘尼□究、邑义主比丘尼僧炎、白衣大像主张苟生兄弟等、邑义樊兴、像主宋伏香、□□□由、像主徐明卉。

像主徐六周、像主苤苌受。

比丘尼智妃造像记 乾明元年（560 年）

乾明元年，像主比丘尼智妃为国王帝主，并为一切众生侍佛。

比丘尼泉谕造像记 皇建二年（561 年）六月九日

皇建二年，六月九日，仳（比）丘尼泉谕造象一区（躯），为亡兄刘见，愿托生西方妙乐国土，见存男女受（寿）命延长，与□同者□□，一时成佛。

比丘尼员空造像记 皇建二年（561 年）八月二十五日

皇建二年，八月廿五日，建中寺比丘尼员空敬造珉玉思惟像一区（躯），仰为亡□，上为皇帝陛下、师僧父母，普及法界、边地众生、含灵抱识，一时诚（成）道。

尼受某造像记 大宁二年（562 年）四月八日

盖灵辕凝湛，□相之路难□，法海渊旷，□□□幽远，是以大宁二年，岁次壬午，四月庚子朔，八月丁未，□□□尼受□□□等割□□□□造□□□□□区，□□□□恃□□□起□□□□幽□□□□履□□□□虚□□□神力□，法界争览，□兹胜善，上愿帝主，师僧父母，法界含生，普同成佛。

比丘尼员度造像记 河清元年（562 年）八月二十日

河清元年，八月廿日，建忠寺比丘尼员度门徒等，上为国主、檀越、边方一切，七世西（先）忘（亡）、师僧父母、过去见在、缘际道俗、有形之背（辈），敬造白玉弥肋（勒）破坐像一躯，通九夫（丈）三尺七寸。愿使有缘之徒，生生世世，值佛闻法，常住快乐。施地造建忠寺主贾乾思。

尼智满造像记 河清二年（563年）七月二十日

河清二年，七月廿日，永安寺尼智满敬造双树思惟像一躯，仰为国家延隆万世，三宝辉光，永扇阎浮，师僧父母、亡过现存，常离苦境，兄弟姊妹，知有亲属，皆含此福，一时作佛。

比丘尼静妃造像记 天统四年（568年）三月一日

天统四年，三月一日，光林寺比丘尼静妃为亡姊造玉像一区（躯），皇帝陛下，一切众生，居时同佛。

比丘尼净治造像记 武平元年（570年）二月十二日

武平元年，二月十二日，比丘尼净治造白玉像一区（躯）。比丘尼□□侍佛时。

比丘尼静深造像记 武平元年（570年）十一月十五日

武平元年，十一月十五日，比丘尼静深患中发愿，造观世音像一躯，为帝□□道种姓识，复为师僧父母，普及法界众生，咸同斯愿。

比丘尼惠玉造像记 武平二年（571年）四月五日

大齐武平二年，岁次辛卯，四月□寅朔，五日丙午，比丘尼惠玉敬造卢舍那像一躯，上为皇帝，后为师僧父母，亲眷见在，一切众生，咸同斯福。

比丘尼道外等造像记 武平二年（571年）九月十五日

自神源秘寂，圣道沉沦，若不脩崇慈颜，竟何以冥感将来。然正信佛弟子比丘尼道外本造释迦铜像一躯，但恶缘无幸，为□所盗。今弟子道□追念亡师之□，欲继绍真颜，但□缘不及，乃率邑义等，粤以大齐武平二年，九月丙午朔，十五日庚申，各竭舍资，敬造释迦□□。

大维那主宋详妻王男俗，王仵之妻李男，马怀珍妻宋妙鹅，殷洪振妻李妙鹅，大维那主宋安都妻求白朱、吴伏姬，大维那主宋永宝妻宋编，大维那主吕勉妻王男，大维那主杜流生、息阿文。

尼法元等造像记 武平四年（573 年）五月十七日

大齐武平四年，岁在癸巳，五月丙寅朔，十七日壬午，邑主尼法元造思维一躯，上为皇帝陛下，复为七世师僧父母，下为一切众生，具（俱）时成佛。

都维那辅仲邕、维那苏世荣、中正梁识洛、净显、法想、邑人刘清零、段伯儒、石仲邕、苏景珍、周丑奴、薛多宝、贺若、方伯丘、奚倪、梁念学、原子让、悉颜渊、干业洛、杨德正、白善德、李子明、刑子才、辅阿晖。

比丘尼法绅造像记 武平四年（573 年）九月十五日

大齐武平四年，九月十五日，比丘尼法绅，识生生之虚，有（又）知灭灭之为空，遂割衣钵之余，仰为父母敬造卢舍那佛一区（躯），爰始成就，上为国王帝主、臣僚百官，又为过现未来三世师僧父母，一切法界众生，俱同斯福。

比丘尼惠远造像记 武平六年（575 年）三月一日

大齐武平六年，三月乙卯朔，一日，比丘尼惠远为亡□敬造卢舍那像一区（躯），上为皇帝陛下、师僧父母，法界众生，俱升净土。

比丘尼像主法□、比丘尼像主阿尽、比丘尼阿静、比丘尼法思、比丘尼法件、比丘尼香女。

比丘尼圆照、圆光姊妹二人造像记 武平六年（575 年）五月二十六日

大齐武平六年，岁次乙未，五月甲寅朔，廿六日己卯，佛弟子比丘尼圆照、圆光姊妹二人，为亡姚、亡兄朱同敬造双弥勒石象一躯，

上为皇帝陛下、群僚百官、州郡令长，又为七世先亡、现存眷属，一切含生、有形之类，普同斯福。乃为颂曰：

峨峨玉象，妙饰幽玄。光同五色，净境交连。真如法眼，亦愿昌延。上为□妣，舍家财珍。敬造□容，留音万年。

比丘尼圆□、比丘尼仲苑。大象主朱难、息摩诃、息摩者、息叔言、父朱祖欢。像主张秀仕、王仲宽。

北周（557—581）

故韦可敦比丘尼造像记 武成元年（559 年）九月二十八日

武成元年岁次己卯，九月乙卯朔，廿八日甲午，故韦可敦比丘尼减衣钵之余，敬造弥勒石像一躯。轨制圣姿，莹饰慈容，功穷世巧，妙若真晖。可谓树镜神途，启悟心夜，体忘理原，莫不咸益。愿此功德，实资忘（亡）者，诞悟深宗，具二庄严，垂平等慧，夷照圆觉。兼愿国主、六道四生，尽三世际，同获漏尽，成无上道。

比丘尼法藏造像记 保定二年（562 年）一月二十四日

夫道性空寂，神照之理无源；法身玄旷，藏用之途不测。昔如来降生维卫，托体王宫，发神光于清夜，均有形，示生灭。然比丘尼法藏，体道悟真，含灵自晓，化及天龙，教被人鬼，是以知财五家，谨割衣钵之余，敬造文石像一区（躯）。镌金镂彩，妙拟释迦丈六之容，远而望之，灼如等觉之现。仰为皇帝陛下、群僚百官、国土人民，又为师徒、七世父母、生身父母，托生兜率，若遇八难，速得解脱，有生之类，同沾福泽。

保定二年，岁次壬午，正月壬寅朔，廿四日乙丑敬造。

须弥灯佛主李元成供养，威音王佛主陈子豫供养，威音王佛主陈子豫供养，云雷音王佛主陈和国供养，空王佛主陈昙安一心供养，师子音佛主陈僧和供养，忧钵罗华光佛主陈天寿供养，宝王佛主陈先儁供养，佛时分身诸佛主陈庆儁供养，思善佛主陈罗汉供养，正念佛主陈僧荣供养，十六王子佛主陈兴和供养，三万燃灯佛主吕子慎供养，庄严光明佛主陈丑奴供养，梵王佛主清信荆要娥，须弥灯王佛主陈俱罗供养，定光菩萨主陈僧安一心供养，宝王佛主陈归庆供养，弥勒菩萨陈元儁供养，迦叶菩萨清信赵丑是供养，华光佛主清信陈姿欢，阿难主殿中将军、强弩司马陈兰儁，信相菩萨主清信陈法姬供养，虚空藏菩萨主贾昙威、贾威儁，迦叶菩萨主陈惠成一心供养，月像佛主清信女陈长晕，金光明佛主清信张洪葵，宝月佛主清信杨双贵供养，无着佛主清信元买是供养，师子吼王佛主清信常金容，光远佛主横野将军、员外司马陈崇昕，大通光佛主陈玉洋供养，炎根佛主清信女晁颜晕，药王佛主陈长洋供养，楼至佛主清信景可日供养，无上功德佛主陈元洋供养，神通自在佛主清信路明照供养。

像主比丘尼法藏、比丘尼法训、比丘尼法晕、比丘尼法妙、比丘尼法乔、比丘尼僧姿、比丘尼道乐、比丘尼姿容、比丘尼僧妃、比丘尼法姬、比丘尼胜容、比丘尼静观、比丘尼法智、比丘尼敬贵、比丘尼静㮦、比丘尼道化、比丘尼法贞、沙弥尼长晕、比丘尼道清、比丘尼惠藏、沙弥尼志湛、比丘尼道庆、比丘尼智演、沙弥尼惠丰、比丘尼净晕、比丘尼惠好、沙弥尼敬丰、比丘尼法深、比丘尼香积、沙弥尼御亲、比丘尼妙音、比丘尼法才、比丘尼要姿、比丘尼普敬、比丘尼宝光、比丘尼僧训、比丘尼净志、比丘尼阿贵、比丘尼僧要。

开明主任明欢、女恶女、息永乐等一心供养，都像主陈光胜、陈真安兄弟等一心供养佛时，都邑主陈延标。

旁立佛主清信陈孟妃，离虚垢佛主杨外荣供养，宝德佛主清信薛三王供养，云自在佛主清信张善王供养时，檀华佛主陈覆龙一心供养，迦叶菩萨主清信李进姜一心供养，清信女文彩怜，宝炎佛主曾口县令陈清匡，师子游戏王佛主清信邵次男，大光王佛主清信吕妙贵，妙意佛主阿难主珍难将军、员外司马、隆州府法曹陈征仙，甘露鼓佛主陈惠龙一心供养，具足庄严王佛主清信张华姜，主常灭佛主、光炎佛主清信李婆好一心供养，师子相佛主清信景难姜供养，远照光佛主陈牙女，超日月光佛陈元智，难思光佛主、智慧光佛主、梵相佛主赵回伯一心供养佛时，无量光佛主陈智和供养。

度盖行佛主陈熬乐，水月光佛主陈归欢，日光佛主清信邵赐好，最上首佛主清信王那姿，日月流（琉）璃光佛主陈洪畅、妻杜容姬，功德多宝佛主陈洪建，净信佛主、初疑冥佛主陈黑，花色王佛主清信张舍妃，菩提华佛主清信荆元妃，无上流（琉）璃光佛主陈洪兴，开日月光佛主陈洪度，檀越主陈胤天，定光佛主杨欢，供养弥勒佛主清信陈连欢，观世音菩萨主清信杜银祖、陈文一心供养时，当阳佛主陈洪波，菩萨主陈天与侍佛，像主比丘尼法藏敬造，阿难菩萨主清信女陈妙晕，阿难主清信女陈金锞，德大世菩萨清信张敬姿，叔祖陈艾侍药王菩萨，陈天授侍普贤菩萨，无量光佛主清信常独生，无量光佛主清信女陈始华，维卫佛主清信郭昙姿，随叶佛主清信女陈始贵，伯父陈保、陈市德侍鸾音佛，陈封侍威神佛，阿柴佛主清信女胡甑贵，无量寿佛主清信女陈华兰，识佛主清信女陈始晕，拘楼孙佛主清信女陈始敬、陈洪渊、陈忧兜，法慧佛陈伯乐侍，善宿佛起像主陈海龙一心侍佛。

供养主虎牙将军陈龙欢供养佛时，斋主辅国将军、中散都督陈季标一心供养时，息子亮随父侍佛时，斋主陈遵岳一心侍佛时。右箱都佛主、持节、抚军将军、左金紫光禄大夫、都督、定阳令、后封正平北平雄城三郡太守、高陆县开国公陈叔儁，当阳像主、宣威将军、虎贲给事、始平□开国子陈回显供养。

比丘尼昙乐造像记 建德元年（572年）四月十五日

建德元年，四月十五日，比丘尼昙乐为亡侄罗睺敬造释迦石像一区（躯）。

比丘尼昙和、佛弟子吕罗睺。

昙贵、邑师比丘尼昙念。

父伯奴、母边四姜、儿桃儿、姊阿光、吕亡愁、李清女、吕骏胡。

比丘尼僧胜、惠严等造像记[①] 建德二年（573年）七月二十日

大周建德二年七月二十日，仇阳仁寺比丘尼僧，僧胜、惠严等无

---

① 孙宗贤、曹建宁：《北周建德二年观音石像座》，《考古与文物》2013年第6期。

依沛外，官世音石像一区，为七世父母所生，父母皇帝比下。国主累劫诸师及法界众生，因缘眷属合寺。惠严等成正觉，与越主仇双仪兄弟三人等。

二、写经题记 ①

十六国北魏尼元晖供养《十诵比丘尼波罗提木叉戒本》题记 公元 500 年前

比丘尼元晖所供养经。

北魏尼道晴供养《大般涅槃经》卷九题记 景明二年（501 年）六月十二日

景明二年太岁辛巳六月水亥朔（十）二日甲戌，比丘尼道晴所造供养。

《入楞伽经》建晖题记愿文

夫至妙冲玄，则言辞莫表；惠深理固，则凝然常寂。淡泊夷峥，随缘改化。凡夫想识，岂能穷达？推寻圣典，崇善为先。是以比丘（尼）建晖，既集因殖，禀形女秽，婴罹病疾，抱难当今。仰惟此苦，无由可拔。遂即减割衣资，为七世父母、先死后亡，敬写《入楞伽》一部、《方广》一部、《药（师）》二部。因此微善，使得虽女身后成男子；法界众生，一时成佛。大代大魏永平二年八月四日比丘（尼）建晖敬写讫，流通供养。

西魏尼建晖写《大般涅槃经》卷十六题记 大统二年（536 年）四月八日

夫至妙冲玄，则言辞莫表；惠深理固，则凝然常寂。淡泊夷峥，随缘改化，凡夫想识，岂能穷达。推寻圣典，崇善为先。是以比丘尼建晖，为七世师长父母，敬写《涅槃》一部、《法华》二部、《胜鬘》一部、《无量寿》一部、《方广》一部、《仁王》一部、《药师》一部。因此微福，使得虽女身后成男子，法界众生，一时成佛。

---

① 所录写经题记选自王素、李方《魏晋南北朝敦煌文献编年》，新文丰出版公司，1997；池田温编《中国古代写本识语集录》，东京大学东洋文化研究所，1990。

大统二年四月八日。

西魏尼贤玉写《大比丘尼羯磨》一卷题记 大统九年（543 年）七月六日

大统九年七月六日己丑朔写讫。比丘尼贤玉所供养。

比丘尼贤玉起发写羯磨经一卷，愿此功德，普及一切十方世界，六道众生，心开意解，发大乘意。崇此身命生生之处，常为十方六道众生而为导首。如三世诸佛及诸菩萨，度诸众生等，无有异有，能读诵奉行此律者，亦复如是。大圣玄心，使崇此愿，又得成就，果成佛道。三恶众生，应时解脱。

西魏尼道容写《大般涅槃经》卷十二题记 大统十六年（550 年）四月二十九日

比字一校竟

夫福不虚应，求之必感；果无自来，崇因必克。是以佛弟子比丘尼道容，往行不修，生处女秽。自不遵崇妙旨，何以应其将来之果。故减彻身口衣食之资，敬写《涅槃经》一部。愿转读之者，与无上之心，流通之者，使众或（惑）感悟。又愿现身住念，无苦疾。七世父母，先死后亡，现在家眷，四大胜常，所求如意又禀性有识之徒，率齐斯愿。

大统十六年四月廿九日

西魏尼道辉写《佛说决罪福经》上下二卷题记 二年（553 年）三月四日

元二年岁次水酉三月四日丙寅，僧尼道建辉，自惟福浅，无所施造。窃闻经云：修福田莫立塔写经。今怖崇三宝，写《决罪福经》二卷，以用将来之因。又愿师长父母，先死后亡，所生知识，尽蒙度招，远离三途八难之处，恒值佛闻法，发菩提心，愚善知识。又愿含华众，普同斯愿。

西魏比丘法渊及尼乾英写《比丘尼戒经》题记 二年（555 年）九月六日

二年九月六日，瓜州城东建文寺比丘法渊写记。

夫玄门重阃，非四目之所阐；旨理冲壑，岂素笑之所铅。故乃三贤斯徒而贞尔，十圣慈例而矇宠。然大圣矜悼，迷蠹应迹，形名舍深，禅定诞化。婆娑形辉，则天人拱手而归依，名彰则群品玩之吟咏。当斯之运，孰不拟耀者哉。是以梵释寺比丘尼乾英，敬写《比丘尼戒经》一卷。以斯微善，愿七世父母，所生父母，现在家眷，及以己身，弥勒三会，悟在首初，所愿如是。

一校竟。

西魏英秀供养《摩诃衍僧祇比丘尼戒本》题记 三年（556 年）三月十三日

三年三月十三日写讫。

大比丘尼戒英秀所供养。

北周尼天英写《入楞伽经》卷九题记 戊寅（558 年）十月三十日

岁次戊寅十月卅日，比丘尼天英敬写《大集经》一部、《楞伽经》一部。为七世师宗父母，法界众生，三途八难，速令解脱，一时成佛。

北周尼道英写《大般涅槃经》卷卅一题记 保定元年（561 年）

大周保定元年岁次辛巳，比丘尼道英，谨惟常乐幽玄，我净难识。故割衣资，敬写《涅槃经》一部。愿佛性沿神，永蠲苦域。师宋（宗）父母，眷属同学，悉如此契，齐获无为。

北周尼智璝供养《大比丘尼羯磨经》一卷题记 天和四年（569 年）六月八日

天和四年岁次己丑六月八日写竟，永晕寺尼智璝受持供养。

比丘庆仙抄讫。

《大般涅槃经》比丘尼僧愿题记 延昌十七年（577 年）二月八日

比丘尼僧愿普为一切敬造供养

延昌十七年丁酉岁二月八日，比丘尼僧愿稽首归命常住三宝。僧愿先因不幸，生禀女秽，父母受怜令使入道。虽参法俦，三业面墙，凤霄惊惧，恐命空过，寤寐思省，冰炭交怀。遂割减衣钵之分，用写涅槃经一部。冀读诵者获涅槃之乐，礼观者济三途之苦。复以斯福，愿现身康强，远离苦缚。七祖之魂，考姚（姁）往识，超升慈宫，挺（诞）生养界。

北朝尼昙咏供养《大方广佛华严经》卷二题记 公元581年前

比丘尼昙咏所供养

一校竟

北朝尼道明胜写《十方千五百佛名经》题记 公元581年前

夫真轨凝湛，绝于言像之表；理绝名相，非□言辩所关。是以大圣垂训群或（惑），生于王宫，现丈六之身。但众生道根华（菲）薄，娑罗隐灭，流（留）经像训诲。是以佛弟子尼道明胜，自云宿殖根尟，沈溺又不都真圣过闻，造善庆胜（升）天堂，造恶退落三途。是以谨割衣资之分，造写《无量寿》一部、《十善》一部、《药王药上》一部、《千佛名》一卷、《涅槃》一部、《大方等陀罗尼》一部、《大通方广》一部。因□微福，愿七世父母、师长，父母所生因缘，往生西方净佛国土。若悟（误）洛（落）三途，使护汤止流，刀山以为宫殿，现在之身，尘罗之蔽，云飞雨散，胜善之果，日晕重集，有一切众生，一时成佛。

《放光般若波罗蜜经》卷十七比丘尼梵守题记（约六世纪）

比丘尼梵守所供养经

《摩诃般若波罗蜜放光经》卷第十七

《大方广佛华严经》卷二尼昙咏题记（约六世纪）

比【丘】尼昙咏所供养

《大方广佛华严经》卷第二

一校竟。

《大般涅槃经》卷十二比丘尼慧智题记（约六世纪）

《大般涅槃经》卷第十二

比丘尼慧智所供养经

《大般涅槃经》卷五比丘尼庆辉题记（约六世纪）

比丘尼庆辉

《妙法莲华经》卷九比丘尼□题记（约六世纪）

《妙法莲华经》卷第九

比丘尼□□通□

《大般涅槃经》卷十八尼道明胜题记（约六世纪）

夫大圣至真，威神玄妙，道化清净，独尊无侣。金刚之身，光波（被）三界，妙音迥响，声流八难。慧通清澈，方之虚空，愍育黎庶，恩加慈亲。是以尼道明胜，自惟往殒不纯，生遭末代，沈罗生死，难【染】道化，受秽女身。昏迷长祸，莫由能返。窃闻圣教，乃欲当生栖神方外，莫若现今凭仰三宝。故以减删衣资，写此《大般涅槃经》一部。读诲受持，供养供敬，尊重赞叹。以此之福，躬上及旷劫师宗、七世父母，复为含令（灵）抱识，有刑（形）之类，众生同获此庆。复躬（愿）现在居门，万恶冰消，众善来臻，四大康休，不造诸恶。乃作颂曰：

圣化玄宗，通含至极。普及有刑（形），获报如则。八难反现，会睹弥勒。

《大般涅槃经》卷廿尼道明胜题记（约六世纪）

《大般涅槃经》卷第廿

夫大圣化玄宗，威神玄妙，道化清净，独尊无侣。金刚之身，光放三界，妙音迥响，声流八难。慧通清澈，方之虚空，愍育黎庶，恩加慈亲。是以尼道明胜，自惟往殒不纯，生遭末代，沈罗生死，难染道化，受秽女身，昏迷长祸，莫由能返。窃闻圣教，乃欲当生栖【神】方外，莫若现今凭仰三宝。故以减削衣资，写此《大般涅槃经》一部。

读诵受持，供养供敬，尊重赞叹。以此之福，愿上及旷劫师宗、七世父母，复为含令（灵）抱识，有刑（形）之类，众生同获此庆。复愿现在居门，万恶冰消，众善来臻，四大康休，不造诸恶。乃作颂曰：

圣化玄宗，通含至极。普及有刑（形），获报如则。八难返现，会睹弥勒。

《十方千五百佛名》尼道明胜题记（约六世纪）

《十方千五百佛名》一卷

夫真轨凝湛，绝于言像之表，理绝名相，非言辩所关。是以大圣垂训，群惑生于王宫，现六丈之身。但众生道根华薄，娑罗隐灭，流经像训诲。是以佛弟子尼道明胜自云，宿殖根尠，沈溺有不都真圣。偶闻造善庆胜天堂，造恶退洛（落）三途。是以谨割衣资之分，建（书）写《无量寿》一部，《十善》一部，《药王药上》一部，《千佛名》一卷，《涅槃》一部，《大方等陀罗尼》一部，《大通方广》一部。因微福，愿七世父母、师长父母、所生因缘，往生西王净佛国土。若悟洛（误落）三途，使濩汤□止流，刀山以为宫殿。现在之身，尘罗之蔽，云飞雨散。胜善之果，日晕重集。有一切众生，一时成佛。

《大比丘尼羯磨》尼慧璨题记（约六世纪）

比丘尼慧璨所供养

南齐比丘尼法敬供养《佛说欢普贤经》题记 永明元年（483年）正月

永明元年正月谨写。用纸十四枚。

比丘尼释法敬供养。

三、墓志文

魏故比丘尼统法师僧芝墓志铭 ①

　　法师讳僧芝，俗姓胡，安定临泾人也。虞宾以统历承乾，胡公以绍妫命国，备载于方册，故弗详焉。姚班督护军、临渭令、勃海公咨议参军略之孙，大夏中书侍郎、给事黄门侍郎、圣世宁西将军、河州刺史、武始侯渊之女，侍中、中书监、仪同三司、安定郡开国公珍之妹，崇训皇太后之姑。禀三才之正气，含七政之淑灵，道识发于生知，神情出于天性，洗耶素里，习教玄门。十七出家，戒行清纯，暨于廿，德义渊富。安禅届于六通，静读几于一闻。诵《涅槃》、《法华》、《胜鬘》廿余卷，乃为大众所推讲经。法师雅韵一敷，慕义者如云；妙音蹔唱，归道者如林。故能声动河渭，德被岐梁者矣。以太和之初文明太皇太后圣镜域中、志超俗表，倾服徽猷，钦崇风旨，爰命驿车，应时征辟。及至京都，敬以殊礼。高祖孝文皇帝道隆天地，明逾日月，倾诚待遇，事绝常伦。世宗宣武皇帝信心三宝，弥加弥宠，引内闱披，导训六宫。皇上登极，皇太后临朝，尊亲之属既隆，名义之敬逾重，而法师谦虚在己，千仞不测其高，容养为心，万顷无拟其广。孝文冯皇后、宣武高太后逮诸夫嫔廿许人，及故车骑将军、尚书令、司空公王肃之夫人谢氏，乃是齐右光禄大夫、吏部尚书庄之女，越自金陵，归荫天阙。以法师道冠宇宙，德兼造物，故捐舍俗，服膺法门，皆为法师弟子。自余诸比丘尼服义而升高座者不可胜纪。春秋七十有五，熙平元年岁次丙申正月戊朔十九日丙戌夜分，终于乐安公主寺。哀恸圣衷，痛结缁素，其月廿四日辛卯，迁窆于洛阳北芒山之阳。大弟子比丘尼都维那法师僧和、道和，痛灵荫之长徂，恋神仪之永翳，号慕余喘，式述芳猷，若陵谷有迁，至善无昧。乃作铭曰：

　　般若无源，神理不测。熟诠至道，爰在妙识。猗歟上仁，允臻寞极。凝心入净，荡智融色。转轮三有，周流六道。独善非德，兼济为功。幽镜寂灭，玄悟若空。怀彼昭旷，落此尘封。洞鉴方等，深苞

---

① 赵君平、赵文成：《河洛墓刻拾零》，北京图书馆出版社，2007，第20页。

律藏。微言斯究，奥旨咸䆒。宝座既升，法音既唱，耶（邪）观反正，异旨辍郭。德重教尊，行深敬久。贻礼三帝，迎顾二后。物以实归，我以虚受。东发若木，西迫细柳。力行不倦，新故相违。无常即化，厌世还机。慧炷潜耀，攀宗曷依。慕结缁素，嗟恸圣慈。神游净域，体附崇芒，幽关深寂，宿陇荒凉。舟壑且游，龙花未央。聊志玄石，试綦余芳，修播界道，馚花四盈。洹峯俄俄，真俗悲倾。梵响入云，哀感酸声。众子号咙而奉送，称孤穷而单茕。山水为之改色，阳春触草而不荣。哀哉往也，痛矣无还。

魏瑶光寺尼慈义墓志铭[①]

尼讳英，姓高氏，勃海条人也。文照皇帝太后[②]之兄女。世宗景明四年纳为夫人，正始五年拜为皇后。帝崩，志愿道门，出俗为尼。以神龟元年九月廿四日薨于寺，十月十五日迁葬于邙山。弟子法王等一百人，痛容光之日远，惧陵谷之有移，敬铭泉石，以志不朽。其辞曰：

三空杳眇，四果攸绵，得门其几，惟哲惟贤。猗与上善，独悟斯缘，出尘解累，业道西禅。方穷福养，永保遐年，如何弗寿，祸降上天。徒众号慕，涕泗沦连，哀哀戚属，载擗载援。长辞人世，永即幽泉，式铭慈（兹）石，芳猷有传。

魏比丘尼慧静墓志[③]

尼讳高月，姓乞伏氏，洛阳人也。少小弃家，皈依三宝。立意净修，捐除俗虑。视人如己之怀，拯溺忘身之度，世俗齐钦，法徒共仰。师尼疾革，封臂入药，失血晕绝，病以大渐。神龟二年三月五日卒于永明寺。四月十日迁葬邙山。第（弟）子等痛徽容之永绝，嗟大德之莫继，为铭泉石，以志不朽。其词曰：

① 朱亮主编《洛阳出土北魏墓志选编》，科学出版社，2001，第44页。

② 据正史记载应为“文昭皇太后”。

③ 朱亮主编《洛阳出土北魏墓志选编》，科学出版社，2001，第47页。

离欲出家，舍身救人，摄心不乱，乃能成仁。悉除嗔恚，慈悲众生，猛勇精进，始名净行。上善不寿，竟而杀身，徒侣追慕，涕泗长沦。铭兹贞石，永诏来轸。

魏故比丘尼统慈庆墓志铭 [①]

尼俗姓王氏，字钟儿，太原祁人，宕渠太守虔象之女也。禀气淑真，资神休烈，理怀贞粹，志识宽远。故温敏之度，发自龆华，而柔顺之规，迈于成德矣。年廿有四，适故豫州主簿、行南顿太守、恒农杨兴宗。谐襟外族，执礼中馈，女功之事既缉，妇则之仪惟允。于时宗父坦之出宰长社，率家从职，爰寓豫州。值玄瓠镇将、汝南人常珍奇据城反叛，以应外寇。王师致讨，掠没奚官，遂为恭宗景穆皇帝昭仪斛律氏躬所养恤，共文昭皇太后有若同生。太和中，固求出家，即居紫禁。尼之素行，爰协上下，秉是纯心，弥贯终始。由是忍辱精进，德尚法流，仁和恭懿，行冠椒列。侍护先帝于弱立之辰，保卫圣躬于载诞之日。虽劬劳密勿，未尝懈其心；力衰年暮，莫敢辞其事。寔亦直道之所依归，慈诚之所感结也。正光五年，尼之春秋八十有六，四月三日忽遘时疹，出居外寺。其月廿七日，车驾躬临省视，自旦达暮，亲监药剂。逮于大渐，余气将绝，犹献遗言，以赞政道。五月庚戌朔七日丙辰迁神于昭仪寺。皇上伤悼，乃垂手诏曰："尼历奉五朝，崇重三帝，英名著老，法门宿齿。并复东华兆建之日，朕躬诞育之初，每被恩敕，委付侍守。昨以晴时忽致殒逝，朕躬悲悼，用惕于怀。可给葬具，一依别敕。"中给事中王绍鉴督丧事，赠物一千五百段。又追赠比丘尼统。以十八日窆于洛阳北芒之山。乃命史臣作铭志之。其词曰：

道性虽寂，淳气未离，冲凝异揆，缁素同规。于昭淑敏，寔粹光仪，如云出岫，若月临池。契阔家艰，屯亶世故，信命安时，初暌末遇。孤影易影，穷昏难曙，投迹四禅，邀诚六渡。直心既亮，练行斯敦，洞窥非想，玄照无言。注荷眷渥，兹负隆恩，空嗟落暮，徒勖告存。停毂不久，徂舟无舍，气阻安般，神疲旦夜。延仁翠仪，淹留銮

[①] 韩理洲等辑校编年《全北魏东魏西魏文补遗》，三秦出版社，2010，第22-23页。

驾，灭彩还机，夷襟从化。悲缠四众，悼结两宫，哀数加厚，窆礼增崇。泉幽阒景，陇首栖风，扬名述始，勒石追终。

征虏将军、中散大夫、领中书舍人常景文，李宁民书。

魏故车骑大将军平舒文定邢公继夫人大觉寺比丘元尼墓志铭并序 ①

夫人讳纯陀，法字智首，恭宗景穆皇帝之孙，任城康王之第五女也。蟠根玉岫，擢质琼林，姿色端华，风神柔婉，岐嶷发自龆年，窈窕传于丱日。康王遍加深爱，见异众女，长居怀抱之中，不离股掌之上。始及七岁，康王薨徂。天情孝性，不习而知，泣血茹忧，无舍昼夜。初笄之年，言归穆氏，勤事女功，备宣妇德。良人既逝，半体云倾，慨绝三从，将循一醮，思姜水之节，起黄鹄之歌。兄太傅文宣王，违义夺情，确焉不许。文定公高门盛德，才兼将相，运属文皇，契同鱼水，名冠遂古，勋烈当时。婉然作配，来嫔君子，好如琴瑟，和若埙篪，不言容宿，自同宾敬。奉姑尽礼，克匪懈于一人；处姒唯雍，能燮谐于众列。子散骑常侍逊，爰以咳褓，圣善遽捐，恩鞠备加，慈训兼厚。大义深仁，隆于己出。故以教伴在织，言若断机，用令此子，成名克构。兼机情独悟，巧思绝伦，诗书礼辟，经目悉览，纮綖组纴，入手能工。稀言慎语，白圭无玷，敬信然诺，黄金非重。巾帨公宫，不登袨异之服；箕帚贵室，必御浣濯之衣。信可以女宗一时，母仪千载，岂直闻言识行，观色知情。及车骑谢世，思成夫德，夜不洵涕，朝哭衔悲。乃叹曰：吾一生契阔，再离辛苦，既惭靡他之操，又愧不转之心，爽德事人，不与他族，乐从苦生，果由因起。便舍身俗累，托体法门，弃置爱津，栖迟正水，博搜经藏，广通戒律，珍宝六度，草芥千金。十善之报方臻，双林之影遽灭。西河王魏庆，穆氏之出，即夫人外孙。宗室才英，声芳藉甚，作守近畿，帝城蒙润。夫人往彼，遘疾弥留，以冬十月己酉朔十三日辛酉，薨于荥阳郡解别馆。子孙号慕，缁素兴嗟。临终醒寤，分明遗托，令别葬他所，以遂修道之心。儿女式遵，不敢违旨。粤以十一月戊寅朔七日甲申，卜窆于洛

① 韩理洲等辑校编年《全北魏东魏西魏文补遗》，三秦出版社，2010，第298-299页。

阳城西北一十五里芒山西南，别名马鞍小山之朝阳。金玉一毁，灰尘行及，谨勒石于泉庐，庶芳菲之相袭。其辞曰：

金行不竞，水运唯昌，于铄二祖，龙飞凤翔。继文下武，叠圣重光，英明踵德，周封汉苍。笃生柔顺，克诞温良，行齐桥木，贵等河纺。莲开渌渚，日照层梁，谷萆葛藟，灌集鹂黄。言归备礼，环佩铿锵，明同折轴，智若埋羊。惇和九族，雍睦分房，时顺有极，荣落无常。昔为国小，今称未亡，倾天已及，如何弗伤。离兹尘境，适彼玄场，幽监寂寂，天道芒芒。生浮命促，昼短宵长，一归细柳，不反扶桑。霜凝青槚，风悲白杨，蕙亩兰畹，无绝芬芳。

维永安二年岁次己酉十一月戊寅朔七日甲申造。

释修梵尼[1]

比丘尼讳修梵，姓张氏，清河东武城人，派州刺史烈之第三女。幼而爽晤，规范闲明。有同县崔居士南青使君之第五子，以德义故归焉。未获偕老而君子先逝，遂发菩提心，出家入道，不意法水常流，劫火将灭。以开皇十三年八月廿三日终于俗宅，春秋九十有一十五年十月廿四日，窆于石室。兄弟相抚，贯截肝心，乌鸟之恩，终天莫报，先天制礼，抑不敢过。冯蝴吉子才高学博，请拔其词，式昭元壤。

四、亡尼文[2]

亡尼文

夫世想（相）不可以久流（留），泡幻何能而永贮？从无忽有，以有还无。如来有双树之悲，孔丘有两盈（楹）之叹。然今所申意者，为亡尼某七功德之从崇也。惟亡尼乃内行八敬，外修四德，业通三藏，心悟一乘；得《爱道》之先宗，习《莲花》之后果；形同女质，志操丈夫，節（即）世希之有也。可谓含花始发，忽被秋霜；春叶初荣，

---

① 段松荃：《益都金石记》卷一，见《石刻史料新编》二十，新文丰出版公司，第14823页。

② 所录亡尼文均选自黄征、吴伟编校《敦煌愿文集》，岳麓书社，1995。

偏逢下雪。何期玉树先雕（凋），金枝早落。父心切切，母意惶惶；睹喜（嬉）处以增悲，对娇车而泪洒。冥冥去识，知诣何方？寂寂幽魂，聚生何路！欲祈资助，惟福是凭。于是幡花布地，梵向（响）陵天，炉焚六殊（铢），餐茨（资）百味。以斯功德，并用庄严亡尼所生魂路：惟愿神超火宅，生净土之莲台；识越三途，入花林之佛国。然后云云。

尼德

觉花重影，戒月孤凝；七聚精知，五篇妙达。参耶轮之雅志，集爱道之贞风；利物为怀，哀上在念云云。

亡尼

窃闻功成妙智、道登缘觉者佛也，玄理幽寂、至教精（深）者法也，禁戒守真、威仪出俗者僧也，故号三宝。为世间[之]依（衣）足，六趣之舟楫矣！厥今敷彰彩错，邀请圣凡云云。惟阇梨乃素闻清节，操志灵谋；六亲仰仁惠之风，九族赖温和之德。加以违荣出俗，德（得）爱道之芳踪；奉戒餐禅，继《莲花》之轨躅。岂谓风摧道树，月暗禅堂；掩（奄）然游魂，遽与（矣）长别。但以金乌西转，玉兔东移；时运不停，俄经百日。至孝等自云：福怼灵佑，畺隔兹（慈）襟；俯（抚）寒泉以穷哀，践霜露而增感。色养之礼，攀棋木而无追；顾腹之恩，仁禅林而契福。无处控告，唯福是凭；荐拔亡零（灵），无过白业。于是幡花匝地，梵泽（铎）陵天；诸佛遍满虚空，延僧尽于凡圣。炉焚海岸，供献天厨；施设精诚，聊资少善云云。

亡尼

性禀冲和，言推温雅；了达二谛，启合三空；是非齐显于自他，物我兼亡于内外；心於（有）慈忍，颜无温容；为梵宇之纪纲，作人伦之龟镜。加以翘心逐善，志存不二之源；不恋世荣，当攀菩提之路。惟谓久留智德，永继缁伦。何图保□有期，风□殒殁。至孝云：于此（是）法徒伤增，泪双树之悲；俗眷哀缠，恨甘泉之早竭。

亡尼文

夫法身无像，流出报形；庐舍圆明，垂分化质。人悲八塔，鹤变双林，此界缘终，他方感应。掬多敬筹而影灭，僧伽攀树已（以）亡枝。一切江河，会有枯竭；凡慈（兹）恩爱，必有离别。庸（痛）哉无常，颇（巨）能谈测者矣！厥今严雁塔、饰鸡园、焚宝香、陈玉志者，为谁施作？时则有坐端斋主奉为亡尼阇梨某七追福诸（之）嘉会也。惟阇梨乃行叶舒芳，性筠敷秀。柔襟雪映，凝定水于心池；淑质霜明，皎禅枝于意树。故得临坛珂御，归取（趣）者若林；启甘露门，度之者何数。精求是务，利物为怀；龙女之德未申，示灭之期已及。将欲长然惠（慧）炬，永固慈林；成四果之福因，修六行之轨躅。何期拂尘世表，永升功德之天；脱屣烦笼，常游大乘之域。但以桂影不亭，璧（璧）轮已（易）往；刹那四（死）相，娥（俄）而逾旬。至孝等仰神灵而轸泪，长乖示悔（诲）之声；对踪迹以缠哀，感伤风树。纵使灰身粉骨，未益亡灵；泣血终身，莫能上答。故于是日，以建斋筵；屈请圣凡，荐资神职。于是清丈室，扫花庭；庄道场，严法会。虚空请佛，沙界焚香；厨营百味之餐，舍施七珍之会。以兹设斋功德、回向福音，先用奉资亡阇梨所生魂路：惟愿袈裟幢之世界，证悟无生；琉璃佛之道场，蠲除有相。云飞五盖，花落三衣；持顶上之明珠，破地前之劫石。又持胜福，次用庄严斋主即体：惟愿六根敷秀，飘八水 [之] 波涛；心镜常明，照三春之楼阁。求经童子，蜜（密）借光明；护法善神，常来围绕。然后廓周法界，包括尘沙；俱沐芳因，齐登觉道。

后　记

　　记得读高中时的一次主题班会上，班主任在黑板上写下醒目的标题——二十年后的自己，每位同学都可以就此话题畅所欲言。虽然那时还没想好以后要从事什么职业，但一直以来醉心古典文学和音乐的我，毫不犹豫地说自己的理想是要去传播中华优秀传统文化，让更多的人感受到中国古典文化的魅力……二十年未到，竟真的与初心没有相违。

　　读研时走上了自己喜欢的专业道路，而在从事的研究领域中，尤对六朝这一阶段最有兴趣。这一时期的思想和文化从接触伊始便吸引着我的目光，因为感受到它的确如宗白华先生评价的那样，是最富于智慧、最浓于热情的一个时代，也是最富有艺术精神的一个时代。在求知欲的驱使下，自己尝试着探索并撰写了硕士阶段的第一篇论文《论玄学影响下的六朝音乐美学思想》。后来不曾想到会这样巧合，读博时竟如六朝文人那般由玄入佛，对佛学的深入了解为我的六朝文论研究打开了一扇新的窗户。此书正是在我博士学位论文的基础上修改、完善而成，但自忖还有很多不甚成熟的地方，而那些不足之处恰恰在提醒我，在自己的专业上继续努力耕耘。

　　最后，在此书付梓之际，特别要向一直疼爱我、关心我成长的爷爷奶奶表达心中的敬意。作为老一辈的学者，他们孜孜不倦、严谨治学的科研精神始终鼓舞着我。儿时看到两人出版的学术著作，心中羡慕不已。时光荏苒，如今我独撰的第一部学术专著即将出版，希望不负家人对我的期望，我相信"为者常成，行者常至"！

王婧

癸卯年春于江汉大学三角湖畔